Joshua a disparu

Dans l'ombre des souvenirs

ROBIN PERINI

Joshua a disparu

Traduction française de
PIERRE VANDEPLANQUE

BLACK ROSE

HARLEQUIN

Collection : BLACK ROSE

Titre original :
FINDING HER SON

HARPERCOLLINS FRANCE
83-85, boulevard Vincent-Auriol, 75646 PARIS CEDEX 13
Service Lectrices — Tél. : 01 45 82 47 47

www.harlequin.fr

ISBN 978-2-2803-6314-3 — ISSN 1950-2753

Prologue

Un vent glacial s'engouffra par le pare-brise explosé du SUV, projetant de la neige fondue et des fragments de verre sur le visage d'Eric. Il batailla pour ne pas sombrer dans l'inconscience. Des souvenirs se succédèrent par flashs dans son esprit. Les feux d'un véhicule qui arrive en face sur la chaussée verglacée, des pneus qui hurlent, les pleurs du bébé, les cris d'horreur d'Emily.

Oh ! mon Dieu…

Pourquoi avait-il l'esprit si confus ? Par-dessus le hululement du vent, il n'y avait que le silence. Puis un sinistre gargouillement provenant de ses poumons. Il voulut tourner la tête pour savoir comment allait sa femme, mais une lame de douleur lui transperça le cou. Il s'immobilisa, l'œil rivé sur la partie du rail de sécurité qui se plantait dans son torse. Le sang bouillonnait de la blessure, mais il ne sentait rien. Absolument rien. Tout son corps était insensible.

Il était en train de mourir. Et ce n'était pas un accident. Il n'avait pas pris les menaces au sérieux, n'avait pas dit à Emily ce qu'il avait fait, ni pourquoi ils étaient en danger.

— E-Eric ?

La voix d'Emily était faible, à peine audible dans les bourrasques de la tempête.

Dieu merci, elle était en vie. Dans l'obscurité, sa silhouette se distinguait à peine, collée contre le tableau de bord. Il devait la prévenir.

Emily. Sauve-toi. Avant qu'il ne revienne.

Mais aucun mot ne sortit de ses lèvres, et sous l'effort sa vue se brouilla.

— Eric, est-ce que ça va ?

La peur déformait sa voix, mais il ne pouvait rien faire pour la rassurer.

Un petit cri plaintif lui parvint depuis la banquette arrière. Le bébé. Agé d'un mois seulement.

— Maman est là, dit Emily.

Elle tenta de s'écarter du tableau de bord.

— Eric, je suis coincée. Je ne peux pas atteindre Joshua.

Des feux balayèrent l'intérieur de l'habitacle. Un véhicule s'arrêta derrière eux.

— Une voiture ! A l'aide ! s'écria Emily. Nous sommes piégés ! Il y a un bébé !

Non ! Emily. Sors tout de suite. Je t'en prie. Prends Joshua avec toi.

Une portière claqua, mais au bruit furtif des pas qui s'approchèrent, Eric le sut tout de suite : il n'y avait pas d'issue. Des larmes de rage et d'impuissance lui inondèrent les joues.

Ils sont innocents. Ne les tuez pas. Ils n'ont rien fait.

La portière arrière s'ouvrit soudain sur une silhouette sombre et encapuchonnée. Joshua geignit. Après une hésitation, l'inconnu détacha le siège pour bébé et l'emporta.

Les cris du nourrisson emplirent l'air.

Un sanglot s'échappa de la gorge d'Emily.

— Joshua ? Il va bien ? Il n'a rien ?

Pour toute réponse, l'homme braqua sur elle sa torche par la vitre brisée de sa portière, puis dirigea la lumière aveuglante sur Eric, éclairant ses blessures mortelles.

Emily s'étrangla.

— Eric ! Non ! S'il vous plaît, aidez mon mari.

Luttant de toutes ses forces pour ne pas s'évanouir, Eric se tourna vers le porteur de la torche, ébloui, le suppliant en silence d'épargner sa famille.

En guise de réponse, l'individu plongea la main dans l'habitacle, empoigna Emily par son col et lui heurta la tête contre le montant d'acier de la portière. D'un mouvement rapide, il s'arma ensuite d'un éclat du pare-brise et lui taillada le cou.

Non. Pas Emily ! hurla Eric intérieurement.

Son cri muet fit écho à celui, déchirant, qu'elle poussa. L'homme lui cogna de nouveau la tête. Elle cessa de crier. Le sang coulait de sa gorge.

En un dernier geste moqueur, l'homme souleva le bébé dans son siège puis tourna les talons, la petite couverture bleue tachée de sang.

Une douleur infinie étreignit le cœur d'Eric tandis que les pleurs de son fils s'éloignaient dans la nuit.

Des taches claires dansaient devant ses yeux. Il fixa le corps inerte d'Emily. La vie vacillait au fond de lui dans une souffrance indicible.

Mon Dieu, faites qu'elle vive. Donnez-lui la force. Elle doit le retrouver.

La cage thoracique d'Emily se souleva légèrement tandis que le monde d'Eric s'éteignait tout à fait.

Je suis désolé, mon amour. Tellement désolé.

1

Un an plus tard.

Jurant entre ses dents, Mitch releva son col pour se protéger du vent glacial du Colorado. Où allait donc Emily Wentworth ? Il remonta Colfax jusqu'à une portion de rue connue comme étant le supermarché de la drogue et de la prostitution. Lui qui aurait pu être installé chez lui devant une belle flambée, sa mauvaise jambe posée sur un tabouret, un whisky à la main ! Quelle ironie. Mais cette ironie ne l'amusait pas. C'était justement à cause de cette blessure qu'il avait été affecté à l'affaire Wentworth. Raison de plus pour tuer l'enfoiré qui lui avait logé une balle dans la jambe, le mettant ainsi en congé du SWAT, l'unité spéciale de la police.

La tête baissée, il s'avança dans la nuit, ignorant l'échange qui avait lieu au coin de la rue. En d'autres circonstances, il aurait agrafé le dealer, mais il refusait de perdre de vue sa suspecte. Lorsqu'elle s'approcha d'un groupe de voyous arborant les signes de leur gang, il empoigna son arme.

Le groupe se referma autour d'elle.

Deux meurtres dans le secteur la nuit précédente. Pas de temps pour la subtilité. Il se mit à courir, sourd aux protestations de sa jambe. Il le paierait plus tard, mais en un éclair ces types pouvaient la tuer. Avant qu'il ne l'ait atteinte, elle inclina la tête d'un air aguicheur et força son chemin à travers la muraille humaine. Les voyous la laissèrent passer.

Mitch s'éloigna et rangea son arme. Cette femme était folle. Il en avait assez de ce jeu du chat et de la souris. Accélérant le pas, il s'engagea dans une ruelle derrière elle. Une odeur d'urine, de vomi et de poubelles lui monta aux narines.

Elle s'arrêta devant l'entrée d'un immeuble sombre. Après un bref regard autour d'elle, elle frappa à la porte. Le battant s'entrebâilla, puis s'ouvrit en grinçant. En un clin d'œil, elle disparut à l'intérieur.

— Ben voyons, marmonna Mitch.

Pourquoi y aurait-il un seul moment facile dans cette affaire ? Le froid perçait son jean tandis qu'il examinait la façade à la recherche d'un indice de ce qui se passait dans l'immeuble. Rien. C'était mauvais signe. Il tenta de deviner. Drogue ? Sexe ? Autre chose ?

Un mouvement sur sa gauche accrocha son regard. Avec prudence, il contourna l'angle. Un garçon blond tenta de se faufiler devant lui, Mitch l'attrapa par le collet et le souleva du sol. Un visage familier le regarda.

— Ricky ?

Il relâcha l'adolescent.

Le *running back* de son équipe de football épousseta son pantalon et grogna.

— Coach. Oh non ! Pourquoi je tombe sur vous ? La vieille va piquer une crise si elle doit venir me chercher au centre pour mineurs parce que j'ai violé le couvre-feu.

— Dans ce cas, tu ferais mieux de parler. C'est pour ça que je ne te vois plus sur le terrain depuis deux semaines ? Parce que tu t'es mis à traîner dans les rues ?

Ricky écarta les épaules et affronta son regard.

— Je cherche Kayla, expliqua-t-il.

— Dans un immeuble abandonné ?

— Nan... Sœur Kate gère un refuge ici. Kayla sortait avec un pauv' type qui l'a mise enceinte, précisa Ricky en baissant la tête. Mais elle voulait rentrer dans le droit chemin, ajouta-t-il avec une gravité typique de son âge. Enfin, c'est ce qu'elle a dit à grand-mère la semaine dernière. Elle devait revenir à la maison, mais on ne l'a pas revue.

— Et tu espères qu'elle a atterri ici.

Ricky hocha la tête.

Mitch étudia le gamin rebelle.

— Tu sais s'il existe un moyen d'entrer ici en douce ?

L'adolescent écarquilla les yeux.

— Pourquoi ? Il s'y passe des trucs ?

Il jeta un coup d'œil à la porte.

— Kayla est peut-être là.

Mitch posa une main sur son épaule.

— Je ne…

— Non, laissez-moi ! cria une voix féminine. Je ne viendrai pas !

Le hurlement provenait du rez-de-chaussée, perçant la nuit. Ricky bondit vers la porte. Mitch le retint et lui fourra son portable dans la main.

— Un flic dénommé Vance a tourné le coin de la rue, il n'y a pas cinq minutes. Appelle le 911, puis va le chercher.

— Mais Kayla…

— Je trouverai ta sœur. Maintenant, pars !

Ricky fila aussitôt.

Mitch sortit son Glock, prit son élan puis se jeta de tout son poids sur la porte fermée. Le montant pourri céda avec une surprenante facilité.

— Police ! cria-t-il. Que personne ne bouge !

Un type massif pivota sur lui-même.

— Vous, les âmes charitables, vous me les brisez ! Eh bien, je ne me laisserai pas prendre.

Il empoigna le bras d'une fille enceinte au visage couvert d'ecchymoses, et posa la lame d'un couteau sur son cou.

— Je vous en prie, Ghost, ne faites pas ça !

La voix rauque d'Emily Wentworth tremblait tandis qu'elle s'avançait vers lui, le teint blême, une batte de base-ball entre les mains.

Elle offrait l'image d'une petite chose courageuse, féroce et déterminée. Impressionnant, songea Mitch.

— Pas de bêtises ! menaça Ghost.

D'un mouvement prudent, Emily posa la batte de côté.

— Lâchez Heather, intima-t-elle. Nous arrangerons ça, je vous le promets.

Elle fit un nouveau pas en avant.

— J'ai dit, personne ne bouge ! lança Mitch en la fusillant du regard. Ça concerne tout le monde.

Elle le considéra d'un œil furieux, mais hocha brièvement la tête et recula.

Mitch effectua alors un rapide survol de la pièce. La disposition des lieux posait problème. S'il pouvait tuer le voyou de là où il était, il risquait de toucher l'une des adolescentes enceintes regroupées autour de la religieuse. Et si Ghost cachait une arme sous sa veste, les choses pouvaient franchement tourner au bain de sang.

Celui-ci appuya un peu la lame, et du sang perla sur le cou de son otage.

— Reculez. Je m'en vais. Avec la fille. Et vous ne m'arrêterez pas.

Après des années de SWAT, Mitch savait reconnaître la sauvagerie dans les yeux d'un homme.

— Allez, mon gars, lâche ce couteau ! ordonna-t-il en baissant un peu son Glock.

Avec de la chance, le dénommé Ghost était assez défoncé ou assez stupide pour relâcher sa garde.

— Elle vient avec moi. Ils ne me paieront pas si je ne leur en ramène pas une.

Mitch se déplaça discrètement vers la gauche pour avoir un meilleur angle, et croisa le regard terrorisé de Heather.

— Tu ne peux pas *t'évanouir* comme ça…

Sur ce, Mitch rentra légèrement ses épaules et s'affaissa d'un rien, priant pour que la victime ait compris ses instructions silencieuses.

— Je ne veux pas partir, balbutia Heather. Je le lui ai dit. Mme Wentworth a promis qu'elle m'aiderait.

Puis elle se fit toute molle dans les bras de son ravisseur.

Maintenant !

Tournoyant sur sa bonne jambe, Mitch balança un solide coup de poing dans les reins de Ghost et lui fit lâcher prise. Il poussa Heather vers Emily Wentworth, puis reporta son poids sur sa jambe blessée. Mais un éclair de douleur l'aveugla, et elle faillit se dérober sous lui. Serrant les dents, il tint le voyou en respect de son arme. Aucune sirène ne se faisait entendre, aucun signe que Ricky avait trouvé de l'aide. Il avait besoin de renfort avant que quelqu'un ne s'aperçoive que sa jambe le lâchait.

— A plat ventre, bras écartés ! ordonna-t-il.

Puis il se tourna vers Emily.

— Vous, appelez le 911 !

Emily raccrocha. C'était un flic. Elle aurait dû le comprendre quand cet idiot avait défoncé la porte comme un superhéros de série Z. Il avait tout fichu en l'air. Sœur Kate et elle avaient presque réussi à faire parler Ghost. Là, il était face contre terre, des colliers autobloquants autour des poignets, et aucune envie de cracher ce qu'il savait à quiconque. Génial. Merveilleux. Un mois de travail parti en fumée.

Sœur Kate s'agenouilla devant le malfrat.

— Allons, vous pouvez nous le dire. Vous ferez une bonne action.

Ghost tourna la tête vers elle.

— Fichez-moi la paix.

— Ma sœur, écartez-vous de lui, dit le flic. Il est en état d'arrestation.

Une flamme incendiaire brilla dans les yeux de la religieuse, flamme qui avait déjà réduit en cendres des brutes plus impressionnantes que ce policier malvenu, songea Emily. Elle attendit que le lance-missiles verbal se déclenche. En fait, elle s'en régalait à l'avance.

Sœur Kate détailla le flic de la tête aux pieds, hocha la tête, puis se releva et s'éloigna de Ghost.

— Vous êtes l'un des fils Bradford. Tous plus beaux les uns que les autres. Celui du milieu, je présume. Vous ressemblez à votre père, Mitch. Je vous épargne. Pour le moment.

Le policier eut l'air interloqué.

— Vous connaissez mon père ?

— Oh ! Mais oui. Le sergent Bradford venait à mon

centre de rééducation recruter des joueurs pour son équipe de football. On m'a dit que vous aviez pris la relève.

Il acquiesça. Elle lui tapota le bras.

— Ça m'a fait de la peine ce qui lui est arrivé.

La mâchoire de Mitch se crispa et une lueur de chagrin traversa ses yeux, nota Emily. L'émotion n'était pas feinte, mais elle ne pouvait s'autoriser à compatir, même si sœur Kate avait raison... Et même si dans un style rugueux, il était beau à faire pleurer les anges.

Emily n'avait qu'une mission, retrouver son fils, et ce flic avait réduit à néant sa piste la plus prometteuse. N'ayant rien à perdre, elle bondit sur Ghost et l'empoigna par le col de son sweat.

— Donnez-moi son nom...

Si sa propre voix, cassée, lui semblait encore étrangère, elle était un rappel concret du but essentiel de sa vie.

— C'est le seul moyen pour vous de vous en tirer.

— Allez au diable, vous et votre bonne sœur !

Se retournant brusquement, il lança sa jambe au hasard et la chaise la plus proche vola à travers la pièce. Il plongea vers Emily.

— Ecartez-vous ! intervint Mitch.

Il le maîtrisa de nouveau, le renversa et l'immobilisa au sol d'un genou dans le dos.

— Vous n'auriez pas dû vous mêler de ça, grogna Ghost.

— La ferme ! fit Mitch.

Alors qu'il vérifiait le serrage des colliers, une voiture de patrouille s'arrêta devant l'immeuble, sirène hurlante, puis un agent en uniforme se rua à l'intérieur.

— Emmenez-moi cet homme, intima Mitch. Je ferai mon rapport à mon retour.

L'agent hocha la tête et escorta Ghost à l'extérieur.

Mitch, lui, s'avança vers les filles serrées dans un coin, affligé d'un boitillement de la jambe droite. Elles se recroquevillèrent l'une contre l'autre. Emily les comprenait. Pour sa part, il lui avait fallu des mois pour ignorer les bribes de souvenirs qui remontaient à la surface chaque fois qu'un homme vêtu de sombre s'approchait d'elle. Pour ces adolescentes — l'une d'entre elles avait un œil enflé et fermé, une autre le visage tuméfié, une troisième la tempe bleuie —, tout ce qu'elles voyaient, c'était une brute épaisse capable de démolir quiconque se mettait en travers de son chemin.

L'expression de cet homme s'adoucit.

— Vous avez été très bien, Heather, dit-il avec chaleur. Comment vont les autres ? Faut-il appeler un médecin ?

Les filles secouèrent ensemble la tête.

— Sœur Kate s'occupe de nous, répondit l'une d'elles, les bras croisés dans une posture de défi. Elle est infirmière.

Mitch acquiesça et n'insista pas. Ce brusque changement d'attitude stupéfia Emily. En quelques secondes, il était passé du guerrier impitoyable à un être plein de bienveillance. Malgré cela, aucune des adolescentes n'osait le regarder dans les yeux.

Il étudia les joues hâves de l'une d'elles et serra de nouveau les dents. A l'évidence, les marques de brutalités le mettaient en colère.

— Si vous me parliez de Ghost, dit-il d'une voix grave et posée, tandis que miaulaient de nouvelles sirènes.

Aux réactions des jeunes femmes, il comprit qu'elles préféraient mourir plutôt que de lui répondre.

— Elles sortent avec des dealers ! beuglait Ghost à l'extérieur. J'ai les preuves. Je peux vous donner les noms, les dates, tout. Je connais leurs mecs. Ce sont des maquereaux. Je peux vous aider à les mettre à l'ombre. A donner leurs bébés à des gens qui, eux, les méritent.

A ces mots, Heather frissonna, puis caressa son ventre arrondi. Elle tourna les yeux vers Mitch.

— Il traîne à la recherche de filles victimes de violences, et il cherche à embobiner celles qui sont là depuis peu. Il leur fait croire qu'il peut les aider, mais c'est du baratin. Si elles le suivent, c'est pour un aller simple.

— Et vous ne les revoyez jamais, termina Mitch.

De nouveaux éclats de voix résonnèrent dans la rue.

— J'ai quelque chose pour le coach... Euh, pour l'officier Bradford ! cria un jeune garçon.

Mitch se leva, le rejoignit par la porte défoncée et prit le portable qu'il lui tendait.

— Coach, je n'ai pas trouvé Vance, dit le gamin.

— Tout va bien, Ricky.

Il lui ébouriffa la tête, puis amena l'adolescent avec lui dans la pièce.

— Sœur Kate, madame Wentworth, voici Ricky Foster. Il cherche sa sœur Kayla.

Durant l'heure qui suivit, Mitch questionna les filles, ainsi que Ricky. Des mineures enceintes disparaissaient. Leurs bébés se volatilisaient. Jusque-là, aucune d'elles n'avait fait l'objet d'un signalement.

— Vous la retrouverez ? demanda Ricky d'une voix chargée d'espoir, tandis que Mitch l'emmenait vers la porte de derrière.

Ensemble, ils avaient barricadé tant bien que mal celle de devant.

— Donne-moi une photo d'elle, et je diffuserai un avis de recherche. Nous saurons ce qui s'est passé.

Lorsqu'il sortit, Ricky affichait une expression d'optimisme prudent. Emily se tourna vers sœur Kate.

— Dommage que nous ne l'ayons pas vue, soupira-t-elle.

— Quelque chose me dit qu'avec l'officier Bradford sur l'affaire, Ricky retrouvera sa sœur, répondit la religieuse.

— Les choses ne se terminent pas toujours comme on l'aimerait, déclara Mitch derrière elles.

Emily ne l'avait pas entendu s'approcher. Elle se raidit. Son imposante présence la submergeait et accélérait les battements de son cœur. Pas de peur, cependant. Mais autre chose... d'étranger et de troublant à la fois.

— Oh ! Je le sais très bien, mon joli, admit sœur Kate. Mais nous ne pouvons pas baisser les bras, n'est-ce pas ? Une âme à la fois.

Elle consulta sa montre.

— Il se fait tard. Nous sommes en sécurité et je dois

border mes petites cailles. Peut-être que vous pourriez raccompagner Emily jusqu'à sa voiture. Il fait sombre, et une jolie fille comme elle a besoin d'un solide protecteur à cette heure de la nuit.

Le flic se tourna vers Emily, et ses yeux chocolat l'étudièrent avec une intensité qui la fit frémir. Elle en vint même à rougir. Quand sœur Kate était-elle devenue entremetteuse ?

Un léger flottement gagna son ventre. Mitch s'était montré si gentil, si attentionné avec les filles et Ricky. Mais elle ne pouvait pas se laisser attendrir. Elle priait juste pour qu'un homme tel que lui veillait sur Joshua quelque part. Et que le jour viendrait où elle le retrouverait.

— Vous êtes prête ? demanda Mitch.

Elle se saisit du cartable dont elle ne se séparait jamais. Dedans, elle gardait un portrait de Joshua vieilli par ordinateur, des prospectus et un exposé précis de l'affaire. Ce policier pouvait-il l'aider ? Jusque-là, elle n'avait guère pu se fier aux forces de l'ordre. Celles-ci ne la croyaient pas.

Cet homme semblait différent, mais pouvait-elle lui faire confiance ? Ghost écarté, il lui fallait une autre source d'information sur ces enfants disparus. Et avec un peu de chance, quelque chose qui les reliait à son fils.

Mitch se retourna et parut hésiter au moment de reporter son poids sur sa jambe droite. Emily étudia sa démarche. Sa hanche faisait l'essentiel du travail du côté droit, mais il cherchait à ne pas le montrer. Si sa profession n'avait pas consisté à noter les signes de stress dans un corps humain, elle n'aurait rien vu. Ce policier s'était blessé en se comportant en héros, en se portant à leur secours.

— Vous êtes blessé.

Il se raidit, lui jeta un regard hostile, mais elle ne se laissa pas impressionner. Il avait mal, c'était manifeste. Elle chercha ses clés dans son sac et en profita pour sortir une carte professionnelle qu'elle lui remit.

— Vous vous êtes blessé en m'aidant, officier. Venez me voir. Je jetterai un œil à votre jambe. Peut-être que je pourrai faire quelque chose.

— Physiothérapeute, hein ?

— Qu'avez-vous à perdre ?

— Je vais bien, déclara-t-il d'un ton définitif. Allons-y.

D'accord, il ne voulait rien savoir. Emily n'insista pas, mais elle ne pouvait oublier ce qu'il avait fait. Il lui tint ouverte la porte du fond, et elle sortit du refuge créé par sœur Kate pour ses filles perdues.

La ruelle sombre sur laquelle ils débouchèrent résonnait de cris de disputes et de braillements d'enfants.

Lorsqu'ils atteignirent la rue, une grande femme en robe rouge moulante les siffla.

— Vous cherchez un peu d'action, ta femme et toi ?

— Merci, mais nous nous suffisons à nous-mêmes, répondit Mitch.

Il empoigna le bras d'Emily et l'attira contre lui.

— Heureuse femme ! lança la péripatéticienne, avant de se tourner vers une voiture de luxe qui roulait au pas.

— Vous n'avez pas besoin de me protéger, dit Emily.

— Après ce que j'ai vu ce soir, je n'en suis pas si sûr.

Il inspecta la rue de chaque côté avant de la guider vers le passage pour piétons.

— Si vous êtes partie en croisade, je vous donne un bon conseil : ne vous impliquez pas trop personnellement. Ça vous rongera de l'intérieur.

— Vous êtes flic. Pour vous, tout le monde est un méchant potentiel.

Il resserra sa main sur son bras et s'arrêta.

— Vous voyez ce gosse, au coin ? Il s'appelle Mario. Il a maintenant vingt ans. C'était un *quarterback* formidable. Intelligent. Il aurait pu entrer dans n'importe quelle université et décrocher un diplôme. Peut-être même qu'il serait devenu professionnel. Mais il était incapable de dire non à ses prétendus amis. A dix-sept ans, il a reçu une balle de revolver qui a sectionné plusieurs nerfs dans son bras de lancement. Adieu la bourse d'études. Il a abandonné. Aujourd'hui, il deale. D'ici la fin de l'année, il sera en prison. Dans cinq ans, il sera mort.

Ce que ce policier ressentait se lisait sur son visage. Mais il ne s'en rendait certainement pas compte, songea Emily.

— Il était dans votre équipe, n'est-ce pas ? Comme Ricky.

Mitch hocha la tête et poursuivit son chemin à son côté.

— Je connais les probabilités. Je pensais que Mario y arriverait. Je me suis trompé. Je ne veux pas me tromper pour Ricky. Je vais me battre pour lui. Et pour sa sœur. Mais les chances ne sont pas en leur faveur.

— Vous n'abdiquez pas. Vous vous souciez toujours d'eux.

Une longue voiture contourna l'angle sur les chapeaux de roues et fonça droit sur eux. Avant qu'Emily ne puisse faire un geste, Mitch l'empoigna et plongea de côté pour l'écarter de sa trajectoire. L'enveloppant de ses bras, il tourna sur lui-même de telle sorte qu'elle atterrit sur lui au moment où il heurtait brutalement le sol. Un souffle brûlant les ébranla tandis que la vieille Cadillac passait près d'eux dans un hurlement de pneus.

Mitch lâcha un juron salé.

— OK, gente dame. Si vous me disiez dans quoi vous avez mis les pieds ?

Les rideaux jaune d'or et les murs vert tendre auraient dû plonger Vanessa dans un optimisme serein, mais en réalité ces couleurs étaient une tromperie. Elle avait été si stupide. Pourquoi n'avait-elle pas quitté la ville quand elle avait décidé de conserver son bébé ? La sage-femme avait été furieuse. Le Doc allait…

Une clé tourna dans la serrure. Vanessa se recroquevilla dans le lit, berçant contre elle la fillette à qui elle venait de donner le jour, et dont le petit crâne était couvert de fins cheveux blonds. Vanessa l'embrassa sur sa joue délicate.

— Maman va bien s'occuper de toi.

Elle pria de toutes ses forces pour pouvoir le faire.

La porte s'ouvrit sur l'homme qui l'avait accostée dans le centre commercial, à peine deux mois plus tôt.

— Nous avions conclu un marché.

Sa voix était calme et posée.

Vanessa frissonna.

— Je vous rembourserai, je vous le promets.

Elle ravala avec peine la boule dans sa gorge.

— Mais je ne peux pas l'abandonner. Je l'aime.

— Vous l'aimez. Vraiment ? Comme c'est dommage. J'ai des parents pour elle, et ils n'attendront pas.

Il lui fourra une feuille sous les yeux.

— Signez ce formulaire. Maintenant.

— Non.

Il se tourna vers la porte.

— Marie ! appela-t-il. Venez.

La corpulente sage-femme se précipita dans la chambre.

— Mais, docteur…

— Allez-y.

Elle soupira et tendit les mains vers le bébé.

— Je suis désolée, ma chérie.

— Non ! Vous ne pouvez pas me la prendre !

Vanessa lança des coups de pied, hurla, s'accrocha à son enfant, mais ce fut peine perdue. Son accouchement l'avait laissée trop affaiblie.

— Vous ne pouvez pas faire ça ! cria-t-elle tandis que la sage-femme quittait la chambre avec le bébé. Je dirai à la police que vous m'avez forcée à signer. Ils me la rendront.

— Non, ma chère, murmura le médecin, la voix d'une douceur létale. Vous ne direz rien à personne.

D'un mouvement preste, il lui attrapa le bras et immobilisa son poignet à l'aide d'une sangle de lit. Elle se débattit, se secoua, lui griffa la joue, tenta par tous les moyens de l'arrêter.

Il jura, et la gifla si fort que sa tête vola en arrière.

Lorsqu'elle reprit ses esprits, il avait attaché l'autre poignet au montant du lit d'hôpital. Elle arqua le dos, se tordit pour se libérer, mais il se contenta de sourire. La mine très calme, il toucha sa joue, là où elle l'avait griffé.

— Ç'aurait pu être si facile…, dit-il. Vous auriez dû prendre l'argent. Vous auriez pu avoir une nouvelle vie, comme les autres petites putes.

Une vive sensation de piqûre la fit crier. Il ressortit l'aiguille de son bras et défit ses liens.

— Qu'est-ce que vous m'avez fait ?

Elle redressa le dos, se frotta les poignets et baissa les yeux sur la petite goutte de sang apparue sur sa peau.

— Vous le saurez très vite.

Elle scruta le médecin : son regard était froid et indifférent.

— Laissez-moi avoir mon bébé. S'il vous plaît.

Alors qu'elle le suppliait de l'écouter, de prendre la bonne décision, elle se mit à défaillir. Ses bras retombèrent le long de son corps et sa tête se mit à lui tourner. Elle respirait avec difficulté. Quelque chose l'étouffait. Elle râla. Oh ! Seigneur, qu'est-ce qui n'allait pas ? Elle suffoquait. Cherchant l'air, elle porta ses mains à sa poitrine. On aurait dit que quelqu'un était assis sur elle. Elle tenta désespérément de respirer, mais c'était devenu presque impossible.

Un odieux sourire se dessina sur les lèvres du médecin.

Vanessa tendit la main vers lui.

— A-aidez-moi. Je ne me sens… pas bien.

Il plaça le papier sous sa main et lui glissa un stylo entre les doigts.

— Signez ça, et je vous sauverai.

Ses halètements brefs, accélérés, semblaient provenir de quelqu'un d'autre. Elle n'avait pas le choix. D'une façon ou d'une autre, elle récupérerait son enfant. Mais elle devait rester en vie.

A peine capable de lire ce qui était inscrit sur la page, elle griffonna son nom puis s'affaissa sur l'oreiller. Elle tendit de nouveau le bras vers lui.

— Aidez-moi. Vous m'avez promis.

— C'est vrai. Mais vous aussi, vous m'aviez promis.

Son consentement signé à la main, il sortit de la chambre et referma la porte derrière lui.

Vanessa ne pouvait ni crier ni hurler. Elle regarda fixement les rideaux jaune d'or, et ceux-ci se métamorphosèrent sous ses yeux en formes étranges et en visages déformés. Celui du Doc. Il riait. Se moquait d'elle. La traitait d'idiote.

Il avait raison. Tout était de sa faute. Qu'allait devenir son bébé ?

Respirer lui demandait une énorme énergie. Elle n'y arrivait plus. Des points blancs dansèrent devant ses yeux. Elle ne pouvait plus rien faire. Plus rien.

Mon Dieu, je vous en prie. Protégez mon bébé.

2

Le visage crispé sous la douleur, Mitch pénétra dans le commissariat en claudiquant. Quelle soirée ! Et ce n'était pas fini. Il avait signalé l'attaque de la Cadillac. Deux rapports d'agression en moins d'une heure. Il n'était pas près d'oublier cela. D'autant qu'un silence d'outre-tombe s'était abattu sur cette rue animée du centre-ville juste après l'attaque. Pas de témoin. Rien.

Juste une jolie femme qui semblait satisfaite d'avoir été prise pour cible.

« Je les inquiète, avait-elle déclaré en le regardant sans ciller. Ça prouve que je suis sur quelque chose. »

Incroyable.

Une partie de lui l'admirait pour sa ténacité. Une autre était terrorisée par son comportement. A la réflexion, elle agissait comme sa défunte mère quand lui ou ses frères se fourraient jusqu'au cou dans les ennuis : sans la moindre peur. Mitch en avait hérité. Le syndrome de Maman Ourse. Tout faire pour ses enfants. Mais en considérant la brutalité de cet attentat contre Emily Wentworth, elle était bien plus en danger qu'elle ne s'en doutait.

Elle avait rendu quelqu'un *très* nerveux.

La faire partir n'avait pas été une mince affaire. Elle avait voulu rester, sillonner le quartier. Seule la crainte de passer la nuit au poste l'en avait dissuadée. Mitch l'avait suivie en catimini pour être sûr qu'elle rentrait bien chez elle et ne faisait pas demi-tour. Elle était en sécurité… pour le moment. Avec des hommes affectés à sa surveillance, au cas où.

Il consulta sa montre. Presque minuit. Il était sur l'affaire

Emily Wentworth depuis le matin, et avait encore des rapports à rédiger. Se redressant, il fit de son mieux pour dissimuler son handicap. A cette heure-ci, il pouvait peut-être passer devant le bureau du planton et le foyer du SWAT sans être vu par quelqu'un qu'il connaissait.

Sa cuisse était en feu. Ses muscles étaient au bord de la tétanie. Il lui restait moins de deux mois avant de passer la visite médicale pour retrouver son vrai job. S'il ne prenait pas le taureau par les cornes, sa carrière était fichue.

Avec un soupir, il se laissa choir dans son fauteuil et massa sa cuisse endolorie. Et s'il ne pouvait pas réintégrer le SWAT ? Il n'était pas inspecteur. Analyser et attendre, ce n'était pas sa tasse de thé. Ce qu'il aimait, c'était forcer les portes et alpaguer les méchants. Agir, plutôt que parler. Arrêter Ghost lui avait fait du bien.

L'inspecteur Dane Tanner, son superviseur temporaire, fit irruption dans son box.

— Que vous est-il arrivé, Bradford ? Vous clopinez comme une vieille femme.

Mitch se raidit. Tanner avait l'œil.

— Rien. Juste un petit élancement. Que faites-vous ici aussi tard ? Je croyais que les inspecteurs de haut rang avaient des horaires de fonctionnaires.

— Vous avez entendu parler d'un truc qui s'appelle la radio ? Je reste branché sur mes gars. Surtout les novices, comme vous, Bradford. Je suis au courant pour vos aventures de ce soir. Vous avez coincé ce type, Ghost, pour violences sur mineures. Bon boulot.

Le visage de l'inspecteur s'assombrit.

— Malheureusement, il s'est fait la belle. Un duo de petits malfrats a créé une diversion, et il en a profité pour filer, non sans avoir envoyé deux de nos hommes à l'hôpital.

Mitch fut aussitôt sur ses pieds.

— Il s'est enfui ? Vous avez ses empreintes au moins ?

— Hélas non. Mais nous avons diffusé un appel à toutes les patrouilles.

Tanner secoua la tête.

— Ce type est dangereux. Vous avez pris un gros risque en y allant seul.

— J'ai tenté d'obtenir du renfort.

— Mouais… En demandant à un gamin de quatorze ans d'appeler le 911 et de trouver Vance. Qui venait de finir son service, soit dit en passant. De meilleurs que vous ne sont pas sortis intacts de leur rencontre avec des tordus tels que Ghost.

— J'ai compris, fit Mitch.

Son père, Paul Bradford, était resté à moitié paralysé après avoir reçu une balle lors d'une fusillade, cinq ans plus tôt. Etre flic et porter une arme ne l'avait pas protégé. Et à l'époque, il n'était pas ralenti par une jambe blessée.

— Je l'espère, reprit Tanner. Je sais qu'enquêter ne vous emballe pas. Mais tant que vous n'avez pas passé cette visite médicale du SWAT, vous êtes collé chez nous. Vous suivez nos règles. L'une d'elles est de n'intervenir nulle part sans appui. Une autre est de ne jamais donner votre identité à un suspect. Dans le cas présent, Emily Wentworth.

— Inspecteur…

— Epargnez-moi votre numéro de danseur de claquettes. Il y avait des vies en jeu, je comprends. Mais vous avez eu beaucoup de chance, vous en êtes conscient ?

L'ex-officier des forces spéciales plongea dans les yeux de Mitch un regard qui ne laissait planer aucun doute sur son sens de la discipline.

— Avez-vous au moins avancé dans l'affaire Wentworth ?

— Elle a vu que je boitais. Elle m'a proposé des soins de physiothérapie. Je vais accepter. Cela me fournira un nouvel angle d'observation.

Mitch expliqua la situation relative à Kayla Foster, et Tanner sourit.

— On dirait que vous y êtes à fond. Nous ferons peut-être de vous un inspecteur, finalement.

— Il faudra me passer sur le corps, grogna Mitch.

— J'espère que non. Votre père me tuerait.

Tanner se pencha vers lui, une expression d'extrême gravité sur le visage.

— Je veux une tête. Quelqu'un a orchestré la mort d'Eric Wentworth. Son meurtre était une affaire classée, jusqu'à ce que sa mère découvre ce compte bancaire au nom d'Emily. Un compte *très* bien garni. Cela jette une lumière nouvelle sur toute l'enquête. Je veux savoir à quel niveau l'épouse est impliquée, et cette fois il n'y aura pas de retour en arrière.

— Si elle était vraiment coupable, pourquoi me proposerait-elle de m'aider ?

— Pour se faire un allié dans la police, se tenir informée de l'avancement de l'enquête. Une femme capable de mettre en scène un crime de chauffard pour se débarrasser de son mari est prête à tout, y compris se couper la gorge pour se présenter comme une victime. Vous et moi, nous savons que ce n'est pas aussi rare que ça le devrait.

— Vous allez chercher un peu loin, maugréa Mitch. Emily est passée près de la mort. Sa voix ne sera jamais plus la même. Et d'après mes contacts, elle n'a jamais été impliquée dans quoi que ce soit, sinon des actions de bienfaisance.

Mitch reconnaissait s'être auparavant trompé sur elle, mais il ne pouvait ignorer ce que ses tripes lui disaient.

— Et si nous faisions fausse route ? Si elle ne cherchait réellement qu'à retrouver son fils ?

La mâchoire de l'inspecteur Tanner se crispa.

— Possible. Mais elle sait quelque chose, j'en mets ma main au feu. Quelqu'un a tenté de la tuer ce soir, et ce n'est pas Ghost. Il me faut une explication. Je sens quelque chose de pas propre, ajouta-t-il, l'œil glacial. Trouvez-moi une preuve, Bradford. Quel qu'en soit le prix.

Aucun soleil matinal ne perçait les nuages d'hiver au-dessus du cimetière. La journée ne pouvait être que lugubre. Rien de bien ne pouvait arriver un 5 décembre. Plus jamais. Emily glissa les doigts sur l'inscription gravée dans la pierre.

ERIC WENTWORTH. FILS ET PÈRE BIEN AIMÉ.

— Et époux bien aimé, murmura Emily, avant d'essuyer une larme.

Ces mots, sa belle-famille les lui avait refusés.

Elle se tenait seule dans l'entrée en ogive de la chapelle funéraire de la famille Wentworth, un mausolée de marbre prétentieux, aussi froid et dur que l'étaient les parents d'Eric. Avec cette inscription, ils avaient clairement exprimé leurs sentiments. Ils n'avaient jamais accepté Emily. A leurs yeux, elle était coupable de la mort de leur fils et de l'enlèvement de leur petit-fils. Si seulement elle pouvait se rappeler ce soir-là. Plus que les pleins feux qui l'éblouissaient, plus que les cris, plus que l'homme à la capuche.

Une saute de vent glacé la fouetta, et elle fourra ses mains dans ses poches. Elle aurait dû savoir ce qui était arrivé à son enfant. Le sac de couches était resté dans la voiture, mais Joshua avait disparu dans son siège pour bébé.

— Je n'ai toujours pas retrouvé notre fils, Eric, dit-elle de cette voix éraillée que son mari n'aurait pu reconnaître. Je suis désolée.

Une cloche tinta au loin, et lorsque son écho mourut, un bruissement d'herbe fit dresser l'oreille à Emily. Elle se tendit. Toute la matinée, elle avait eu l'impression d'être observée. De nouveau. Depuis des semaines, elle tentait de mettre cela sur le compte de son imagination, mais après l'attentat de la veille elle croyait un peu plus en son sixième sens.

Une ombre passa sur le côté de son visage.

— Vous n'avez rien à faire ici.

Au timbre sec de la voix de sa belle-mère, Emily frissonna et se retourna. Toute d'élégance hautaine, Victoria Wentworth était parfaite dans son rôle de mère endeuillée. Sa voilette noire dissimulait son expression et des yeux qu'Emily savait accusateurs.

— Vous n'êtes pas de la famille.

— C'était mon mari, répliqua doucement Emily.

— Vous l'avez tué.

— Mère, vous savez que c'est faux.

William, le second fils de Victoria, s'avança pour l'éloigner et adressa un regard d'excuse à Emily.

— C'était un tragique accident, ajouta-t-il, une main sur le bras de sa mère.

Victoria chassa celle-ci et fit face à Emily.

— Vous avez manigancé le meurtre de mon fils et de mon petit-fils. Un jour, je le prouverai.

Emily tressaillit. Elle aurait tant aimé s'intégrer à la famille d'Eric, mais dès le début les Wentworth l'avaient rejetée. Jusqu'à ce qu'Eric se voie obligé de faire un choix. Il avait coupé les ponts avec eux, tourné le dos à leur argent et à leurs affaires. Lorsque Joshua était né, Emily l'avait poussé à se réconcilier avec ses parents. Leur bébé méritait d'avoir une famille. Le trajet sous la neige jusqu'à Cherry Hills Village, au mois de décembre précédent, avait été *son* idée. D'un certain point de vue, elle était donc responsable de sa mort dans cet accident criminel.

— J'aimais Eric.

— Vous vouliez avoir accès à l'argent des Wentworth, répliqua Victoria, tandis que Thomas, son mari, pénétrait à son tour dans la chapelle.

Elle lui saisit la main.

— Eh bien, nous ne le permettrons pas. Eric s'est déshérité lui-même, et nous avons dit aux compagnies d'assurances que sa mort vous est entièrement imputable. Nous avons même découvert votre compte secret. Vous n'aurez rien. Rien.

Emily se figea. Un compte secret ?

— Mais de quoi parlez-vous ?

— Comme si vous ne le saviez pas, rétorqua Victoria, avant de se tourner vers son fils. William, fais-la sortir d'ici !

Sur ce, elle posa la tête au creux de l'épaule de Thomas et fondit en sanglots. William lui murmura quelques mots, puis s'avança vers Emily.

— Je crois que vous feriez mieux de partir. Je vous raccompagne à votre voiture.

— Je n'ai rien fait, vous le savez, protesta-t-elle. Il était mon mari. Je l'aimais.

Sur un dernier regard à Victoria et à une situation qui aurait pu être si différente, elle enfila ses gants, luttant pour contenir des larmes de confusion, de colère et de chagrin. William l'escorta hors de la froide bâtisse funéraire, et leurs pas crissèrent sur l'herbe gelée tandis qu'ils se dirigeaient vers le parking.

— Je sais que vous l'aimiez, reprit William. Mère peut être un vrai dragon quand elle le veut. Elle n'arrive pas à surmonter son deuil. En fait, aucun d'entre nous ne le peut.

— Et vous croyez que, moi, je l'ai surmonté ? Tous les jours, je me bats pour retrouver notre fils.

— C'est un autre point dont il faut que nous parlions.

L'hésitation dans sa voix, si semblable à celle qu'elle percevait parfois chez Eric, fit trembler Emily.

— Je ne sais pas très bien comment le dire, aussi en viendrai-je directement au fait. Mère et Père sont tombés sur les reçus des honoraires de votre détective privé et de billets d'avion que j'ai payés. Ils ont été choqués d'apprendre que je vous avais aidée financièrement. J'ai dû leur promettre d'arrêter.

Emily se figea et pivota vers lui.

— Vous ne pouvez pas faire ça maintenant, dit-elle, une main sur son bras. J'ai besoin de votre aide. Je suis si proche du but.

— Vous avez retrouvé Joshua ?

Il lui serra l'épaule, l'air tout excité. Mais elle ne pouvait lui donner de faux espoirs.

— Pas exactement. Je rassemble des informations sur les adoptions de l'an dernier, parce que j'ai découvert qu'un certain nombre de bébés avaient disparu durant cette période. Et puis, il y a ces jeunes filles enceintes, et…

— Oh ! Emily. Combien de fois avons-nous emprunté ce chemin-là ?

Il secoua la tête.

— Je suis navré, mais ce sont mes parents. Et d'une certaine manière ils ont raison. Cela fait un an. Il faut accepter la réalité. Nous avons tous essayé de le retrouver. Eux aussi. Mais Joshua n'est plus là.

— Je ne baisserai pas les bras. Jamais. Mais il me faut

encore du temps. Avec vos parents qui me présentent comme une veuve noire, ma clinique parvient à peine à subsister.

— Je ne peux plus vous aider, je suis désolé.

William ouvrit la portière de la compact défraîchie dont Eric se plaignait souvent. Lorsque Emily se glissa sur le vinyle craquelé du siège, il se pencha vers elle.

— Suivez mon conseil, allez de l'avant dans votre vie. Refermez ce chapitre.

— Mais comment, alors que mon fils est en vie quelque part ? Vous ne croyez peut-être pas que je le retrouverai, mais je refuse d'envisager le contraire.

William prit ses deux mains dans les siennes, le regard affligé.

— Dans ce cas, j'ai de la peine pour vous. Au revoir, Emily.

Il referma la portière et, après un hochement de tête apitoyé, retourna vers la chapelle funéraire.

Emily frissonna et poussa un long soupir. Le froid la pénétrait jusqu'aux os. Non, cela ne pouvait pas arriver. Elle lança le moteur et poussa le chauffage à fond. Elle s'était demandé pourquoi la compagnie d'assurances différait sans cesse la remise du chèque de l'assurance-vie. Elle avait désormais sa réponse. Et quelle était cette histoire de compte secret ? Elle appellerait la banque, mais il ne faisait guère de doute qu'elle ne pourrait pas toucher à l'argent. Les Wentworth y veilleraient.

Elle jeta un coup d'œil à sa montre. L'officier Bradford avait rendez-vous à la clinique et devait l'attendre. Pouvait-elle lui faire confiance ? Pour le moment, elle avait besoin de lui autant qu'il avait besoin d'elle. La seconde phase de son plan lui nouait l'estomac, mais elle devait prendre une mesure drastique. Il lui fallait des fonds pour booster la recherche de Joshua. Eric aurait compris.

Sortant son portable, elle puisa dans sa poche le papier sur lequel elle avait noté le numéro. Après un dernier regard au cimetière, elle tapa sur les touches.

— Karen, c'est Emily. Mets la maison en vente. J'accepterai la première offre. J'ai besoin de liquide. Vite.

*
* *

Mitch contempla la façade de la clinique. Qu'il ait une raison d'y mettre les pieds ne lui plaisait guère, mais après avoir suivi Emily toute la matinée, et en l'absence de piste sur l'attentat à la Cadillac, l'évasion de Ghost ou la disparition de Kayla, son enquête faisait du surplace. Il devait débloquer les choses.

Une fois la porte poussée, il grogna face aux multiples appareils, agrès et tables de rééducation. Un léger parfum mentholé flottait dans l'air, parfum qu'il connaissait trop bien. Plusieurs patients travaillaient sur des vélos d'exercice, et, dirigés par des membres du personnel, quelques autres effectuaient des étirements divers.

Lorsqu'il avait découvert qu'Emily avait un créneau dans la matinée, il s'était démené pour obtenir une copie de son dossier médical, avait enfilé sa tenue de jogging puis avait mis le cap sur la clinique. Il lui était désormais possible de s'infiltrer dans la vie d'Emily. Sans enthousiasme. Lui qui détestait mentir ou tricher, voilà qu'il faisait les deux. Pour gagner quoi ? Les délices d'une implacable torture de physiothérapie. Il fallait vraiment qu'il soit maso.

Une jeune réceptionniste contourna son bureau pour l'accueillir.

— Je peux vous aider ?

Il lut le nom indiqué sur son badge et sourit.

— Bonjour, Cindy. Mitch Bradford. J'ai rendez-vous avec Emily Wentworth.

La porte d'entrée s'ouvrit derrière eux, et une sorte de missile au visage familier, vêtu de noir de la tête aux pieds, pénétra en trombe dans le hall d'accueil.

— Cindy, je sais que je suis en retard. Je vous en prie, dites-moi que mon nouveau patient n'est pas…

Elle s'arrêta net sur ses pas, la mine consternée.

— Et zut !

Nom de Dieu. Emily Wentworth était canon, se dit Mitch. Comment avait-il pu ne pas être ébranlé en l'ayant si près de lui la veille ? Elle était tout à fait son genre, avec ce corps mince et tonique, et ces cheveux châtains d'aspect soyeux, coiffés en une longue queue-de-cheval qui flottait dans son dos. Ils devaient être magnifiques, déployés sur un oreiller… Puis il croisa son regard et son cœur rata un battement. Des cils épais bordaient les yeux les plus bleus et les plus tristes qu'il avait jamais vus. Pendant un moment, il se sentit perdu. Le visage d'Emily était celui d'un être ouvert et chaleureux, avec une profondeur dans laquelle son âme aurait pu se perdre.

Hé, d'où lui venait cet esprit poétique ? Il avait un travail à faire. Mais en considérant la robe noire toute simple et le foulard de soie, noir lui aussi, il se rappela sa solitude au cimetière. Il l'avait observée, avant que l'arrivée des Wentworth le force à battre en retraite. C'était l'anniversaire de la mort de son mari. Le pleurait-elle encore, ou était-ce seulement pour la galerie, dans le cadre d'un plan élaboré pour accéder à l'argent de sa belle-famille ?

L'instinct de Mitch la lui présentait comme sincère. Il ne voulait pas croire que la douleur sur son visage ou la tristesse dans son regard étaient feintes.

Mais encore une fois, son instinct n'avait pas été un modèle de fiabilité récemment. Quelques mois plus tôt, il avait appris que son mentor à la police, en qui il avait une totale confiance, l'avait trahi. Il ne se laisserait plus berner de la sorte. Il ne pouvait se permettre d'accorder à Emily le bénéfice du doute.

Il se fendit d'un sourire innocent.

— Me serais-je trompé d'heure ?

Elle se mordit les lèvres, les joues piquées de rose.

— Non, répondit-elle. Je suis tellement confuse. Je dois vous donner une déplorable première impression comme thérapeute. Ne bougez pas, je suis à vous tout de suite.

— Je ne vais nulle part.

Du moins, jusqu'à ce qu'il sache s'il avait ou non perdu sa capacité à distinguer les bons des méchants. S'il se trompait sur elle, il aurait la preuve qu'il lui fallait. Et si elle était coupable, alors il ne lui resterait plus qu'à rendre sa plaque.

Avec un sourire reconnaissant, elle disparut derrière une porte marquée *Personnel.*

Cindy tendit à Mitch plusieurs formulaires sur une planchette à pince.

— Emily revient de suite. Si vous voulez bien remplir ces papiers…

Il se saisit de la planchette, s'assit dans le fauteuil le plus proche et allongea sa mauvaise jambe.

— Je suppose que j'ai de la chance qu'elle puisse me recevoir aussi vite. Il paraît qu'elle est très compétente. Je pensais devoir attendre plus longtemps pour un rendez-vous.

— Oh ! Emily est la meilleure, mais…

Cindy hésita.

— Son planning est moins chargé ces derniers temps. Les clients se font plus rares à cause de ses beaux-parents. Ils ont fait courir des bruits, et, enfin… Les gens parlent beaucoup.

Cindy se mordit la lèvre inférieure et jeta un regard furtif autour d'elle.

— Excusez-moi, mais j'ai du travail.

Donc, les affaires d'Emily battaient de l'aile, conclut Mitch. La question financière à laquelle son supérieur avait fait allusion lui revint à l'esprit, mais quel était le lien ? Si ce compte secret existait vraiment, pourquoi ne pas l'utiliser pour sauver sa clinique ? Et même, pourquoi travailler ? Pourquoi ne pas simplement disparaître ?

Mitch chercha une position confortable, mais sa jambe se rappelait régulièrement à lui depuis sa confrontation avec Ghost. Son corps s'était révolté contre un mouvement qu'il avait pourtant effectué des centaines de fois.

Une fois les formulaires remplis, il se prépara à une longue attente, mais Emily réapparut moins de cinq minutes plus tard. En général, une femme mettait une éternité à s'habiller. Pas elle. Décidément, rien dans cette mission n'était ordinaire. Le col montant qu'elle portait sous sa blouse lui rappelait ce qu'il y avait au-dessous. Il avait examiné les photos de la scène de crime, avait vu la plaie irrégulière en travers de sa gorge, qui avait abîmé pour toujours ses cordes vocales.

— Officier, venez par ici.

Sa voix rauque déclencha un frisson qui le traversa jusqu'aux orteils. Il ignorait quel timbre elle avait avant, mais celui-ci était extrêmement sexy.

— Appelez-moi Mitch. Si vous devez promener vos mains partout sur moi, autant utiliser nos prénoms.

Tout en la suivant dans une salle d'examen, il s'efforça d'arracher ses yeux du balancement de ses hanches sous sa blouse professionnelle.

Calme-toi, mon gars, se tança-t-il. *Ne te laisse pas troubler par des yeux bleus craquants et des courbes voluptueuses. Si elle est innocente et porte du noir le jour anniversaire de la mort de son mari, ça signifie qu'elle est intouchable, compris ? Tabou. Interdite.*

Elle referma la porte, toussota pour s'éclaircir la gorge et lui désigna du menton la table d'examen. Elle ne fit pas un geste pour l'aider à y grimper, ce dont il fut soulagé. Sa fierté en aurait pris un coup.

— Voici mon dossier, comme vous me l'avez demandé.

Tandis qu'il s'installait sur la table, elle prit place sur le siège placé à côté et feuilleta les rapports médicaux.

— Vous avez suivi quatre mois de thérapie, dit-elle en refermant le dossier. Je ne croyais pas vraiment que vous accepteriez mon offre.

— En temps normal, je ne l'aurais pas fait.

Les mots furent d'autant plus faciles à prononcer qu'ils étaient sincères.

— J'ai deux mois pour me représenter à l'examen médical du SWAT. Je ferais n'importe quoi pour être prêt, Emily. Vous avez une réputation d'excellente physiothérapeute. Vous êtes l'une des meilleures.

Elle opina lentement.

— La balle que vous avez reçue a gravement endommagé votre artère fémorale, ainsi que les nerfs et muscles environnants. Qu'ont dit vos médecins ?

— Que je ne pourrais peut-être plus jamais marcher. J'ai préféré ne pas trop les écouter.

Elle laissa échapper un petit rire, et son sourire éclaira ses yeux. Belle, elle l'était, ô combien.

— Bonne attitude. Tant que vous n'allez pas trop vite ni trop loin. A deux centimètres près, vous perdiez votre jambe.

Elle se renversa contre son dossier et posa le dossier de côté.

— Aurez-vous la patience de suivre les ordres ? Car je ne veux pas travailler avec quelqu'un qui n'en ferait qu'à sa tête. Même si vous m'avez sauvé la vie. Vous devrez faire ce que je vous dirai. Tout ce que je vous dirai.

Il était familier des chaînes de commande, mais venant de cette petite chose… Il se crispa et croisa son regard. Elle ne plaisantait pas. Ne pas jouer le jeu n'était pas une option. Il avait déjà perçu sa force intérieure, son sens du défi. Il lui donnerait une chance. D'ailleurs, avait-il le choix ? Elle était l'objet de sa mission. Mais pouvait-il récupérer les capacités de sa jambe *et* enquêter sur elle en même temps ?

Sans devenir fou ?

— Je veux rendosser mon uniforme du SWAT. Vous me dites de suer des litres, de grimper en courant les marches du stade, de me mettre au yoga ? Je le ferai. S'il le faut, je porterai même le maillot des Texas Longhorns au lieu de celui des Oklahoma Sooners, *mon* équipe. Concoctez-moi un programme qui me fera réussir les tests physiques, et je suis avec vous à cent pour cent.

— J'aurais pensé que vous étiez un supporter des Colorado Buffaloes. Mais je vous crois. Bien, commençons par le début.

Elle se leva et désigna son pantalon de jogging.

— Vous portez quelque chose en dessous ?

Il acquiesça.

— Et pour être clair, mes grands-parents viennent de l'Oklahoma. Sooner un jour…

— Je vois, dit-elle en souriant. J'aime cette fidélité à vos racines, Mitch Bradford. Je vais chercher un peu de matériel pendant que vous retirez votre pantalon.

Quelques mois plus tôt, cet ordre l'aurait fait l'attirer sur-le-champ dans ses bras. Au lieu de cela, il ôta baskets, chaussettes et jogging. Il connaissait la procédure. Il ne s'était jamais senti nu dans une clinique auparavant, mais tout en frottant les vilaines cicatrices de sa cuisse, il se tendit. Elle découvrirait assez tôt l'état réel de sa jambe.

Après deux petits coups sur la porte, elle revint dans la pièce, puis considéra sa jambe sans montrer d'émotion particulière. Ni pitié, ni dégoût. Elle se rapprocha de lui, et un parfum à la fois doux et acidulé le cerna aussitôt. De vanille et… de fraise des bois ? Son cœur battit à grands coups tandis qu'elle posait ses mains sur sa cuisse.

— On commence, annonça-t-elle.

Une douzaine de prises de mesures plus tard, Mitch essuyait la sueur qui lui coulait sur le visage et se mordait les lèvres pour ne pas crier. Les pointes incandescentes qui lui traversaient la cuisse avaient nettement empiré depuis ses exploits de la veille. Il tenta de les ignorer, tout en se raidissant sous le poids minuscule qu'Emily appliquait sur sa jambe. Ses muscles étaient d'ignobles traîtres. Il se sentait aussi faible qu'un bébé.

Comparant ses notes avec celles du dossier, Emily fronça les sourcils. Puis elle lui jeta un regard noir.

— Que vous êtes-vous fait, Mitch ? Vous avez perdu au moins quinze pour cent de ce que vous avez gagné le mois dernier en puissance et en flexibilité. Et ce n'est pas dû à une simple prise de jiu-jitsu. Que me cachez-vous ?

Il grimaça. Elle se contenta de secouer la tête.

— Laissez tomber. Je sais. Vous vouliez jouer les fiers-à-bras et faire des extra en solo. Plus, c'est mieux, vous êtes-vous dit. Je m'approche ?

Elle changea de position, replaça ses mains chaudes sur sa cuisse et travailla les muscles traversés de spasmes. Lentement, petit à petit, sa manipulation atténua la douleur. Tandis que celle-ci devenait supportable, l'attention de Mitch dériva vers ses doigts sur sa peau, remonta vers ses bras, vers son visage concentré. Il avait envie de lui relever le menton et de se perdre dans le bleu intense de ses yeux. D'oublier tout ce qui se passait autour d'eux et de s'évader dans ses caresses.

— Seigneur, vous êtes douée, grogna-t-il. Puis-je vous ramener chez moi ?

Emily à disposition vingt-quatre heures sur vingt-quatre. Une partie du temps pour masser sa jambe abîmée, et l'autre pour diriger ces mains magiques et ces lèvres un peu plus haut vers la droite.

Elle malaxa les muscles de haut en bas, avec fermeté, application et précision.

— Je sais que vous voulez des résultats rapides, mais si vous continuez à vouloir travailler seul, vous risquez d'occasionner des dégâts permanents. Vous avez vraiment amoché votre jambe, Mitch.

Elle ôta ses mains. Il éprouva aussitôt un manque, mais le visage d'Emily était devenu extrêmement sérieux.

— Je veux une réponse franche, lança-t-elle. Allez-vous suivre mes règles ?

Encore une fois, elle ne semblait pas plaisanter du tout et une crispation de peur saisit Mitch. Lui restait-il une chance de réintégrer le SWAT ? Suivre ses règles… Il n'avait pas le choix. Pour plus de raisons qu'elle ne pouvait imaginer.

— C'est vous le chef, Emily. Je ferai le maximum pour être un bon soldat. Je vous le promets.

Elle marqua une pause, puis lui tendit la main, indiquant ainsi la fin de la séance.

— Très bien. Mais désobéissez-moi, et je vous laisse tomber. Pas de seconde chance. C'est clair ?

Il hocha la tête.

La sonnerie de son portable fit sursauter Emily. Chaque fois qu'elle recevait un appel, une partie d'elle bondissait à la perspective d'une bonne nouvelle, mais une autre tremblait d'anxiété à l'idée du contraire. Elle musela son angoisse, sortit l'appareil de sa poche et avisa le numéro familier. Son pouls s'accéléra. Peut-être, cette fois… Elle décrocha et s'éloigna pour avoir un peu d'intimité, Mitch étant toujours dans la pièce.

— Allô ?

Elle tâcha de gommer tout emballement dans sa voix, tout espoir excessif, mais elle n'y pouvait rien.

C'était Perry Young, son détective privé.

— Madame Wentworth ?

— Perry. Du nouveau sur Ghost, que je puisse utiliser quand je lui parlerai ?

— Il est aussi insaisissable que son pseudo, madame. C'est réellement un fantôme. Cependant, j'ai peut-être une piste. Sœur Kate m'a mis en contact avec l'une des filles, qui a remarqué un tatouage coloré sur son poignet. Elle n'en parlera pas à la police, mais me l'a décrit. Je peux vous faxer la photo de quelque chose d'approchant, mais comme je n'ai pas accès aux fichiers de la police, j'ignore à quel gang il correspond.

Un tatouage…, se répéta Emily. Une pointe de douleur lui vrilla la tempe et provoqua des élancements aux sinus. Un petit glapissement lui échappa. Cela se produisait chaque fois qu'un détail du soir de l'accident lui revenait. Elle se massa la tempe. Le souvenir s'évanouit peu à peu, et la douleur s'atténua.

— Un nouveau flash ? demanda Perry, qui avait manifestement reconnu le son qu'elle venait d'émettre.

— Juste des images de rose, de vert et de rouge.

— Un tatouage ?

— Possible, je ne sais pas, soupira-t-elle, frustrée. Mais ces réminiscences sont de plus en plus fréquentes.

— Vous savez quelque chose d'important, madame Wentworth. Tôt ou tard, vous vous souviendrez de tout.

Elle ne pouvait attendre. Même si elle y rechignait, il fallait qu'elle appelle l'inspecteur chargé de son dossier. Ne l'écouterait-il pas, cette fois ? Une voiture avait tenté de la renverser. Ghost l'avait menacée. Elle se rappelait certaines choses…

— Continuez à chercher, Perry. Je vais parler à l'inspecteur Tanner. Peut-être qu'il sera bien disposé à mon égard aujourd'hui, ajouta-t-elle d'un ton faussement optimiste.

Après avoir raccroché, elle se mordit les lèvres en déroulant son répertoire. Un appel ne servirait à rien. Tanner l'enverrait une fois de plus sur les roses. Elle se rendrait donc au commissariat et attendrait aussi longtemps que nécessaire pour consulter le fichier des tatouages. Il l'y autoriserait. De gré ou de force.

Elle ramassa le dossier de Mitch, attrapa son sac et se retourna pour fixer la prochaine séance. Sans faire de bruit, il s'était déplacé et se trouvait juste devant elle, à quelques centimètres à peine. Elle manqua de lui marcher sur le pied et bascula en avant. D'une main, il la retint. Il était si près que la chaleur de son corps la berça un instant. Son cœur se mit à battre la chamade.

— Hé ! Ça va ? s'enquit-il.

D'un geste machinal, elle écarta ses cheveux de son visage. Ses joues, rougies, la trahissaient. Elle voulait qu'il l'aide, mais n'était pas assez sûre de lui pour le lui demander. Pas encore.

— Désolée, dit-elle, il faut que je file. Après-demain, 10 heures, ça vous va ?

— Je serai là.

Alors qu'elle se penchait pour noter le rendez-vous, ses cheveux retombèrent en voile devant ses yeux. Mitch les dégagea d'un geste délicat. Puis son regard s'assombrit tandis qu'il baissait les yeux sur ses lèvres.

Elle toussota, recula et porta la main à sa bouche.

— Euh… Il vaut mieux que j'y aille.

Mitch hocha lentement la tête.

— Je crois que c'est une bonne idée.

Emily rangea son dossier dans un tiroir et se hâta vers la porte, le cœur martelant sa cage thoracique. Ses nerfs étaient à vif, et des ondes électriques parcouraient sa peau. OK, Mitch était costaud, drôle, déterminé… et sexy. Malgré sa blessure, son corps ne se mettait jamais en veille.

Chaque pas, chaque frottement de son col sur son cou lui rappelait ce qu'elle n'avait pas connu depuis avant la naissance de Joshua. Ses seins lui faisaient mal sous ses vêtements.

Mitch produisait sur elle un effet terrible, elle devait bien se l'avouer, mais cela ne voulait pas dire qu'il devait se passer quelque chose entre eux. Du reste, elle n'avait pas de temps pour une relation — avec qui que ce soit — tant qu'elle n'avait pas retrouvé son bébé. Voir Mitch Bradford autrement que comme un patient ou un allié potentiel était une grave erreur. Elle était veuve. D'une certaine manière, elle l'était devenue avant même la mort d'Eric. Mais pour cruelle qu'elle était, sa solitude était *son* problème.

Elle jeta un coup d'œil par-dessus son épaule. Mitch la regardait, l'expression songeuse, indéchiffrable. Elle avait peut-être besoin de lui, de ses contacts. Et elle voulait l'aider, elle s'y était engagée. Sinon, elle aurait transmis son dossier à Carl, l'un de ses collègues. Ils s'entendraient bien, sans doute, mais se passer d'un éventuel renfort était un luxe qu'elle ne pouvait s'offrir.

Elle retrouverait son fils. Et avec un peu de chance, Mitch se rétablirait très vite, éloignant d'elle cette tentation.

La douche glacée n'avait été d'aucun effet. La taille ceinte d'une serviette, Mitch sortit de la salle de bains, pieds nus sur le carrelage. Il avait été à un cheveu d'embrasser Emily. Il en avait eu d'autant plus envie qu'il avait lu dans ses yeux la même tension érotique que celle qu'il éprouvait. Il connaissait mille raisons pour ne pas y céder, mais cela ne diminuait en rien son désir de la toucher.

Au moins avait-il gagné plusieurs heures sans l'avoir sous les yeux. Il commençait à connaître chaque courbe de son corps, chaque trait, chaque expression de son séduisant visage. Bon Dieu. Ne valait-il pas mieux soumettre un autre flic à la tentation jusqu'à ce qu'il retrouve le contrôle de ses pensées ?

Le chant de guerre des Oklahoma Sooners retentit sur son meuble de chevet. Il sourit. Qui voulait du Mozart ou un jingle passe-partout comme sonnerie de portable ? Et puis, c'était une façon de faire la nique à son frère, Chase, et à son meilleur ami, Ian, tous deux anciens de l'Université de Texas, et à ce titre fervents supporters des Longhorns. Nul n'est parfait.

— Bradford.

— Salut, Mitch. C'est Ian.

Il se laissa tomber sur son lit.

— C'est l'enquêteur du bureau du légiste qui m'appelle, ou le père de ma filleule ?

— Désolé, mon pote. Haley est une gosse formidable, mais tu m'as demandé de te signaler toute arrivée de cliente enceinte. Nous avons eu une « Jane Doe » aujourd'hui. Pas enceinte, mais elle a accouché juste avant de mourir. Blonde, comme la fille que tu cherches.

— Kayla Foster. C'est elle ?

Il se prépara à une mauvaise nouvelle.

— Tu sais, elle était dans une fosse peu profonde. Alors les animaux…

— Je vois. Mais est-il possible que ce soit elle ?

— Difficile à dire d'après la photo que tu m'as envoyée. Le visage est méconnaissable, mais elle a un gecko tatoué sur l'épaule. J'attends la fiche dentaire.

Mitch se massa l'épaule, où une tension musculaire s'était installée.

— Quelle est la cause du décès ?

— Là encore, c'est difficile à dire. En dehors des symptômes de l'accouchement, le corps semble intact.

— Je déteste ton boulot.

— Mes clients à moi, au moins, ne sont pas armés, persifla Ian.

— Très drôle.

— Comment va ta jambe ?

— Presque aussi bonne qu'une neuve.

Le mensonge lui était venu facilement… Trop facilement. Déni de réalité ? Ou quelque chose de plus après avoir induit Emily en erreur ?

— J'arrive dans une demi-heure.

— Alors à tout de suite, conclut Ian.

Mitch raccrocha. Puis il songea à Ricky et soupira. Il

espérait de toutes ses forces que la fille n'était pas Kayla. Dans un cas ou dans l'autre, une famille de plus était frappée par un deuil, par la disparition d'un bébé sans le moindre indice sur ce qui avait pu se passer.

En route, Mitch contacta la grand-mère de Kayla. Il s'efforça de ne pas dramatiser, mais la vieille femme comprit entre les lignes.

— Vous me ramenez ma petite-fille, insista-t-elle. Par tous les moyens possibles.

Mitch pénétra dans le bâtiment qui abritait les services du coroner et suivit le couloir qui menait au réduit que Ian, en riant, appelait son bureau. Une odeur entêtante de cadavre et de formaldéhyde lui monta aux narines. Depuis qu'il avait dû y mettre les pieds dans le cadre de sa formation, il détestait les deux — l'endroit et l'odeur.

Il frappa à la porte et la poussa. Son ami était en compagnie d'une femme qui disparaissait presque sous une ample blouse blanche. Elle comparait deux clichés fixés sur un tableau de liège. Le regard de Mitch fut aussitôt attiré par les épreuves. La première était une photo de Kayla faite au lycée. Quant à l'autre…

— C'est Kayla ?

Devant ce qui restait du visage d'une fille blonde, les tripes de Mitch se nouèrent. A dire vrai, c'était l'absence de pomme d'Adam qui indiquait qu'il s'agissait d'une fille. Elle avait des trous à la place des yeux, et son nez avait été rongé par les animaux. Elle paraissait à peine humaine. Il ne pouvait montrer cela à Mme Foster. En aucune façon.

Une raison supplémentaire de détester son affectation temporaire et de retourner au SWAT.

Ian grimaça et se leva, lui masquant le macabre tableau.

— Je te présente le docteur Tara O'Meare. Spécialiste en reconstruction et identification faciales. Même sans fiche dentaire, elle peut nous donner son opinion.

La femme lui serra la main.

— C'est Kayla ? répéta Mitch.

Le Dr O'Meare secoua la tête.

— Non. La distance entre les arcades zygomatiques n'est pas la même. Ni l'emplacement des yeux. Autrement dit, la fille trouvée dans cette fosse est toujours une Jane Doe.

— La grand-mère de Kayla affirme qu'elle n'a pas de tatouage, mais comment en être sûr ?

— Les grands-mères ne savent pas toujours tout, renchérit Ian.

— Ouais. Même si ce corps n'est pas celui de Kayla, nous avons toujours une fille disparue quelque part, déclara Mitch en se massant l'arête du nez.

Une fille disparue, un bébé disparu et désormais une Jane Doe. Sans parler de Joshua Wentworth. Et d'Emily au milieu du tableau. Comment les pièces s'agençaient-elles entre elles ? Il fallait qu'il sépare les éléments les uns des autres. Qu'il les étudie un à la fois.

— Au moins, pour le moment, c'est une bonne nouvelle pour Mme Foster. Ne le prends pas mal, Ian, mais j'espère ne plus recevoir de coups de fil de toi avant longtemps, sauf pour une partie de *touch-football*…

— Ce n'est pas tombé dans l'oreille d'un sourd, répondit son ami. Fais-moi savoir quand tu es prêt.

Détournant la tête des photos, Mitch quitta la pièce. Il retint son souffle jusqu'à la sortie du bâtiment, et une fois dehors avala une grande goulée d'air froid. Après avoir inspiré plusieurs fois par le nez, puis par la bouche, il put enfin humer l'odeur de la neige qui tournoyait autour de lui.

Une fois dans sa voiture, il alluma son kit mains-libres et composa le numéro de la grand-mère de Kayla.

— Mitchell ?

La voix de Mme Foster tremblait. Son appréhension serra le cœur de Mitch, mais il ne pouvait garantir que la prochaine fois qu'il l'appellerait, ce ne serait pas pour lui apprendre ce qu'elle redoutait d'entendre.

— Ce n'était pas elle.

— Merci Seigneur, répondit-elle avant de formuler une courte prière. Vous continuez à chercher ?

— Absolument. Ricky et moi, nous avons conclu un accord. Il revient à l'entraînement, et…

— Oh ! Il viendra, soyez-en sûr.

— Madame Foster, vous savez que je n'abandonnerai jamais les recherches, même si Ricky…

— Je sais, mon cher. Vous la retrouverez.

A peine venait-il de raccrocher que le chant des Sooners résonna dans l'habitacle.

— Bradford.

— Amenez vos fesses ici, aboya Dane Tanner. Tout de suite.

— Que se passe-t-il ?

— Le sujet de votre mission vient de franchir la porte du commissariat. Sans vous.

3

— Laissez-moi voir Ghost, supplia Emily. Ou au moins jeter un œil à votre fichier de tatouages. Il est possible que ça provoque un déclic dans ma mémoire.

L'inspecteur Dane Tanner referma la porte de la salle de conférences et s'assit derrière la table, avec cette expression patiente et désabusée qu'Emily en était venue à détester au cours des derniers mois.

— Qu'êtes-vous en train de faire, madame Wentworth ?

— Ecoutez, inspecteur. Ça va vous paraître tiré par les cheveux, mais je crois que je suis sur le point de me souvenir.

— Pourquoi Ghost ? Et qu'est-ce qui justifie cette soudaine agitation ?

Nous y revoilà, songea Emily. Elle prit une lente et profonde inspiration.

— Il a un tatouage.

— Vous l'avez vu ? Vous l'avez reconnu ?

— Non, mais mon détective privé a parlé à…

— M. Perry Young ne jouit pas vraiment d'une réputation immaculée, la coupa Tanner. Je vous l'ai dit chaque fois que vous m'apportiez une de ses fameuses pistes. Aucune n'a conduit où que ce soit, je vous le rappelle. C'est un joueur et un buveur.

L'inspecteur fouilla dans les papiers devant lui.

— Ce qui l'intéresse, c'est le chèque à la fin du mois.

Plus tellement à la fin du mois, songea Emily. Raison pour laquelle elle devait convaincre Tanner de l'aider.

— J'ai eu un flash, inspecteur. Si je pouvais voir le tatouage de Ghost ou juste consulter le fichier, peut-être que je reconnaîtrai quelque chose. Il est en cellule, n'est-ce pas ? Serait-il si difficile de lui parler ?

— Je ne vais pas rompre le protocole parce que vous avez eu une *vision*, répliqua Tanner. Adressez-vous à un salon de tatouage.

— Je sais ce que vous pensez de moi, inspecteur, mais faites-le pour les filles disparues. Peut-être qu'il y a un lien entre leurs bébés et mon fils Joshua.

— Nous n'avons eu aucun signalement de bébé volé ou disparu, désolé.

Le policier croisa les doigts et posa les index sur ses lèvres.

— Une fille enceinte a disparu, insista Emily.

— Et la grand-mère de Kayla Foster nous en a informés. Ce mode opératoire n'a rien à voir avec celui de la disparition de Joshua. Cela ne vous regarde en rien.

Emily bondit de sa chaise et se pencha sur la table.

— Vous n'avez pas le droit de tourner le dos à des innocents sans défense. Joshua n'a que treize mois, et il est seul.

L'idée de supplier lui répugnait, surtout un flic qui n'avait pas confiance en elle, mais elle était prête à tout pour son fils. Elle connaissait les statistiques. Les chances de le retrouver étaient infimes. S'il n'était pas rendu au bout de deux ou trois semaines, il était rare que l'on revoie un bébé volé. Mais elle se fichait des chiffres. Joshua serait l'exception. Elle sortit son portrait vieilli de sa serviette et le lui mit sous les yeux.

— Je vous en prie. Ghost a tenté de forcer Heather à l'accompagner. Vous devez aider ces filles. Je peux être utile, moi aussi, si vous le voulez.

— Je transmettrai l'information à l'officier chargé du dossier d'agression. C'est le maximum que je puisse faire. Maintenant, reprit-il après une courte pause, vous ne pouviez pas tomber mieux.

Il glissa un document vers elle sur la table.

— Est-ce là votre signature ?

Rangeant la photo de Joshua dans son cartable, elle survola le papier et haussa le menton.

— Si vous voulez m'interroger sur ma situation bancaire,

prenez contact avec mon avocat. Mon fils est vivant quelque part, et j'ai besoin d'aide pour le retrouver. Si vous ne voulez pas me la fournir, je la trouverai ailleurs.

Elle sortit comme une furie de la pièce, la porte claquant derrière elle, puis s'affaissa contre un mur, le cœur battant à grands coups. La réalité s'imposa à elle : les Wentworth avaient fermé presque toutes les portes. Il faudrait qu'elle réunisse assez d'argent pour payer un avocat et les honoraires de Perry. S'ils bloquaient la vente de sa maison, il ne lui resterait plus qu'à s'en remettre à Dieu.

— Emily ?

Le son de cette voix profonde, qu'elle n'aurait pas dû reconnaître aussi spontanément, lui donna une bouffée d'espoir. Mitch.

Elle se retourna et se précipita vers lui.

— Que faites-vous ici ? Je croyais que vous étiez membre du SWAT.

— On m'a donné une affectation provisoire pendant que je me rétablis.

Il lui saisit le bras et l'emmena vers le box à son nom.

— Alors, que se passe-t-il ?

Il se faisait apparemment du souci pour elle, et ce constat l'enveloppa d'une douce chaleur. Elle étudia son visage. Tout en lui respirait la force et l'assurance. La nuit précédente, alors que quelqu'un avait tenté de la tuer, elle s'était sentie en sécurité entre ses bras après qu'il l'eut sauvée de justesse. Pouvait-elle de nouveau compter sur lui ? Elle n'avait d'autre choix que de se fier à son instinct.

Elle prit place sur le siège placé devant le bureau, les mains serrées sur son cartable.

— Mais… et l'inspecteur Tanner ?

— Mon supérieur temporaire, répondit-il, avant de se percher sur l'angle du bureau.

— Oh. Eh bien voilà. J'ai reçu une info concernant le tatouage de Ghost, et ça m'a rappelé un détail du soir de l'accident. J'ai demandé à Tanner de me montrer les photos d'identité judiciaire ou le fichier des tatouages, mais il a refusé. Il ne veut même pas me laisser parler à Ghost.

— Vous avez vu son tatouage ?

— Eh bien, non, mais j'ai entendu une des filles…

— Tanner est un flic tatillon, expliqua Mitch. Il ne viole jamais les règles. Si vous n'avez pas vu ce tatouage, il ne vous laissera pas accéder aux photos.

— Et vous ? Vous ne violez jamais les règles ?

Il esquissa un sourire.

— Disons qu'il peut arriver qu'un peu de créativité soit nécessaire. Je ne dirais pas que je viole les règles, je les adapte un tout petit peu en fonction des besoins.

Une lueur d'espoir naquit au fond d'Emily tandis qu'elle dévisageait l'homme qui avait neutralisé Ghost. Elle se penchant en avant et lui agrippa le bras.

— J'ai besoin de votre aide pour récupérer mon fils.

— Je ne suis pas exactement enquêteur, Emily. Je suis juste en affectation temporaire. Ce qu'il vous faut…

— Ce qu'il me faut, c'est quelqu'un qui *croit* que la vérité peut éclater et que Joshua peut être retrouvé. Ce n'est le cas de personne ici, ajouta-t-elle d'un ton aigre. Je sais que vous êtes au courant des rumeurs, mais elles sont fausses. J'aimais Eric. Je vous en prie, aidez-moi à retrouver mon fils.

Dans les yeux de Mitch se lut alors un mélange de désarroi et d'indécision, ainsi que quelque chose qui ressemblait à de la culpabilité.

— Ce n'est pas votre faute si la police de cette ville m'a laissée tomber. Mais vous pouvez changer cela.

— Bradford. Dans mon bureau. Immédiatement.

L'ordre de Tanner fit sursauter Emily, mais Mitch s'y attendait. Il lui tapota le bras.

— Je reviens tout de suite. Ne vous inquiétez pas.

Il pénétra dans le bureau de son supérieur.

— Mme Wentworth est venue me voir ainsi que vous me l'aviez annoncé, dit Tanner. Mais que veut-elle de vous ?

— Que je l'aide à trouver son fils. Parce qu'elle n'a pas confiance en notre police.

L'inspecteur se renversa dans son fauteuil et sourit.

— Je n'aurais pas eu de meilleur résultat si je l'avais planifié. Faites-le.

— Tanner…

— C'est là votre chance. Elle peut lâcher une info intéressante. La disparition de son fils faisait peut-être partie d'un projet qui a mal tourné. Et même si elle n'est pas impliquée, elle sait quelque chose. Dites-lui que vous m'avez demandé de vous confier l'enquête. Dites-lui que vous devez rester auprès d'elle à cause de l'évasion de Ghost. Gagnez sa confiance.

— Mais…

— Allez là-bas avant que les gamines ne paniquent et s'enfuient. Travaillez-la de toutes les façons possibles. Découvrez si elle est mouillée dans le meurtre de son mari et l'enlèvement de son fils. Je m'occuperai de l'aspect financier. Je veux savoir qui a tué Eric Wentworth.

Un nerf battit dans la mâchoire de Tanner tandis qu'il faisait glisser vers Mitch un carton à archives.

— Voici les copies des rapports clés du labo concernant l'accident et le kidnapping. Pas vraiment de pistes. L'essentiel du contenu de cette boîte se compose de dépositions initiales et des tuyaux bidon de son détective. Tout a été contrôlé. Montrez-les-lui. Servez-vous-en pour gagner sa confiance et étudier ses réactions.

— Je ferai de mon mieux.

Mitch se saisit de la boîte et plongea son regard dans celui de son supérieur.

— Dites-moi, pourquoi cette fébrilité, Tanner ?

L'inspecteur poussa un long soupir.

— Eric Wentworth m'a appelé la veille de sa mort. J'étais en congé et j'avais coupé mon portable. Il m'a laissé un message disant qu'il avait des informations cruciales à me communiquer, mais qu'il devait être discret. Rien de plus. Il est mort avant que je puisse le rappeler. Depuis, je ne coupe plus mon téléphone.

— Bon sang, Dane…

— Trouvez qui l'a tué.

Mitch lui adressa un bref hochement de tête, puis regagna son box, où l'attendait Emily.

— Il m'a fallu user de persuasion, mais il m'a donné l'affaire, annonça-t-il en présentant le carton.

Emily se fendit d'un large sourire. La culpabilité brûla aussitôt l'estomac de Mitch. Il aimait la franchise et l'honnêteté. Jouer sur deux tableaux, ce n'était pas lui.

— Ecoutez, reprit-il. Nous sommes censés parler dans la salle de conférences, mais sortons d'abord d'ici. Ce n'est peut-être pas très réglo, mais j'ai des choses à vous dire, et…

Il jeta un regard circulaire dans la salle de brigade.

— Nous ne sommes pas seuls.

Emily vérifia, puis se tourna de nouveau vers lui.

— J'ai été observée plus qu'il n'est supportable dans ce commissariat, confia-t-elle. Suivez-moi chez moi. Je vais vous montrer ce que j'ai fait. Peut-être que vous remarquerez quelque chose que je n'ai pas vu.

Elle nota son adresse sur une page de bloc, le détacha et le lui tendit.

— Juste au cas où je vous perdrais.

Il prit le papier, même s'il n'en avait pas besoin. Il avait mémorisé l'adresse.

Son succès lui laissait un goût amer dans la bouche. Emily lui faisait confiance. Or, chaque mot qu'il prononçait était marqué au coin du mensonge. Il lui faudrait en assumer les conséquences…

Alors qu'ils passaient devant le bureau d'accueil, Reynolds, l'un de ses collègues du SWAT, les dépassa en courant.

— Mitch ! Dommage que tu ne sois pas encore revenu. Nous avons une intervention au Denver Federal Center.

Reynolds pénétra en trombe dans le foyer du SWAT, et Mitch eut un aperçu du branle-bas qui y régnait.

— OK, les enfants, en selle ! cria le lieutenant Decker, son commandant en temps ordinaire.

La porte d'acier se referma sur la scène. Mitch déglutit

et les jointures de ses doigts blanchirent sur les poignées de la boîte.

— Je devrais être avec eux, marmonna-t-il.

Mais tant que Ghost n'était pas arrêté, il ne pouvait se retirer de l'affaire… Qu'il soit ou non réintégré au SWAT. Emily était en danger, et tourner le dos aux responsabilités qu'il avait envers elle n'était pas une option.

Elle posa une main chaude sur son bras.

— Vous les retrouverez, assura-t-elle. Bientôt.

Sa sollicitude était-elle sincère, ou avait-elle perçu son impatience de réintégrer le SWAT ? Tanner avait-il raison ? Etait-elle une veuve noire ? Une belle, attirante et séduisante veuve noire, mais une dangereuse prédatrice quoi qu'il en soit ? Seigneur, il espérait que non.

Ils sortirent ensemble du commissariat. Après avoir rangé la boîte à l'arrière de son SUV, Mitch la suivit par une succession de routes en lacets jusqu'à un lotissement adossé aux montagnes Rocheuses. En s'approchant de l'endroit où avait eu lieu l'accident, elle réduisit sa vitesse. Une croix blanche toute simple, entourée de poinsettias, se dressait sur le bord de la route. Il l'avait observée lorsqu'elle avait planté les fleurs. S'y arrêterait-elle comme elle le faisait parfois ?

Une fois la croix passée, elle accéléra et continua jusque chez elle. Une clôture de piquets de bois entourait sa maison de style ranch. Alors qu'elle s'arrêtait dans son allée, Mitch fronça les sourcils devant le panneau « A vendre » planté dans le jardin. Le matin même, il n'y était pas. Donc, elle était aussi gênée financièrement que Tanner le croyait.

Il récupéra la boîte sur son siège arrière et la rejoignit devant la porte.

— C'est un chouette environnement. Vous aurez très vite un acheteur.

— Je l'espère, répondit Emily. Venez. C'est dans la salle à manger.

Ils passèrent une cuisine, où un bol à céréales et une tasse à café avaient été retournés sur un torchon. Tout était propre et bien rangé. Mais dans le séjour, il y avait de la poussière sur la plupart des meubles en bois. Mitch ne s'attendait pas à cela. Pas de magazines, pas de DVD jetés çà et là. Comme si personne n'habitait là. Alors qu'il s'apprêtait à la questionner à ce sujet, elle ouvrit une porte en noyer. Mitch pénétra dans la salle à manger et ne put retenir un cri de surprise.

— Waouh !

Les murs avaient été convertis en tableaux de brigade criminelle. Coupures de presse, photos, calendriers avaient été punaisés ou scotchés, reliés entre eux par un réseau de lignes et de flèches, que complétaient de nombreuses notes rédigées à la main.

Emily désigna l'un des côtés.

— Là, c'est la chronologie des événements survenus au cours du mois précédant l'accident qui nous intéresse, et du mois suivant. Et sur cette carte, j'ai indiqué le lieu de chaque enlèvement de bébé en Amérique du Nord.

Mitch contourna la table et s'approcha des dizaines de photos punaisées sur la surface du pays.

— Vous avez écrit « retrouvé » sur chacune. Est-ce à dire que ces enfants ne sont plus considérés comme disparus ?

— Sauf Joshua.

— Et le petit « d » dans l'angle ?

— Décédé, murmura-t-elle.

Le mot fut prononcé si bas que Mitch l'entendit à peine. Emily n'avait sans doute pas eu la force de l'écrire en entier. Quoi qu'il en soit, cette lettre était un rappel impitoyable de ce qui pouvait arriver de pire.

Il étudia le troisième côté de la pièce. Du sol au plafond, il était couvert de Post-it, d'articles de presse, de tuyaux divers, d'une foule de documents relatifs aux disparitions d'enfants. Sur le dernier mur était affichée une photo du refuge de sœur Kate. Emily y avait ajouté deux questions en lettres capitales :

COMBIEN SONT-ILS ? ADOPTION ?

Pas étonnant que ce qu'il avait vu du reste de la maison lui ait paru intouché. Emily passait tout son temps dans cette pièce, à la recherche d'indices sur l'endroit où se trouvait son fils. Mitch était sidéré par ce qu'il avait sous les yeux. Lui, que le côté fastidieux d'une enquête rasait, était en présence d'une femme étonnante qui avait appris toute seule les techniques enseignées à l'académie de police. A chaque minute qui passait, elle l'impressionnait un peu plus.

— Vous avez abattu un sacré travail.

— Je n'ai pas grand-chose d'autre à faire.

Elle s'assit sur l'une des chaises, la seule qui n'était pas parfaitement rangée contre la table.

— Quelqu'un vous aide ?

— Personne ne semble disposé à le faire. Cela inclut votre supérieur.

Mitch ne pouvait lui reprocher son ton accusateur.

— Et vos amis ? Votre famille ?

— Mon frère est en garnison à l'étranger. Quant aux amis… Cela fait longtemps que je n'en ai plus.

Mitch haussa les sourcils, surpris.

— Vous êtes pourtant le genre de personne dont on rechercherait la compagnie, me semble-t-il.

— Je les mettais tous mal à l'aise ou presque.

Elle porta délibérément une main à sa gorge. Mitch s'était habitué à sa voix cassée. En fait, il l'aimait, cette voix, mais c'était un autre rappel de ce qui s'était passé un an plus tôt.

— A cause de votre fils.

— Et de cette pièce, enchaîna Emily. Ils disaient que j'étais une obsédée. Enfin, ceux qui venaient.

Elle referma la main sur un petit médaillon qui pendait de son col montant.

— En fait, je leur rappelle que les cauchemars peuvent se produire. Qu'ils se produisent.

— Vous ne baisserez pas les bras tant que vous ne l'aurez pas retrouvé, n'est-ce pas ?

— Non. Quoi que les Wentworth puissent dire ou faire.

Mitch avisa la chaise haute pour enfant poussée dans un coin, un bavoir accroché à son dossier. Un ours en peluche avec un œil bleu et un œil marron était posé sur une chaise, à côté d'un berceau de bois qui n'avait pas servi depuis un an. Chaque jour, elle était confrontée à ce souvenir. Cette femme ignorait où était son enfant et qui l'avait enlevé. Si, à quelque niveau que ce soit, elle avait été impliquée dans la mort de son mari, elle aurait su dans quelle direction chercher.

Et si elle se moquait de lui, s'il s'agissait d'une comédie soigneusement mise au point, alors elle méritait un oscar.

Déposant son carton d'archives par terre, il s'assit à côté d'elle et allongea sa mauvaise jambe.

— Oublions pour l'instant ces documents et commençons par le début. Que vous rappelez-vous de ce soir-là ?

D'abord, les traits d'Emily s'affaissèrent, et son regard exprima une grande fragilité. Puis elle redressa les épaules et, malgré le peu de conversations qu'ils avaient eues ensemble, sa force intérieure le frappa. Une partie de lui voulait la prendre dans ses bras et la réconforter, mais il n'en avait pas le droit. Il avait déjà franchi une ligne rouge. Il l'aimait beaucoup. Il la croyait. Et quand bien même il était très attiré par elle, il devait garder ses distances.

— Vingt fois par jour, j'essaie de me souvenir de ce qui s'est passé, mais je n'y arrive pas. Tout allait bien, nous venions de quitter la maison et nous nous dirigions vers la demeure des parents d'Eric. La route était glissante, mais rien d'extraordinaire. Je revois ces feux venant vers nous, il me revient quelques bribes, Joshua qui se met à pleurer…

Sa voix se coinça dans sa gorge.

— Cette forme floue avec une capuche… Mais pas grand-chose d'autre.

Elle se frotta les yeux, puis plaqua une main sur son cou.

— Lorsque j'ai repris connaissance, une semaine avait passé. Eric était mort. Ses parents ont procédé aux funérailles, mais pour eux j'étais responsable de son décès et de la disparition de Joshua. Pire, ils étaient convaincus que j'étais impliquée dans cet accident.

Elle tendit sa main vers Mitch.

— Je sais qu'ils croient que je me suis fait moi-même

cette coupure, mais jamais je ne pourrais... Il faut que vous me croyiez.

— Réfléchissez, Emily. Vu les traces de peinture, nous savons qu'Eric et vous, vous avez été éjectés de la route. La question est : pourquoi ? Ils ont enlevé votre bébé. Etait-ce lui que ces gens voulaient ? Aviez-vous reçu des menaces ?

Elle secoua fermement la tête.

— Non, rien de tel. Regardez la carte sur le mur. Les enlèvements de nouveau-nés sont rares, tout au moins par des étrangers. Et la plupart du temps on les retrouve en moins de quinze jours. Il n'existe pas de zone géographique spécifique dans le pays. Ici moins qu'ailleurs.

Mitch se leva, s'approcha de la carte, puis promena son doigt d'une épingle colorée à l'autre.

— Je sais. Je ne pense pas forcément que votre fils ait été kidnappé par un réseau organisé. Il s'agit d'une affaire privée. Au sein de votre famille.

Il pivota pour lui faire face.

— Votre mari et vous avez souscrit une assurance-vie juste avant sa mort. Pourquoi ?

Emily se figea, l'œil suspicieux.

— Hé, une minute ! Comment êtes-vous au courant pour cette assurance-vie ? Et pour la peinture ? Ce n'est qu'aujourd'hui que je vous ai demandé de m'aider.

Oh ! Sapristi. Sa première grosse bévue. Si le SWAT lui avait appris une chose, c'était de penser avec sa tête.

— Tanner m'a livré quelques éléments, mais je reconnais qu'après les événements d'hier soir je suis allé jeter un œil à votre dossier. Pour moi, il ne s'agissait pas d'une banale sortie de route due à un chauffard. Et je ne le crois toujours pas.

Combien de temps encore pouvait-il mêler le mensonge et la vérité tout en restant crédible ? Bon sang, il en avait des crampes d'estomac.

— Ghost a pu appeler quelqu'un. Il m'a menacée. Vous lui avez demandé ?

Mitch poussa un long soupir.

— J'ai… une mauvaise nouvelle à propos de Ghost. Il n'est plus en garde à vue.

Emily bondit de son siège, le regard furieux.

— Vous l'avez relâché ? Comment a-t-il pu obtenir une libération sous caution ? Il s'évanouira dans la nature.

Elle se planta devant lui, les mains sur les hanches.

La vérité n'était pas facile à dire.

— Ce n'est pas tout à fait ce qui s'est passé. Il s'est évadé. Avant que nous ayons pu prendre ses empreintes et les photos d'identité judiciaire.

Emily se mit à marcher de long en large.

— Il *faut* que je lui parle. Il est tout ce que j'ai.

— Vous ne le pouvez pas, Emily. C'est l'une des raisons pour lesquelles Tanner m'a transmis votre affaire. Je crois, et il est d'accord, que vous êtes en danger. Etant donné vos relations avec le commissariat, il savait que vous ne verriez pas d'un bon œil l'idée d'une protection.

— Et il avait raison.

Elle lui jeta un regard noir.

— A la seconde même où j'ai demandé à voir Ghost, il aurait dû m'en informer. Il m'a menti. Vous aussi.

— Nous ne vous avons pas tout dit, reconnut Mitch.

— Comment puis-je avoir confiance en vous ? Je pensais que vous étiez de mon côté, que vous me croyiez.

— Je vous crois. Je ne pense pas que vous sachiez où se trouve votre fils, mais Ghost vous a menacée et je suis sûr qu'il tentera quelque chose contre vous. Vous avez besoin de mon aide.

Emily expira lentement et croisa son regard.

— Si nous devons travailler ensemble, vous ne devez pas me mentir, Mitch, ni me cacher des choses.

Elle se mordit les lèvres et se retourna.

— Très bien. Vous voulez savoir, pour l'assurance-vie ? Eric et moi l'avons souscrite pour le bébé. Joshua n'avait qu'un mois, mais Eric voulait prendre ses précautions, d'autant que sa famille et lui… ne se parlaient plus.

Son visage se ferma.

— Votre mari ne s'entendait pas avec ses parents ?

— Ils étaient en froid depuis un bon moment. Depuis nos fiançailles, en fait. Je n'étais pas la bru qu'ils souhaitaient. Je ne venais pas d'un milieu assez huppé. Ils n'en faisaient pas mystère. Eric a alors quitté l'entreprise familiale. Il a tout abandonné pour moi.

— Et ils l'ont perdu, ajouta Mitch.

Emily le dévisagea, une grande tristesse dans les yeux.

— Il est plus facile de croire que j'ai ourdi un plan machiavélique que d'admettre que quelqu'un a pu voler Joshua, et qu'il se trouve aujourd'hui quelque part, dans un lieu que j'ignore.

— Vous pensez qu'il est vivant.

— Il le faut. Pouvez-vous comprendre ça ?

L'œil embué, elle toucha doucement la photo de son fils épinglée sur le mur.

— Plus que certains, répondit Mitch.

Il la fit pivoter et, d'un geste délicat, l'attira vers lui.

— Je n'ai pas d'enfants, mais j'ai une filleule, Haley. Sa mère l'avait emmenée hors du pays à l'insu de son père, sans intention de revenir. J'ai aidé à la retrouver et à la ramener chez elle.

— Et aujourd'hui, est-ce… qu'elle va bien ?

— Elle est redevenue la fillette heureuse qu'elle était.

Il ne put s'empêcher de sourire à la pensée des espiègleries de sa filleule unique et préférée.

— Elle aura bientôt six ans, et mène son papa par le bout du nez.

— Peut-être qu'un jour ce sera Joshua qui me mènera par le bout du nez.

Un soupir chargé d'émotion s'échappa de la gorge d'Emily.

L'histoire d'Haley avait fait davantage pour la détendre, songea Mitch, que ses efforts pour gagner sa sympathie.

— Je ferai mon maximum pour vous aider à le retrouver, déclara-t-il, sincère. Je vous le promets.

Le regard d'Emily se réchauffa. Elle avança sa main et la posa sur son cœur.

— Je vous crois, murmura-t-elle.

La foi que contenaient ces mots émut Mitch au plus profond de son être. Incapable d'y résister, il posa sa main sur la joue d'Emily. Elle y appuya sa tête comme pour y puiser de la chaleur, du réconfort, quelque chose à quoi s'accrocher. Le cœur de Mitch se mit à cogner contre ses côtes à grands coups. Il baissa les yeux vers les lèvres d'Emily. Elle y glissa la pointe de sa langue tandis que ses iris viraient à un cobalt profond. La tension monta, irrépressible. Mitch le savait : il ne devait pas y céder, mais il voulait la réconforter, lui faire savoir qu'elle n'était pas seule.

Se penchant en avant, il descendit la main sur son cou, à la lisière du col montant. Son pouls battait sous ses doigts. Elle frissonna et s'approcha davantage de lui. Sous la chaleur qui émanait d'elle, Mitch eut terriblement envie de plaquer son corps contre le sien.

Il remonta ses doigts sur ses bras et l'amena doucement à lui. Puis, avec un grognement imperceptible, il baissa la tête. Elle écarta les lèvres, ferma les yeux… et ravala son souffle.

— Non. Je ne peux pas.

Il prit ses mains dans les siennes et étudia leurs doigts entremêlés. Ah, si seulement il l'avait rencontrée ailleurs, en d'autres circonstances, quand il aurait pu s'oublier dans ses bras. Peut-être était-elle la femme auprès de qui il pouvait s'endormir en toute quiétude, sans crainte d'être trahi.

— Je comprends, susurra-t-il.

En proie à un mélange de regret et de soulagement, il s'écarta d'elle.

— Je suis désolé.

— Ne vous excusez pas. Tout est si embrouillé en ce moment…

Mitch se leva et se détourna, ordonnant à son corps de se calmer.

— Revenons-en à notre travail.

Il ramassa le carton et ôta le couvercle. Le document placé au-dessus était une photo. Celle d'un homme blond souriant et d'une Emily rayonnante, le jour de leur mariage. Aucune tristesse dans ses yeux. Que de la joie.

Il la voulait, mais les choses ne devaient pas aller plus loin. Il ne pouvait laisser des sentiments trop forts germer en lui. Pas quand chacun de ses mots était un mensonge. Lorsqu'elle découvrirait la vraie raison pour laquelle il était là — il l'aidait, certes, mais l'espionnait en même temps — elle ne lui pardonnerait jamais.

Lui-même ne se le pardonnerait pas.

— Examinons ce qu'il y a là-dedans et comparons-le avec vos données, dit-il, tâchant d'endormir les velléités de son corps.

Il posa le carton sur la table.

— Peut-être que quelque chose aiguillonnera votre mémoire.

Emily jeta un coup d'œil à l'intérieur, mais sa main resta suspendue au-dessus de la photo.

— Nous étions heureux… Tout était parfait.

Parfait, vraiment ? Les dernières semaines, Eric s'était peu à peu éloigné d'elle. Il avait expliqué que c'était à cause de son travail, et que rapidement tout irait bien. Il avait gardé ses secrets par-devers lui. Puis elle l'avait perdu.

Que penserait-il d'elle en cet instant ? se demanda-t-elle avec un pincement au cœur. Un an après sa mort, elle se laissait séduire par le premier flic à lui montrer un peu de sympathie.

Son portable sonna. C'était Perry. Elle décrocha.

— Il faut que je vous voie, annonça le détective avec gravité. J'ai une piste, concernant votre fils. C'est gros, madame Wentworth. Très gros.

— La police…

— Non, pas la police. Nous ne pouvons nous fier à personne. Aux flics moins qu'à quiconque. Quelqu'un joue double jeu chez eux. J'ignore qui, mais c'est un fait.

— Vous voulez dire qu'il y a un flic pourri au commissariat ?

Mitch dressa vivement la tête. Elle s'écarta, tandis qu'il se précipitait sur elle. Il lui arracha le portable et, sans qu'elle puisse protester, activa le haut-parleur. Elle secoua la tête avec véhémence puis tenta de reprendre l'appareil.

— Vous me faites confiance ? articula-t-il en silence.

Lui faisait-elle confiance ? Chacun de ses actes semblait indiquer qu'il cherchait le bien, la justice. Vu la manière dont les choses se présentaient, elle devait tenter sa chance. Elle acquiesça, et il lui donna le téléphone.

— Vous êtes là, Mme Wentworth ?

— Pardon, Perry. Euh… Où voulez-vous que nous nous voyions ?

— Je suis sur la route. Je rentre à Denver. Soyez à la grande bibliothèque à l'ouverture, demain matin.

Mitch nota quelques mots sur un papier et le lui glissa.

Il faut une preuve.

— J'y serai, mais j'ai besoin de quelque chose de concret.

— Vous aurez plus que ça, madame. Je vais retrouver votre enfant.

Emily raccrocha, la main tremblante.

— Vous êtes sacrément culotté, Mitch.

— Il le faut, dans cette enquête.

— Perry n'est pas le ravisseur. Ça ne me plaît pas beaucoup de jouer avec lui.

— Vous avez besoin de davantage que Perry, Emily. Sans méchanceté, il n'est pas vraiment le haut du panier. Le bruit court qu'il est très porté sur la bouteille.

— D'accord, mais si je ne vends pas rapidement ma maison, je ne l'aurai même pas, lui. Vous serez mon seul atout.

Cette vérité crue donna un aspect triste et grisâtre à sa longue quête. Avec seulement les souvenirs lumineux de Joshua pour éclairer le chemin.

— Alors revenons à nos indices, marmonna Mitch.

Quand ils relevèrent la tête, l'obscurité avait enveloppé la maison. La vue d'Emily commençait à se brouiller malgré les pots de café et les sandwichs avalés. Elle consulta sa montre et battit des paupières.

— Il est tard, fit-elle observer.

— Je ne bouge pas d'ici, annonça Mitch d'un ton plat. Avec Ghost en liberté…

— Vous ne pensez quand même pas passer la nuit ici.

Mais peut-être que si. Elle considéra l'homme qui s'était étalé sur sa table de salle à manger, entouré de sandwichs, de stylos, de stickers et d'un bloc-notes.

— Ce n'est pas négociable, dit-il en sortant un nouveau dossier. J'ai du café, du travail, un ordinateur, Internet, mon arme, et une jolie damoiselle en détresse. Qu'est-ce qu'un homme peut demander de plus ?

Stupéfaite, Emily se renversa contre son dossier et étudia le visage déterminé de ce presque inconnu qui avait soudain décidé d'être son chevalier servant.

— Pourquoi faites-vous ça ?

Mitch s'avança vers le berceau vide et souleva l'ours en peluche comme s'il était vivant.

— Vous êtes seule depuis assez longtemps dans ce combat, répondit-il en posant l'ours au milieu de la table. Et je n'aime pas les questions sans réponses. Du reste, on fait beaucoup trop de cas du sommeil.

— Je n'ai pas dormi une nuit entière depuis un bail, confia-t-elle. Mais ça ira.

Elle sirota une gorgée de son café et s'installa pour le reste de la nuit.

Le matin arriva trop tôt. Ils n'avaient pratiquement pas progressé.

— On fait quoi ? demanda Emily en jetant un autre paquet de documents sur la table.

Sa voix n'était plus qu'un grincement rauque.

— Il n'y a rien ici. Voilà pourquoi je suis allée voir sœur Kate. Le désespoir, les bébés disparus… Sauf qu'ils n'ont pas disparu. Tanner disait vrai : il n'y a aucun lien.

— Pour le moment, nuança Mitch. Vous vous attendiez à ce que je sorte un miracle de mon chapeau en un jour ?

— Vous êtes si déterminé. Peut-être que je l'espérais…

Mitch lui adressa un demi-sourire. Il paraissait en pleine forme. Après une nuit, elle avait pu prendre toute la mesure de son sens de l'humour, de son addiction au sucre dans son café, et de son besoin d'étendre sa jambe blessée toutes les demi-heures. Il ne se plaignait jamais, bien sûr. Elle appréciait aussi sa vivacité d'esprit. Etre assise à ses côtés, échanger papiers et documents, le toucher de mille et une façons innocentes la mettait de plus en plus à l'aise. Cela lui faisait du bien. Avoir de nouveau un véritable partenaire lui faisait du bien.

Leurs épaules se touchèrent soudain, et leurs mains s'effleurèrent. Elle écarta la sienne en rougissant.

— Pardon.

— Ne vous excusez pas.

Il se tourna vers elle, et comme malgré lui son regard descendit vers ses lèvres. Mais il se contenta de soupirer.

— L'heure est venue d'aller voir Perry, dit-il. Je vous suis.

— Il risque de ne pas aimer.

— Je me fiche de ce qu'il aime ou pas. S'il a des preuves de ce qu'il avance au sujet de ce flic pourri, je veux les connaître.

Mitch remit les documents dans la boîte, étudiant au passage quelques-uns des relevés bancaires d'Eric. Pendant ce temps, Emily saisit son sac, son cartable, et, après un dernier coup d'œil aux différents tableaux, prononça une courte prière.

Une fois dehors, elle grimpa dans sa compact et quitta l'allée pour s'engager sur la chaussée, Mitch à sa suite.

Lorsque Eric et elle avaient emménagé dans cette maison, elle avait adoré la rangée de pins le long de la route sinueuse. Même les pentes abruptes de chaque côté ne l'effrayaient pas… Jusqu'à cette soirée tragique.

Elle manœuvra avec doigté sur l'étroite bande d'asphalte. Un panneau de signalisation se dressa sur sa gauche. Son pouls s'accélérait toujours à l'approche de ce virage. Certains jours plus que d'autres, mais jamais elle ne perdait le contrôle de ses émotions. Lorsqu'elle aurait retrouvé Joshua, elle aurait conquis cette route pour toujours.

Le blanc lumineux de la croix apparut à l'horizon. Elle attendit qu'apparaisse le parterre de poinsettias, mais… il avait disparu. Et une petite couverture bleue tachée de rouge était accrochée en haut de la croix.

Oh ! Mon Dieu. Une douleur vive, lancinante, explosa derrière ses yeux. Du sang. Du sang, partout. Des images. Des bruits. Les pleurs de Joshua. La lumière d'une torche. Le visage livide d'Eric. Le sang qui s'échappe par à-coups de sa poitrine. Du rouge et du vert. La douleur. Du rose. Du sang, encore. La couverture bleue.

Joshua. Non !

Ce n'était pas la sienne. Ce ne pouvait être la sienne.

Il fallait qu'elle s'arrête. Il fallait qu'elle sache. Son cœur battait à tout rompre, elle haletait. Elle ne parvenait plus à respirer. La pédale de frein touchait le plancher, mais le véhicule ne ralentissait pas.

Ses jointures étaient toutes blanches sur le volant. Sa gorge lui brûla. Le goût cuivré du sang lui emplit la bouche et des lumières clignotèrent devant ses yeux.

Elle pompa plusieurs fois sur la pédale. Rien.

La voiture accélérait sur la pente, tandis que le rail de sécurité défilait à toute vitesse. Non, ça ne pouvait pas arriver ! Ses mains étaient si crispées sur le volant qu'elle en eut des crampes. Elle s'acharna sur la pédale, sans le moindre résultat.

La pente s'accentua. Quatre-vingts kilomètres à l'heure, quatre-vingt-dix…

Un virage en épingle l'attendait plus bas. Elle avait emprunté cette route un nombre incalculable de fois, mais jamais aussi vite.

La neige commença à tomber, à petits flocons.

Non, non. Pas cette fois.

Un puissant avertisseur retentit derrière elle, mais elle ne pouvait se permettre de consulter son rétroviseur. Son téléphone sonna dans sa poche. Elle ne pouvait pas le sortir.

Elle devait lutter pour maintenir le véhicule sur la route. Davantage de neige, et la chaussée deviendrait trop glissante. Elle ne franchirait jamais le virage.

Elle tira de toutes ses forces sur le frein à main.

En vain.

Je vous en supplie, Mitch. Aidez-moi.

Les bords de la route semblèrent se resserrer, et les à-pics de chaque côté ne pas avoir de fin. Sa vie ne pouvait pas se terminer là ! Pas à cet endroit. Pas avant qu'elle n'ait retrouvé Joshua.

Une voiture la doubla. Mitch.

— Pas de freins ! hurla-t-elle, comme s'il pouvait l'entendre.

Le SUV dévalait la pente devant elle. Il ralentit, et la compact heurta son pare-chocs arrière. Mais à l'entrée du virage sa vitesse était encore bien trop élevée.

Emily batailla pour braquer son volant. Ses roues touchèrent une plaque de verglas, et elle partit en tournoyant vers le précipice.

Joshua, je ne mourrai pas. Je te le promets.

4

— Noon !

Mitch suivit du regard, horrifié, la voiture d'Emily qui partait hors de contrôle. Il devait la sauver.

Les mains soudées au volant de son SUV, il engagea celui-ci entre elle et le rail de sécurité et écrasa la pédale de frein. La compact enfonça sa portière gauche.

Tout en proférant un chapelet de jurons, il accompagna le mouvement de l'autre véhicule. Les roues de celui-ci accrochèrent de nouveau la chaussée. Les pneus hurlèrent. Mitch évalua la distance jusqu'au vide. Ç'allait être ric-rac.

— Allez, ma grande, arrête-toi.

Il tira sur le frein à main, tourna à fond le volant vers la gauche et pria. Des étincelles jaillirent, du métal grinça contre du métal tandis qu'ils se dirigeaient vers le précipice.

Bien que ralentis par la rotation sur l'asphalte, les deux véhicules fonçaient vers le vide. Les bras de Mitch tremblaient sous l'intensité de l'effort qu'il fournissait, mais ça marcha. Ils ralentissaient.

Un mètre cinquante du bord… Un mètre… Vingt centimètres… Puis l'avant des deux véhicules s'arrêta dans une secousse, qui déclencha une cascade de pierres. Celles-ci dévalèrent la pente pour chuter cinquante mètres plus bas.

Ouvrant d'un coup d'épaule sa portière enfoncée, Mitch se dirigea vers Emily. Le côté gauche de sa voiture s'était écrasé contre le SUV, et sa tête gisait contre la vitre. Il la contourna. Arrivé à la portière passager, il s'activa sur la poignée, mais sans succès. Elle était coincée.

— Emily, vous m'entendez ?

Il frappa sur la vitre, ignorant le souffle glacé du vent qui remontait du canyon et la tempête qui s'aggravait.

Emily ne bougea pas. Elle était totalement immobile. Bon sang, il devait parvenir jusqu'à elle. Il glissa les doigts sur le métal embouti, à la recherche d'une prise. Oui ! Voilà ! Il alla chercher un pied-de-biche dans son coffre, puis l'inséra dans l'interstice et pesa dessus de tout son poids. Le montant de la portière se plia, et il parvint enfin à l'ouvrir.

Aussitôt, il plongea dans l'habitacle. Avec douceur, il écarta quelques mèches soyeuses du visage d'Emily. Pas de blessure apparente. Il se pencha sur elle.

— Emily ?

Elle émit un léger grognement. L'étau de terreur qui comprimait le cœur de Mitch se desserra.

— Vous pouvez bouger ?

Ses longs cils tressaillirent, ses paupières s'ouvrirent et son regard se fixa sur lui.

— Qu'est-il arrivé ?

— Les freins.

Elle hocha la tête, puis en une seconde son expression passa de la confusion à l'horreur.

— La couverture !

Elle tira sur sa poignée puis découvrit l'état de son véhicule par la fenêtre.

— C'était le seul moyen de vous arrêter, expliqua-t-il en lui ôtant sa ceinture. Glissez-vous par ici, mais au moindre signe de douleur, dites-le-moi.

Elle fit ce qu'il lui demandait, puis s'arrêta pour tester chacun de ses membres.

— Tout va bien. Je suis juste secouée.

Alors qu'il lui saisissait la main, l'odeur caractéristique de l'essence lui monta aux narines.

Pas de temps à perdre. Il la sortit en vitesse de la voiture et l'emmena en courant vers un gros rocher.

— Vite, vite !

Elle tâcha de le suivre, mais ses jambes se dérobèrent et

elle s'affaissa sur le sol. Il la souleva entre ses bras. Quelques secondes plus tard, il la plaçait derrière l'énorme pierre.

— Vous êtes devenu fou ? cria-t-elle. Dans l'état où est votre jambe !

— Il tombera des pianos du ciel le jour où je ne pourrai pas soulever une petite chose comme vous. Vous préférez qu'une étincelle mette le feu à votre voiture ?

— Allons donc, ça n'arrivera pas, objecta-t-elle, avant de se pencher vers lui. Ne devrions-nous pas…

Par-dessus le vent, un léger tic-tac résonna. Mitch leva la main. Un mécanisme. Indubitablement.

Qu'il connaissait.

— Couchez-vous ! hurla-t-il en poussant Emily.

Une puissante explosion fit trembler le sol. Des débris enflammés, de métal et de plastique, volèrent vers eux. Mitch couvrit Emily de son corps pour la protéger.

Plusieurs objets brûlants lui retombèrent sur le dos. Il les balaya d'une main.

Au bout de longues secondes, les mini-explosions cessèrent et il ne subsista que le ronflement de l'incendie. Mitch dressa la tête. De là où il était, il ne pouvait que constater les dégâts. Les flammes s'étaient propagées jusqu'à son SUV et réduisaient en carcasse noirâtre ce qui restait de la compact d'Emily.

Qui aurait pu être son cercueil.

La colère de Mitch à l'endroit du tordu qui avait posé la bombe fit bouillir son sang dans ses veines. Emily venait d'échapper à la mort. Sous sa surveillance.

Il sortit son portable et pressa une touche d'appel rapide.

— Mitch Bradford. Mettez-moi tout de suite en contact avec les pompiers et l'équipe de déminage.

Il donna la localisation et termina l'appel.

— C'était une bombe ? s'étonna Emily, la voix plus rauque que jamais. Je croyais que l'explosion était due à l'accident.

— Ça, c'est au cinéma. J'ai entendu un tic-tac suspect juste avant l'explosion. Quelqu'un veut votre mort, sans laisser d'indices derrière lui.

— Si vous n'aviez pas été là…

Elle agrippa sa chemise et enfouit sa tête au creux de son cou. Il avait déjà vu de telles réactions. La violence était tout sauf jolie, et l'esprit humain avait besoin de réconfort.

Il la tint serrée contre lui.

— Nous saurons qui a fait ça, je vous le promets.

Elle glissa les bras sur sa nuque et se blottit davantage. Son corps frêle tremblait. Il ne pouvait pas dire non. Chaque secousse qui la traversait était un appel à son instinct protecteur. Il la berça avec tendresse, caressa ses cheveux, en chassa des flocons de neige égarés.

— Vous n'avez rien. Tout ira bien…

Il mentait. Encore. Cet assassin voulait une victime. Mitch ne pouvait que le stopper provisoirement.

Emily leva une main vers lui et la confiance qui se lisait dans ses yeux fit faire de drôles de soubresauts à son cœur.

— C'est uniquement grâce à vous que je suis là. J'aurais basculé de l'autre côté, et Joshua…

Ses yeux s'écarquillèrent, et elle empoigna violemment les bras de Mitch, plantant ses ongles dans sa chair.

— Joshua. La couverture ! Le sang. Il faut que j'y retourne !

Elle se releva, tandis que le vent soufflait vers eux la chaleur de l'incendie. Mitch reporta son poids sur sa bonne jambe et, non sans peine, retint Emily derrière le rocher.

— Je vous en prie. Il *ne faut pas* nous mettre à découvert. Ici, nous sommes à l'abri.

— J'ai besoin de voir cette couverture.

— Non. La personne qui a saboté vos freins et posé cette bombe est peut-être là, quelque part. Il n'est pas question que vous entriez dans sa ligne de mire.

— Je suis *déjà* dans sa ligne de mire !

Elle baissa son col pour montrer sa cicatrice.

— Les médecins ont dit que je me suis fait ça avec un des éclats de verre. C'est faux ! Mais personne ne me croit parce qu'il y a mes empreintes dessus.

Elle riva son regard à celui de Mitch.

— Pas plus tard qu'hier, j'ai planté des fleurs au pied de

cette croix. Il faut que je voie cette couverture, que je sache si elle porte des taches de sang. Si je n'ai pas tout imaginé.

— Je l'ai vue, Emily. Vous n'êtes pas folle. Restez là.

— Je ne peux pas. J'ai besoin de savoir.

Elle s'arracha à ses bras et partit en courant. Mitch jura, sortit son arme et s'élança derrière elle. La cicatrice d'Emily n'était pas belle à voir. Elle avait échappé de peu à la mort. Le premier faux pas de celui qui en avait après elle ? Si elle avait péri un an plus tôt, les autorités auraient conclu à un meurtre associé à un suicide. Le crime parfait.

Et son fils aurait été présumé mort.

En cet instant, elle remontait la côte en courant. Seigneur, elle avait la pêche ! En temps normal, Mitch l'aurait rejointe en un rien de temps, mais il n'était pas au top de ses capacités. Il gagnait du terrain, mais pas assez vite. Il étudia la configuration des lieux. La pente était raide. S'y cacher n'était pas impossible, mais compliqué. Et de l'autre côté, ils seraient vulnérables.

Enfin, il rattrapa Emily. Courbée en deux, elle tentait de reprendre son souffle. Mitch grimaça.

— Vous poussez trop, Emily. Peut-être que vous êtes blessée sans le savoir.

— Je... je ne m'arrêterai que lorsque j'aurai cette couverture.

Elle aspira une grande goulée d'air.

— Vous vouliez une preuve ? C'en est une.

— Je devrais vous ligoter, grommela Mitch.

Sa détermination le contrariait, mais il l'admirait.

— Quand nous y serons, ne touchez à rien. Et restez à ma droite. Entre moi et la pente, OK ?

Ensemble, ils remontèrent le dernier virage. La croix apparut juste après, plantée au centre d'un petit parterre de poinsettias en plastique, le tout recouvert d'une fine couche de neige. Le tableau était lugubre à souhait, songea Mitch.

Et plus de couverture.

— Bon Dieu !

Mitch l'avait vue, ainsi que les taches rouges.

Emily s'effondra sur le bord de la route.

— Il essaie de me rendre folle.

Mitch la remit sur ses pieds et lui releva le menton.

— Vous n'êtes pas folle. L'auteur de cet attentat est un vicieux. Il s'est servi de la couverture pour vous obliger à freiner. C'était un piège. Il a tenté de vous tuer et de faire croire à un accident. Mais vous n'avez pas franchi le bord de la route. Vous êtes ici, bien vivante.

— Et le sang alors ?

— Ce n'en était pas. Trop vif. Le sang séché est sombre.

Elle s'affaissa contre lui.

— Joshua *doit* être vivant. Je ne peux pas continuer s'il ne l'est pas.

— Nous le trouverons, je vous le garantis.

Il regretterait peut-être cette promesse, mais en cet instant c'était certainement la chose à faire.

Il examina le secteur. Juste à côté d'un tronçon de rail fraîchement remplacé s'élevaient plusieurs grands pins, derrière lesquels un groupe de rochers constituait une cachette acceptable jusqu'à l'arrivée des secours. Mitch souleva Emily et l'y transporta. Après l'avoir reposée sur ses pieds, il ouvrit sa veste, colla Emily contre lui et referma ses bras sur elle. Ils demeurèrent ainsi debout, leurs chaleurs s'additionnant, isolés du froid, tandis que Mitch fouillait des yeux le paysage à l'affût d'un signe, d'un détail, indiquant qu'ils étaient observés.

Emily frissonna nettement.

— Pourquoi ? murmura-t-elle. Pourquoi on me fait ça ?

La lassitude dans sa voix déchira le cœur de Mitch. Il avait vu assez de perversion pendant ses années de SWAT pour savoir que l'être humain était capable d'à peu près tout. Mais ce qu'on avait fait à Emily témoignait d'une forme insoutenable d'inhumanité.

— Je le découvrirai, assura-t-il.

Elle se glissa hors de ses bras et écarta ses cheveux de son visage.

— Il faut que j'appelle Perry. Il va s'inquiéter.

Elle prit son portable dans la poche de sa veste.

— La batterie est faible, maugréa-t-elle.

Elle tapa néanmoins la touche d'appel.

— Ça marche !

Mitch lui immobilisa les doigts.

— Votre détective, Perry… Il savait quand vous deviez prendre cette route. Vous en êtes consciente ?

— J'aurais pu me trouver n'importe où quand il a appelé. Il ignorait si j'étais chez moi.

— Mais il a pu vous suivre, suggéra Mitch. Vous devez considérer qu'il a accompli la tâche pour laquelle vous l'avez payé. Son histoire…

— Je ne veux pas croire ça ! En dehors de William, le frère d'Eric, Perry est le seul à m'avoir aidée.

Jusqu'à moi ! voulut crier Mitch. Mais il ne le pouvait pas. Ce que disait Emily était vrai. Enquêter sur elle tout en le lui cachant, était-ce l'aider ? Non. Il y avait trop de mensonges entre eux. Il ne pouvait pas en ajouter un. L'ennui, c'était qu'il commençait à éprouver pour elle des choses qu'il ne devait pas.

Des hululements de sirènes retentirent dans la montagne. Le regard de Mitch passa d'Emily à la croix blanche, puis au portable dans sa main. Lui non plus ne savait trop à qui se fier. Cette affaire devenait soudain très compliquée.

Emily était installée dans la voiture de patrouille, à l'abri du vent d'hiver, tandis que des policiers s'affairaient comme une armée de fourmis dans la montagne. Ils avaient bloqué la route et cherchaient des indices.

Une odeur âcre de gomme et de plastique brûlés saturait l'air. Elle retournait l'estomac d'Emily, mais pas autant que l'idée que quelqu'un voulait à tout prix l'éliminer. Tout ce qu'elle voulait, c'était retrouver Joshua. Pourquoi ne pouvait-on la laisser récupérer son fils ?

Dieu merci, Mitch avait vu, lui aussi, la couverture. Deux tentatives de meurtre sous les yeux d'un flic avaient poussé l'inspecteur Tanner à la prendre davantage au sérieux. Cela étant, elle ne pouvait baisser les bras. Si elle n'activait pas les choses, personne ne le ferait.

Elle reporta son attention sur Mitch. Il était plongé dans une intense conversation avec l'un des hommes du déminage. Sa capacité à faire fi de la douleur qu'il devait ressentir était impressionnante. Si, au moins, il s'appuyait au véhicule pour l'atténuer… Mais non. Il était têtu comme une mule et ne voulait montrer aucune faiblesse.

Emily glissa la main dans sa poche et ressortit son portable. Plus de batterie. Il fallait qu'elle tente de nouveau d'appeler Perry. Ils avaient une heure et demie de retard. Le détective avait dû essayer de l'appeler.

Sortant de la voiture, elle s'avança vers Mitch.

— Je peux emprunter votre portable ? Je voudrais appeler Perry.

Mitch afficha aussitôt une expression particulièrement grave. Il lui remit son téléphone, mais, la saisissant par le bras, l'emmena à l'écart et se pencha vers son oreille. Son haleine tiède la caressa au niveau du cou, et un frisson la traversa.

— Ne lui dites pas où vous êtes, OK ? Fixez juste un autre rendez-vous. Deux précautions valent mieux qu'une.

Sur ce, il rejoignit le technicien et reprit sa conversation, le visage de marbre.

Emily détestait devoir se méfier de tout le monde. Elle s'écarta pour passer son appel, mais tomba sur la boîte vocale du détective. Où était-il donc ?

A peine eut-elle raccroché que l'appareil vibra et diffusa un air martial qu'elle ne connaissait pas.

— Hé, baisse le volume, mon pote. Tu veux agacer tout le monde avec ce stupide chant de guerre ?

Le regard d'Emily vola vers celui qui venait de parler. Mince, bel homme, il marchait vers Mitch, le sourire aux lèvres et le portable à la main.

— Tu n'as aucun goût, Ian.

Celui-ci coupa son appel, et l'appareil se tut dans la main d'Emily. Jamais Mitch n'avait souri de cette façon devant elle. Il regardait l'homme avec une expression de totale confiance.

Même sans entendre ce qu'ils se disaient, leur camaraderie sautait aux yeux. Comment Mitch pourrait-il être à cent pour cent de son côté ? s'interrogea Emily. D'accord, il lui avait sauvé la vie. Mais sa loyauté allait vers ses amis, elle ne devait pas l'oublier.

— Tu m'as trouvé une tire ?

Ian sourit d'un air malicieux.

— Oui. Le SUV de ton frère Noah. Il ne lui manquera pas.

— C'est vrai. Après la vente de son logiciel, il est devenu fou et s'est offert le Hummer. Il a cinq véhicules maintenant !

Mitch voulut prendre les clés dans la main de Ian, mais celui-ci ferma le poing et son visage s'assombrit.

— Ce n'est pas tous les jours que la voiture de mon meilleur ami est réduite en cendres. Si tu me disais ce qui se passe ?

Emily se raidit. Qu'allait répondre Mitch ? L'avait-il seulement crue ?

Il jeta un coup d'œil aux flics restés à proximité.

— Plus tard.

— Dans ce cas, je les garde, dit Ian, les clés toujours dans son poing.

Emily reconnut le tic dans la mâchoire de Mitch. Elle l'avait noté quand Ghost avait piqué le cou de la fille. Et lorsqu'il avait étudié les photos de ces enfants sur son mur. Les amis étaient un bien trop précieux. Elle ne voulait pas être source de tensions entre eux.

— C'est ma faute ! lança-t-elle en les rejoignant, la main tendue. Emily Wentworth.

Ian se figea et quelque chose se durcit dans son expression. Il lui serra la main.

— Ian Archer. J'ai suivi votre affaire. Je suis enquêteur au bureau du légiste.

Il avait dû éplucher en détail les circonstances de l'accident. Elle tenta de deviner ce qu'il pensait. Etait-elle une veuve noire, à ses yeux ? Elle décida d'attaquer bille en tête.

— Quoi que vous ayez pu entendre, je n'ai pas tué mon mari. Je veux juste retrouver mon fils. Et vu les récents événements, tout porte à croire que quelqu'un ne le souhaite pas.

Ian fouilla un moment son regard, puis son expression se radoucit comme s'il avait pris une décision.

— Je comprends. J'espère que vous réussirez.

Elle profita de cette mince ouverture.

— Vous avez enquêté sur l'accident, n'est-ce pas ? Etes-vous tombé sur des éléments qui vous ont paru, euh, bizarres ?

Ian se raidit et jeta un regard de biais à Mitch.

Celui-ci enchaîna :

— Le détective qu'elle a engagé, Perry Young, a expliqué qu'il avait des informations suggérant de possibles irrégularités dans le traitement de l'affaire par la police. Nous allions le retrouver lorsque…

— Oh ! Je vois, fit Ian. Puis-je me joindre à vous ? Je suis *très* curieux d'entendre ce qu'il a à dire.

Et l'expertise de Ian serait un bonus, songea Emily.

— Bien sûr ! acquiesça-t-elle.

— Non, dit Mitch en même temps.

Elle virevolta vers lui.

— Pourquoi ? S'il peut aider…

— Ian a une fille qui a besoin de lui.

Son ton était aussi intransigeant que son expression. Les deux amis échangèrent un long regard, puis Ian acquiesça.

— Très bien. On se revoit chez ton père pour l'élagage des arbres.

Il se tourna vers Emily.

— Ravi de vous avoir rencontrée. Bonne chance.

Puis il jeta les clés à Mitch et s'éloigna.

— Pourquoi avez-vous fait ça ? demanda-t-elle. Il sait peut-être quelque chose. Il a peut-être des soupçons sur l'identité du flic concerné.

— Ma filleule et lui en ont assez enduré. Trop de flics l'ont vu ici, et si l'un d'eux est notre taupe, je ne veux pas qu'il puisse lier Ian à une affaire de disparition d'enfants, vous comprenez ?

Dans ses mots transparaissait un féroce instinct protecteur. Emily pinça les lèvres. A quoi avait-elle pensé ? Elle n'avait pas le droit de mêler quelqu'un d'autre à son cauchemar.

— Vous avez raison. Je suis désolée. Inutile de mettre une autre personne en danger.

Elle se pencha vers Mitch.

— L'inspecteur Tanner est là-bas, en haut de la côte. Pourquoi ne pas lui demander de vous décharger de cette mission ? Je me débrouillerai. J'ai Perry.

— Ce n'est pas ce que je voulais dire, rectifia Mitch. Je recontacterai Ian plus tard. Simplement, je veux agir aussi discrètement que possible et éviter de faire de sa fille une cible.

Ignorant ses paroles, Emily se mit en marche vers les policiers. Mitch la retint par le bras.

— Je ne vous laisse pas partir. J'ai vu la couverture bleue. Je vous crois. Vous pensez que ce sera le cas avec ceux-là ? demanda-t-il en désignant ses collègues.

— Perry me croit, répliqua Emily. Restez près de vos amis et de votre famille, Mitch. Je sais ce que c'est de perdre un proche.

— Je veillerai toujours sur eux. Pour autant, je ne vous abandonnerai pas, Emily. Je me suis déjà trop investi.

Il lui offrit un petit sourire.

— A présent, allons voir Perry. Il a peut-être trouvé qui est derrière tout ça.

Après un bref entretien avec Tanner, Mitch la conduisit vers le 4x4 immaculé de son frère. L'odeur de neuf réveilla aussitôt les souvenirs d'Emily. Sa dernière dispute avec Eric avait eu pour objet sa compact démodée. Il voulait lui acheter une nouvelle voiture. Par souci d'économie, elle avait refusé. Il s'était fâché, mais elle avait tenu bon. Après son départ de l'entreprise familiale, ils avaient eu du mal à honorer les échéances de leurs crédits. Eric n'avait pas l'habitude de gérer un budget. Pour lui, l'argent n'avait jamais été un souci.

Emily passa la main sur le cuir souple des sièges, et les yeux lui piquèrent. Ce véhicule était exactement le style de son mari. Haut de gamme, avec tous les équipements dernier cri.

Tandis qu'ils roulaient vers la ville, elle serra ses accoudoirs à en avoir mal, réprimant un sanglot. Elle tenta de se raisonner : à quoi bon ruminer le passé ? Avec Mitch et Perry, elle retrouverait son fils. Il fallait qu'elle ait foi en eux.

— Ça va ? s'enquit Mitch.

— Oui, bien. Le bureau de Perry est juste après cet angle. Ne nous voyant pas à la bibliothèque, il a dû revenir ici. On ne peut pas lui reprocher de ne pas nous avoir attendus. Mais j'aurais aimé qu'il décroche.

Mitch s'engagea dans une rue sale et mal entretenue. Des barres de fer garnissaient la plupart des fenêtres. Quelques individus au look peu engageant squattaient les trottoirs.

— Dites-moi que vous ne venez pas seule ici.

— Quelquefois.

— Emily, vous devez commencer à être plus prudente.

— Je ferai tout ce qui est nécessaire pour retrouver mon fils, Mitch.

Elle l'observa furtivement. A son expression déterminée, elle comprit que les choses avaient changé. Désormais, il la croyait. Elle lui avait donné la possibilité de se rétracter, mais il ne l'avait pas fait. Peut-être avait-elle trouvé un allié qui demeurerait à ses côtés. Et pas à cause d'un chèque mensuel.

Il se rangea le long du trottoir, coupa le moteur et se tourna vers elle.

— A partir d'ici, je prends la main.

— Mitch… Perry me fait confiance.

— Justement. Voilà pourquoi c'est moi qui parlerai. Je lui mettrai un peu la pression, mais je veux savoir s'il raconte des salades ou pas.

Son visage se mua en un masque dur, implacable.

— S'il y a vraiment un mouton noir au commissariat, il faut que je le sache maintenant.

Sur ce, il arbora un visage si impitoyable qu'Emily aurait tremblé d'être son ennemie.

Mais lorsqu'ils gravirent les marches de l'immeuble, il ne put masquer une certaine gêne dans sa démarche. Manifestement, il la gérait par la simple force de sa volonté. Encore une chose qu'Emily appréciait chez lui. Il avait une grande force intérieure.

Il s'engagea dans le couloir du premier. La porte du bureau de Perry était entrebâillée. Aucun bruit n'en sortait. Mitch s'arrêta, le corps tendu.

— Il lui arrive de laisser sa porte ouverte ? murmura-t-il.

Toutes les autres portes du couloir étaient fermées. Emily fronça les sourcils et fouilla dans sa mémoire.

— Non, chuchota-t-elle. Je dois toujours frapper.

— Restez derrière moi.

Il passa devant elle et sortit son arme. D'un pas millimétré, il s'avança vers le bureau, puis, le dos contre le mur, poussa doucement le battant. Rien ne se produisit.

Mitch franchit le seuil et s'immobilisa.

Emily se pencha de côté pour regarder.

Perry Young leur faisait face, agenouillé, le visage tuméfié, du sang coulant de son nez, les mains derrière la tête.

Un type encagoulé se tenait derrière lui, un pistolet collé sur son crâne.

Perry leva des yeux résignés vers Emily.

— Quatre-vingt-cinq ! cria-t-il soudain.

Le type encagoulé fit feu.

5

Le visage de Perry Young explosa. Trop vite pour que Mitch ait le temps d'utiliser son arme. Il poussa Emily dans le couloir et braqua son Glock sur le tueur.

— Police de Denver. Lâchez votre arme !

L'homme bondit par-dessus le bureau élimé de Perry et se jeta à travers la fenêtre. Mitch le suivit puis se précipita sur l'escalier d'incendie. L'homme était déjà presque en bas.

Mitch évalua la distance. Trop loin. Il descendit l'escalier aussi vite qu'il le put, maudissant son état. Quelques mois plus tôt, il aurait agrafé le gars à la seconde même où son pied aurait touché le sol. Il sauta les dernières marches et atterrit sur l'herbe brunie par le froid. Sa jambe accusa le coup, mais il ignora la douleur. Une poignée de gosses qui jouaient au foot le regardèrent. L'homme s'enfuyait derrière eux. Mitch serra les doigts sur la crosse de son arme, mais il ne pouvait prendre le risque de tirer.

Tandis que les gosses s'éparpillaient, il se lança à la poursuite du tueur, mais celui-ci courait aussi vite qu'un sprinter olympique. En quelques secondes, il disparut derrière une clôture. Au moment où Mitch la franchit, l'homme s'était envolé. Quelque part une moto démarra et s'éloigna, mais avec les arbres Mitch ne pouvait rien voir.

Il grogna un juron et rangea son arme. A quoi bon les séances de rééducation s'il ne pouvait rattraper un assassin ?

Et il avait laissé Emily seule.

Il repartit en courant vers le bureau de Perry, mais passa par l'escalier intérieur pour ne rien déranger. Il s'attendait à retrouver une Emily choquée, toute tremblante, dans le couloir, mais le palier était vide. Silencieux.

Cette course-poursuite n'avait-elle été qu'une diversion ? Quelqu'un avait-il attendu dans l'ombre pour la kidnapper ?

Il ressortit son arme et entra dans la pièce. Emily était là, derrière le bureau de Perry, farfouillant dans ses papiers.

— Qu'est-ce que vous faites ? C'est une scène de crime.

— Il était ma dernière carte, répliqua-t-elle.

Elle inspecta un nouveau tiroir, les yeux écarquillés, les gestes frénétiques, l'air désespéré.

— Il doit y avoir quelque chose ici ! En relation avec Joshua, ou le tatouage, ou les flics du commissariat…

Mitch contourna le bureau en boitant. Il emprisonna ses mains dans les siennes et l'écarta.

— Regardez-moi, Emily.

Elle leva les yeux vers les siens. Lâchant une de ses mains, il glissa un doigt replié sur sa joue.

— Allons dans le couloir. Je vais appeler…

Elle se libéra d'un geste sec.

— Ne me traitez pas comme si j'étais une petite fille fragile. Je n'en suis pas une !

Sa voix grinçait. Elle leva sa main vers sa gorge, qui portait le souvenir hideux de ce qu'elle avait enduré.

— Je ne peux pas croire qu'il ne soit plus là, dit-elle en contemplant le corps sans vie de Perry.

Le tueur s'était servi d'une balle à pointe creuse, ne laissant aucune chance au détective, constata Mitch.

Emily pâlit, mais ne détourna pas la tête.

— Il m'avait dit de venir seule, de n'en parler à personne…

Elle pivota vers Mitch.

— Avez-vous mentionné à qui que ce soit notre rendez-vous ? Tanner, peut-être ?

L'accusation implicite flotta entre eux tel un gaz délétère. Sa suspicion était presque palpable. Il se raidit, mais tout en considérant ce qui restait du visage de Perry, le sang et les fragments de cervelle répandus sur le plancher, il passa en revue les différentes personnes qui avaient pu être au courant de leur destination.

Ian.

Tanner.

Et si son chef en avait parlé à quelqu'un…

Jusqu'à ce qu'il sache qui avait éliminé Perry et tenté de tuer Emily, il devait faire preuve de la plus grande prudence. Il ne pouvait plus se fier aux flics du commissariat, et ce constat le rendait malade.

Ils remontèrent le couloir, elle devant, lui derrière.

— Il y a quelques mois, reprit-il, j'aurais refusé de croire que quelqu'un que je connais ait pu vous attaquer, ou attaquer Perry. Mais, depuis, un homme en qui j'avais la plus grande confiance m'a tendu un piège. Et voilà le résultat.

Il tapota sa mauvaise jambe.

— Désormais, je ne fais plus confiance à personne.

Il fit pivoter Emily et l'attira entre ses bras.

— Cela signifie que nous sommes seuls. Avec moins de ressources pour retrouver votre fils, jusqu'à ce que nous sachions qui est avec nous et qui ne l'est pas.

— Perry m'a aidée, et il l'a payé de sa vie, énonça Emily d'un ton plat, monocorde. J'en suis responsable. Je ne peux pas vous demander de prendre le même risque.

Elle était en état de choc, comprit Mitch.

— S'il est mort, ce n'est pas votre faute. C'est celle de celui qui a pressé la détente.

Il la secoua gentiment, jusqu'à ce que son regard redevienne clair.

— Je vais vous dire une chose, néanmoins. Cela signifie que Perry était sur une piste. Il a découvert un lien qu'il n'aurait pas dû, et on a voulu le réduire au silence.

Il sortit son téléphone. Emily immobilisa sa main.

— Qui appelez-vous ?

— La police. Je dois leur signaler le coup de feu. Je n'ai pas le choix. Si je ne le fais pas, quelqu'un d'autre le fera et on saura que nous étions ici.

Mitch n'aima pas la crispation de son estomac. Emily

se tritura les doigts tandis qu'il passait son appel. Sa vie était en jeu. Il ne pouvait la laisser tomber. Aussi devait-il accepter le poids de son propre mensonge. Jusqu'à ce qu'il puisse s'en libérer.

— Ils seront là dans quelques minutes. Je veux que vous vous rappeliez vos dernières conversations avec Perry.

Elle se mordit l'intérieur de la joue et se concentra.

— Quelque chose dans le refuge de sœur Kate le tracassait. D'après lui, tout n'y sentait pas bon. Vous avez entendu ce qu'il m'a dit au téléphone… Ah… et il voulait que je regarde bien le tatouage de Ghost.

Elle plissa les yeux comme sous l'effet d'une soudaine douleur, et se massa les tempes. Mitch lui avait déjà vu cette tête-là. Lorsqu'il lui avait demandé de se remémorer le soir fatidique, un an plus tôt.

— Vous commencez à vous rappeler.

— Un tatouage rouge et vert. Un dessin compliqué…

— Que vous a-t-il demandé d'autre ?

— Je ne sais plus. J'ai pris des notes. Elles sont à la maison.

— Et ce nombre qu'il a crié avant que…

Les yeux d'Emily s'arrondirent.

— Quatre-vingt-cinq ! Son code. Un jour, il m'a expliqué que lorsqu'il récoltait des informations, il ne voulait pas être le seul à pouvoir en disposer. Il les rangeait quelque part.

— Un bon point pour lui. Vous savez où ?

— Il m'a dit que, s'il devait lui arriver quelque chose, un sommelier les trouverait sans mal.

— Il planquait ses documents sensibles dans une cave à vin ?

— Je n'en sais rien, répondit-elle d'une voix où affleurait la panique. Il ne m'a jamais indiqué où était sa cachette.

Son regard s'illumina.

— Mais il ne m'aurait pas dit une telle chose s'il n'avait pas été sûr que je pourrais trouver ces infos.

— Très juste. Cherchons un cabinet à alcools dans son bureau. Perry buvait beaucoup, n'est-ce pas ? Nous le trouverons.

Mitch consulta sa montre, puis saisit les épaules d'Emily.

— Ecoutez... Je ne peux toucher à rien dans cette pièce, vous comprenez ? Mais...

Il enfila une paire de gants en vinyle, qui faisait partie de son équipement ordinaire en tant que membre du SWAT.

— Comme vos empreintes y sont déjà...

Une lueur de compréhension brilla dans les yeux d'Emily. Elle regagna à la hâte le bureau de Perry, attentive à éviter le corps sur le sol, mais clairement concentrée. Madame ne manquait pas de sang-froid.

Il la suivit dans la pièce. Ils fouillèrent parmi les papiers et explorèrent les tiroirs, mais ne trouvèrent rien d'utile. Pas de bouteilles de vin, en tout cas. Juste une demi-flasque de whisky. Pas d'adresse de magasin de spiritueux non plus. Mitch avisa le cadavre de Perry et secoua la tête. Le détective possédait un mot de passe. Il avait donc un projet en tête. Il avait dû laisser un indice quelque part.

Des sirènes miaulèrent à distance.

— Nous n'avons plus le temps, dit Mitch en attrapant la main d'Emily, qui, à l'aide d'un coupe-papier, crochetait la serrure d'un dernier tiroir.

Elle en sortit rapidement une boîte qui contenait des dossiers, des notes et une bouteille de vin intacte. Elle s'en empara et lança à Mitch un regard de défi.

Il soupira et hocha la tête.

— Et son appartement ? demanda-t-elle. On y va aussi ?

— Non, il doit fourmiller d'enquêteurs. Mettons cette boîte dans mon SUV et attendons les flics en bas de l'escalier. Ensuite, nous irons chez vous examiner les indices et vos notes. Peut-être que nous aurons de la chance. Je garderai un œil sur l'enquête. S'ils trouvent des bouteilles de boissons alcoolisées, je le saurai.

— Mais vous ne direz rien à Tanner, n'est-ce pas ?

Un frisson déplaisant le parcourut. Ne pas faire confiance à ses collègues, des hommes pour qui il avait maintes fois risqué sa vie, lui déplaisait au plus haut point.

— Pour l'instant.

*
* *

— Je n'arrête pas de penser à Perry, dit Emily tandis qu'ils roulaient vers sa maison.

Le souvenir de son cadavre sans visage la glaçait plus que l'hiver qui s'était installé, ou la vue de chênes dénudés qui pointaient leurs branches noires vers le ciel.

Après une sévère réprimande, Tanner leur avait interdit de quitter la ville, arguant qu'ils étaient témoins principaux dans le meurtre de Perry. Elle se rappelait le sourire avenant de celui-ci, ses joues rubicondes, ses profondes pattes-d'oie aux coins des yeux, son empressement à lui montrer la moindre bribe d'information qu'il avait dénichée.

— Ses dernières paroles ont été pour m'aider.

— Nous ne l'oublierons pas, assura Mitch. Nous saurons ce qui l'a tué.

— Et nous ferons payer le coupable, ajouta-t-elle en pivotant sur son siège de voiture. Je veux qu'il paie pour avoir ôté la vie d'un homme innocent. Perry ne devait pas mourir.

Mitch prit sa main et la serra.

— Nous connaîtrons le fin mot de l'histoire, Emily. Je ne baisserai pas les bras tant que nous ne l'aurons pas trouvé.

Elle contempla les doigts larges et puissants qui enveloppaient les siens. Elle le croyait. Il n'abandonnerait pas, comme l'avait fait William, ou même Eric. Les frères Wentworth avaient tous deux choisi la politique de la moindre résistance. Eric en fuyant sa famille, William en se laissant écraser par elle. Mitch n'aurait fait ni l'un ni l'autre. Il ne reculait pas devant un combat. Il s'y engageait, jusqu'au bout. Il était un protecteur, un guerrier. Peut-être était-ce pourquoi elle se sentait en sécurité en sa présence.

Elle s'agrippa à lui tandis qu'un tronçon de route familier apparaissait au virage suivant. La police avait ôté toute trace des recherches. Seules demeuraient les traînées noires sur l'asphalte, témoins de l'incendie. Quelques dizaines de mètres plus loin, une croix blanche se dressait sur le bas-côté.

Une croix nue.

— Ils ont enlevé les poinsettias, soupira Emily.

— Pièces à conviction. Désolé.

— Je les remplacerai, déclara-t-elle avec calme. C'étaient les préférées d'Eric.

— Je vous emmènerai chez un fleuriste, proposa Mitch en bifurquant dans sa rue. Quelle est cette voiture garée devant chez vous ?

Sa voix s'était tendue, et ses mains s'étaient serrées sur le volant comme s'il était prêt à opérer un demi-tour.

Emily tourna la tête. Une Mercedes noire qu'elle connaissait bien était rangée le long du trottoir.

— Oh non ! Pas aujourd'hui.

— Qui est-ce ?

— Victoria. La femme qui croit que je suis la pire chose qui soit jamais arrivée à sa famille. A Eric, surtout.

Emily rectifia sa coiffure et balaya sommairement la suie et la poussière sur ses vêtements. Rien de tel qu'avoir l'air de sortir d'une décharge pour fournir des munitions à sa belle-mère si parfaite.

Elle se mordit la lèvre et adressa un regard à Mitch.

— Ça vous ennuie d'attendre ici pendant que je m'en débarrasse ?

— En fait, oui. Ça m'intéresse beaucoup de savoir ce que Mme Wentworth a à vous dire. Par exemple, jusqu'où elle irait pour donner de vous l'image d'une suspecte. Et par quel hasard elle vous rend visite le jour même où vous avez manqué d'être tuée.

Non, impossible, songea Emily, choquée par ce qu'impliquaient ces paroles. Les Wentworth ne risqueraient rien qui puisse leur coûter une once de respect.

Mitch rangea son SUV dans l'allée. Tandis qu'ils en descendaient, un chauffeur ouvrit la portière arrière de la Mercedes. Victoria Wentworth en sortit et marqua une pause. Son chic tailleur noir en disait plus que n'importe quelle insulte fielleuse proférée avec le sourire. Elle attendit, s'attendant à l'évidence que le bas peuple fasse l'effort de s'avancer vers elle. Emily soupira et fit un premier pas, mais Mitch la tira en arrière.

— Je ne veux pas que vous soyez à découvert. Rentrez. Elle n'aura qu'à se déplacer.

Victoria parut déconcertée.

Sous le masque dur qu'il arborait, un léger pétillement brilla dans les yeux de Mitch, remarqua Emily.

— Entrez dans la maison, lui intima-t-il. Moi, je reste dehors.

Sans se faire prier, elle récupéra le double placé sous un pot de fleurs à l'intention de son amie Karen, ouvrit la porte et se glissa à l'intérieur. Chez elle. Enfin. Elle avait tant besoin d'être là. A l'abri. En sûreté.

Curieuse de savoir comment Mitch allait gérer la redoutable Mme Wentworth, elle observa le déroulement de la rencontre par la fenêtre. Leur conversation vaudrait à coup sûr une place aux premières loges, d'autant que Victoria avait laissé Mitch l'escorter jusqu'au perron.

Depuis combien de temps un Wentworth n'avait-il pas mis les pieds dans cette maison ? C'était peut-être arrivé une fois au cours des trois années de son mariage avec Eric.

— J'apprécie votre compréhension, madame Wentworth, disait Mitch. En rouvrant l'enquête sur la mort d'Eric, nous ne cherchons rien de plus qu'à établir ce qui s'est passé.

Sa voix doucereuse s'insinuait jusqu'à Emily par la porte ouverte. Il fit entrer Victoria dans la maison. Emily se crispa. Qu'avait-il en tête ? Sa belle-mère avait été très claire sur ce qu'elle voulait : qu'elle paie pour la mort d'Eric.

— Eh bien, sans vouloir critiquer, je suis peinée de vous voir soutenir Emily. Elle devrait être votre premier suspect. Regardez ce qu'elle a fait aujourd'hui. Mettre en vente la maison d'Eric ! C'est une honte, et je vais au plus vite faire annuler cette démarche.

— Non, madame. Vous savez que je ne dois écarter aucune hypothèse.

Jamais Emily ne lui avait vu un tel sourire. Il n'atteignait pas ses yeux. Chacun de ses mouvements et de ses gestes était calculé, délibéré. Mitch conduisait Victoria dans le grand séjour, jusqu'au canapé auquel faisait face une photo d'Eric et Emily. Il approcha un siège tandis que sa belle-mère s'installait sur le sien, veillant à ce qu'elle ait sous les yeux cette image heureuse du couple. Emily comprit le stratagème. Il *voulait* une réaction.

— J'aimerais connaître vos pensées, dit-il. Au sujet de votre fils.

Il avait glissé dans sa voix juste ce qu'il fallait de compassion. Se tournant vers Emily, il lui adressa un clin d'œil discret.

— Auriez-vous la gentillesse de préparer un thé bien chaud pour votre belle-mère ? Il fait froid dehors.

Etonnant. Un vrai professionnel de la manipulation. Elle ignorait ce qu'il espérait gagner, mais elle décida d'entrer dans son jeu. Pour le moment.

— Certainement.

Dans la cuisine, elle sortit une petite théière ancienne qu'Eric et elle avaient trouvée durant leur voyage de noces, et fit bouillir de l'eau. Puis elle revint vers le séjour et s'arrêta à l'entrée de la pièce. Mitch jouait avec Victoria tel un violoniste avec un Stradivarius. Il la charmait, ni plus ni moins. Emily posa ses doigts sur ses lèvres, des lèvres qu'il avait presque embrassées.

— J'ai dit à Eric de ne pas épouser une fille comme elle, mais il n'a pas voulu m'écouter. Il était jeune, idéaliste.

— C'était un bon fils.

— Un fils parfait. Celui que n'importe quelle mère rêve d'avoir. Jusqu'à ce qu'il *la* rencontre. Il a cessé de nous rendre visite. Nous ne l'avons plus vu.

Mitch couvrit sa main de la sienne.

— Il vous manque.

Pour la première fois depuis un an, Emily étudia avec soin le visage de sa belle-mère. Le chagrin avait creusé des rides dans sa peau autrefois si lisse. Pourquoi n'avaient-elles pu être amies ? C'était tout ce qu'elle avait jamais voulu. Etre acceptée, soutenue. Appartenir de nouveau à une famille.

Les traits de Victoria se durcirent.

— Elle n'a songé qu'à l'argent de l'assurance. C'est à ce moment-là que j'ai compris que ce que j'avais toujours soupçonné était vrai. Elle n'a jamais aimé Eric. Elle aimait la fortune des Wentworth. Et maintenant elle vend *sa* maison. Elle jette son souvenir aux orties.

— Vous vous trompez.

Emily s'avança dans la pièce, incapable d'en supporter davantage.

— Je n'ai jamais voulu d'argent pour moi-même. Mon seul but a toujours été de retrouver Joshua.

— Alors pourquoi William payait-il les billets d'avion et les factures de ce soi-disant détective ?

— Pour permettre la recherche de *votre* petit-fils, répondit Emily en la toisant. Je veux le retrouver.

L'espace d'un instant, l'expression de Victoria parut s'être radoucie. Mais son masque méprisant se remit très vite en place.

— Non, je ne me trompe pas. Je connais les filles de votre espèce. Vous êtes totalement dépourvue de sensibilité si vous êtes prête à vendre tout ce qu'Eric vous a donné.

Elle se tourna vers Mitch.

— Renseignez-vous sur ce compte de deux cent cinquante mille dollars que j'ai découvert. Il est à *son* nom. Pas à celui d'Eric.

Victoria reporta son regard sur Emily, un regard aussi glacial que l'était son cœur.

— Expliquez-moi ça, et peut-être, je dis bien peut-être, envisagerais-je la possibilité que vous n'ayez pas tué mon fils.

Sur ce, elle se leva et se dirigea vers la porte, plus hautaine que jamais.

— Eh bien…, lâcha Mitch entre ses dents. Elle ne fait pas dans la diplomatie.

— Je vous l'avais dit.

La bouilloire siffla dans la cuisine. Emily courut la retirer du feu. Mitch la suivit. La pièce parut soudain minuscule, presque oppressante. Peut-être était-ce à cause du plafond bas, mais ses larges épaules et son gabarit d'athlète coupèrent presque la respiration d'Emily.

— Vous en voulez ? s'enquit-elle d'une étrange petite voix.

— Le thé est pour vous. Vous en avez certainement besoin après cette visite au pas de charge de votre belle-mère. J'étais quasiment sûr qu'elle partirait avant qu'il ne soit prêt. C'était juste pour vous faire sortir de la pièce. Donc, ces deux cent cinquante mille dollars…

Elle se planta face à lui.

— Si je disposais d'une telle somme, vous croyez que je vendrais ma maison ? Celle qu'Eric et moi avons construite ensemble ? Jusqu'à aujourd'hui, j'ignorais tout de cet argent.

Elle lutta pour ravaler le sanglot qui se coinçait dans sa gorge. Non, elle ne pouvait s'autoriser à regretter l'inéluctable. Au moins pouvait-elle compter sur l'argent de cette vente pour financer la poursuite de son enquête.

Mitch leva sa main et lui caressa la joue.

— Je suis de votre côté, dit-il d'un ton compréhensif. Ne l'oubliez pas.

Elle acquiesça d'un hochement de tête.

— Vous souvenez-vous si l'on vous a demandé de signer quelque chose d'inhabituel ?

La question la renvoya à l'interrogatoire de Dane Tanner. Aussitôt, son corps se tendit et les muscles de sa nuque se nouèrent.

— Cherchez bien, murmura-t-il.

Ses mains solides se posèrent sur ses épaules. Il les lui massa, lui apportant un réconfort bienvenu. Elle soupira. Sa réponse se révélerait-elle un élément positif ou négatif ?

— J'ai signé un nombre incalculable de formulaires depuis la mort d'Eric. Il fallait que je trouve un financement pour ma clinique. Mais je ne me rappelle pas avoir ouvert un compte bancaire.

Elle leva les yeux vers lui.

— J'ai vu la signature. Ça ne peut pas être la mienne. Elle lui ressemble, mais je n'ai jamais signé ce document.

— Ce compte existait avant l'accident. Il n'est pas récent,

Emily. Je demanderai la date exacte à Tanner. Cela aiguillonnera peut-être votre mémoire.

Elle était trop, beaucoup trop près de lui. Elle se détourna et croisa les bras sur sa taille.

— Pourquoi ? demanda-t-elle à mi-voix. Pourquoi tout cela m'arrive-t-il ?

Mitch s'approcha de nouveau, mais elle se raidit et tâcha d'ignorer le désir qui croissait en elle et risquait encore d'échapper à son contrôle. Sortant un sachet de thé du placard, elle le plaça dans une tasse fleurie et versa l'eau brûlante dessus.

Bien que délicatement parfumé, l'arôme qui s'en dégagea ne lui apporta ni apaisement, ni réconfort. Elle ne pensait qu'à Mitch, à sa présence dans son dos. Son corps entier la chatouillait. Il n'abandonnerait pas, elle le savait. Sa persévérance était l'un de ses traits les plus irritants, et les plus séduisants. Sa chaleur rayonnait jusqu'à elle. Elle éprouvait une folle envie d'obéir à son instinct, de se laisser aller contre lui, de le laisser la cocooner et faire disparaître le monde quelques minutes... Ou quelques heures.

D'un geste doux, presque timide, il posa de nouveau ses mains sur ses épaules.

— Nous y arriverons, assura-t-il, son souffle tiède sur son oreille.

Il caressa le haut de ses bras. Elle aurait pu s'échapper à n'importe quel moment. Il l'aurait assurément laissée partir, mais elle voulait qu'il la touche. Elle avait besoin de sa force. Elle était seule depuis si longtemps dans un combat trop inégal. En cet instant même, elle croyait vraiment avoir trouvé son héros. Elle et Mitch contre un monde devenu fou.

D'un mouvement souple, il l'enlaça et son corps musclé l'accueillit avec une mâle tendresse. Les mains d'Emily tremblaient. Il la libéra de sa tasse de thé, qu'il posa sur le comptoir, puis la fit pivoter entre ses bras.

Le marron de ses iris était devenu presque noir, trahissant son désir, et son cœur semblait battre à grands coups brutaux.

Il lui releva le menton. Puis, de son index, il joua avec une mèche de ses cheveux qui retombait sur sa joue.

L'appel du corps, elle connaissait. Et elle reconnaissait cette électricité qui avait déjà crépité entre eux. Mais là, c'était différent. Il aurait pu la soulever du sol et s'emparer de sa bouche. Elle lui aurait donné ce qu'ils voulaient tous les deux. Mais il ne le fit pas. Ses mains se contentèrent de caresser ses bras de haut en bas, puis son dos, ses épaules. Il y avait une telle persuasion dans son toucher qu'elle crut fondre à l'intérieur.

Le cœur battant la chamade, elle se pencha contre lui, affamée de sa chaleur, de son attention, du sentiment de sécurité qu'il lui procurait. Il était le seul qui pouvait lui offrir cela.

— S'il vous plaît, dit-elle.

Un petit sourire lui étira les lèvres.

— S'il vous plaît quoi ?

— Serrez-moi dans vos bras.

Il émit un léger grognement, mais se plia à sa demande.

Elle savourait chaque relief de son corps, chaque muscle, chaque méplat. Elle se blottit davantage contre lui. Il tressaillit, et une bouffée d'orgueil féminin la gagna. Elle l'avait fait trembler.

Et si elle levait la tête vers lui ? L'embrasserait-il ? Aurait-il envie d'elle ?

Ses hanches se collèrent aux siennes. Oh oui, il avait envie d'elle ! Et apparemment, il ne craignait pas qu'elle s'en aperçoive. La solitude de l'année écoulée s'abattit sur ses épaules. Oserait-elle prendre le risque d'éprouver quelque chose pour Mitch ? Ou juste quelque chose de plus fort que le chagrin et le vide ?

Le carillon de l'horloge antique brisa la magie de l'instant.

Il posa son front sur le sien.

— Ça va trop vite, n'est-ce pas ?

Elle se mordit les lèvres et acquiesça. Il jeta un coup d'œil à son portable.

— Il faut que je passe un appel. Buvez votre thé. Et un jour, bientôt… Peut-être que ce ne sera pas trop vite.

Il lui caressa la joue et quitta la pièce, le téléphone à l'oreille.

Emily prit une brève inspiration. Ses nerfs étaient à vif.

Tout en marchant de long en large, elle avisa son propre portable qu'elle avait mis en charge. Un message vocal clignotait. Comment avait-elle pu ne pas s'en apercevoir ? Elle s'en saisit et appela sa boîte.

— Madame Wentworth…

C'était la voix de Perry.

Elle en tituba.

— Vous n'êtes pas venue, et votre portable m'a mis directement sur boîte vocale. Appelez-moi dès que vous aurez ce message. Il s'agit d'un truc encore plus gros que ce que j'avais pensé. Beaucoup d'argent. Plusieurs personnes concernées. Je confirme la compromission d'un flic de Denver, mais je n'ai pas encore son nom…

Un juron coloré se fit entendre derrière elle. Mitch était revenu. Il fronçait les sourcils, et un nerf battait dans sa mâchoire.

— Ghost n'aurait pas dû s'échapper, continuait Perry. Quelqu'un a organisé sa fuite…

Des bruits de papiers, puis…

— S'il m'arrive quelque chose… vous saurez ce que je sais. Je ne veux pas en dire plus au téléphone… Soyez très prudente, madame Wentworth. Ne faites confiance à personne. Appelez-moi.

Emily s'affaissa contre le comptoir. Mitch s'avança aussitôt vers elle.

— Le timing n'a pas été de notre côté, hein ?

Il lui embrassa la joue, et laissa ses lèvres s'y attarder quelques secondes.

— Rappelez-vous où nous en étions.

Il se saisit de la tasse de thé et la plaça dans sa main.

— Tenez, prenez-en une gorgée et allons voir vos notes.

Munie de son thé, elle remonta le petit couloir qui menait à la salle à manger, Mitch sur ses talons.

Lorsqu'elle ouvrit la porte, la tasse lui glissa des doigts et se brisa sur le sol.

— Non !

Les murs étaient nus. Les boîtes envolées. Chaque indice, chaque Post-it, chaque coupure de presse, chaque épingle de couleur, chaque document, tout ce qu'elle avait rassemblé depuis neuf mois avait disparu.

On les lui avait volés.

Mitch lui fit faire demi-tour.

— Il faut partir d'ici. Tout de suite !

6

Mitch tenait Emily par le bras mais celle-ci, les talons fichés dans le sol, se libéra de sa prise.

— Attendez. Nous ne pouvons pas…

— Quelqu'un a tenté de faire sauter votre voiture aujourd'hui, la coupa-t-il. Nous partons d'ici jusqu'à ce que l'équipe de déminage ait examiné chaque centimètre carré.

Ses yeux s'écarquillèrent.

— Juste une seconde.

Elle ramassa l'ours en peluche, deux photos sous cadre et les fourra dans un sac.

— Je ne pars pas sans eux, déclara-t-elle, le regard brillant.

Mitch lui saisit la main et la tira vers la porte de derrière. Pas question de rebrousser chemin dans la maison. Ils devraient se passer de leurs manteaux. Emily attrapa au passage son portable et le chargeur.

— Mais, les…

— Pas le temps, Emily.

Après s'être assuré qu'aucun fil électrique ne longeait le chambranle, Mitch ouvrit le battant à la volée. Bon sang, comment avait-il pu se montrer aussi négligent ? Ils avaient traîné une demi-heure dans la maison. Et même fait du thé ! Un dispositif relié à la gazinière, et c'en était fini. Ils seraient morts tous les deux, et personne n'aurait su que quelqu'un avait volé tous les indices et documents qui se trouvaient dans la salle à manger.

Emily le suivit en titubant, leurs chaussures crissant sur des restes de neige durcie. Mitch examina le jardin à la recherche d'empreintes et de tout ce qui ne paraîtrait pas à sa place.

Rien. Leur visiteur devait être passé par-devant.

— Je suis désolé, dit-il. J'aurais dû inspecter toute la maison avant de vous laisser entrer. Je n'ai pas assuré. Ça ne se reproduira pas.

— Je pensais que… Comment a-t-il…

— La dernière fois que vous vous êtes servie de cette clé sous le pot de fleurs, c'était quand ?

Elle piqua un fard.

— C'est bien ce que je croyais, soupira-t-il. Vous êtes une femme intelligente, Emily. Vous vous êtes comportée admirablement en ville. Mais vous ne devez jamais baisser votre garde, même chez vous. Jamais. A présent, il faut filer.

Il contourna la maison, et, tous les sens aux aguets, garda Emily aussi près de lui que possible.

— Restez collée à moi.

La main d'Emily était posée sur son dos. Il avait besoin de sentir sa présence, de la savoir en sécurité derrière lui. Dorénavant, il compterait sur son instinct d'agent du SWAT, celui auquel il pouvait se fier les yeux fermés. Celui d'inspecteur ne faisait pas le poids.

Arrivant à l'angle de la façade, il s'immobilisa, l'oreille tendue.

Emily tremblait contre lui. Il serra sa main pour la rassurer.

— Je jette un coup d'œil au SUV, ensuite on part.

Elle hocha la tête. Il inspecta le dessous de caisse, puis recommença par acquit de conscience. Satisfait, il fit signe à Emily de venir et lui ouvrit sa portière. Elle sauta dans le véhicule et il se glissa sans attendre derrière le volant.

Serrant contre elle le sac avec les photos et la peluche, elle boucla sa ceinture.

Quelques instants plus tard, ils roulaient. Mitch était en alerte rouge, déterminé à ne plus se laisser prendre au dépourvu.

— Qu'allons-nous faire ? demanda Emily en scrutant les rues de chaque côté.

— En premier lieu, trouver un endroit sûr où vous cacher. Ensuite, nous essaierons de comprendre dans quoi vous vous êtes aventurée. Parce que c'est gros. Au point de pousser des gens à tuer.

Elle colla l'ours en peluche contre sa poitrine.

— Je n'aurais jamais dû vous demander de m'aider. J'ignorais que ce serait à ce point dangereux pour vous. Si vous vouliez laisser tomber, je comprendrais.

Ces mots lui firent l'effet d'une gifle. Pourquoi réagissait-il aussi fort ? Seigneur, il n'en revenait pas : elle était butée à ce point ? Ce n'était pas le fait qu'elle se mettait elle-même en danger qui suscitait sa colère. Car il serait à ses côtés, totalement, jusqu'à ce qu'elle soit en sûreté et qu'elle ait trouvé ce qui était arrivé à son fils… Non, ce qui l'irritait, c'était qu'elle ne croyait pas en lui.

— Je ne vous lâcherai pas. Autant vous y faire.

— Mais…

— Le chapitre est clos.

Toutes les cinq secondes, il jetait un œil à ses rétroviseurs. Les rues environnantes étaient désertes. A sa grande surprise, sa déclaration de mâle primaire sembla détendre l'atmosphère plutôt que l'alourdir. Peut-être Emily n'était-elle pas aussi désireuse d'agir seule qu'elle voulait le faire croire.

— Je me demande si je reverrai un jour ma maison, soupira-t-elle, brisant enfin le silence.

— Je ne sais pas.

Il voulait continuer à être honnête avec elle. Pour certaines choses, du moins.

— Si ce que cherchaient vos ennemis était toute cette documentation, maintenant ils l'ont.

— Ce vol est tellement bizarre. Rien n'a été touché dans le reste de la maison. Si nous n'étions pas allés à la salle à manger, nous ne nous en serions même pas aperçus.

— Etant donné qu'ils ont tout pris, soit vous êtes tombée sur quelque chose d'important, soit vous étiez sur le point d'exposer quelqu'un. L'auteur de ce cambriolage pensait que vous étiez morte dans l'explosion, ou bien il a opéré juste après notre départ. S'il était parvenu à ses fins, à savoir vous tuer, les flics auraient su que votre domicile avait été visité, ou qu'il y manquait quelque chose.

Emily soupira.

— Très peu de gens sont au courant pour la salle à manger. Si j'étais morte, il ne serait resté personne pour reprendre ma recherche.

Elle frissonna nettement. Ses yeux étaient immenses sur la pâleur de son visage.

Mitch en eut la gorge nouée. Une fois encore, il s'en était fallu d'un rien qu'elle ne perde la vie. Et sous sa surveillance !

— Je chercherai toujours, Emily. Quoi qu'il arrive.

Elle sortit la photo d'un nouveau-né et toucha du bout du doigt le visage potelé.

— Perry m'a dit qu'il trouverait mon fils. Il avait une piste, et cette fois il semblait très confiant.

Elle se tourna vers Mitch.

— Votre coup de fil de tout à l'heure, c'était quoi ?

— Rien de très utile. Tanner m'annonçait que Ghost était toujours en cavale. Il aurait été vu une fois en centre-ville, et une autre fois à proximité du refuge de sœur Kate. Mais rien de concret.

— Et si nous ne parvenons pas à lui remettre la main dessus ? Tous les indices étaient chez moi.

— Vous oubliez la boîte que vous avez récupérée chez Perry. Nous ne l'avons pas prise avec nous à l'intérieur.

Il pencha la tête de côté.

— Notre chance va peut-être tourner.

Emily s'enfonça dans le confortable siège en cuir.

— Où allons-nous ? Chez vous ?

— Ce n'est pas assez sûr. Surtout s'il y a une taupe au commissariat. Nous irons chez mon frère Noah. Il nous a prêté cette voiture, il peut bien nous loger aussi. Ce qu'il ignore quand il est au bout du monde ne peut pas lui faire de mal.

— Et si l'assassin nous trouve ? s'alarma Emily. Je ne veux pas être source de problèmes pour vous ou votre famille.

Mitch prit la bretelle de sortie de Boulder.

— Sa maison est un véritable Fort Knox. Un lotissement

entouré de hautes grilles, un système de sécurité high-tech et de la vidéosurveillance partout. Personne ne peut entrer sans montrer patte blanche.

— Peut-être que je devrais chercher mon propre…

— Vous connaissez un endroit où vous seriez en sécurité ? demanda-t-il d'une voix douce.

— Le refuge de sœur Kate, répondit-elle d'un ton hésitant.

— Non. Pas avec Ghost en liberté. Et puis je vous rappelle que les attentats contre vous coïncident avec le moment où vous avez commencé à travailler avec les filles.

— C'est vrai, reconnut-elle en hochant la tête.

— Alors le débat est clos, dit-il en avançant le 4x4 dans le sas d'entrée du lotissement.

Le gardien ouvrit la grille et lui fit signe de passer.

— Il ne vous a pas demandé de pièce d'identité ?

— C'est moi qui garde la maison de Noah quand il est absent. Et je m'amuse avec certains de ses joujoux. Il s'est créé un sanctuaire à tomber par terre. N'ayez crainte. Personne n'y entre.

Il s'engagea dans une longue allée dissimulée par une double rangée de chênes.

Arrivé à destination, il ouvrit la console centrale du SUV, pressa la touche d'une télécommande et l'une des cinq portes du garage bascula.

— Je ne veux donner aucune indication qu'il y a quelqu'un, dit-il lorsqu'elle se referma derrière eux.

Il guida Emily dans la maison, puis franchit un vaste patio pourvu d'une piscine de vingt-cinq mètres.

Devant son air ébahi, il ne put s'empêcher de rire.

— Ouais, Noah a vu les choses en grand concernant l'aménagement intérieur. Vous devriez voir le bassin d'eau chaude. On se croirait au cœur de Belize.

Après avoir déposé la boîte de Perry sur une table à repas pouvant accueillir une quinzaine de convives, il se dirigea vers la cuisine.

— Vous avez faim ?

Ils avaient l'un et l'autre grand besoin de s'alimenter. Et de se détendre. Il se retourna. Emily serrait contre elle les deux photos encadrées et l'ourson en peluche aux yeux vairons. Elle semblait totalement égarée.

— Vous ne croyez pas que nous retrouverons Joshua, n'est-ce pas… Dites-moi la vérité.

La vulnérabilité qui transparaissait dans ces mots l'ébranla. Plus que tout au monde, il voulait lui dire oui. Au lieu de cela, il se cantonna à la réalité.

— Nous avons une chance.

S'avançant vers elle, il replaça des mèches sauvages de ses cheveux derrière son oreille.

— Et nous explorerons chaque piste, quels que soient les obstacles que l'on pourra placer sur notre chemin. La voilà, la vérité, Emily. Je vous le promets.

Il posa sa main sur sa joue et plongea ses yeux dans les siens.

— Nous pouvons nous relaxer, prendre un bon repas, faire ce que nous voulons. Personne ne nous ennuiera ici.

Elle acquiesça, et il l'emmena vers un énorme canapé, capable de l'avaler tout entière. Elle prit place sur l'extrême bord, apparemment mal à l'aise. Avec délicatesse, il plaça sa main sur son dos, qu'il caressa par des gestes circulaires. Ses muscles se crispèrent sous ses doigts, mais elle ne s'écarta pas.

— Nous sommes vraiment en sécurité ici ?

Il opina du chef.

— Oui.

— J'aimerais prendre une douche mais…

Elle hésita, avant de terminer :

— Je n'ai ni vêtements de rechange, ni chemise de nuit, ni brosse à dents, rien.

Elle le regarda et murmura :

— J'ai l'impression de perdre pied, de partir à la dérive…

Mitch ne put le supporter. Il lui prit la main et la serra dans la sienne.

— Regardez tout ce qui est arrivé ces deux derniers jours. La plupart des gens auraient craqué mais, vous, vous avez été exemplaire. Solide. Forte.

Elle retira sa main.

— Je ne me sens pas forte, Mitch. Là, c'est comme si j'allais me briser en mille morceaux. Ce n'est pas moi. J'ai besoin de me ressaisir.

Mitch se pencha en avant et joua avec une de ses boucles châtaines. Elle avait des cernes sombres sous les yeux. Sa bouche était crispée, son cou raide.

— Vous avez besoin de manger et de dormir.

De son pouce, il caressa sa tempe. Elle ferma les yeux.

— Pas encore, chuchota-t-elle. Pouvez-vous juste… être avec moi… tranquillement, quelques instants. Jusqu'à ce que je me détende.

Il changea de position et s'allongea sur les larges coussins, l'emmenant.

— Comme ça ?

Elle soupira et se laissa aller contre son torse, son corps épousant le sien.

— Oui.

Ils demeurèrent ainsi en silence plusieurs minutes. C'était si agréable de la sentir contre lui. En d'autres circonstances, il aurait eu une folle envie de l'embrasser, de l'avoir sous lui, vibrante de désir, mais il se contenta d'admirer ses traits, de profiter de ce délicat moment de tendresse.

Cela faisait combien de temps qu'il n'avait pas été allongé près d'une femme sans prononcer un mot ? C'était si bon. Si étrange… Cependant, une furieuse envie d'elle palpitait sous le plaisir indicible qui le gagnait en sa compagnie. Un geste, un baiser, un regard invitant, et son instinct prendrait irrémédiablement le dessus.

Il déplaça son bassin pour qu'elle ne se rende pas compte de la force de son désir. Elle n'avait besoin que d'une chose : se sentir en sécurité.

Elle ouvrit les yeux et posa sur lui un regard intense.

— A plusieurs reprises, j'ai cru que vous alliez m'embrasser, dit-elle doucement.

— Vous l'auriez voulu ?

— Deux ou trois fois, oui. Mais mes émotions sont parties

en roue libre. Je suis seule depuis si longtemps... Je ne suis pas sûre de me souvenir de ce que je suis censée faire en pareil cas. Ni même de savoir si vous voulez de moi.

Il se déplaça sous elle et quand elle découvrit ce qu'il avait tenté de lui dissimuler, ses yeux bleus s'arrondirent.

— Ne doutez pas une seconde que je vous veux, Emily.

Elle leva une main légèrement tremblante vers sa joue.

— Il faudrait vous raser. Ça va piquer.

— Nous verrons, susurra-t-il.

Il descendit sa bouche vers son cou, le taquina. Elle émit un petit rire... qui se mua en soupirs tandis qu'il suivait de ses lèvres la ligne de sa mâchoire, les glissait vers sa joue pour trouver enfin les siennes. Son corps parut chanter lorsqu'elle les ouvrit. Il y plongea sa langue et goûta au nectar suave de sa bouche. C'était comme si toute sa vie il avait attendu ce moment.

Elle ajusta sa position sous lui, de sorte à lui offrir le plus de confort possible.

Il leva la tête et plongea son regard dans le sien. Elle le voulait, c'était clair, mais quelque chose le fit s'écarter.

Il caressa ses cheveux et ferma les yeux. Les boucles soyeuses glissèrent entre ses doigts. Il lui offrit un chaste baiser, se leva du canapé et lui tendit la main.

— Il y a une salle de bains dans la chambre d'amis. Deuxième porte à droite dans le couloir. Allez-y.

— J'ai fait quelque chose qu'il ne fallait pas ?

— Non, Emily. Et je ne le veux pas non plus, alors prenez une douche bien chaude. J'en prendrai une froide.

A ces mots, elle posa le regard sur son entrejambe. Il ne pouvait cacher l'effet qu'elle lui faisait.

D'ailleurs, elle rosit, puis se hâta vers le couloir.

— Euh, Mitch ? dit-elle en se retournant. Je n'ai toujours rien à me mettre.

— Je prendrai quelques vêtements de ma sœur Sierra et je les déposerai à côté de la porte. Les serviettes sont dans la salle de bains.

Du menton, il lui désigna le couloir.

— Allez-y. Ensuite, servez-vous dans le frigo. Vous avez le temps : je vais sans doute mariner un bon moment dans le bassin d'eau chaude.

— D'accord. Merci.

Le regard d'Emily dériva de nouveau vers son érection, ce qui aiguillonna son désir. Elle fila sans plus attendre vers la salle de bains.

Maudissant ses scrupules, Mitch se retourna. Il aurait pu la séduire. Pourquoi ne l'avait-il pas fait ? En cet instant même, elle serait sous lui, se tortillerait sous ses caresses. Il savait comment donner du plaisir à une femme, comment susciter son désir, comment la rendre heureuse de passer la nuit avec lui. Et qu'avait-il fait ? Il l'avait rejetée. Pourquoi ?

Parce qu'elle n'est pas prête, lui souffla une voix intérieure.

Et elle ne paraissait pas du genre à faire l'amour juste pour le plaisir. Plutôt du genre *pour toujours*.

Hors de portée. Pas touche. Sauf s'il voulait plus.

Il referma la main sur sa cuisse douloureuse et la massa. Non, il ne pouvait pas vouloir plus.

Tant qu'il n'était pas redevenu à cent pour cent lui-même.

Tant qu'il n'avait pas découvert qui en avait après Emily. Tant qu'il n'avait pas retrouvé son fils.

Tant qu'il ne pouvait pas lui dire la vérité.

Un bruit de douche lui parvint de la chambre d'amis. Emily y était, nue, toute mouillée, l'attendant… Et taboue.

Emily laissa le jet brûlant couler sur elle, dénouer les muscles de son cou et de ses épaules, lui détendre le dos et les bras. L'odeur persistante de gomme brûlée disparut enfin de ses narines. Tout en se savonnant, elle repensa aux mains de Mitch sur elle, à la douceur de son toucher, à sa délicatesse.

C'était un homme bien. Elle avait vu brûler la flamme du désir dans ses yeux, mais il l'avait laissée prendre l'initiative. D'une certaine manière, elle aurait préféré que ce soit lui. Que ce serait-il passé s'il l'avait déshabillée, puis séduite avec tout le talent qu'il semblait posséder ?

Elle aurait fondu entre ses bras. Et, peut-être, l'aurait regretté. De cela, il avait été manifestement conscient. Il avait donc dissimulé son envie d'elle avec tact et sensibilité, mais cela n'avait fait qu'exacerber son désir.

Sortant de la cabine de douche, elle s'enveloppa d'une grande serviette.

Lorsqu'elle passa dans la chambre, plusieurs jeans, maillots à col montant et pull-overs étaient apparus comme par magie sur le couvre-lit de satin, ainsi qu'une chemise de nuit. L'idée que Mitch s'était trouvé si près d'elle alors qu'elle était nue sous la douche déclencha de drôles de choses dans son ventre. Qu'aurait-elle fait s'il était entré dans la salle de bains ? Aurait-elle été assez courageuse pour ouvrir le rideau ? Lui demander de la rejoindre ?

Oh ! mon Dieu ! A quoi était-elle en train de penser ?

Elle déposa les vêtements dans un fauteuil et se glissa dans la chemise de nuit. Le fin tissu électrisa sa peau. Il était décidément urgent qu'elle reprenne le contrôle d'elle-même. Sinon, elle allait commettre un acte inconsidéré. Alors qu'elle aurait dû être épuisée, son esprit était un tourbillon d'idées saugrenues. Essayer de dormir semblait un vœu pieux. Elle ne voulait pas être seule. Pourtant, elle savait ce qui se passerait si elle se mettait à la recherche de Mitch. Une chose, une seule. Celle qu'elle voulait de toutes ses forces. Et qui n'était pas, mais pas du tout raisonnable.

Prenant une profonde inspiration, elle s'avança vers la porte et l'ouvrit. Une pénombre silencieuse l'accueillit dans le couloir. Elle marcha avec précaution jusqu'à la table de la salle à manger et la boîte de Perry. Elle s'en saisit puis l'emporta dans la chambre d'amis.

Après avoir poussé de côté le couvre-lit de satin, elle ôta le couvercle et sortit la bouteille de vin qu'elle avait vue plus tôt. La capsule était intacte. Elle souleva la flasque de whisky à demi entamée et soupira. Les démons de Perry ne l'avaient apparemment jamais quitté. Elle survola ensuite plusieurs pages de notes manuscrites presque illisibles qui parlaient de quelqu'un en Floride.

Quelques minutes plus tard, en tombant sur un reçu de magasin de vins, elle se rappela une histoire que lui avait récemment racontée Perry. Oui ! C'était peut-être la clé dont ils avaient besoin pour progresser.

Incapable de contenir son excitation, elle sortit de la pièce en courant. Où était Mitch ? Elle frappa doucement à la porte de la chambre voisine de la sienne. Pas de réponse. Puis de la musique, provenant du patio, attira son attention.

Se guidant au son, elle arriva au fameux bassin d'eau chaude. Et à Mitch. Sa tête brune reposait sur le bord carrelé. Le bain à bulles était niché au milieu d'une profusion de plantes tropicales, palmiers, orchidées et fleurs de couleurs vives qu'elle n'avait jamais vues. Le frère de Mitch avait créé un petit paradis au sein de sa propriété.

Elle étudia le visage de Mitch. A sa grande surprise, des plis de douleur lui déformaient un peu la bouche et le front.

Elle s'était déjà rendu compte de son aptitude au stoïcisme. En règle générale, il refusait de montrer sa souffrance aux gens. Mais après l'intense activité de la journée, sa jambe devait lui faire un mal de chien et cela se voyait. Qu'à cela ne tienne ! S'il était têtu, elle aussi.

Elle s'approcha du bassin et se glissa dans l'eau, sa chemise lui collant au corps.

— Hmm, c'est agréable, murmura-t-elle. L'eau chaude doit vous soulager les muscles, non ?

Mitch se redressa aussitôt et plongea une serviette dans l'eau pour couvrir son intimité.

— Je croyais que vous étiez couchée.

— Je ne pouvais pas dormir, alors j'ai commencé à fouiller dans la boîte de Perry. J'ai trouvé un reçu, Mitch. Provenant d'un magasin de vins.

Elle ne pouvait s'arrêter de sourire.

Manifestement mal à l'aise, Mitch se détourna dans l'eau, s'arrangeant pour lui montrer son dos.

— Une nouvelle piste, marmonna-t-il. C'est bien.

Elle se déplaça le long du bord du bassin.

— Votre jambe vous fait souffrir ?

— Pas vraiment. Je… j'essaie juste de me relaxer.

— Je peux vous aider.

— Emily, protesta-t-il, une note d'avertissement dans la voix. J'ai grillé la plus grande partie de mon self-control en vous délaissant tout à l'heure.

Petit à petit, elle réduisit l'espace entre eux jusqu'à se trouver à portée de ses bras. Cette fois, il ne s'écarta pas. Avec précaution, elle plaça les deux mains sur sa cuisse droite. Les muscles frémirent sous son toucher.

— Vous m'avez sauvé la vie, argua-t-elle. Vous m'aidez à rechercher mon fils.

— C'est mon boulot.

— Oh ! Très bien ! Si vous préférez le prendre ainsi, je suis votre physiothérapeute. C'est mon boulot. Maintenant taisez-vous et laissez-moi faire.

Se rapprochant tout à fait, Emily travailla les muscles par petits mouvements circulaires, sa chemise de nuit flottant autour d'elle. La peau de Mitch était tendue sous ses doigts, sa cuisse ferme et solide tandis qu'elle tâtait en profondeur les fibres musculaires abîmées, rétives à sa manipulation. Peu à peu, les points de tension s'assouplirent. Elle était attentive à chaque respiration de son patient, dont les mains puissantes se crispaient sur le rebord du bassin d'eau chaude comme s'il luttait pour ne pas la toucher.

Emily ralentit ses gestes, puis cessa totalement. Elle poussa un long et profond soupir.

Mitch, lui, haletait, le souffle rapide. Tout à coup, sans prévenir, il empoigna sa chemise de nuit, la retroussa sous l'eau puis plaqua les mains de chaque côté d'elle sur le carrelage. Le tissu mouillé épousait ses formes comme une seconde peau. Emily baissa les yeux : la chemise ne couvrait pratiquement plus rien. C'était comme si elle était nue.

Le cœur battant à tout rompre, elle releva les yeux vers Mitch. Ses iris s'étaient assombris. Le désir palpitait en lui, elle le sentait. Alors qu'elle se remettait au travail sur sa cuisse, elle toucha la serviette et, par inadvertance, l'érection que celle-ci dissimulait. Mitch émit un bruit étranglé.

— Ma jambe va mieux, Emily. Et s'il n'est pas dans vos intentions d'aller au bout de ce que vous faites, il faut me laisser. Je ne suis pas esclave de mon corps, mais j'ai moi aussi mes limites. Et vous venez de les atteindre.

Emily se mordit la lèvre inférieure. Il lui offrait un choix. Etait-elle prête ? Elle voulait tellement l'être. Elle voulait de nouveau se sentir *vivante*. Pouvait-elle prendre ce risque ? Elle fouilla le regard de Mitch, un regard enfiévré, chargé de questions, avide, impatient.

— Je veux…

Le portable de Mitch vibra dans la petite alcôve près de son épaule gauche. Il grogna.

— C'est une blague ?

Il baissa les yeux sur l'écran, puis les reporta sur Emily.

— Le travail, expliqua-t-il, la mine navrée. Une nouvelle affaire. Je dois y aller.

Il se retourna et sortit du bassin. Les muscles de son dos et de ses bras étaient magnifiques. Ses fesses parfaites.

Il se ceignit rapidement la taille d'une serviette.

— Je suis désolé, reprit-il d'une voix douce. Vous n'imaginez pas à quel point. Nous nous verrons dans la matinée.

Mitch s'éloigna du bassin d'eau chaude et de la tentation que représentait Emily. Il lui jeta un œil par-dessus son épaule : à son tour, elle sortait de l'eau, sans un regard vers lui. Il avait été à deux doigts de craquer. Elle avait eu envie de lui. Il avait résisté. Etait-il devenu complètement fou ?

Il réactiva le son de son portable.

— Si tu ne m'appelles pas pour quelque chose d'important, tu es un homme mort, Ian.

Son meilleur ami demeura un moment silencieux.

— Je suppose qu'il est inutile de te demander si je peux venir passer un peu de bon temps en l'absence de Noah ?

Il toussota, perfide, avant d'annoncer :

— J'ai l'identité de la fille qui est morte. J'ai pensé que ça t'intéresserait.

Mitch serra la mâchoire et formula une courte prière.

— Comment s'appelle-t-elle ?

— Vanessa Colby. Elle a fugué de chez elle il y a sept mois.

Un profond soulagement envahit Mitch, aussitôt suivi d'un pincement de culpabilité.

— Elle a fui après avoir découvert qu'elle était enceinte ?

— Tu as deviné. Elle ne traînait pas dans les rues. Du moins, jusqu'à une date récente.

Mitch réprima un juron obscène.

— Ça colle avec ce que j'ai appris au refuge. Les causes de la mort ?

— Pas de blessures visibles, mais j'ai trouvé une marque de piqûre et quelques ecchymoses. Ça peut indiquer une courte bagarre. Une analyse toxicologique est le seul moyen d'en savoir plus.

Mitch doutait qu'il en ressorte quelque chose. Ces gens étaient malins. Ils s'efforçaient de camoufler les meurtres en accidents. Mais cela n'expliquait pas le lien avec Emily. Elle n'entrait pas dans le schéma.

— Et le bébé ? Aucune trace ?

— Pas à ma connaissance. Maintenant, tes collègues flics en savent peut-être un peu plus.

Mitch marchait de long en large le long du bassin, le corps vibrant de désir inassouvi.

— Mitch ? Ça va ?

— Très bien, répondit-il, agacé. En qui as-tu une totale confiance au commissariat ?

— A part toi ?

Ian ne semblait même pas surpris qu'il laisse entendre une possible corruption au sein de la police. Mauvais signe. Mitch attendit qu'il se décide à répondre.

— En toute franchise, soupira enfin son ami, si tu veux savoir s'il y a des ripoux, appelle ton père.

— Il est « out » depuis l'accident. Trois ans, c'est trop.

— Depuis quand tu ne lui as pas parlé ? Il n'est pas aussi déconnecté que tu crois. La semaine dernière, il m'a contacté pour un suicide de flic qui ne lui paraissait pas catholique.

Mon gars, ton paternel est peut-être sur la touche, mais il peut encore en remontrer à beaucoup.

Un pager bipa sur la ligne.

— Il faut que je te laisse, Mitch. Je déteste le mois de décembre. Les fêtes, ça rend les gens idiots. Je t'appellerai dès que j'aurai le rapport d'analyse, mais il faut compter plusieurs semaines.

— Super, marmonna Mitch en raccrochant.

A ce moment-là, Emily serait peut-être morte. Il fallait qu'il sache à quoi tout cela rimait avant que l'on s'en prenne de nouveau à elle.

Et qu'il tienne les rênes de sa libido en attendant.

Même si cela le tuait.

7

La sonnerie de son portable arracha Mitch à un profond sommeil. Les lueurs rosâtres du soleil matinal s'infiltraient par les stores dans la chambre. Il grogna et se frotta les yeux. Bon sang. Depuis quand n'avait-il pas eu droit à une nuit complète ?

— Bradford, bougonna-t-il dans l'appareil, la voix lourde de sommeil.

— A quoi est-ce que tu joues, Mitchell ?

La question aboyée dissipa le brouillard dans sa tête.

— Papa ?

— Tu disparais avec un témoin clé lors d'une mission sous couverture sans te signaler ? Tu veux te faire virer ou quoi ?

Mitch grogna de nouveau et se redressa.

— Tu m'écoutes ? insista son père.

Il força son esprit à revenir au présent.

— Bien sûr.

Mais il n'était pas d'humeur à se faire sermonner. Et il était tout à fait capable d'inverser les rôles.

— Tanner t'a parlé, hein ?

Paul Bradford se tut plusieurs secondes.

— J'ai mes sources, répondit-il lentement.

Son hésitation en disait plus long que les mots eux-mêmes.

— Ta *source* t'a-t-elle expliqué que j'enquête non seulement sur une fille morte qui venait d'accoucher, mais aussi sur un voyou qui s'est évadé durant sa garde à vue ? Je venais de l'arrêter pour tentative d'enlèvement sur mineure enceinte. Il s'est fait la malle. Tu te souviens de la dernière fois où c'est arrivé ? Maintenant la question à dix dollars : pourquoi Tanner n'a pas été surpris ?

A l'autre bout de la ligne, la chaise roulante de son père couina.

— Papa ? Ça va ?

Un silence, puis :

— Qui le surveillait ?

Paul Bradford était passé en mode flic, aboyant ses ordres comme le sergent qu'il avait été et serait toujours. Mitch avait raté cette partie de leur relation.

— Je n'en sais rien, répondit-il, son esprit passant en revue les différentes possibilités. Mais je vais me renseigner.

— Fais ça. Ensuite file-moi son nom.

— Jusqu'où es-tu fourré là-dedans, Papa ?

Mitch commençait à s'inquiéter. Son père était un bon flic, certes, mais il devait accepter ses limites physiques.

— Je garde un doigt dans le pot de confiture. Ce n'est pas parce que mes jambes ne fonctionnent plus que mon expérience ne vaut rien.

— Je n'ai jamais dit…

— Tu n'as pas non plus posé la question.

La voix de son père s'était un peu radoucie, avec néanmoins une note accusatrice. Et vaguement blessée.

— Tu travailles en free-lance, c'est ça ?

Apparemment, le nouvel équipement informatique de son père ne lui servait pas qu'à se promener sur les réseaux sociaux.

— Avec la police de Denver ? demanda Mitch.

— Quelquefois.

— Tu as viré détective privé. Sois prudent, Papa. Le dernier que j'ai connu a fini avec la cervelle en bouillie.

— Perry était un alcoolo. Je suis prudent.

— Mais tu n'es pas sur cette affaire.

Son père ne répondit pas tout de suite.

— Pas pour le moment… Sauf si tu as besoin de mon aide.

Mitch ne voulait aucun membre de sa famille à proximité,

mais si son père possédait des infos de première main, pouvait-il se permettre de ne pas en profiter ?

— Que penses-tu de Dane Tanner ?

— Ancien des forces spéciales. Notre dernier enquêteur de haut niveau.

Mitch imaginait les doigts de son père se rejoindre sous son menton, comme à chaque fois qu'il réfléchissait à une question importante.

— Très motivé. Il veut faire tomber les criminels. De la manière dure.

— Il est honnête ? C'est arrivé que son nom soit cité dans des faits, disons, inhabituels ?

— Pas de la façon que tu crois.

— Crache le morceau, Papa. Donne-moi quelque chose. Si je lui fais confiance et qu'il arrive un truc à Emily…

— Elle a peut-être tué son mari, Mitch. Les indices…

Lentement, Mitch effectua les exercices d'étirements qu'elle lui avait prescrits. Sans forcer. En douceur.

— Je n'y crois pas. Par deux fois elle a failli être tuée. Quelqu'un cherche à l'éliminer, et je saurai qui.

— Elle est avec toi.

La désapprobation était claire dans la voix de son père.

— Pas *chez* toi, j'espère.

— Je ne suis pas fou. Mais quelqu'un s'est introduit chez elle alors que j'étais censé la protéger. Je fais très attention. Elle n'a nulle part où aller…

Et après une pause, il ajouta :

— Elle veut retrouver son fils.

— Je sais combien ça te touche, surtout après ce qui est arrivé à la gosse de Ian. Mais…

— Je la crois.

Soupir au bout de la ligne.

— D'accord. Je t'ai appris à faire confiance à tes tripes. Mais souviens-toi, on s'est tous les deux fait entuber. Ma confiance m'a mis dans cette chaise roulante. La tienne t'a valu une balle dans la jambe. Nous aurions dû voir les signes. Ouvre les yeux et les oreilles. Je serai pire qu'une tique assoiffée si tu te fais tuer.

— Il faut que j'aille voir Tanner ?

— Tiens-le informé. Pas trop, histoire de ne mettre personne en danger, mais assez pour qu'il se pende avec sa propre corde s'il s'avère qu'il est marron. Garde tes ennemis plus près de toi que tes amis, Mitch.

— Tu veux parler d'Emily ou de Tanner ?

— Des deux.

— Je m'en doutais. Je vais appeler Tanner, conclut Mitch, avant de mettre fin à la communication.

— Pourquoi voulez-vous parler à l'homme qui cherche peut-être à me tuer ?

La voix d'Emily, surgie de nulle part.

Elle avait entrouvert sa porte et l'observait, une serviette autour de la tête, une autre autour du corps. A l'évidence, elle se fichait d'être presque nue devant lui. Son visage était rouge, mais était-ce à cause de sa douche ou de la colère ? se demanda Mitch.

Elle s'approcha du lit. Raison numéro deux, décida-t-il.

— Nous avions un accord. Mais vous êtes flic jusqu'à la moelle, hein ? Moi qui vous croyais digne de confiance.

L'accusation lui fit d'autant plus mal qu'il ne pouvait nier son mensonge ni sa mission. C'était l'une des raisons pour lesquelles il voulait appeler Tanner. L'inspecteur avait-il contacté son père pour lui tirer les vers du nez à son sujet, ou au contraire pour le prévenir de façon détournée ? Dans les deux cas, il ne devait pas dévier de son but : trouver l'auteur des attentats contre Emily.

Les explications subtiles attendraient.

— Les choses ont changé.

— Oui. Elles sont pires.

— Ecoutez..., répliqua-t-il, je ne lui dirai pas où nous sommes, mais je veux savoir ce qu'il sait.

— Vous commettez une erreur. Perry a dit de ne faire confiance à personne. Y compris à la police de Denver.

— J'en fais partie. Et vous êtes ici avec moi.

Il sortit du lit en caleçon et se dressa devant elle.

— Pourquoi, Emily ? Pourquoi vous ne vous êtes pas enfuie ?

— J'aurais peut-être dû, répondit-elle en se retournant.

— Ecoutez. Soit vous êtes avec moi, soit vous ne l'êtes pas. Mais ne mettez pas en cause mon intégrité. J'ai promis de veiller à votre sécurité, et je le ferai. Si j'ai le moindre début d'indice que Tanner joue double jeu, je le ferai tomber.

Cette dispute crispait l'estomac de Mitch. Ce qu'il disait était vrai. Malheureusement, toute leur relation reposait sur un mensonge, et il ne voyait aucun moyen d'en sortir. Les choses étaient allées trop loin pour avouer la vérité à Emily.

— Je suis votre dernière chance, insista-t-il. Vers qui d'autre pourriez-vous vous tourner ?

Elle lui lança une obscénité qu'elle avait dû entendre dans ces rues où elle s'aventurait avec tant d'inconscience.

Puis elle tourna les talons et repartit vers sa chambre.

Il courut derrière elle et bloqua sa porte du pied au moment où elle voulut la lui claquer au nez.

Il l'attira à lui et lui leva le menton.

— Faites-moi confiance. Tout n'est pas fini. Il me manque des pièces du puzzle, mais j'ai des ressources.

Il enroula une mèche de ses cheveux sur son index.

— Les gens parlent, Emily. Il y a trop d'acteurs en jeu pour que l'un d'eux ne se trahisse pas à un moment ou à un autre.

Elle lui agrippa le bras.

— Ne parlez pas à la police. S'il vous plaît. Pas encore.

Pouvait-il lui répondre sans lui servir un nouveau mensonge ?

— D'accord. Aussi longtemps que j'estimerai que ce n'est pas sûr.

— Je ne sais pas si c'est suffisant, soupira-t-elle.

— Il le faudra.

Marquant une pause, il passa le doigt sur le bord de sa serviette, retenue sur le haut de ses seins.

— Habillez-vous. J'ai une course à faire, et je veux vous montrer la chambre forte de Noah avant d'y aller.

— Vous me laissez ici ?

Il croisa les bras.

— Je ne veux pas que vous sortiez au grand jour. Je ne serai pas parti longtemps. Prétextez un congé maladie à votre travail parce que vous n'irez nulle part tant que nous n'aurons pas bouclé cette affaire. Ensuite, jetez un coup d'œil dans la boîte de Perry. Peut-être que vous trouverez autre chose.

— J'ai déjà tout examiné. Le magasin de vins est sur Kalamath Street. Le chiffre crié par Perry, quatre-vingt-cinq, est peut-être un numéro de casier de client.

— Ou le millésime. Vous n'êtes pas mauvaise comme coéquipière, ajouta-t-il avec un petit sourire.

Un léger fard naquit sur la troublante plénitude de sa poitrine, à peine cachée par le tissu éponge. Ses lèvres s'écartèrent légèrement tandis qu'elle lui souriait et qu'une lueur de désir scintillait dans ses yeux.

— S'il vous plaît, laissez-moi vous accompagner.

— Non. C'est pour votre propre sécurité. En mon absence, pourquoi ne pas vous servir de l'ordinateur et découvrir qui est propriétaire de ce magasin ?

Sa mâchoire se serra, et un froid polaire remplaça la chaleur entre eux.

— Très bien.

Elle poussa sur le battant pour le fermer.

Mitch ne bougea pas d'un millimètre. Il n'aimait pas ce qui se lisait dans ses yeux. Cela lui rappelait son expression presque victorieuse lorsque cette voiture avait manqué de la renverser, le premier soir.

— Emily ?

— Je vais m'habiller et effectuer votre recherche. Je suis devenue bonne en recherche.

— Raison pour laquelle je vous ai demandé ce service. Vous m'attendrez ? Vous ne ferez rien en solo ?

— Contrairement à ce que vous pensez, je ne veux pas mourir. Je dois vivre. Pour Joshua.

De nouveau, elle essaya de fermer la porte. Mitch ne bougea toujours pas.

— Eh bien quoi ?

— Promis ?

— Je n'explorerai pas la piste toute seule, déclara-t-elle d'un ton sec, avant de lui jeter un regard noir. Je peux m'habiller, maintenant ?

Il hocha la tête et la laissa enfin fermer la porte. Waouh. Elle était sexy quand elle était en colère.

Mitch regagna sa chambre. Il avait besoin d'un bol d'air, d'une pause dans l'affaire et d'une douche froide. Pas forcément dans cet ordre. Dès qu'il pourrait avouer la vérité à Emily, rien ne l'empêcherait d'avoir ce qu'ils désiraient l'un et l'autre. Si elle le désirait toujours…

Otant son caleçon, il s'avança sous le jet d'eau froide, décidé à recouvrer le contrôle d'un corps qui palpitait de désir.

Depuis la porte d'entrée, Emily suivit Mitch du regard : il s'éloignait dans un énorme 4x4 pick-up. Vers où, il n'avait pas voulu le dire. Elle s'était attendue à ce qu'il cache les clés des autres véhicules, mais il ne l'avait pas fait.

Il aurait dû.

Elle lui avait promis de ne pas explorer la piste du magasin de vins. Elle ne lui avait pas promis de rester cloîtrée en cas de raison impérieuse. Sans attendre, elle gagna le sous-sol et traversa la salle de sport que le frère de Mitch avait dotée d'un équipement à côté duquel celui de sa clinique faisait pâle figure. La porte vers laquelle elle se dirigea évoquait plus celle d'une chaufferie que celle d'une chambre forte.

Elle tourna la poignée. Derrière se trouvait une paroi de béton garnie d'un clavier numérique. Elle serait repérée, elle le savait, mais peu importait. Perry lui avait dit de ne faire confiance à personne. Il était mort pour elle. Elle le croyait.

Elle tapa le code que Mitch lui avait indiqué et entra dans la pièce. Si elle ne ressemblait guère à un abri antibombe, c'était pourtant ce que le frère de Mitch avait conçu. Mais ce n'était pas le décor sophistiqué, le stock de vivres pour plusieurs semaines et le matériel de survie qui l'intéressait. Ce qu'elle voulait, c'était accéder au cœur du système de sécurité vidéo et au central informatique high-tech. Elle passa dans une petite pièce secondaire. OK, elle aurait pu utiliser l'ordinateur portable, au rez-de-chaussée, mais ce centre de communication recelait des jouets plus captivants.

Elle avait bien observé Mitch quand il avait éteint les machines. Elle prit place sur le siège de bureau et pressa les interrupteurs. Après une mise en route ultra-rapide, elle tapa code et mot de passe, et fut à l'intérieur. Elle entra alors l'adresse de la société gestionnaire du magasin de vin et attendit la réponse.

Tandis que les ordis émettaient leur bourdonnement discret, son regard flotta jusqu'à un petit écran que Mitch avait éteint en catimini. Elle l'alluma, et un moteur se mit en route. Elle ne s'était pas trompée. Un GPS. Elle n'avait pas fait toute cette recherche pendant neuf mois pour des prunes.

Sur l'écran, un point vert clignotant apparut. Mitch se dirigeait vers le centre de Denver. L'appareil indiquait où se trouvaient les autres véhicules de Noah, quatre points verts fixes, à quelques mètres d'elle. Le cinquième se rapprochait du commissariat de police.

— Non, pas là, murmura-t-elle.

La voiture s'engagea dans la rue à seulement deux ou trois îlots, puis ralentit et s'arrêta devant le bâtiment.

— Vous m'avez menti.

Sa foi en Mitch, qui avait mis peu de temps à se développer depuis qu'elle l'avait rencontré, se fissura. Il lui aurait menti ? Elle refusait d'y croire.

L'ordinateur devant elle émit un bip. Elle avait un nom.

Elle reporta les yeux sur le point vert. Toujours immobile.

Marmonnant un juron, elle se saisit d'un des pisteurs GPS posés devant elle, griffonna la réponse de l'ordi sur une page de bloc, se leva et se dirigea vers l'escalier. Elle saurait une fois pour toutes si elle pouvait faire confiance à Mitch Bradford.

Après avoir décroché un trousseau de clés dans la cuisine, elle se rendit dans le garage. S'il n'avait pas une explication en béton armé… Elle hésita. Elle ne ferait rien.

Elle serait seule. Une fois de plus. Comme elle l'avait toujours été. Mais cette fois son cœur serait brisé au-delà de toute réparation.

Mitch attendit devant le commissariat, moteur tournant. Il n'allait pas y entrer. Il contourna l'îlot et s'arrêta juste au moment où Dane Tanner traversait la route.

Il baissa la vitre teintée de sa portière passager.

— Vous vouliez me voir ?

Tanner jeta un coup d'œil derrière lui.

— Où alliez-vous ?

— Le terrain vague au bout de la rue. Mes gosses ont un entraînement de foot, et j'ai des questions à poser à l'un d'eux.

— Votre sujet est en sécurité ?

— Elle est bouclée en lieu sûr.

Tanner sauta dans le pick-up.

— Je ne veux pas être vu avec vous. Roulez.

— Que se passe-t-il ? demanda Mitch en s'engageant sur la chaussée.

— L'évasion de Ghost. Elle était trop facile. Personne n'a rien vu. Et les caméras des cellules ont eu une panne suspecte au moment où c'est arrivé.

— Heureux de voir que vous admettez enfin qu'il a bénéficié d'une complicité. Je commençais à me poser des questions.

— Merci beaucoup, persifla Tanner. Je déteste plus que tout les flics marrons. Ravi d'apprendre que vous me considériez comme l'un d'eux.

— Chat échaudé… J'ai été blousé, vous le savez. Par quelqu'un en qui j'avais totalement confiance.

— Je sais. Ça vous a coûté votre job au SWAT. L'argent de la drogue corrompt les gens jusqu'à la moelle.

Le ventre de Mitch se serra. Que Tanner le croit fini n'aurait pas dû l'étonner, mais c'était dur à entendre.

— Je déteste ça.

Le dégoût dans la voix de Tanner était le reflet du sien.

— J'ai demandé à votre père une assistance extérieure.

Mitch ne put dissimuler sa surprise.

— Pourquoi lui ?

L'inspecteur haussa les épaules.

— Il rend beaucoup de services à… l'un de nos consultants. Vous devriez peut-être l'interroger. On dirait que vous avez un problème de communication interne, tous les deux.

Mitch se crispa à l'idée qu'un membre de sa famille ait pu lui cacher des choses. D'un autre côté, leur avait-il dit la vérité sur l'état réel de sa jambe ? Ils pouvaient deviner, mais ils ne savaient pas. Tout comme lui-même ne pouvait être certain de rien pour Tanner. Cette conversation était peut-être un piège.

— Que pouvez-vous me dire ?

— Pas grand-chose, répondit Tanner. Mais n'appelez pas sur ma ligne du bureau, Bradford. Sur mon portable uniquement. Et gardez la jeune dame avec vous jusqu'à ce que j'aie réglé cette question. Je veux le fruit pourri de ce commissariat autant que je veux l'assassin d'Eric Wentworth.

Mitch se gara en face d'un terrain en friche. Un groupe d'adolescents traînait sur l'un des côtés.

— Je veillerai à sa sécurité, assura-t-il.

Puis il se gratta le menton et décida de semer une petite graine.

— Dites-moi, Tanner. Ces derniers jours, avez-vous reçu un signalement de disparition concernant une fille enceinte ?

L'inspecteur secoua la tête.

— C'est cette affaire que vous avez demandé aux gars d'examiner ?

— La morgue a obtenu un nom à partir des fiches dentaires. Elle venait d'accoucher. Pas de trace du bébé.

— Vous croyez que c'est lié à votre enquête ?

— Vous aimez les coïncidences, vous ?

— Bon Dieu non !

Ils sortirent du véhicule. L'haleine de Tanner formait des petits nuages dans l'air froid du Colorado.

— Des bébés qui disparaissent, des voitures qui sautent. C'est plus gros que ce que nous pensions. Gardez votre sujet invisible. J'ignore qui est la taupe, mais le coupable est au courant de tout ce qui se passe.

Il remonta la fermeture Eclair de son blouson.

— On s'appelle, OK ?

Il repartit en trottinant vers le commissariat.

La réalité était simple, songea Mitch : il ne disposait d'aucun appui. Officiellement, du moins. Si les choses tournaient mal, il ne pouvait compter que sur quelques rares personnes. Dont son père.

— Hé, coach !

Ricky traversait en courant le terrain vague.

— Vous avez trouvé Kayla ?

Mitch secoua la tête.

— Je me suis renseigné sur ta sœur, Ricky. Pourquoi tu ne m'as pas dit que son mec avait été arrêté pour agression ? Tu me fais des secrets ?

Le garçon baissa les yeux.

— Elle ne voulait pas porter plainte. Quelles connes, ces filles !

— Tu as d'autres infos ? Si tu veux que je t'aide…

Un SUV noir s'arrêta derrière le pick-up de Mitch, et son chauffeur en descendit.

— M'arracher à un moment délicieux dans mon lit, ça va te coûter cher, mon pote, rouspéta l'homme.

— Ricky, je te présente Ian. Joueur de foot top niveau. Il va me remplacer comme coach durant deux ou trois jours.

Il se tourna vers son ami.

— Alors, tu as l'équipement ?

Ian l'emmena jusqu'à son véhicule et en ouvrit la porte arrière. Il y avait là des ballons, des épaulières, des protections de jambes, et plus de matériel que Mitch n'en avait jamais apporté.

— C'est trop, déclara-t-il, stupéfait. Mais je te remercie. J'ai une grosse dette envers toi.

— Tu peux le dire. J'ai emprunté tout ça à un lycée grâce à une charmante prof d'anglais qui *était* sur le point de me préparer un petit déjeuner.

— Nous le rendrons. Comme je trouverai un moyen de remplacer quelque chose qui a explosé hier.

Plusieurs garçons rappliquèrent. Ian leur lança quelques ordres et jeta des ballons. Tandis qu'ils se les passaient en courant, Mitch posa une main sur l'épaule de Ricky.

— Le nom de Vanessa Colby, ça te dit quelque chose ?

Le visage de l'adolescent s'éclaira.

— Bien sûr ! Vous l'avez retrouvée ? Elle doit savoir où est Kayla. C'est sa meilleure amie.

8

Un goût de bile monta dans la gorge d'Emily tandis qu'elle roulait vers le bâtiment abritant le commissariat de police de Denver. Le pick-up de Mitch n'était pas là.

Elle baissa les yeux sur le pisteur GPS, posé sur le cuir du siège passager. Le point vert clignotant indiquait qu'il était garé à quelques rues de là. Son cœur battait de plus en plus vite à mesure qu'elle s'en approchait.

Elle était partagée entre l'envie de le gifler et celle de shooter dans sa mauvaise jambe. Bon, d'accord, elle ne voulait pas vraiment lui faire mal. Quoique… Une grande sensation de vide aspirait son cœur. Elle ne voulait pas croire à une trahison de sa part. Mais la preuve était là. Qu'allait-il pouvoir lui raconter pour s'en sortir ? Se souciait-il seulement assez d'elle pour essayer ?

A quelques dizaines de mètres apparut son pick-up, et un SUV juste derrière. Emily ralentit. La scène n'était pas celle à laquelle elle s'attendait. Mitch se tenait sur le trottoir à côté de Ricky Foster, le garçon dont la sœur avait disparu. Et dans le terrain vague voisin, Ian jouait au ballon avec d'autres adolescents. Emily hésita, mais elle avait vu le point vert arrêté devant le commissariat. C'était un fait. Mitch lui devait une explication. Elle se rangea derrière le second véhicule et les observa à travers sa vitre. Les yeux de Mitch se plissèrent, puis s'arrondirent, chargés de colère brute.

Sans même attendre qu'elle ait éteint son moteur, il se précipita vers elle et ouvrit sa portière à la volée, laissant entrer une bouffée d'air froid dans l'habitacle.

— Que faites-vous ici, nom de Dieu ?

Emily le repoussa et lui lança le pisteur GPS.

— Vous m'avez menti ! Vous êtes allé au commissariat. Qui êtes-vous ? Une sorte d'espion ? En mission sous le manteau pour prouver que j'ai tué Eric ?

— Je fais ce que j'ai à faire, répliqua-t-il en lui saisissant les deux bras. On a retrouvé le corps d'une jeune fille blonde, qui avait accouché peu de temps avant sa mort.

Emily déglutit et jeta un regard à Ricky, qui laissa tomber le ballon qu'il venait d'attraper, visiblement choqué.

— Ce n'est pas Kayla, précisa Mitch. C'est sa meilleure amie. Elle n'avait que dix-sept ans.

La colère d'Emily s'envola, remplacée par un amer sentiment de culpabilité.

— Je croyais que…

— Eh bien vous auriez dû attendre que je sois revenu. Il est dangereux pour vous de…

Un coup de feu éclata de l'autre côté de la rue, et la balle heurta le capot du SUV, juste à côté d'elle.

Tout en la poussant par terre, Mitch appela Ian tandis que les gosses se dispersaient. Il la couvrit de son corps, l'empêchant de voir ce qui se passait. Elle ne pouvait qu'entendre. Quelqu'un courut, puis s'arrêta. Ian s'accroupit près d'eux.

— Tu as vu le tireur ? lui demanda Mitch.

— Non, mais ça venait de la rangée de maisons en face, répondit son ami d'une voix tendue.

— Et les garçons ? s'inquiéta Emily.

Elle haletait, et des cailloux lui rentraient dans la peau. Elle tordit le cou pour apercevoir quelque chose : le terrain vague s'était vidé.

— C'est vous que l'on visait, dit Ian. Quant aux gosses, ils sont d'ici, ils savent quoi faire.

La mine sinistre, il vérifia son .357.

— Se jeter par terre et disparaître.

— Vos amis sont tous armés ? marmonna Emily, à plat ventre sur le revêtement rugueux du trottoir.

— Ça vaut mieux pour vous, répondit Ian. Quand on enquête sur des cadavres, on interroge souvent des gens munis de couteaux ou de pistolets. Un gros calibre a tendance à délier les langues.

— Ian…, appela Mitch. Vois si tu as une meilleure vue de derrière le pick-up.

Il sortit son portable et appela du renfort. Après avoir donné sa localisation, il rangea l'appareil. Emily se tortillait sous lui, peinant à respirer.

— Arrêtez de gigoter, lui intima-t-il, ou vous aurez plus que ce que vous souhaitez.

Il avait une érection, réalisa-t-elle, sidérée.

— Je n'y crois pas, murmura-t-elle en dressant la tête. Comment pouvez-vous penser à ça quand quelqu'un tente de nous tuer ?

— Restez derrière la roue, ordonna-t-il, le regard implacable. Je ne plaisante pas.

Il bascula à côté d'elle, veillant à former un rempart entre son corps et les maisons. Emily tâcha de se faire aussi petite que possible. Son manque de foi en lui l'avait mis en danger. Elle était la seule coupable.

Cédant à la curiosité, elle risqua un œil par l'avant du véhicule. Un nouveau coup de feu retentit, et une vitre se brisa avec fracas.

— Nom d'un chien, Noah va être vert, grommela Mitch. Ce type est un tireur du dimanche. Ou alors il ne cherche qu'à nous immobiliser.

— Il faut le neutraliser, lança Ian.

Emily enfouit la tête entre ses bras. Elle aurait dû être plus effrayée, mais Mitch était là, et il allait les tirer d'affaire, elle en était sûre. Elle leva la tête. Toujours placé entre elle et le tireur, il étudiait les maisons décrépites de l'autre côté.

Un nouveau tir claqua, et la balle ricocha cette fois sur le pare-brise.

— Ian, viens ici !

Deux secondes après, son ami était près de lui.

— Le type est derrière un arbre, indiqua Mitch. Entre ces deux maisons. J'y vais.

— Vous ne pouvez pas ! intervint Emily. Votre jambe.

Il lui jeta un regard las.

— Vous voulez vous prendre une balle ?

— Pourquoi ne pas attendre l'arrivée de vos collègues du SWAT ?

— Et d'ici là me laisser canarder comme une cible de foire ?

— Mitch, laisse-moi y aller, dit Ian d'une voix douce.

— Tu n'as pas l'entraînement pour ça, moi si, répliqua-t-il dans un sourire narquois. Même avec une patte folle, je suis meilleur que toi, Ian, et tu le sais.

Son ami parut hésiter. Mais finalement, il acquiesça. Pour avoir pu elle-même se faire une idée du tempérament têtu de Mitch, Emily comprenait pourquoi.

— Protège-la, Ian.

— OK. Je te couvre.

Emily se déplaça légèrement, le cœur battant. Pas pour elle, mais pour Mitch. Il sortit en zigzag de l'abri du SUV. Deux balles frappèrent le sol derrière lui. A moitié de la distance, il se mit à clopiner. Emily se maudit intérieurement. Mais Mitch ne s'arrêta pas.

Quatre coups rapprochés éclatèrent. Puis plus rien.

— Mitch ! Ça va ? Tu l'as eu ? demanda Ian.

Pas de réponse. Les ongles d'Emily s'enfoncèrent dans ses paumes. En dehors du miaulement d'une sirène qui se rapprochait, c'était le silence.

— Oh ! mon Dieu ! Il a été touché.

Elle voulut se lever, mais Ian l'en empêcha.

— Non. Il veut que vous restiez à l'abri.

L'intensité de son regard tandis qu'il examinait les maisons la fit frissonner. Il avait peur, comprit-elle.

— Mitch, tu ferais mieux de répondre ! cria-t-il.

La tension dans sa voix confirmait son impression.

Une obscénité se fit entendre, puis Mitch apparut entre les deux maisons.

Emily s'affaissa contre le dos de Ian.

— Dieu merci.

— Le type a filé, expliqua Mitch en les rejoignant.

Il épousseta son jean et reprit son souffle.

— Mais il a laissé son arme derrière lui. J'ai eu le temps de voir qu'il portait des gants. Donc pas d'empreintes.

— Tu pourrais l'identifier ? demanda Ian.

— Il portait une capuche, je n'ai pas pu voir son visage. Il était à peu près de la corpulence de Ghost, mais ça pourrait être n'importe qui.

Il se frotta la cuisse et adressa à Emily un regard sévère.

— Je ne peux pas vous laisser prendre de nouveau ce genre de risque. Il vous faut quelqu'un qui puisse *réellement* vous protéger.

Ses intentions étaient claires dans ses yeux : il la laissait tomber. Il ne pouvait pas ! Elle bondit sur ses pieds et lui agrippa le bras.

— Vous n'avez pas le droit de me faire ça ! Je n'ai confiance en personne d'autre.

Une voiture de patrouille s'arrêta, suivie par un SUV. Dane Tanner sauta de ce dernier et balaya l'endroit des yeux.

— D'où venaient les tirs ?

— De là, répondit Mitch en désignant du menton l'allée d'une des maisons. Un pistolet semi-automatique .22 à canon long. Il y est toujours.

Il se tourna vers Ian.

— Fais monter Emily dans le pick-up, dit-il, en désignant le véhicule aux vitres teintées. Je veux que le moins de monde possible la voie.

Tout en suivant Ian, Emily observa Mitch, puis Tanner.

— Vous pensez qu'il me croit ? demanda-t-elle.

— Il a risqué sa vie pour vous, répondit Ian. Comment pouvez-vous me poser une telle question ?

— Je ne parlais pas de Mitch, mais de Tanner.

Ian ouvrit la portière du pick-up côté chauffeur. Emily grimpa dans l'habitacle et se glissa jusqu'au siège passager.

— Il n'est pas facile à comprendre, reprit Ian.

— Mitch s'est blessé, je le vois à sa démarche, dit-elle d'un ton contrit. A cause de moi.

— Vous êtes physiothérapeute. Aidez-le.

— S'il accepte, répliqua-t-elle.

Ian lâcha un petit rire.

— Vous le connaissez déjà bien, fit-il remarquer, avant de lui adresser un regard grave. Ne le laissez pas tomber, Emily. Il fait partie des bons.

Il referma sa portière et se posta devant, l'œil aux aguets.

A quelques mètres d'eux, Mitch reporta son poids sur sa bonne jambe. Le mieux pour elle était de le rejeter, mais comment pourrait-elle confier le sort de Joshua à un autre membre de la police de Denver ? Il était le seul à la croire, et elle n'avait confiance en personne d'autre.

Tanner suivit Mitch jusqu'au pick-up.

— Tout va bien, madame Wentworth ? demanda-t-il en ouvrant sa portière.

— Oui, ça va. Mitch l'a fait fuir.

— Je vois.

Il se tourna vers l'intéressé.

— Je ne veux pas savoir où vous l'emmenez, Bradford. Gardez-la juste à l'abri des regards. Vance ! appela-t-il en se tournant vers l'un des flics qui venaient d'arriver. Eloignez-moi ces gosses d'ici.

Mitch se glissa au volant du véhicule.

— Je vous ai vu traverser la route en courant, dit Emily. Si la douleur s'est réveillée, je peux…

— Non, la coupa-t-il, le visage de pierre. Vous êtes sortie d'un endroit parfaitement sécurisé et vous m'avez suivi. Vous avez failli mourir. Encore une fois.

Elle ne pouvait nier ses accusations.

— Si vous m'aviez dit…

— Ne rejetez pas la faute sur moi, Emily. C'est *vous* qui avez quitté la maison de Noah, *vous* qui vous êtes aventurée jusqu'ici alors que vous constituez une cible et le saviez.

Il embraya et démarra, scrutant la route derrière lui.

— Vous n'avez pas été honnête, marmonna-t-elle, même s'il s'agissait d'une excuse minable.

Elle les avait presque fait tuer tous les deux.

*
* *

Le véhicule bondit en avant. La mâchoire crispée, Mitch ne dit rien. Après avoir négocié deux virages serrés pour vérifier qu'on ne les suivait pas, il poussa un soupir.

Combien de temps tiendrait-il encore sans se frotter la jambe ? Il l'ignorait. Mais il ne voulait pas qu'Emily se rende compte de l'aggravation de son état. Ce sprint de vingt mètres proclamait une cruelle vérité : il était loin d'avoir retrouvé les capacités requises pour le SWAT, et ne les retrouverait peut-être jamais. Qu'allait-il devenir ? Un *has been* impotent ? Juste assez bon pour un travail de bureau ?

— Pourquoi vous ne pouviez pas me dire où vous alliez ? lança Emily.

Il lui jeta un regard de biais. Sa déception lui serrait le cœur, mais il le savait : tôt ou tard, elle éprouverait la douleur de sa trahison.

— Vous vous donnez à fond pour ces filles, répondit-il. L'histoire de Vanessa s'est achevée de façon tragique. Celle de Kayla sans doute aussi. Vous n'aviez pas besoin de cela.

— Chaque jour, je fais face à de dures réalités, Mitch. Vous me croyez vraiment trop faible pour les affronter ?

Il secoua la tête.

— Vous êtes l'une des personnes les plus fortes que j'aie jamais connues, croyez-moi. Simplement, je ne veux pas vous apporter plus de souffrance. La plupart de ces gamins finiront mal. Nous n'y pouvons pas grand-chose.

— Mais vous continuez à entraîner les vôtres, n'est-ce pas ? Vous suivez les traces de votre père.

— Parfois je me demande pourquoi. C'est à cause d'eux que Papa est aujourd'hui en chaise roulante. Un petit voyou qu'il avait formé lui a tiré dessus alors qu'il se rendait au terrain d'entraînement. Moelle épinière touchée. Le gosse a été reconnu coupable, mais il n'a jamais exprimé le moindre remords.

Il se tourna vers elle.

— Voilà pourquoi vous devez vous montrer prudente. Vous ne savez jamais qui se retournera contre vous.

— Vous aidiez votre père aux entraînements ?

— J'étais censé être présent ce jour-là.

Il s'arrêta à un stop. Le passage du pied d'une pédale à l'autre lui fit si mal qu'il réprima une grimace. Pas aussi mal que ne le ferait la vérité, songea-t-il toutefois. Il devait expliquer à Emily qu'elle avait tout intérêt à protéger son cœur. Même contre lui.

— Mon père était parti seul, alors qu'il savait que les gangs avaient repris leurs activités dans le quartier. Plusieurs de ces gosses risquaient de basculer. Il ne pouvait pas accepter ça.

— Et maintenant vous faites la même chose.

— Ce quartier était celui où il avait grandi. Il a réussi à en sortir et à tracer son chemin. Il voulait que les autres gosses aient la même chance. Il a été trahi, mais je suis très prudent.

Il plongea son regard dans le sien.

— On ne l'est jamais assez, ajouta-t-il.

Une profonde compassion brillait dans les yeux d'Emily.

— Il les aimait, souligna-t-elle. Vous aussi. Ce n'est pas une faiblesse.

— Il faut que vous m'écoutiez…

— Je sais. Ne pas prendre les choses trop à cœur.

Elle avança la main et lui massa la partie douloureuse de sa jambe.

— Pourtant, c'est ce que vous faites, reprit-elle en remontant un peu sur sa cuisse. Je ne vous ai pas cru aujourd'hui. Par ma faute, vous vous êtes blessé. Laissez-moi vous aider, maintenant.

Des pointes de douleur lui traversèrent la jambe. Il tressaillit. Déplaçant un peu les doigts, Emily appuya sur les muscles noués, relâcha la pression, puis recommença. Etape par étape, elle travailla la cuisse meurtrie. La souffrance s'amenuisa peu à peu, pour se réduire à trois fois rien tandis qu'elle pressait un point particulièrement sensible au-dessus du genou. Il lâcha un grognement. C'était là.

— Vous avez des mains magiques.

— C'est mon métier.

Tandis qu'elle se remettait à la tâche et malaxait avec doigté les fibres musculaires, les mains de Mitch se détendirent sur le volant. Elle faisait un travail remarquable. Lorsque le feu passa au vert, il ne sentait pratiquement plus rien.

— Et voilà, murmura-t-elle. Relaxez-vous.

Elle poursuivit tranquillement son massage.

— Vous l'ignorez peut-être, mais vous êtes en voie de guérison. Si vous parvenez à réduire la tension et à l'empêcher de se réinstaller, vous vous remettrez encore plus vite.

Un klaxon retentit derrière eux.

Mitch appuya sur l'accélérateur. Aucune douleur.

— Ça va mieux ?

— Oui. Merci.

Qu'il soit obligé de compter sur Emily pour effectuer une traque qui n'aurait dû lui poser aucun problème le contrariait. Mais c'était sa nouvelle réalité.

— Je vous ramène à la maison de Noah. Ensuite, j'appellerai les propriétaires du magasin de vins pour leur demander de nous recevoir aujourd'hui.

— J'ai déjà essayé. Ils ne décrochent pas. On est dimanche.

— Recommencez.

Il était désormais libéré des crampes et des douleurs dans sa jambe, mais il ne pouvait se laisser divertir par la touche subtilement vanillée du parfum d'Emily, par le timbre sexy de sa voix cassée, ni par le désir de sentir ces mains douces et adroites explorer d'autres parties de son corps…

Il changea de position derrière le volant pour soulager une certaine pression sous son jean.

— Une nouvelle crampe ? demanda-t-elle en sortant un papier plié de sa poche.

— Euh, non, ça va.

Devant son regard sceptique, il lui offrit un sourire qu'il espéra le moins lubrique possible malgré la situation.

— Si, si, je vous assure. Appelez-les.

Emily baissa les yeux et piqua un fard. Elle avait noté la

bosse sous son pantalon. Se tortillant sur son propre siège, elle composa un numéro sur son portable. Puis un autre.

— Ça ne décroche toujours pas. Ni au domicile, ni à la boutique. Ils ouvrent à 10 heures demain matin.

— Bon. Avant toute chose, retour à la sécurité et à la maison de mon frère. Ensuite, on fait le point.

Emily demeura un moment silencieuse.

— Je… je vous demande pardon d'avoir douté de vous, déclara-t-elle enfin. Je n'aurais pas dû.

Mais si, vous auriez eu raison ! avait-il envie de lui crier. Il voulait lui dire la vérité, mais une autre pensée lui traversa l'esprit. Elle était assez obstinée, assez courageuse, pour la découvrir d'elle-même, sans son aide ni celle de quiconque.

Il ne dit rien. Elle se pencha vers lui.

— Pouvez-vous me pardonner ? murmura-t-elle à son oreille, son souffle lui taquinant la peau.

Il réprima un frisson. Que la sensualité dans sa voix ait été intentionnelle ou non, elle avait réveillé le feu qui couvait en lui. Il déglutit. Son parfum le troublait. Il mourait d'envie de toucher ses cheveux, de tourner sa tête vers la sienne pour un baiser. Son corps était en état de tension érotique extrême.

Il lui jeta un regard chargé de désir. Les yeux d'Emily s'agrandirent, puis une lueur lascive y apparut.

A peine eut-il fait signe au gardien qu'il accéléra sur l'allée de Noah. Une fois la porte du garage refermée sur eux, il arracha la clé du véhicule. Dans l'habitacle, l'air crépitait comme un ciel d'orage et son cœur battait avec violence contre ses côtes. Il devait s'écarter d'elle, bien sûr, mais il ne le voulait pas, ne le pouvait pas. Ils étaient à l'abri. Elle et lui. Seuls.

Il défit sa ceinture. Emily s'approcha de lui et posa sa main sur son torse. Il lui attrapa le poignet et la dévisagea.

— Je ne m'arrêterai pas, cette fois, dit-il d'une voix sourde.

Elle déglutit et s'humecta les lèvres de sa langue, l'invitant à l'embrasser.

— Je ne le veux pas non plus, susurra-t-elle.

— Alors c'est parfait.

Il la fit sortir avec lui du côté gauche. A peine furent-ils descendus qu'il fondit sur sa bouche.

Un léger vertige saisit Emily tandis que Mitch approfondissait leur baiser, exigeant, impérieux. Elle ouvrit les lèvres de son plein gré, et grogna lorsque sa langue rencontra la sienne.

Il avait plaqué ses mains de chaque côté de son visage. Elle lança ses bras autour de sa taille et pressa sa poitrine contre lui. Ses tétons la chatouillaient. Elle déploya les mains dans son dos, tandis qu'il plaquait son bassin contre le sien.

— Donne-moi ce que j'attends depuis deux jours, dit-il en lui mordillant l'oreille.

— Suis-moi, murmura-t-elle de sa voix rauque.

Elle lui tendit la main. Il s'en saisit. Elle lui adressa son regard le plus langoureux.

— Le premier arrivé au bassin d'eau chaude gagne un massage.

En trois enjambées, elle fut devant la porte. Il exhiba la clé de la maison, un sourire coquin sur les lèvres.

— J'ai l'avantage, observa-t-il.

— Possible.

S'avançant vers lui, elle joua un instant avec la ceinture de son jean, puis fit sauter le bouton.

Il eut une crispation involontaire et grogna.

— Tu es une tentatrice..., commença-t-il.

Elle l'embrassa à la commissure des lèvres.

— Non. Je suis une femme qui sait ce qu'elle veut.

Sans prévenir, elle lui subtilisa la clé et pénétra dans la maison. Tout en marchant, elle ôta ses vêtements l'un après l'autre. Il l'imita. Oh ! Le jeu des muscles de ses bras lorsqu'il jeta sa chemise ! Elle voulait mémoriser chaque volume de son torse, explorer sa pilosité jusqu'à la taille et au-dessous. Son désir était manifeste.

Alors qu'ils traversaient le séjour, il l'attrapa par les hanches et la colla au mur.

— Je ne veux pas du bassin d'eau chaude. Je te veux, toi.

Leurs peaux se rencontrèrent, et ce fut comme si chaque relief de son corps cherchait chaque volume du sien.

Il abaissa sa bouche vers son épaule, la goûta.

— Hmm… Tu es si douce, si tentante.

Il avança sa jambe entre les siennes. Elle trembla de haut en bas. Jamais auparavant elle n'avait éprouvé une forme de sensualité aussi animale. Elle aurait voulu jeter Mitch par terre et le prendre sauvagement, mais au lieu de cela elle fondit intérieurement tandis qu'il la berçait contre lui, et qu'une tension presque douloureuse naissait au creux de son ventre.

Il l'attira plus près, et ses genoux se transformèrent en guimauve. Elle s'accrocha à lui. Elle voulait se sentir de nouveau entière, être comblée par un homme qui jouait franc-jeu, qui ne se cachait pas d'elle.

Serrée contre lui, elle frotta ses seins sur son torse. Leurs pointes érigées suppliaient Mitch de les caresser.

— Touche-moi ! ordonna-t-elle en renversant le buste, s'exposant à sa vue. Embrasse-moi !

Il ne se fit pas prier.

Maintenant son bassin contre le sien, il délaissa sa hanche et remonta sa main sur sa taille, avant de couvrir l'un de ses seins, d'en palper la chair tendre, de le taquiner.

Avec un sourire espiègle, il lui baisa la joue, la tempe…

— Ici ? Ici ?

Le coin de la bouche…

— Ou encore ici ?

Elle ouvrit les lèvres et s'empara des siennes, chercha sa langue avec avidité tout en lui emprisonnant la tête des deux mains. Un grondement bas naquit au fond de lui. Mais elle n'en avait pas assez, pas assez…

Saisissant d'autorité ses mains, elle les plaqua sur sa poitrine.

— Ici !

Il releva la tête. Son sourire s'évanouit. Il descendit sa bouche vers ses seins. Tout son corps s'enflamma sous la magie de ce qu'il lui prodigua. Elle soupirait et frissonnait en même temps.

Il leva les yeux vers elle.

— J'ai tellement envie de toi.

Elle acquiesça sans cesser de le toucher. Stimulée par ces mots, elle recula vers les chambres. Il la suivit, les bras autour de sa taille, le corps toujours pressé contre le sien.

Elle s'écarta doucement, suivant le rythme de ses pas.

Lorsque ses mollets touchèrent le lit, elle tenait à peine debout. Elle bascula de tout son long sur le matelas, l'entraînant avec elle.

Incapable d'attendre plus longtemps, elle écarta les jambes. Mitch baissa les yeux sur elle et hésita.

— Pas de préservatif ?

Elle rougit, secoua la tête et se mordit les lèvres de frustration. Elle le voulait. Tout de suite.

— C'est la maison de mon frère, dit-il, l'œil égrillard.

Sur un baiser fougueux, il se leva du lit et sourit devant sa féminité offerte, palpitante.

Elle en avait conscience : son souffle était rapide, son cœur martelait ses côtes, son corps était prêt pour lui.

— Ne bouge pas. Ne bouge surtout pas.

Elle bourdonnait d'anticipation, de faim de lui, d'avidité. Et s'il ne trouvait pas de préservatifs ? Il existait différentes façons de les soulager l'un et l'autre, mais c'était ensemble qu'elle voulait qu'ils trouvent le plaisir. Elle voulait ne faire qu'un avec lui.

Il réapparut avec à la main une boîte grand modèle.

— Tu crois que ça suffira ? ironisa-t-elle.

— On verra bien, répondit-il sur le même ton.

Il s'arrêta à l'entrée de la chambre et la contempla.

— *Tu* es mon rêve, dit-il, l'œil admiratif.

Posant la boîte sur la table de chevet, il en sortit un petit paquet et s'allongea à ses côtés.

— Aide-moi, demanda-t-il d'une voix mal assurée.

Les mains tremblantes, elle fit ce qu'il lui demandait. Son sexe tressauta tandis qu'elle déroulait la protection. Il la couvrit presque aussitôt de son corps et, les yeux rivés dans les siens, s'enfonça en elle. Ses entrailles vibrèrent de joie tandis qu'il l'emplissait dans un soupir.

Il sourit. Puis sa tête descendit vers sa gorge et l'embrassa.

Lorsque sa bouche s'attarda sur le bourrelet que formait cette cicatrice qui avait tant changé sa vie, elle se crispa.

Il releva les yeux.

— Tu es belle.

— Ne m'embrasse pas là.

— Tu as survécu à l'attaque…

Il bougea le bassin, et le monde d'Emily s'embrouilla.

— Cela te rend encore plus belle. Je te le dirai et te le répéterai jusqu'à ce que tu me croies.

Il plongea en elle, encore et encore. Le passé se dissipa, et tout ce qu'elle ressentait était Mitch, le corps de Mitch, tandis qu'il l'emmenait de plus en plus haut dans le plaisir. Son souffle devint erratique, jusqu'à ce que les tourbillons de l'orgasme l'emportent au septième ciel.

Lorsqu'elle recouvra sa lucidité, il était étalé sur elle.

— Etonnant, murmura-t-il en haletant.

Il redescendit sur sa gorge pour l'embrasser.

Elle voulut cacher sa cicatrice, mais il écarta sa main.

— Ne la cache pas. Avec moi, tu n'en as pas besoin.

Les larmes lui montèrent aux yeux devant la satisfaction qui se lisait dans les siens. Jamais elle n'aurait cru pouvoir de nouveau ressentir cela. La plénitude. La paix. Même rien qu'un instant.

La main de Mitch quittait son cou pour ses seins lorsque son portable sonna.

— Je ne veux pas bouger, geignit-elle.

— Laisse, je te l'apporte, dit-il.

Il lui embrassa un sein, se leva et se hâta de chercher l'appareil dans la poche de sa veste.

— Numéro masqué, annonça-t-il. Un appel commercial ?

Emily prit le portable et décrocha.

— Allô ?

— Madame… Madame Wentworth ?

Un chuchotement féminin. Tendu, effrayé.

La main d'Emily écrasa presque l'appareil, tandis que Mitch lui serrait l'épaule.

— Qui êtes-vous ?

— C'est sans importance. Mais je voulais que vous le sachiez. Votre fils est vivant.

9

Emily blêmit et lâcha le portable.

Une onde glacée parcourut le dos de Mitch. Il enlaça Emily de son bras libre et ramassa l'objet sur le lit.

— Qui êtes-vous ? demanda-t-il. Que voulez-vous ?

Emily lui reprit de force l'appareil.

— S'il vous plaît. Dites-moi où il est. Je ferai tout ce que vous voulez !

Le désespoir dans sa voix était déchirant. Un seul être au monde pouvait susciter chez elle une telle réponse. Joshua.

Il colla sa joue à la sienne et tendit l'oreille.

— Qui était-ce ? s'enquit la femme. Qui est avec vous ?

Sa voix tremblait, à peine audible.

— Un… un ami.

Celle d'Emily tremblait également.

Un soupir entrecoupé se fit entendre sur la ligne. Suivi du claquement d'une porte.

— Ils sont revenus. Je vous rappellerai. Vous aurez votre enfant si j'ai assez d'argent pour leur échapper.

— Je paierai n'importe quel prix !

La ligne se tut. Emily considéra l'appareil.

— Elle a raccroché.

La tête penchée de côté, elle croisa son regard.

— Elle a dit que Joshua était vivant. Il est vivant !

Puis elle se mit à trembler de façon incontrôlable. Mitch l'enveloppa de ses bras.

— Emily…

— Je sais ce que tu penses, dit-elle en s'accrochant à lui comme une folle. Que c'est certainement un canular. Mais personne n'avait appelé jusqu'ici. Après tout ce qui nous est arrivé, je dois prendre cet appel au sérieux. Il faut que nous sachions qui est cette femme.

Il l'embrassa sur le front.

— Ton téléphone est toujours équipé du mouchard installé par la police ?

Emily gémit, se renversa dans le lit et se couvrit les yeux.

— Ils l'ont déconnecté au bout de six mois.

Avec douceur, il ôta son bras de ses yeux et prit ses mains dans les siennes.

— On peut retrouver le numéro.

— Je ne veux pas que les flics soient au courant. Je n'ai confiance en aucun d'eux.

Mitch se crispa.

— A part moi. Et j'ai une solution.

Saisissant son propre appareil sur la table de nuit, il composa le numéro de son père.

— Mitch ? Tout va bien ? s'enquit celui-ci d'une voix inquiète.

— Jusqu'à ce que Noah découvre l'état de son SUV, répondit-il, pince-sans-rire. Papa, j'ai besoin de ton aide. Un numéro masqué à retrouver. Sous le radar. Tu peux faire ça ?

— Bien sûr, mais ça prendra un peu de temps si je ne passe pas par les canaux habituels.

— La police ne doit rien savoir.

Il lui donna le numéro du portable d'Emily.

— Quand pourrai-je l'avoir ?

— Demain ?

— Essaie de faire plus court. Nous avons peut-être une piste pour le fils d'Emily. Et si c'est une fausse, je veux coincer la personne qui a appelé.

Le sang reflua du visage d'Emily. Mitch raccrocha et l'attira contre lui.

— Je suis désolé, mais cette femme joue peut-être avec toi.

Elle secoua la tête.

— Je suis sûre que non. Elle a demandé de l'argent, mais elle semblait vraiment effrayée. Je la crois.

Mitch se laissa aller contre les oreillers, referma les bras sur Emily et posa son menton sur son crâne.

— OK. Présumons qu'elle cherche à sortir d'une mauvaise passe. Pour le moment. Il ne nous reste plus qu'à attendre le résultat des bidouillages informatiques de mon père.

Il la garda contre lui, sa tête reposant sur son torse. Immobile, il suivit sa respiration. Comment cette femme avait-elle réussi à faire si rapidement main basse sur son cœur ?

Il aspirait à lui dire la vérité, à éliminer à grande eau son mensonge. Mais elle était fière et forte, et ces qualités qu'il aimait étaient hélas celles qui lui faisaient craindre le pire pour elle.

— Je suis si heureuse que tu sois vraiment celui que tu es, Mitch Bradford, dit-elle en se blottissant plus près.

Non, il ne pourrait jamais la lui dire.

Emily se sentait en sécurité, protégée, entre les bras solides de Mitch. Ajustant la position de son bassin, elle savoura les agréables contractures dans ses jambes. Contre ses reins se manifestait de nouveau le désir de Mitch. Ils avaient pourtant refait deux fois l'amour au cours de la nuit. Elle se sentait mieux qu'elle ne l'avait été depuis… toujours.

Puis elle se rappela et se raidit. Ses pensées se télescopèrent dans sa tête. Comment pouvait-elle être si insouciante quand son fils l'attendait ?

— Qu'y a-t-il, ma chérie ? murmura la voix grave de Mitch près de son oreille. On est bien, non ?

Avec un soupir, elle se retourna pour faire face au seul homme en qui elle avait confiance. Elle posa la main sur sa joue, rêche sous le poil du matin. Il avait les cheveux ébouriffés, mais son regard était clair.

Il glissa son index replié sur sa joue, l'air soucieux.

— A quoi penses-tu ?

— C'est peut-être aujourd'hui que je retrouverai Joshua.

Il tiqua.

— Rien n'est moins sûr. Je ne veux pas que tu sois déçue si elle ne rappelle pas.

— J'ai besoin de cet espoir, Mitch. Cette nuit a été merveilleuse. Je suis très contente de t'avoir trouvé, mais je veux mon fils.

Posant le front sur son torse, Emily trouva du réconfort dans le battement stable et régulier de son cœur.

— J'étais sur le point de baisser les bras, confia-t-elle d'une voix douce. Je ne l'ai jamais avoué à personne, mais j'étais au bout du rouleau. Epuisée par tant de déceptions. Et puis, tu m'as sauvée.

Le menton calé sur ses mains, elle leva les yeux vers lui.

— Tu m'as redonné la foi. J'avais besoin de quelqu'un à mes côtés, quelqu'un prêt à se battre jusqu'à ce que Joshua soit retrouvé. Tu es cet homme-là.

Son visible embarras la fit sourire. Elle embrassa sa peau.

— Ne sois pas gêné. J'aime que tu ne recules pas, que tu ne te défausses pas. Les défis ne te font pas peur. De toute ma vie, tu es la seule personne qui se soit réellement battue pour moi.

Le réveil sonna sur la table de chevet. Mitch redressa le dos et l'éteignit. Sa posture, gauche, en révélait plus que ne l'auraient fait mille mots.

— Pardon, j'en ai trop dit, s'excusa-t-elle en souriant.

Il lui adressa un regard grave par-dessus son épaule.

— Un jour je te décevrai, Emily. Ça arrivera.

Elle lança les bras autour de sa taille et colla sa joue à son dos.

— Je ne crois pas.

— Ça arrivera, répéta-t-il.

Il se leva du lit et enfila son jean. En admirant ses puissantes épaules, elle n'eut aucun doute : il ne voulait que la protéger des vains espoirs et des déceptions.

C'était un homme prévenant, mais il ne pouvait pas l'empêcher de l'aimer. Ni d'être excitée par ce coup de téléphone. Pour la première fois, elle recevait une vraie nouvelle. Elle n'avait publié aucune promesse de récompense, n'avait contacté aucun média depuis des lustres. Elle avait bien songé à se servir de l'anniversaire du rapt de Joshua pour relancer les recherches auprès du public, mais les dernières accusations des Wentworth avaient annihilé cette possibilité. Que la presse en fasse davantage ses choux gras, et le sort de Joshua serait noyé dans la rumeur et les insinuations.

Mitch se tourna vers elle, le visage concentré.

— Il faut que j'aille à ce magasin de vins.

— Emmène-moi.

Il secoua la tête. Elle lui serra le bras.

— Je sais que tu veux que je reste à l'abri, mais personne ne nous verra. Du reste, je peux t'aider. J'ai passé pas mal de temps avec Perry. Peut-être que quelque chose me sautera aux yeux.

Il hésita, puis posa un tendre baiser sur sa joue.

— OK. Prends ton portable avec toi. Si cette femme rappelle, tu activeras le haut-parleur. Je veux entendre ce qu'elle a à dire.

Il l'attira entre ses bras, l'embrassa et lui tapota les fesses.

— Maintenant, habille-toi.

Une demi-heure plus tard, ils quittaient la maison de Noah dans le pick-up.

— Au moins ce n'est pas trop loin de la nationale, fit remarquer Mitch. Nous devrions y être à l'ouverture. Nous pouvons féliciter Perry. Qui serait allé chercher dans un magasin de vins ? C'était un amateur de whisky.

Emily consulta l'écran de son portable, nerveuse.

— Pourquoi elle n'a pas rappelé ?

Mitch posa la main sur son genou.

— Même si elle ne le fait pas, nous savons que Perry était sur quelque chose. Il est mort pour ce qui se trouve dans son casier de client et qui, je l'espère, nous fournira une piste.

Emily opina, puis observa le paysage par sa fenêtre tandis qu'ils roulaient sur la nationale. Silencieux, Mitch mêla ses doigts aux siens. Elle baissa les yeux sur leurs mains unies, et une onde de chaleur la gagna. Il lui était dévoué, et pour la première fois depuis une éternité, Joshua semblait avoir une vraie chance.

Le trajet fut bien trop long.

Lorsque Mitch se gara en face de l'établissement, cinq minutes avant l'heure de l'ouverture, le cœur d'Emily rata un battement.

Il se tourna vers elle sur le siège de cuir.

— Garde le téléphone sur toi. Et reste ici pendant que je vérifie que tout est OK. Nous n'avons pas été suivis, mais on ne sait jamais.

— Personne d'autre n'a cette info, lui fit-elle remarquer.

— Il y avait un reçu, il a pu y en avoir d'autres.

Il descendit du véhicule et, en traversant la route, inspecta les alentours. Tout dans sa posture indiquait qu'il était en hypervigilance, tel un lion des montagnes à l'affût d'une proie. Sans marquer de pause, il s'approcha d'un bouquet d'arbres. Il se figea un instant, étrangement calme, comme pour flairer un éventuel danger.

Il inspecta la zone, ne négligeant aucun détail, allant jusqu'à poser la main sur le capot des voitures garées devant le magasin. Chacun de ses gestes emplissait Emily de confiance. Il était impressionnant.

Il disparut derrière le bâtiment, et réapparut de l'autre côté quelques secondes plus tard. De retour au pick-up, il lui ouvrit sa portière.

— Rien à signaler. Les moteurs sont froids. Les propriétaires ont dû arriver tôt.

Il consulta sa montre.

— Il est 10 heures.

Emily glissa le portable dans sa poche, et ils s'avancèrent ensemble vers l'entrée de l'établissement. Une fois devant la porte, Mitch tourna la poignée mais elle ne s'ouvrit pas.

— Elle est verrouillée ?

Mitch pressa la sonnette, et attendit trente secondes. Rien. Il regarda à travers la vitre.

— Je ne vois personne.

Un frisson parcourut Emily. Elle serra la main de Mitch.

Un muscle battait dans sa mâchoire, et tout son corps était nettement tendu.

— Si on essayait une autre porte ? suggéra-t-elle.

Il frappa à la vitre.

— Je ne partirai pas sans avoir exploré à fond cet endroit, dit-il en sortant son arme. Reste derrière moi.

Ils contournèrent le magasin. Le terrain à l'arrière était très propre et ne présentait a priori aucun danger. Mitch marcha vers une petite porte métallique et tira sur la poignée. Sans résultat. Tout cela n'augurait rien de bon, songea Emily.

Le volet roulant d'un local de livraison n'était pas fermé. Mitch le souleva et jura. Le plus grand désordre régnait à l'intérieur. Des cartons étaient dispersés un peu partout. Des bouteilles étaient brisées. Une chaussure ensanglantée dépassait de derrière une caisse.

Emily déglutit et suivit Mitch vers celle-ci. Un homme était étendu sur le ciment, les yeux grands ouverts, un orifice de balle dans la poitrine.

— Reste près de moi, murmura-t-il en s'agenouillant. Il est froid. Il doit être là depuis un bon moment.

Il se releva et explora méthodiquement le local, sans quitter des yeux les différentes issues. Son inspection terminée, il s'arrêta devant une porte fermée qui devait donner sur le magasin lui-même, supposa Emily. Il se tourna vers elle.

— Cache-toi ici jusqu'à ce que je t'appelle. Si tu entends quoi que ce soit, file sans te retourner. Prends le pick-up et appelle le 911.

— Et toi ?

— C'est mon job, Emily. Je peux m'occuper de moi-même. Mais Joshua n'aura plus personne s'il t'arrive quelque chose, tu comprends ?

Elle hésita.

— Mitch…

Il lui saisit les épaules et la força à le regarder.

— Promets-le-moi.

Elle se mordit les lèvres et hocha la tête. Il lui adressa un clin d'œil, puis ouvrit lentement la porte, se glissa de l'autre côté et referma sans bruit.

Un ronronnement… Aussitôt, Mitch tourna la tête vers la droite et plissa les yeux. Un chat le suivait du regard, l'œil brillant, sous une table. Il était lové contre le corps d'une femme, dont le visage, les bras et la gorge avaient été tailladés. Un goulot de bouteille cassée se trouvait à ses côtés.

Mitch tâta la carotide. Pas de pouls.

La fouille du reste du local ne donna rien de plus. Aussi rejoignit-il Emily à la hâte. Elle se tenait à côté de la porte, avec entre les mains une bouteille cassée en guise d'arme.

Il referma les mains sur ses poignets, et lui ôta l'objet tranchant.

— Toujours guerrière, hein ? Viens, suis-moi.

Il l'emmena dans le magasin.

Au moment de passer près du corps de la femme, elle s'arrêta et se couvrit la bouche, l'expression à la fois horrifiée et attristée.

— Pauvre femme…

— Ces gens ne laissent derrière eux aucun témoin.

— Mon Dieu. Comment savaient-ils, pour cet endroit ?

— Le visage de Perry était déjà bien abîmé quand nous sommes allés à son bureau. Ils l'ont fait parler.

— Tu crois qu'ils ont trouvé l'indice ?

— Nous allons vite le savoir.

Mitch s'avança vers le casier de client portant le numéro quatre-vingt-cinq. La porte était de guingois. La serrure avait été forcée.

— Nom d'un chien.

Toutes les bouteilles qu'il contenait avaient été brisées, et les rayons arrachés.

Emily tomba à genoux.

— Ils ont tout détruit, gémit-elle.

Mitch s'agenouilla à ses côtés et la serra brièvement contre lui.

— En effet. Cela signifie qu'ils n'ont sans doute pas trouvé ce qu'ils cherchaient.

— Mais…

— Et vu le sort infligé à cette femme, ils voulaient la faire parler, elle aussi.

Emily porta la main à sa gorge.

— Ce sont peut-être les mêmes types qui t'ont attaquée, suggéra Mitch, même s'ils n'ont pas été très propres sur ce coup.

— Mais s'ils n'ont pas trouvé l'indice, où se trouve-t-il ? Dans un autre casier ?

Mitch se leva et observa la pièce. Les casiers de clients étaient nombreux, et tous numérotés.

— Quatre-vingt-cinq, a dit Perry.

— Il s'agit peut-être de l'année du vin, avança Emily, et non du numéro du casier.

— Possible, murmura Mitch. Huit, cinq. Huit fois cinq. Quarante. Huit moins cinq. Trois. Cinquante-huit.

Il arpenta l'allée, jetant un coup d'œil par la vitre grillagée des casiers. Certains étaient pleins. D'autres presque vides.

— S'il le faut, nous les fouillerons tous.

— Huit plus cinq…, marmonna Emily d'une voix hésitante. Treize ! Mitch, le chiffre porte-bonheur de Perry était le treize ! Un jour, il m'a expliqué que, si la plupart des gens considéraient le treize comme maléfique, pour lui c'était le contraire.

Son enthousiasme réchauffa le cœur de Mitch. Cette fois, Perry leur avait offert une vraie piste.

— Il t'a confié autre chose en dehors de cette anecdote ?

— Non. C'est pour ça que je m'en suis souvenue.

— C'était sans doute ce qu'il voulait.

Ils se dirigèrent d'un pas rapide vers le casier numéro treize. Apparemment, il ne contenait que trois bouteilles de vin. Mitch enfila ses gants de latex et força la serrure, geste qui pouvait le faire suspendre. Ou renvoyer. Mais pour le moment il s'en fichait. Il sortit les bouteilles l'une après l'autre.

— Tiens, un merlot 1985…

Il soupesa la bouteille.

— Elle est trop lourde, observa-t-il.

Il la retourna, l'étudia sous tous les angles, puis sourit.

— C'est une fausse. Bien joué, Perry.

Il tourna le fond. Celui-ci se dévissa et un tube d'aluminium tomba de la fausse bouteille. Il en ôta le couvercle, révélant un rouleau de plusieurs feuillets.

— Malin, ton détective.

Emily voulut sortir le rouleau, mais il l'en empêcha.

— Non. Pas ici. Pas maintenant.

Il prit son portable et tapa une touche d'appel rapide.

— Nos empreintes sont partout. Il faut que nous soyons présents à l'arrivée de la police.

Emily empoigna le tube.

— Tu ne vas pas leur montrer les documents de Perry, j'espère ?

— Pas encore. Mais il faut que tu comprennes que ce que nous avons fait peut nous valoir de sérieux ennuis.

— Je veux que ces gens aillent en prison, mais je refuse qu'un autre indice de Perry se perde dans les tiroirs du commissariat. Je ne me fie qu'à toi.

Ces mots assombrirent le nuage déjà chargé de sa culpabilité. Il le chassa aussitôt.

— Nous les attendrons dehors. Ensuite, nous retournons chez Noah.

Calée dans le confortable siège du pick-up, le chauffage de l'habitacle soufflant sur elle, Emily serrait la fausse bouteille dans ses bras comme un bébé.

Les flics avaient envahi le magasin. Ian était arrivé avec le légiste, et deux sacs de vinyle noir avaient été chargés dans le fourgon de la morgue. Jamais elle n'avait vu l'inspecteur Tanner aussi furieux — ni l'expression de Mitch aussi fermée.

Le visage écarlate, Tanner le prit à l'écart et planta son index dans son torse. Tout le corps de Mitch sembla se raidir. Il plongea la main sous sa veste, en sortit son arme, l'étui contenant sa plaque, et les remit à son supérieur. Puis il lui tourna le dos.

Oh non ! Elle regardait assez la télévision pour savoir ce que cela voulait dire.

Lui avait-elle fait perdre son job ?

Elle avait besoin de son aide, mais elle le connaissait assez pour savoir que sa carrière était tout pour lui. Sinon, il ne se battrait pas autant pour retrouver son poste au SWAT. Elle ne pouvait le laisser se sacrifier. D'un autre côté, le matériel fourni par Perry allait peut-être les aider tous les deux.

Une fois que Joshua serait retrouvé, tout irait bien.

Dévissant le fond de la bouteille, elle sortit le tube avec les documents. Elle les feuilleta rapidement, mais en haut d'une des feuilles un numéro de téléphone et un simple mot, *adoption*, avaient été entourés.

Le vocable gronda tel un orage dans sa tête. Elle reporta les yeux sur Mitch. Il se disputait toujours avec Tanner. Elle se mordit les lèvres et, après avoir poussé un profond soupir, sortit son portable et composa le numéro.

Chaque sonnerie vibrait dans son corps, râpant ses nerfs déjà à vif. Son index était suspendu au-dessus de la touche *raccrocher*. Nouvelle sonnerie… Puis une voix de femme répondit :

— Cabinet Anderson et Wiley. Adoptions privées.

Emily ne pouvait plus bouger. Ni parler. Joshua avait-il été adopté ? Cette femme pouvait-elle la conduire à son enfant ?

— Allô ?

Emily émergea à grand-peine de son brouillard.

— Euh, oui… Je voulais savoir… Enfin…

— Vous seriez intéressée par une adoption ?

La voix avait la bienveillance de celle d'une grand-mère, et même si Emily voulait lui hurler toute son histoire depuis le début, elle s'accrocha au calme et à la patience qu'elle avait développés après un an d'impasses et d'espoirs déçus.

— Ou-oui. Je ne sais trop que demander.

— Vous voulez un bébé.

— Oh oui !

Elle avait le plus grand mal à contenir son excitation.

— J'ai tant essayé...

— Je comprends, ma chère. Néanmoins, vous devez savoir que cela peut être onéreux. Nous devons assurer à nos jeunes mères les dépenses d'entretien, le suivi post-accouchement et tout le reste. Si vous croyez ne pas pouvoir...

— L'argent n'est pas un problème, s'empressa-t-elle d'indiquer.

S'agissant de Joshua, elle était prête à vendre ou à mettre au clou tout ce qu'elle possédait.

— Très bien. Si vous voulez, nous pouvons fixer un rendez-vous pour discuter de vos souhaits.

— Oui, merci. Quand cela sera-t-il possible ? Je veux vraiment...

La femme devait percevoir son désespoir, mais elle n'y pouvait rien.

— Je comprends bien. C'est une question très sensible. Vous me semblez être une fille bien. Je peux vous recevoir, euh... Jeudi après-midi. En fin de journée.

— Oh. J'espérais aujourd'hui.

Emily ne pouvait cacher sa déception.

— Je suis navrée, ma chère, mais ce ne sera pas possible. Si cela ne vous convient pas...

— Si, bien sûr que si. Jeudi. Je serai là. Merci, madame.

Emily mémorisa l'heure et l'adresse, lui donna un faux nom et raccrocha. Puis elle se renversa contre son dossier, le téléphone à la main.

— Que faisais-tu ?

Surprise par la voix grave de Mitch, elle se redressa d'un bond et l'appareil s'échappa de sa main. Debout dans l'ouverture de sa portière, il l'attrapa au vol, avant de remiser sa plaque et son arme sous sa veste.

— Tu m'as fait peur, dit-elle d'un ton de reproche.

— Et toi, tu m'as terrifié.

Il tapa deux touches sur le portable.

— A qui parlais-tu ?

Les bras croisés, il attendit qu'elle lui réponde.

— Je pensais que Tanner t'avait viré, dit-elle dans une tentative maladroite de changer de sujet.

Il secoua la tête.

— Il m'en a menacé. J'ai démissionné. Il m'a fait la tête et s'est écarté en me faisant un sermon sur l'importance de la procédure, etc. avant de me rendre ma plaque et mon arme. Bah… On verra bien !

Mitch était-il content ou non ? se demanda Emily. Son visage avait l'expressivité d'un mur de granit, mais vu ce qu'elle connaissait déjà de lui, il devait être furieux. Contre elle.

— J'en suis heureuse, poursuivit-elle sur sa lancée. Je sais combien ton job est important pour toi.

— Arrête ton numéro, Emily, tu veux ? Qui appelais-tu ?

Elle glissa un doigt sur la cuisse de son jean.

— Tu avais l'air d'avoir des ennuis, alors j'ai pensé que si je pouvais retrouver Joshua toute seule, tu n'aurais pas besoin de te mouiller…

Le regard de Mitch se posa sur la bouteille ouverte et les papiers sur ses cuisses. Il les ramassa et les lut en diagonale.

— Tu as utilisé l'un de ces numéros ?

La mâchoire serrée, il posa sur elle un regard à donner la chair de poule. Elle l'avait vu rivé sur d'autres, elle n'aima pas du tout en être la destinataire.

Il s'installa derrière le volant, referma sa portière et se tourna vers elle.

— Le numéro correspondant au mot *adoption* ?

Elle hocha la tête, évitant son regard.

— Et ?

La douceur dans sa voix la fit frissonner. Il n'y avait aucune trace du désir qu'il lui avait manifesté la nuit précédente. En cet instant, il voulait juste avoir le total contrôle des choses.

— J'étais curieuse de savoir qui j'aurais au bout du fil.

— Mais tu n'as pas raccroché.

Elle secoua la tête.

Le juron qu'il proféra la fit tressaillir.

— Répète-moi chaque mot de ce qui a été dit, sans rien omettre.

Tandis qu'Emily lui relatait sa conversation, Mitch poussa un lourd soupir et cala sa nuque sur l'appuie-tête. Plus Emily parlait, plus elle se rendait compte de sa bêtise. Elle était si habituée à agir seule, à doubler la police, qu'elle n'avait songé qu'à ses propres buts, ses propres aspirations.

— Aurais-tu oublié que j'ai des contacts ? Tu as appelé avec ton numéro. Et s'ils te retrouvent grâce à lui ?

— Perry a réglé mon portable pour qu'il n'apparaisse pas.

— Gentil de sa part. Ça peut nous octroyer un peu de temps, mais s'ils le font suivre vers un numéro en 800, le masquage ne fonctionne plus. S'ils ont des contacts à la police ou chez un opérateur, obtenir ton nom n'est qu'une formalité.

Autant de choses qu'elle ignorait. Elle se pinça l'arête du nez pour bloquer une migraine lancinante.

— Bon. Pour commencer, on annule ta ligne, décida Mitch.

— Nous ne pouvons pas. La femme peut rappeler.

A son tour, Mitch se massa la tempe.

— Et zut ! Très bien, je passerai quelques coups de fil.

— Je te demande pardon. Je ne voulais pas…

Mitch pivota sur son siège, soupira de nouveau et lui replaça une mèche de cheveux derrière l'oreille.

— *Il faut* que tu me fasses confiance, Emily. Je suis là pour t'aider. C'est tout ce que je désire.

— Je te fais confiance, assura-t-elle.

Puis, d'une voix nettement plus hésitante, elle demanda :

— Jusqu'à quel point je nous ai mis dans la mouise ?

— Je n'en sais rien. Nous essuierons les plâtres le moment venu. En attendant, nous emportons chez Noah les papiers de Perry. On va les étudier là-bas. Ensuite, nous mettrons au point notre prochain mouvement. *Ensemble*. Les initiatives perso, c'est terminé. Compris ?

— Compris. Ensemble.

Il enclencha le levier de vitesses et engagea le pick-up sur la chaussée.

— Mitch…, déclara-t-elle d'une voix posée cette fois. Je veux que tu saches que ça ne se repro…

— Plus tard.

Ses doigts se crispèrent sur le volant, son regard se fit brusquement plus vif. Il consulta ses deux rétroviseurs et, tandis que le feu passait au rouge au premier carrefour, il accéléra et tourna à droite en pestant.

— Tu as bouclé ta ceinture ?

Emily s'empressa de le faire.

— Que se passe-t-il ?

— Nous sommes suivis.

10

Mitch enfonça la pédale d'accélérateur et prit plusieurs virages à la corde, tandis qu'à demi retournée sur son siège Emily observait le véhicule ordinaire derrière eux. Déstabilisée par un cahot de la route, elle s'accrocha à la poignée de sa portière.

Mitch poussa un long soupir.

— Fausse alerte. Pour cette fois.

Leurs regards se croisèrent. Les magnifiques yeux bleus d'Emily étaient chargés d'inquiétude, remarqua Mitch. La stresser lui était pénible, mais sans l'appui de collègues policiers ou du SWAT, une erreur d'évaluation pouvait être fatale.

— Ne t'en fais pas, dit-il. Je sais comment semer une voiture. Jamais je ne prendrais le risque de compromettre la fiabilité d'un lieu sécurisé.

Au bout d'une série de détours, Emily se raidit contre son dossier, l'air malheureux.

— On ne pourrait pas faire une pause ? Même moi, je serais incapable de retrouver le chemin de la maison.

— Dommage. Car elle est juste après cet angle.

— Merci mon Dieu !

Il se gara et aussitôt Emily bondit du pick-up. Elle fila en ligne droite vers l'entrée. Réprimant un sourire, Mitch la retrouva dans la maison alors qu'elle sortait de la salle de bains, une expression d'intense soulagement sur le visage.

— Rappelle-moi de ne jamais faire de longs voyages avec toi, persifla-t-elle.

— Certains d'entre nous tiennent le choc.

— Certains d'entre nous ont une vessie de mutant.

Emily accompagna ces mots d'un sourire puis elle prit place à la grande table de la salle à manger.

Mitch approcha une chaise de la sienne. Elle ouvrit le tube d'aluminium et étala sur la table les feuillets que le détective y avait dissimulés.

Mitch retourna la bouteille.

— Astucieux, le gaillard.

— Tu as changé d'avis sur lui ?

— Peut-être. Mais je pense toujours que certains de ses tuyaux étaient totalement bidons.

— Moi aussi.

Il se renversa sur sa chaise et la dévisagea.

— Ça alors ! Emily Wentworth qui admet que quelqu'un n'était pas tout à fait à la hauteur de ce qu'il semblait être. J'en suis stupéfait.

— Je voulais le croire, répondit-elle d'un ton un peu gêné. En général, je préfère accorder aux gens le bénéfice du doute…

Elle affronta son regard.

— Mais je vois à présent qu'un bon nombre de ses pistes n'étaient que…

— Du vent ? Je ne te le fais pas dire ! Des enfants disparus qui sont en réalité pris en otage par des parents séparés. Il a gaspillé un temps précieux.

— La police de Denver aussi. Ils ont obstinément axé leur enquête sur Eric et moi, alors que nous étions innocents.

Les erreurs, Mitch ne pouvait pas les réparer. Mais il pouvait aborder l'affaire sous un autre angle. Si toutefois Emily l'acceptait.

Il la fit pivoter vers lui et posa ses mains sur ses cuisses.

— As-tu confiance en moi, Emily ? Me crois-tu si je te dis que je place ton intérêt avant toute chose ?

— Bien sûr.

Il expira lentement, puis la fixa du regard.

— Est-ce que tu savais que ton mari avait contacté Dane Tanner la veille de l'accident ?

— C'est impossible.

Quelque chose changea dans ses yeux, et elle s'affaissa sur sa chaise.

— Pourquoi personne ne me l'a dit ?

— Peut-être que je n'aurais pas dû le faire maintenant, mais je veux que tu réfléchisses bien, Emily. Durant les semaines précédant l'accident, est-ce qu'Eric t'a paru agir de façon anormale ? A-t-il dit ou fait quelque chose de bizarre ?

Il saisit ses mains et les serra dans les siennes.

Tout ce qu'il pouvait faire, c'était être à ses côtés. Il ne pouvait pas lui dire ce qu'elle devait se rappeler. Seulement additionner les faits et faire apparaître la vérité.

— Je sais que c'est dur, mais plus nous en saurons sur ce qui s'est passé ce soir-là, plus nous serons à même de relier les points entre eux. Pour le moment, certaines choses n'ont aucun sens. Une attaque délibérée contre toi. Quelqu'un qui cherche à te faire accuser. Tes documents qui disparaissent.

A mesure qu'il parlait, l'énormité de ce que cela impliquait s'imposa à lui.

— Puis les meurtres de Vanessa, de Perry, des propriétaires du magasin de vins. Quel est le fil conducteur de tout cela ?

Emily ôta sa main de la sienne, et la perte de ce contact lui serra le cœur. Moins, toutefois, que l'expression de détresse qui se lisait dans ses yeux.

— Depuis peu, je pense différemment à Eric, confia-t-elle. C'était un homme adorable. Mais il n'était pas parfait. Les derniers mois de ma grossesse, il s'est éloigné de moi. Il ne me parlait plus. J'ai surpris des conversations furtives au téléphone. A l'époque, je me suis demandé s'il avait une maîtresse.

Elle serra les bras sur sa taille.

— Je n'en ai jamais parlé. A personne.

Mitch ne voulait pas qu'elle se referme dans sa coquille. Avec douceur, il lui saisit de nouveau les mains et, de ses pouces, caressa ses poignets.

— Et aujourd'hui, que crois-tu ?

Elle contempla un moment le sol, puis releva la tête, l'œil hagard.

— Je crois qu'il nous savait en danger. J'ignore pourquoi et comment, parce que nous n'étions pas riches, mais je pense que, s'il a placé cet argent en mon nom, c'était pour pouvoir fuir facilement. Il ne m'en a jamais rien dit. Il n'a pas été honnête.

Elle crispa si fort ses mains sur les siennes que ses jointures blanchirent.

— Pourrai-je un jour le lui pardonner ?

Le désespoir dans ses yeux était flagrant. Mitch en souffrit pour elle. Il frissonna également de peur en songeant à cet avenir dont il rêvait avec elle, mais que chaque heure qui s'écoulait rendait un peu plus hypothétique.

— Il a dit quelque chose après l'accident ?

— Pas à mon souvenir. Mais dans ma tête, c'était le brouillard. Un tatouage rouge et vert, la couverture bleue tachée de sang, un homme avec une capuche… Les images sont encore floues, imprécises.

— C'est pour ça que tu voulais voir le tatouage de Ghost.

Sa requête prenait désormais tout son sens.

— Je me disais que ça réveillerait peut-être ma mémoire. Perry approuvait.

— On en revient toujours à lui, murmura Mitch en alignant les feuillets sur la table.

— C'était quelqu'un de bien. Malgré ses erreurs.

Mitch ne put s'empêcher de sourire.

— C'est pour cela que je t'… t'apprécie autant. On peut te présenter toutes les preuves du monde, ta confiance reste inébranlable.

Avait-il failli dire *je t'aime* ? Oh ! Seigneur. Il ne pouvait éprouver cela. Pas avec cette tricherie entre eux. Il toussota et se pencha sur les papiers pour les étudier.

— En dehors du numéro de téléphone, il a pris beaucoup de notes. Dommage qu'elles soient si décousues.

— Je suppose qu'espérer avoir une adresse pour Joshua est trop demander, soupira Emily.

Des mots entourés accrochèrent soudain l'attention de Mitch. *Tatouage. Pas Ghost. Floride.*

— Tiens, tiens…

— Attends une minute, marmonna Emily.

Quittant la table, elle courut vers la chambre et revint avec la boîte de Perry. Elle fouilla dedans et en sortit un morceau de papier.

— Perry a suivi quelqu'un jusqu'en Floride, annonça-t-elle en se rasseyant.

Mitch retourna l'un des feuillets.

— Voilà autre chose. *Vol. Floride. Décembre.* Il y a un an.

Emily écarquilla les yeux.

— Joshua en Floride ? Perry savait où il était et il ne m'en a rien dit ?

Elle se leva et se mit à marcher de long en large.

— D'accord, il n'était pas sans défauts, mais il savait ce que cette information aurait signifié pour moi.

— Peut-être que c'est pour ça qu'il voulait être certain.

Mitch n'en revenait pas de défendre ce triste fouineur, mais il comprenait le désir de l'homme d'épargner d'autres déceptions à Emily. Il poursuivit sa lecture.

— *Flic marron.* Sans plus de précision, ça ne nous aide guère.

Il retourna le papier.

— *Marie.*

Emily baissa les yeux dessus.

— Quoi ? Un flic du nom de Marie ?

— Marie est une sage-femme. Témoin de meurtre, selon Perry.

Emily sortit son téléphone de sa poche.

— Tu crois que ce pourrait être la femme qui m'a appelée ?

— Il n'y a pas d'autre nom sur la feuille. Et la mort de Perry a figuré dans les journaux.

— Elle le connaissait.

— Et c'est sans doute elle qui aide à l'accouchement de ces pauvres gamines, ajouta Mitch d'une voix sinistre. Peut-être même qu'elle sait où se trouve Kayla.

— Et Joshua dans tout cela ?

— Je ne vois toujours pas le lien. Il a été enlevé bien après sa naissance.

Le pouls de Mitch martelait ses tympans, et son taux d'adrénaline était proche de celui qu'il avait dans le sang quand il s'apprêtait à forcer une porte avec le SWAT. Drôle comme deux ou trois pièces de puzzle qui s'ajustaient pouvaient le mettre en mode actif.

Il empoigna son portable.

— J'appelle mon père. Cette info lui permettra sans doute d'accélérer ses recherches. Mais j'ai besoin de plus. Il faut, *primo*, que je trouve une femme prénommée Marie, sage-femme dans le Colorado, et *deuzio*, que je sache combien de bébés mâles ont été adoptés depuis un an en Floride.

Emily replia une jambe sous elle tandis qu'il passait ses appels. D'un geste naturel, il lui prit la main tout en expliquant les derniers développements à son père. Il avait déjà un plan en tête.

— Et, Papa, il me faut un moyen de transport très rapide, pour le cas où une ouverture de dernière minute se présenterait.

Il raccrocha, puis saisit le visage d'Emily entre ses mains.

— Il trouvera ces infos.

Se laissant aller contre lui, Emily glissa les bras autour de sa taille.

— Tu penses qu'il trouvera aussi Joshua ?

Mitch la gratifia d'une tendre étreinte.

— Nous avons une chance.

Le soleil matinal filtrait entre les lames du store, projetant des rayures dorées sur les murs. Emily les contempla, rêveuse, la tête posée sur la poitrine de Mitch. Elle n'avait pas réussi à dormir. Il lui avait demandé de lui masser la cuisse, mais elle le soupçonnait de n'avoir cherché qu'à la distraire. Il avait fait plus que cela… Elle promena sa main sur son torse nu, se délectant du contact de sa fine toison. Il était si fort, si confiant pour tout. Il en était même arrivé à accepter les limites imposées par sa jambe.

Cela étant, quelques caresses judicieuses de sa part n'y avaient pas été étrangères.

Se levant du lit, elle traversa la pièce et enfila ses vêtements d'emprunt. Le téléphone pesait dans sa poche arrière. Depuis la conversation de Mitch avec son père, aucun de leurs deux portables n'avait sonné.

Pourquoi Marie ne rappelait-elle pas ?

Après quelques exercices d'assouplissement, elle se fit une tasse de café dans la cuisine, toute équipée mais à l'évidence rarement utilisée, puis elle s'installa dans le moelleux canapé du séjour. Les lumières qui dansaient sur le jardin tropical de l'incroyable patio du frère de Mitch agissaient sur elle comme un baume apaisant. Elle se sentait en sécurité dans cette maison. Partout il y avait des caméras, des détecteurs de mouvements, des systèmes d'alarme sophistiqués directement reliés à la police.

Elle devait juste veiller à ne pas les activer.

Un léger cliquetis dans la serrure de la porte latérale la mit en alerte. Le battant s'ouvrit lentement. Emily n'hésita pas. Elle ouvrit son sac et sortit le pistolet que Mitch lui avait remis, prélevée dans la collection de son frère.

Un homme barbu, vêtu de frusques d'aspect douteux, chargé d'un sac à dos, entra en titubant. Emily pointa son arme sur lui.

— Pas un geste ou vous êtes mort.

Le clochard s'approcha d'elle. Il pencha la tête de côté comme s'il cherchait à déterminer qui elle était.

Génial. Il ne manquait plus que cela.

— Mitch ! appela-t-elle.

— Vous n'êtes pas chez vous ici, grommela une voix profonde sous la barbe.

Il s'avança de deux autres pas. L'index d'Emily se crispa sur la détente.

— Arrêtez ou je tire.

Il s'immobilisa.

Un souffle tiède passa alors sur la joue d'Emily.

— Mitch…

— Pas mal, ta copine, p'tit frère. Elle connaît tes manies, on dirait. Etant donné que tu es nu comme un ver, je suppose que vous êtes ensemble.

— Donne-moi ce pistolet, ma chérie. Je sais que tu ne songes qu'à le descendre, mais ce pouilleux est Noah. Le célibataire le plus convoité de Denver, accessoirement génie de l'informatique. Il est pourri de fric, et le grand frère le plus exaspérant de la Terre.

Il couvrit le pistolet de sa main, et elle le laissa l'en délester. Puis il s'esquiva derrière elle, sans doute pour glisser un pantalon sur ses attributs. Elle ne put néanmoins s'empêcher de tourner la tête pour jeter un coup d'œil à ses fesses fabuleuses.

Noah lui adressa un clin d'œil. Elle en rougit jusqu'aux oreilles. Malgré toutes les couvertures de magazines d'informatique qui lui étaient consacrées, elle ne l'aurait pas reconnu. Sauf, peut-être, à ses yeux. Il avait les mêmes que ceux de Mitch.

Noah franchit la distance qui les séparait, la main tendue.

— Vous m'auriez vraiment tiré dessus ?

— Bien entendu.

— J'aime ça chez une femme.

Les commissures de ses lèvres s'étirèrent, mais son sourire n'atteignit pas ses yeux. Des ombres dansaient dans ses iris foncés, et il y brilla un éclat dangereux qu'elle n'avait vu qu'à de rares reprises chez Mitch. Noah, cependant, avait cette expression même quand il essayait de sourire. Décidément, la famille de Mitch était de plus en plus fascinante.

— Mais vous avez trop hésité, ajouta-t-il. Si j'avais voulu, en un clin d'œil je vous aurais réduite à l'impuissance.

— Pourquoi ne pas l'avoir fait alors ?

— Parce que j'aime les petites pétroleuses aux longues crinières soyeuses, susurra-t-il en se glissant près d'elle.

— Bas les pattes ! grogna Mitch. Le troupeau de femmes qui se succèdent dans ton lit, ça ne te suffit pas ? Bizarre, cela dit, vu que tu gagnes ta vie scotché à un ordinateur. Laisse la mienne tranquille, OK ?

Noah leva les mains et recula.

— Je voulais juste savoir où tu en étais, mon grand.

Emily frissonna. Quels machos ! En temps normal, elle aurait été irritée par ces postures de males de l'âge des cavernes, mais d'une certaine façon elle appréciait cette dynamique fraternelle. Ils formaient une famille. Dieu que cela lui manquait…

— Merci d'être arrivé aussi vite.

Mitch gratifia son frère d'une étreinte d'ours qui la fit sourire malgré elle. Il y avait de l'amour entre eux. Et de la confiance. Les liens du sang.

— Comme au bon vieux temps, dit Noah. Je te sors d'un nouveau pétrin. Sauf que les autres fois tu ne me rendais pas ma voiture criblée de balles.

— Papa m'a cafardé, hein ?

— En fait, ce sont les flics qui m'ont appelé, puisque c'est *mon* SUV.

— Je paierai les réparations, promit Mitch. en parlant de Papa, il faudra que nous ayons une petite conversation tous les deux lorsque cette enquête high-tech dans laquelle il s'est plongé sera terminée.

— Euh, je comptais t'en parler…

— Tu en parleras aussi à Chase et Sierra. Il en fait peut-être un peu trop. Tu y as pensé ?

Manifestement, un petit conflit ne dérangeait pas les frères Bradford. C'était si loin de la manière dont les choses se passaient chez elle, et plus encore chez les Wentworth. William et Eric craignaient tellement les confrontations qu'ils se repliaient sur eux-mêmes en cas de crise. Etrange comme elle voyait beaucoup mieux cette faiblesse depuis que Mitch était entré dans sa vie.

— Que pensent les autres du fait que tu le considères comme impotent depuis qu'il a perdu l'usage de ses jambes ?

— Il doit d'abord prendre soin de lui, répliqua Mitch.

— Dans ce cas, p'tit frère, je suppose que ton enquête devrait se limiter à un travail de bureau. Je peux trouver quelqu'un pour te remplacer. Je suis au courant pour ta jambe. Tu es à soixante-quinze pour cent. En étant généreux.

Plutôt que de contre-attaquer, Mitch se figea.

— Touché, Noah.

Emily s'avança entre les deux frères, se planta face à Noah et haussa le menton. Que son mètre quatre-vingt-dix lui donne en comparaison l'allure d'une naine était le cadet de ses soucis.

— Etes-vous médecin ? Parce qu'à moins d'être titulaire d'un diplôme en traumatologie, vous n'avez aucune autorité pour juger de ses aptitudes physiques actuelles. En revanche, en tant que sa physiothérapeute, je sais très exactement à quel stade il en est de sa guérison. J'ajouterai que, grâce à Mitch, en deux jours j'ai été plus près de retrouver mon fils qu'en toute une année. Alors du balai !

Noah recula et, de nouveau, leva les deux mains.

— Je me rends.

Il jeta à Mitch un regard amusé, qui eut le don d'irriter Emily encore plus.

— Une petite poupée pleine de fougue, hein ?

Mitch sourit.

— Tu n'as pas idée.

— Je ne bouge pas d'ici, déclara-t-elle. Et si vous vous rendiez utile, au lieu d'attaquer un homme qui s'est montré plus efficace dans la localisation de mon enfant que la police de Denver et le FBI réunis ?

Noah rougit au-dessus de sa barbe.

— Désolé… Service de taxi Noah, annonça-t-il, l'index sur la tempe. Quand désirez-vous partir, m'dame ?

Mitch s'empara d'un calepin sur la table.

— Papa a réduit la liste à quelques familles de Floride ayant adopté un bébé de sexe masculin dans le mois suivant la disparition de Joshua. Nous allons commencer par là.

La mâchoire d'Emily se décrocha.

— Nous allons en Floride ? Maintenant ?

— Dès que tu es prête. Mon frère a son propre avion.

Noah ramassa son manteau.

— Tu préviens la police ?

— Non ! s'écrièrent Mitch et Emily en même temps.

— D'accord, d'accord, dit-il, avant de plisser les yeux. C'est pour ça que vous avez lancé Papa sur ces recherches de malade et qu'il en fait tout un mystère ?

— Il y a une taupe, peut-être plus, au commissariat, expliqua Mitch. Et je ne veux pas prendre de risques. S'ils apprennent où nous allons…

— Je pourrais perdre ma seule chance de retrouver mon fils, conclut Emily. Nous ne pouvons pas leur faire confiance.

Noah arbora une expression solennelle.

— Compris. Nous partons discrètement.

Il se frotta la barbe et grimaça.

— Elle était nécessaire, mais je crois que je vais la garder pour le moment, je risquerai moins d'être reconnu. Donnez-moi juste quinze minutes pour me doucher et me changer. Vous serez prêts ?

— Cela fait un an que je le suis, dit Emily.

Tandis que Noah se dirigeait vers la chambre de maître, elle se tourna vers Mitch.

— Quand est-ce que tu l'as appelé ? Tu ne m'en as rien dit. Encore un secret, Mitch ?

— Tu étais sous la douche après la première séance, euh, d'exercices de cette nuit. Par bonheur, il était dans le pays.

Il posa une main sur sa joue et baissa sa bouche vers la sienne.

— Il y avait une chance sur mille, tu sais.

Elle se tortilla et le fixa du regard.

— Ne crois pas t'en sortir par des baisers. Je pensais que nous avions un accord. C'est la meilleure ouverture que nous avons, et tu me mets sur la touche ?

— Pour t'empêcher de faire des bêtises, marmonna-t-il.

Elle se raidit. Il toussa.

— Ecoute…, reprit-il. Même si nous savons que cette Marie est allée voir Perry, nous ignorons si elle est crédible. Elle n'a pas rappelé. On ne sait même pas si c'était elle. Je ne veux que te protéger. Je ne veux pas que tu sois déçue, c'est tout.

Elle inspira bruyamment.

— C'est la meilleure chance que nous ayons jamais eue, Mitch. Ne me laisse pas dans le noir. Cela fait trop longtemps que je me bats.

Il l'attira à lui et posa le menton sur le sommet de sa tête. Elle s'abandonna à ses bras, puisant dans son énergie.

— J'ai besoin que tu croies, ici et maintenant, en cette possibilité. S'il te plaît, Mitch. Pas de fatalisme de flic. Je veux que tu sois celui qui, dans ma vie, croit en moi, est honnête avec moi, est mon partenaire.

Il l'embrassa sur les cheveux.

— Je suis et je serai toujours de ton côté, Emily.

Orlando, Floride.

A l'étroit dans la voiture de location, Mitch retroussa les longues manches de sa chemise. Un filet de sueur coula dans son dos. Il grimaça.

— Vingt-huit degrés en décembre, c'est indécent, râla-t-il. Parlez-moi de la neige et du froid du Colorado ! J'adore l'hiver.

Les genoux calés sous son menton, Emily considérait la maison de l'autre côté de la route. Son visage semblait tendu. Après toutes ces heures, son optimisme était manifestement retombé, et elle se tenait sur ses gardes.

Il couvrit sa main de la sienne. Il voulait que les choses tournent bien, mais tant de pièces manquaient, tant de questions demeuraient sans réponse. Même s'ils trouvaient Joshua, Emily restait en danger. Pour le moment, il devait juste veiller à ce que ses nerfs ne lâchent pas dans ces montagnes russes émotionnelles.

— Nous avons encore une chance.

— Je m'étais dit qu'une fois ici, nous le retrouverions. Que finalement ce serait facile.

Ils avaient jeté un coup d'œil par la fenêtre de la première adresse. Des photos récentes décoraient les murs. Le bébé était d'ascendance afro-américaine.

Noah n'avait pas été plus heureux à Jacksonville. Malgré son allure dépenaillée, il avait charmé la mère dans le parc et l'avait poussée à lui montrer une photo du petit. Il était roux avec des taches de rousseur. Aucune ressemblance avec Joshua.

— Il nous reste deux possibilités, reprit Mitch. Noah ne nous a pas encore appelés pour sa seconde famille.

— Peut-être que nous ne sommes pas dans la bonne ville, avança Emily. Peut-être que Marie nous a menti.

— Où est cette confiance que tu attendais de moi ?

— Je roule à vide, Mitch. Et s'il n'était pas du tout en Floride ? Si Marie n'était qu'une perverse qui cherche à me faire du mal ? Une amie de Victoria Wentworth peut-être, qui joue un jeu cruel…

— Alors nous nous serons offert une petite balade dans le Cessna de Mitch. Nous nous regroupons et nous profitons du rendez-vous que tu as pris à ce cabinet d'adoption.

Il l'embrassa.

— Ne jamais abandonner, c'est toi qui m'as appris ça.

Son téléphone sonna. Il activa le haut-parleur.

— J'attendais ton appel, Noah. Qu'est-ce que tu as ?

— Ce n'est pas lui, navré. Comme le gosse a des cheveux blonds, j'ai eu des doutes. Mais ces gens sont son oncle et sa tante. Ils l'ont adopté après le décès de ses parents dans un accident de la route.

— Merci. Tu reviens par ici ?

— Je serai prêt à ramener tout le monde au bercail quand vous en aurez fini.

L'abattement qu'affichait Emily brisa le cœur de Mitch. La tête basse, elle pressait les yeux sur ses genoux. Il avança la main et lui caressa la nuque.

— Il y a encore cette maison, dit-il. Ce n'est pas fini.

Elle soupira et inclina la tête vers lui.

— C'est notre toute dernière chance.

— Tu te trompes. Perry nous a fourni plus que cette piste.

Nous avons le numéro de téléphone du cabinet d'adoption. Avec l'aide de Papa et le service d'avion-taxi de Noah, il nous reste des options.

Emily prit une inspiration hachée.

— OK. Des options…

Elle reporta les yeux sur un SUV qui roulait vers eux. Le véhicule s'engagea dans l'allée de la maison. Mitch compara le numéro de plaque avec ceux de sa liste.

— Jim et Judy Greenley.

Emily commença à ouvrir sa portière.

— Non, pas encore. Pas d'embuscade. Il faut y aller en douceur. Je ne veux pas les effrayer et qu'ils appellent la police locale. Nous ne savons toujours pas qui est la taupe au commissariat de Denver.

Emily se mordit les lèvres, puis dressa la tête quand le téléphone de Mitch sonna dans le silence de l'habitacle.

— Ça ne peut pas être Noah, dit-il avant de consulter l'écran. Tanner. Merde.

Il rangea l'appareil dans sa poche.

— Ce n'est vraiment pas le moment de me déranger. Il ne sait pas que nous avons quitté le Colorado.

Ce fut au tour de celui d'Emily de sonner. Elle sursauta, et étudia son écran.

— Tanner doit vraiment vouloir nous parler, dit-elle.

— S'il y avait du nouveau, Papa nous l'aurait fait savoir, à Noah ou moi. Je rappellerai Tanner lorsque nous aurons retrouvé Joshua et que nous serons de retour au Colorado.

Mitch observa la scène de leur position de l'autre côté de la rue. Le chauffeur du SUV en descendit et ouvrit la portière arrière pour extraire de son siège un bébé qui gigotait. Vêtu d'une salopette en denim, le tout-petit avait des cheveux blond paille.

Emily sortit de son sac le portrait vieilli.

— Ce pourrait être Joshua. Ses cheveux sont de la même couleur que ceux d'Eric.

Une femme émergea côté passager. Le bébé tendit aussitôt

ses petits bras vers elle. Elle le prit en riant, puis le cala contre sa poitrine.

— Ils ont l'air heureux, commenta Emily avec gravité. Ils donnent l'image d'une vraie famille.

— En effet, approuva Mitch.

Elle lui agrippa la main.

— Qu'est-ce que je leur dis ?

Il plongea ses yeux dans les siens.

— La vérité.

— Cela fait si longtemps. Joshua ne me reconnaîtra pas. Et s'il pleure ? Je ne sais pas si je pourrai supporter ses larmes.

— Il ne te reconnaîtra peut-être pas au début…

Comme ses yeux bleus s'embuaient, il l'embrassa.

— Mais il reconnaîtra ton amour, Emily.

Il lui tendit sa main. Elle y plaça la sienne et il la serra.

— Tu peux le faire.

La traversée de la rue fut interminable. Emily eut un moment d'hésitation. Il ne pouvait le lui reprocher. Si l'enfant n'était pas Joshua, ils retombaient en arrière et n'avaient plus qu'à espérer que Marie daigne se manifester.

Arrivés de l'autre côté, ils remontèrent l'allée vers le couple, qui se figea, le regard curieux.

Jim Greenley s'avança vers eux, à la fois perplexe et protecteur.

— Vous désirez ?

Mitch exhiba sa plaque.

— Mitch Bradford, police de Denver, Colorado. Nous aurions quelques questions à vous poser, monsieur Greenley.

Emily ne bougea pas, se contentant de fixer le petit garçon qui jouait avec les cheveux blonds de sa mère.

Mitch en fit autant. Le bambin paraissait en bonne santé. La femme le chatouilla, ce qui eut pour effet immédiat un gloussement amusé.

— Votre fils a l'air heureux, dit-il d'une voix calme.

Une lueur de fierté brilla dans le regard de l'homme.

— Autant que le sont ses parents, répondit-il. A présent, officier, de quoi voulez-vous me parler ?

Au son de sa voix grave, l'enfant se tourna vers son père, les bras tendus.

— Pa !

Il avait une cicatrice sur la lèvre supérieure. Celle, reconnaissable, de la réparation d'un bec-de-lièvre.

Ce ne pouvait être Joshua, conclut Mitch.

11

Découvrant la bouche du bébé, Emily s'affaissa contre Mitch.

— Il y a un problème ? demanda sèchement Jim Greenley, les bras croisés sur son torse.

Sa posture hostile arracha Emily à sa torpeur. Sans s'en être rendu compte, elle observait l'enfant avec insistance. L'atmosphère s'était alourdie entre eux et le couple.

— Je… Je suis désolée, balbutia-t-elle. Votre fils est environ du même âge que le mien.

Judy Greenley se détendit, puis sourit.

— Oh ! Il est ici, avec vous ?

Par leur cruauté involontaire, ces mots lui transpercèrent le cœur. Elle se mordit les lèvres pour les empêcher de trembler. Elle était incapable de répondre.

Mitch l'attira contre lui. Seigneur, comme elle avait besoin de lui…

— Le fils d'Emily a été kidnappé à l'âge d'un mois, expliqua-t-il. Nous avons des raisons de croire qu'il a été adopté ici, en Floride.

— Vous ne pensez quand même pas…

Judy Greenley tenait son enfant serré contre elle. La peur se lisait sur son visage.

— Non, madame. Le fils d'Emily n'avait pas de bec-de-lièvre.

La femme poussa un gros soupir de soulagement.

Emily, elle, ne songeait plus qu'à une chose : partir. Elle fit un pas en arrière, mais Mitch la ramena illico contre lui.

— Il a été adopté, n'est-ce pas ?

Jim Greenley le considéra d'un air suspicieux.

— C'est le nôtre, déclara-t-il. Tout est parfaitement légal. Nous sommes passés par un cabinet très connu.

— Je comprends..., fit Mitch. Ça vous ennuie de nous en donner le nom ?

— Pas du tout. C'est le cabinet d'adoption Sommerfield. L'adresse est ici, à Orlando.

Il attira sa femme à lui et l'enlaça d'un geste protecteur.

— Ils ont une excellente réputation, insista-t-il, comme s'il voulait lui-même s'en convaincre.

— J'en suis sûr, acquiesça Mitch. Merci pour votre aide.

Sommerfield ? Ce n'était pas le nom figurant sur les notes de Perry, songea Emily. Ses jambes se mirent à trembler sous elle. Mitch lui saisit le bras et l'aida à conserver son aplomb.

— J'espère que vous retrouverez votre fils, dit Judy Greenley d'une voix douce, tout en berçant son bébé.

— Merci. Profitez bien de votre petit garçon. C'est un cadeau du ciel.

Des larmes brûlantes gonflaient les yeux d'Emily. Leur dernière piste s'était envolée. Mitch la fit se retourner et la guida vers le trottoir.

Elle n'était plus capable de penser, de ressentir quoi que ce soit. Son corps était comme engourdi par l'incrédulité. Quoi qu'elle ait pu dire durant les dernières heures, elle n'avait jamais cru à l'échec. Elle leva les yeux vers Mitch. A travers ses larmes, son visage était brouillé.

— Je ne sais pas où est mon fils. Je ne sais même pas où chercher...

— Allons, viens.

Une voiture de police noire et blanche descendait la rue vers eux. Mitch la poussa vers leur véhicule.

— Je n'aurais pas dû me servir de ma carte de crédit au bureau de location, grogna-t-il. Monte.

Le véhicule de patrouille s'arrêta juste à côté de lui, sous les yeux d'un Jim Greenley surpris, qui s'empressa de faire entrer sa petite famille dans sa maison.

Un jeune agent se dressa devant Mitch, la main sur son arme.

— Officier Bradford ?

Emily ouvrait la portière de leur voiture.

— S'il vous plaît, madame. Ne bougez pas. Et gardez vos mains bien en vue.

— Pas de gestes brusques, lui conseilla Mitch.

Emily se figea et prit une profonde inspiration.

— Qu'est-ce que cela signifie ?

— L'inspecteur Dane Tanner m'a demandé de vous trouver. Il veut vous parler. Immédiatement.

— Pourquoi donc ? s'insurgea Mitch. Et comment saviez-vous où nous étions ?

— Votre véhicule possède une puce GPS. Euh... L'inspecteur m'a dit que si vous résistiez, je devais vous amener au poste pour interrogatoire. Avec les menottes.

Le jeune policier sortit son carnet.

— Vous menez toujours une surveillance sur la personne de... d'Emily Wentworth ?

Oh ! mon Dieu ! Une surveillance ? Le mot résonna, amplifié, dans la tête d'Emily. Ses jambes flageolèrent. Non. Cela ne pouvait pas être vrai. Elle dut s'appuyer sur le toit de la voiture pour ne pas flancher. Pas Mitch.

Non, s'il vous plaît, pas Mitch.

Il se tourna vers elle et son expression coupable fut sans appel. C'était vrai. Il s'était servi d'elle. Il n'avait pas cru en elle. Jamais. Il avait juste fait son travail.

Tout ce qui s'était passé entre eux... Elle avait... Oh ! Seigneur. Elle s'était donnée à lui. Elle lui avait ouvert la porte de son cœur. Elle s'était même demandé si... si elle n'était pas amoureuse de lui. Quelle dinde !

— Espèce de salaud ! lança-t-elle.

Le policier s'essuya le front.

— Je... j'ai commis une bêtise ?

Mitch laissa échapper un long soupir.

— Non, mon gars. C'est moi.

Sortant son téléphone, il s'éloigna d'eux et passa son appel.

Emily observa l'homme qu'elle avait cru connaître. Lorsqu'il se retourna, elle le cloua d'un regard acéré.

— Tu as l'intention de m'arrêter ?

— Bien sûr que non, je…

— Epargne ta salive, Mitch. Emmène-moi simplement ailleurs, n'importe où, que je puisse prendre un vol pour rentrer chez moi.

— Noah peut te…

— Je ne veux pas de ton aide, ni de celle de ton frère.

Elle croisa les bras, dans une posture belliqueuse.

— Garde tes explications pour toi, *officier* Bradford. Tu as eu mille fois le temps de me parler. Dans le lit et en dehors.

Le jeune flic les écoutait sans vergogne, la mâchoire pendante, mais elle s'en fichait.

— Je sais que tu es en colère, lâcha Mitch d'une voix qui s'était réduite à un murmure. Je ne peux pas te le reprocher. Mais j'ai fait ce que j'avais à faire…

— Pour m'envoyer en prison.

Il fourragea dans ses cheveux d'une main lasse.

— Veux-tu bien m'écouter une minute ? Tout ce que j'ai fait, c'était pour te protéger. Il ne m'a pas fallu longtemps pour comprendre que tu avais de graves ennuis. Je savais que si tu découvrais…

— Oh ! C'était donc si compliqué de me dire la vérité ? Même quand je t'ai dit ce qu'Eric avait fait, tu t'es tu.

Elle le toisa, vibrante de colère, anéantie par la violence de sa désillusion.

— Tu n'aurais pas pu me faire plus de mal. Comment pourrais-je avoir de nouveau confiance en toi ? Pour la vérité, pour mes peurs, pour mon cœur ? Pour mon fils ?

Il pâlit, mais elle n'était pas d'humeur à s'apitoyer. Elle espérait, *priait* pour qu'il ressente un jour cette douleur qui la traversait de part en part.

— Tout ce que je peux te dire, Emily, c'est que ce que j'ai fait, je l'ai fait pour toi. Et pour Joshua.

— Comment te croire ? Ta tâche était de prouver que j'avais tué Eric, pas vrai ? Je t'ai sans doute donné assez d'éléments pour m'estampiller « coupable » une bonne fois pour toutes. Tu peux devenir un grand héros. Tu peux retrouver ta place au SWAT.

Malgré le temps chaud et lourd, l'intérieur de son corps était glacé.

— Je veux que tu sortes de ma vie. Je veux que plus jamais un flic de Denver ne s'approche de moi, tu m'entends ? Je retrouverai Joshua par moi-même.

— Tu n'y arriveras pas seule, objecta-t-il. Tu es toujours en danger. C'est pour ça que Tanner m'appelait. Le corps d'une femme a été découvert dans les contreforts des Rocheuses, pas loin de chez toi.

Le cœur d'Emily s'arrêta de battre.

— Kayla ?

— Non, quelqu'un de plus âgé.

Les derniers fragments d'espoir qu'elle pouvait encore nourrir se volatilisèrent.

— Marie ?

Il hocha la tête.

— Marie Dumond. Elle avait son portable sur elle, et ton numéro est le dernier qu'elle a composé.

A force de persuasion, et après avoir admis qu'elle ne pouvait rentrer autrement à Denver, Emily accepta de faire le voyage avec les frères Bradford.

Lorsque Noah la fit monter dans son Cessna, elle était presque incapable de penser. Elle avait été tellement persuadée qu'à ce stade Joshua serait avec elle. Mais ses bras étaient vides, de même que son cœur. Marie, sa dernière carte, venait de s'envoler. Comme elle avait été naïve ! Comme elle avait été stupide !

Elle pénétra dans la cabine et choisit le siège le plus éloigné du cockpit.

Mitch entra derrière elle. Il n'avait pas eu trop de difficultés à grimper les marches. Mais pourquoi s'en souciait-elle ? Il n'était plus son problème. Arrivé au siège voisin du sien, il hésita, comme s'il voulait lui dire quelque chose.

Il eut droit à son regard le plus hostile.

— Ce siège est pris, énonça-t-elle en y posant son sac.

— Très bien. Je m'installerai à l'avant, avec Noah.

Tandis qu'il se glissait sur le siège du copilote, Emily poussa un soupir de soulagement. Noah effectua les derniers réglages pré-vol, puis, après avoir verrouillé la porte, vint s'agenouiller auprès d'elle.

— Mitch ne voulait pas vous mentir, vous savez.

— Mais il l'a fait. Je n'ai plus aucune confiance en lui.

— Vous ne rendrez pas les armes tant que vous n'aurez pas récupéré votre fils, n'est-ce pas ?

— Non.

Il lui tapota le genou.

— Donnez-moi votre portable.

— Pourquoi ?

— Parce que je fais partie des bons.

Le sourire canaille qu'il lui offrit ressemblait tant à ceux de Mitch que son estomac se crispa.

Elle hésita, puis sortit l'objet et le lui remit. A l'aide d'un outil puisé dans sa poche arrière, Noah ouvrit l'appareil. Après quelques manipulations, il le referma et le lui rendit.

— J'ai enlevé le GPS et placé un petit gadget bien pratique qui cachera votre numéro, quel que soit le destinataire de vos appels. Ainsi, vous serez tranquille de ce côté-là.

— Qui êtes-vous, Noah ?

— Un simple fondu d'informatique qui vous veut du bien, répondit-il avec un sourire charmeur.

— Qui me veut du bien… C'est aussi ce que me racontait Mitch.

Noah redevint sérieux.

— Non, Emily. Mitch vous veut *vraiment* du bien. Il a beaucoup d'affection pour vous.

Il se gratta la barbe.

— Vous m'avez braqué dans ma propre maison, vous vous rappelez ? Vous savez vous servir d'un Glock .40 ?

— Mon détective privé m'a appris à tirer. Il pensait que je pourrais un jour en avoir besoin.

Pauvre Perry. Il avait eu plus souvent raison que ne l'avaient cru Mitch ou la police de Denver.

Noah ouvrit un petit casier au-dessus de sa tête et lui tendit un pistolet et son chargeur.

— Il a un puissant recul, mais peut arrêter n'importe quoi. Si vous voulez mener seule votre enquête, il vous sera utile. Simplement, ne vous en servez pas pour tuer mon frère. Même si c'est un idiot, j'y suis très attaché. Papa aussi. Il sera très fâché d'apprendre que c'est moi le fournisseur de l'arme qui l'a expédié *ad patres*.

Emily se saisit du pistolet.

— Merci.

Noah soupira et regarda par-dessus son épaule.

— Je crois qu'il vous aime, ajouta-t-il avant de disparaître dans le cockpit.

— Non, je suis juste un boulot, murmura-t-elle.

Elle ne devait pas l'oublier.

— Boucle ta ceinture, fit la voix de Mitch dans le haut-parleur de la cabine.

Emily obtempéra et se renversa contre son dossier, le Glock sur ses cuisses. La trahison de Mitch lui faisait mal, mais elle ne changeait rien à sa mission. Mitch indigne de confiance, Perry et Marie morts tous les deux, il lui restait néanmoins une option qu'elle avait oubliée jusqu'alors. Elle honorerait son rendez-vous au cabinet d'adoption. Peut-être était-ce espérer la lune, mais elle n'avait rien d'autre.

Pendant les quatre heures qui suivirent, elle passa en revue tous les scénarios possibles. Mitch tenta à plusieurs reprises de lui parler. Elle l'ignora. Elle avait besoin d'aide, mais pas de la sienne. Ian ? Non, elle ne pouvait pas demander à son meilleur ami. Il ne restait qu'une option : retourner voir William, le frère d'Eric, le convaincre de l'aider à trouver un autre détective privé et de le payer, jusqu'à la vente de sa maison. Mais vu la conjoncture…

Et elle n'avait nulle part où aller. Pas même une voiture.

— Nous approchons de Denver, annonça la voix de Noah.

Elle se prépara à affronter de nouveau le visage de Mitch.

Une fois l'appareil arrêté sur la piste, elle défit sa ceinture et rangea le pistolet dans son sac.

Mitch sortit du cockpit, le regard fixé sur elle.

— Je t'en prie, n'y va pas seule. Laisse-moi t'aider.

Noah déverrouilla la porte, puis déplia l'escalier. Une bouffée d'air polaire pénétra dans le Cessna. Pas aussi glacé, toutefois, que l'était son cœur.

— Tout va bien, répliqua-t-elle. Je sais quoi faire.

Elle descendit les marches et se dirigea vers le terminal de l'aérodrome privé.

Noah posa une main sur l'épaule de Mitch. Celui-ci leva les yeux vers son frère.

— Sacré petit bout de femme, dit Noah d'une voix calme.

— Ouais. J'ai foiré dans les grandes largeurs. Elle ne croit pas que je suis vraiment prêt à faire n'importe quoi pour elle.

— Ecoute, je t'ai donné un petit coup de pouce.

Noah lui tendit une tablette. A l'écran s'affichait une carte sur laquelle un point rouge se déplaçait lentement.

— Qu'est-ce que c'est ?

— J'ai trafiqué le portable d'Emily. A l'intention des méchants, j'ai supprimé le GPS et bloqué son numéro. Mais pour toi, p'tit frère, j'ai placé un mouchard qui te permettra de la suivre.

Mitch le considéra d'un air stupéfait.

— T'es un vrai sournois. Je ne te l'ai jamais dit ?

— Tu divulgues mes autres travers, et je change le code de ma Harley pour que tu ne puisses plus jamais l'emprunter.

Mitch bredouilla de vagues justifications.

— Eh oui, je sais pour la Harley. Mais tu as trouvé plus que ce que j'aurai jamais, frangin. Tu as trouvé quelqu'un de vrai dans un monde de menteurs et d'hypocrites.

— Si seulement elle me donnait la chance de prouver que je ne suis ni l'un ni l'autre, soupira-t-il.

Noah le gratifia d'une claque fraternelle dans le dos.

— Si elle ne t'aimait pas, tu ne l'aurais pas blessée autant. Garde ça en tête. Bon sang, si tu retrouves son fils, elle sera forcée de te reprendre.

Deux minutes plus tard, Noah redécollait, laissant ces mots tourner en boucle dans la tête de Mitch.

Il ne voulait pas Emily de cette façon, pas par une forme dévoyée de gratitude. Ce à quoi il aspirait, c'était qu'elle le veuille pour les mêmes raisons que lui la voulait. Parce qu'il l'admirait, parce qu'elle occupait une place centrale dans son cœur… Parce qu'il l'aimait.

Oh ! Seigneur. Il était tombé amoureux d'elle.

Ce constat faillit l'achever. Il avait tout gâché. Alors qu'il avait enfin trouvé une femme dont la loyauté et le courage lui inspiraient du respect, dont l'ardeur entretenait en lui un feu si fort qu'il consumait ses pensées, il l'avait éloignée de lui.

Un œil sur la tablette, il se dirigea vers le pick-up. Le point rouge avait accéléré. Il alluma son portable. Il avait six messages. Cinq étaient de Tanner, qui lui ordonnait de revenir, menaçait de le suspendre voire de le virer. Le dernier était de Ian. Son ami avait du nouveau sur Marie.

Emily continuait à s'éloigner. Où avait-elle l'intention d'aller ? Il ne voyait aucun endroit sûr, hormis la maison de Noah. Le point rouge se déplaça vers le centre-ville, non loin de là où elle avait failli être tuée quelques jours plus tôt. Pourquoi devait-il être surpris ? Avec Ghost toujours en cavale, elle était beaucoup trop vulnérable. Il composa un numéro.

— Refuge des jeunes mères, j'écoute.

— Sœur Kate ? Mitch Bradford.

— Officier Bradford. J'espérais avoir de vos nouvelles. Comment allez-vous, Emily et vous ?

Au sourire dans sa voix, Mitch grimaça.

— C'est la raison de mon appel. Emily est en danger. Je crois qu'elle se dirige vers chez vous.

— Quelle sorte de danger ?

— Quelqu'un veut la tuer.

— Ghost ?

— C'est plus compliqué que ça. Pouvez-vous la cacher ? Lui dire de ne pas sortir ? J'ai certaines choses à faire, mais je vous rejoindrai dès que possible.

— Bien entendu, officier Bradford. Je lui dirai que vous…

— Non ! Ne lui dites rien. Nous nous sommes, euh, un peu querellés.

— Mais vous viendrez ?

— Elle a besoin de protection. C'est mon travail.

Sœur Kate éclata de rire.

— Oh ! mon joli ! C'est beaucoup plus qu'un travail. J'entends votre cœur battre dans votre voix. Ne vous en faites pas.

— Je cesserai de m'en faire lorsqu'elle sera en sécurité, dit Mitch, ajoutant en silence *dans mes bras*. Merci, ma sœur.

Il raccrocha. Il avait besoin d'aide, mais une seule personne pouvait la lui fournir. Allait-il ressortir en un seul morceau de la maison de son père ?

Mitch s'engagea dans l'allée au volant du pick-up. L'endroit avait peu changé, sinon pour la rampe qui menait à la porte d'entrée. Avant même qu'il ait pressé la sonnette, l'ancien sergent de police Paul Bradford lui ouvrit.

— Tu as des caméras ? s'enquit Mitch.

Il en repéra à plusieurs endroits stratégiques.

— Bien sûr, répondit son père.

Il fit demi-tour sur sa chaise roulante pour permettre à Mitch d'entrer.

— Je ne m'attendais pas à te voir ici.

— Noah ne t'a pas appelé ?

Paul haussa les épaules.

— Il m'a dit que tu aurais peut-être besoin d'un coup de main.

Mitch entra dans le séjour. La photo encadrée de ses parents était toujours à la place d'honneur sur le manteau de la cheminée. Hormis quelques changements dans la disposition des meubles pour augmenter les espaces, la maison était demeurée la même depuis le décès de sa mère d'un cancer, dix ans plus tôt.

— J'ai besoin de conseils, Papa. Je ne suis pas à la hauteur.

— Tu es un bon flic.

— Je suis un bon fer de lance au SWAT. Emily a besoin de protection, et je ne peux pas la lui fournir. Si j'avais été au top de mes capacités, celui qui a fait sauter la tête de Perry Young serait déjà sous les verrous et tout serait fini.

Il se frotta la cuisse et prit une profonde inspiration.

— Le problème, c'est que je ne suis pas inspecteur, et l'affaire est compliquée. Elle a besoin d'un vrai enquêteur. Toi, tu en es un. Moi, non.

— Comment va ta jambe, Mitch ? demanda Paul en pointant le menton vers celle-ci. Je veux dire, *vraiment* ?

— Au poil. Emily déteste quand je dis ça.

— Autrement dit, tu ne veux pas en parler. Je comprends.

— En fait, je suis à soixante-quinze pour cent. Pas suffisant pour le SWAT, et si ce n'est pas le SWAT, quel intérêt ?

Son père tapota l'accoudoir de sa chaise roulante.

— Tu viens me demander mon aide, et pourtant je me déplace avec ça. Qu'est-ce qui te fait croire qu'une légère claudication fait de toi un flic de deuxième catégorie ?

— Tu étais aux Mœurs. Tu te servais de tes neurones. Ça n'a jamais été mon cas.

— Tu as la tête sur les épaules. Tu es doué pour la stratégie. Tu es bon dans ce que tu fais, Mitch. Enquêter te semble peut-être fastidieux, mais tu lis dans les gens comme personne. Mieux que tes frères ou ta sœur. Utilise tes talents. Que disent tes tripes face à cette situation ?

— Qu'Emily mourra si je ne réussis pas à cerner ce qui se passe.

Il se laissa choir sur le canapé. Il ne l'avait jamais dit à voix haute, mais il en souffrait : s'il ne découvrait pas qui voulait la supprimer, il pourrait très bien perdre Emily, la seule femme qu'il ait jamais aimée.

— Ecoute tes tripes, répéta Paul. Pour l'enquête *et* pour elle.

— Tout se passe comme s'il y avait plusieurs entités en

jeu, et je ne vois pas quel est le lien entre elles. Perry en savait beaucoup, mais il est mort. Ses notes ne sont que quelques pièces disparates d'un énorme puzzle. Je sais qu'il y a une taupe au commissariat de Denver, mais j'ignore qui.

— Tu m'as interrogé sur Tanner… Ça pourrait être lui ?

Mitch secoua la tête.

— Non. J'ai confiance en lui.

— Pas besoin d'en dire plus. Ça me suffit.

Paul fit rouler son siège jusqu'à un bureau doté d'un équipement informatique de pointe.

— Depuis ton appel, je me suis lancé dans quelques investigations. La situation financière de Tanner est clean, mais j'ai relevé les noms de quatre flics dont l'emploi du temps présente des aspects intéressants. Deux étaient en service le soir de l'évasion de Ghost : Vance et Lincoln. Je continue à chercher.

— Merci, Papa. Appelle-moi si l'un ou l'autre fait tilt.

— Promis. Et, Mitch…

Approchant de lui sa chaise roulante, Paul gratifia son fils d'une taloche sur la nuque.

— Aurais-tu oublié ce que je t'ai appris sur les femmes ? Si tu tiens à elles, quelle est la chose à ne jamais, jamais faire ?

Décidément, son père avait gardé intact son côté sermonneur.

— Leur mentir. Ouais. Je sais.

Il se retourna.

— Que devais-je faire ? Si je lui avais dit la vérité, elle m'aurait purement et simplement chassé de sa vie. Personne ne la croyait. Elle avait besoin de moi…

Il s'interrompit, puis ajouta :

— Elle a toujours besoin de moi.

— Tu as couché avec elle.

L'accusation fit mouche. Mitch se massa l'arête du nez.

— Oui. Je n'ai pas pu lui résister.

— Tu as déjà fait des trucs plus intelligents…

Son père contempla une photo de sa mère.

— Mais je comprends. Lorsqu'elles vous sourient, certaines femmes transforment votre cerveau en gélatine.

— Tu crois que j'ai une chance de sauver les meubles ? Je l'aime beaucoup, Papa. Je veux dire, je l'aime.

— Ramper, ça marche bien.

— J'ai essayé. Elle m'a envoyé bouler.

— Prouve-lui qu'elle peut te faire confiance, puisque c'est ce qu'elle veut. C'est précieux, la confiance.

— J'ai déjà bousillé ça.

— Alors convaincs-la que tu regrettes, que tu as réfléchi. Qu'elle a trop de valeur à tes yeux pour que tu la perdes.

Tout en regagnant son pick-up, Mitch se pencha sur le passé proche. Quatre ans plus tôt, il n'aurait jamais imaginé devoir réclamer l'aide de son père pour une affaire. Bizarrement, depuis sa blessure, l'ancien sergent était devenu un enquêteur de première force.

Mitch préféra ne pas s'attarder sur ce que cela impliquait. Il grimpa dans le pick-up au moment même où un SUV s'arrêtait dans l'allée de la maison.

Son frère Chase et sa sœur Sierra en descendirent, le visage crispé, visiblement en colère.

Mitch les accueillit sur la pelouse.

— Noah vous a appelés ?

— Notre frangin est un idiot, dit Chase d'un ton rugueux.

Sierra secoua la tête.

— J'aurais dû savoir qu'il se passait quelque chose de louche quand les gadgets de Papa sont devenus plus pointus que les miens. Il va bien ? Vraiment ?

— Oui. C'est nous qui avons besoin d'une petite mise à niveau, répondit Mitch. Allez lui parler. Vous en apprendrez peut-être plus que vous ne l'escomptiez. Il faut que je file.

Sierra posa sa main sur son bras.

— Tu n'es pas encore blessé, si ?

Il l'embrassa sur la joue.

— Pas de la façon que tu crois, petite sœur.

Son frère lui adressa un regard perplexe, mais il secoua la tête. Ils pourraient parler plus tard. Enfin, peut-être… Chase avait ses propres démons à affronter.

Tandis que son frère et sa sœur remontaient le trottoir vers la maison, Mitch regagna le pick-up et jeta un coup d'œil à la tablette. Emily était au refuge de sœur Kate. Le point rouge ne bougeait plus. Il écrasa son accélérateur et mit le cap sur le commissariat. La prochaine heure n'allait pas être rigolote.

Le commissariat de police de Denver, un endroit où Mitch s'était toujours senti chez lui, devint soudain tout sauf accueillant. Debout dans le bureau de Tanner, il faisait face à son supérieur, dont le visage était cramoisi.

— Vous devriez vous détendre un peu, chef. Vous allez péter une durite.

— Que vous est-il passé par la tête, nom de Dieu ?

— Il y a une taupe dans nos services, et j'ignorais à qui je pouvais faire confiance. Je ne pouvais à aucun prix risquer la vie d'Emily, ni perdre la trace de son fils.

Tanner arpenta son bureau d'un pas nerveux.

— Je pensais que nous nous étions compris, Bradford. Vous m'avez laissé croire que vous me faisiez confiance. Et voilà qu'après que je vous ai demandé de ne pas quitter la ville et encore moins le Colorado, vous disparaissez sans crier gare et vous mettez Emily en danger. Vous vous fichez de moi ?

— Nous avions peut-être retrouvé son fils. Je ne pouvais pas laisser s'envoler cette possibilité.

Son chef passa la main dans ses cheveux ras.

— Ça m'apprendra à confier une affaire importante à un foutu intérimaire.

— Que voulez-vous dire ? s'étonna Mitch.

— Je veux dire que nous savons tous que vous nous quitterez après le veto des toubibs pour votre réintégration au SWAT. J'ai vu votre dossier, Bradford. C'est inéluctable, mais personne n'a le courage de vous le dire en face.

— Vous n'en savez rien, protesta-t-il. Grâce à Emily, l'état de ma jambe s'améliore. Je peux revenir au niveau.

Même à ses propres oreilles, ces mots sonnaient faux.

— Vous êtes sûr que c'est le genre d'aide qu'elle vous fournit ? Elle est votre mission. Pas votre passe-temps.

Mitch l'empoigna par le col de sa veste.

— Taisez-vous !

L'inspecteur lui saisit les poignets et l'écarta.

— Calmez-vous ou je vous enferme, quelle que soit la sympathie que je peux avoir pour vos raisons ! Vous serez affecté à un travail de bureau jusqu'à ce que j'en aie décidé autrement. Compris ?

— Pas question que je laisse Emily en rade. Perry Young était peut-être un alcoolique et un joueur, mais il avait raison. Cette affaire est grosse et ne sent pas bon du tout.

— OK, souffla Dane. Je mettrai quelqu'un d'autre dessus. En revanche, vous, vous êtes sur la touche. A partir de cet instant.

Mitch s'y était attendu, mais devait-il en éprouver de la colère ou du soulagement ?

— Alors je prends un congé maladie.

Il pivota sur ses talons et ouvrit la porte.

— Vous avez épuisé vos droits ! lança son chef.

— Dans ce cas, un congé sans solde. Quoi qu'il en soit, je suis en vacances.

12

Dans le refuge de sœur Kate, Emily s'allongea sur l'un des lits jumeaux de la petite chambre, son sac à ses côtés. Elle sortit la photo de Joshua et dessina du doigt le contour de son visage. Elle avait été si près de le tenir entre ses bras… Dans son imagination. Mais pas dans la réalité.

— Est-ce que je t'ai perdu, Joshua ?

Des coups timides furent frappés à la porte.

La main d'Emily trouva aussitôt l'acier froid de son arme dans le sac.

— Entrez.

Heather pointa sa tête à l'intérieur.

— J'ai appris que vous étiez revenue.

Emily lui fit signe d'entrer et étudia son visage.

— Les ecchymoses ont un peu pâli, observa-t-elle.

Heather toucha ses pommettes.

— J'ai décidé de ne pas retourner avec lui.

— J'en suis heureuse, répondit Emily, rangeant la photo de Joshua sous l'oreiller. Tu mérites mieux. Nous méritons toutes dans notre vie quelqu'un qui pense à nous avant de penser à lui-même.

— J'ai fini par le croire.

Heather tira sur son bustier de grossesse.

— Sœur Kate m'a présentée à cette agence dont vous m'avez parlé. Ils disent qu'ils peuvent trouver un bon foyer pour mon bébé.

— Qu'en penses-tu ? s'enquit Emily.

— Je n'ai pas de travail, et ma famille ne peut pas m'aider, répondit-elle, les yeux gonflés de larmes. Je ne pourrai pas m'en occuper. La meilleure solution est de la donner en adoption, n'est-ce pas ? Est-ce que ça fait de moi une mauvaise personne ?

Emily se leva et prit la jeune fille dans ses bras.

— Je crois que ça fait de toi une mère qui aime son enfant.

— Je veux que mon bébé vive dans une famille qui l'aimera, mais j'ai besoin d'en être sûre. Snake va m'en vouloir à mort, ajouta-t-elle en s'essuyant les yeux.

— Snake ? C'est le nom de ton copain ?

— Son pseudo. Un type était prêt à payer vingt-cinq mille dollars si notre bébé était blond. Vous imaginez ça ? Snake a donné son accord. Pour une telle somme, il aurait fait n'importe quoi.

Heather caressa son ventre.

— Même vendre sa fille.

La main d'Emily s'immobilisa dans son dos.

— Il faut que je lui parle, dit-elle. Tu accepterais de l'appeler pour moi ? Et de lui mentir ?

Heather hésita, l'air apeuré.

— Il faudra que je le voie ?

— Non. Mais je dois savoir qui est impliqué dans ce trafic, Heather. Ton copain est peut-être le fil pouvant mener à mon petit garçon.

— Vous avez été si gentille avec moi, madame. Je vais l'appeler.

— Va chercher ton téléphone pendant que j'écris ce que tu dois dire.

Le cœur d'Emily battait à grands coups dans sa poitrine, et une flamme d'espoir se ralluma en elle.

Le plan était simple : un mari blond scandinave voulait une petite fille aussi blonde que lui. L'agence entrait en contact avec Snake. Oui, le jeu en valait la chandelle…

Elle considéra les vêtements d'Heather. En aucune façon, elle ne pouvait la présenter comme une jeune femme riche désireuse d'avoir un bébé. Un saut chez elle s'imposait.

Une demi-heure plus tard, Emily avait en main les clés de l'antique Impala de sœur Kate. Celle-ci avait d'abord refusé de la lui prêter, mais Emily avait assuré qu'elle reviendrait très vite. Le temps de s'adapter au changement de vitesses, elle roulait vers sa maison.

En atteignant le virage, elle inspira à fond. La croix d'Eric était toujours nue.

— Que savais-tu, Eric ? Que m'as-tu caché ?

Le petit mémorial n'avait pas la réponse. Elle non plus. Elle s'engagea dans sa rue et étudia la maison qu'ils avaient achetée ensemble. Une bande jaune de scène de crime barrait la porte, mais ce n'était pas cela qui allait l'arrêter. Sa clé glissa aisément dans la serrure, et elle pénétra chez elle.

— Je savais quc tôt ou tard vous reviendriez.

Emily se pétrifia. Ghost se leva du canapé. La table basse était jonchée de bouteilles de vin vides, de paquets de crackers, de fromage et de détritus divers.

Emily serra son sac contre elle, rassurée par la présence du pistolet à l'intérieur.

— Je vois que vous vous êtes installé comme chez vous, dit-elle lentement.

— Un boulot à terminer, répondit-il avec un rictus arrogant.

— Quelle coïncidence.

D'un geste vif, Emily sortit le Glock et le braqua sur lui.

Ghost se figea, et la façon dont il lui sourit lui donna une idée de la manière dont il s'y prenait pour convaincre toutes ces gamines de se séparer de leurs bébés.

— Qui est votre contact ? demanda-t-elle. Où emmenez-vous ces filles ?

— J'ai beaucoup de contacts, madame Wentworth. Un certain officier de police que vous connaissez bien, par exemple.

Elle secoua la tête.

— Mitch ne se…

— Intéressant, la coupa-t-il, sans cesser de sourire. Vous avez cru que je parlais de votre amant. Ç'aurait pu être son chef, ou n'importe qui d'autre. Il est difficile de distinguer les bons des méchants de nos jours.

— Je sais à quelle catégorie vous appartenez, répliqua-t-elle avec dégoût. Vous profitez de ces adolescentes vulnérables.

— Des petites putes. Elles ont exactement ce qu'elles veulent. L'argent, mais pas un chiard dont il faut s'occuper. En fait, je leur rends service.

Ghost se saisit d'une des bouteilles, la leva et fit mine de l'examiner.

— Vous voulez votre fils ?

Emily opina du chef, sans baisser son arme.

— Vous feriez n'importe quoi, n'est-ce pas ? poursuivit Ghost avec un sourire narquois.

— Oui.

Elle réprima son excitation et s'efforça de rester calme. Elle pouvait le faire. Pour Joshua.

— Alors venez avec moi. Venez avec moi, et je vous montrerai où est votre fils.

Peut-être mentait-il, mais depuis le début elle en était persuadée : Ghost pouvait la mener jusqu'à Joshua.

— Je garde mon arme.

Il fit un pas vers elle.

— Oh non, je ne crois pas.

Sans cesser de sourire, il écarta la table d'un coup de pied.

— Vous n'avez pas assez de tripes pour tirer.

Avec un hurlement sauvage, il se propulsa vers elle, les bras écartés.

Emily pressa la détente.

Mitch considéra sans y croire l'écran de la tablette. Sœur Kate avait promis de garder l'œil sur elle. Pourquoi Emily était-elle retournée à sa maison ? Il accéléra brutalement. Au même moment, la radio « empruntée » au commissariat se mit à crachoter :

— Coups de feu signalés…

Et le standard donna l'adresse d'Emily.

Mitch jura et écrasa la pédale. Emily était peut-être blessée, ou pire. S'il lui arrivait quoi que ce soit…

Il ne pouvait supporter cette idée. Ce serait à cause de lui. Il aurait dû l'enfermer à double tour, quitte à ce qu'elle le haïsse ensuite.

Des sirènes de police miaulèrent derrière lui tandis qu'il gravissait la côte à vitesse excessive, mais il s'en fichait. Qu'ils l'arrêtent… une fois qu'il aurait l'assurance qu'Emily était hors de danger.

Concentré sur la négociation des virages, il manqua de percuter une vieille Impala cabossée qui roulait en sens inverse. Un bip puissant retentit sur le siège passager. Il jeta un œil à la tablette. Emily se déplaçait de nouveau. Il venait de la croiser !

Son regard vola vers son rétroviseur. Les feux arrière de l'Impala venaient de disparaître après le virage derrière lui. Son téléphone sonna. Tout en cherchant un endroit où opérer un demi-tour sur cette route de montagne, il activa le haut-parleur.

— Que fabriquez-vous ? aboya Tanner. Des agents sont à la poursuite de la voiture de Noah, avec vous au volant, je présume ! Et l'on a signalé des coups de feu à l'adresse d'Emily Wentworth. Vous êtes viré !

— Très bien. Virez-moi. Emily était chez elle, mais elle se dirige actuellement vers la ville. Elle ou son téléphone.

— Comment le savez-vous ?

— Il est muni d'un mouchard.

— Restez branché dessus. Si Emily est dans la voiture, je veux le savoir. Nous fouillerons la maison, ensuite je vous rappelle. Mais, Bradford, nous aurons une longue conversation avant que je vous reprenne.

— Dane…

Mitch devait une fois encore se fier à son instinct.

— Demandez au lieutenant Decker de choisir les hommes de l'équipe d'intervention. J'ai confiance en lui. En personne d'autre.

— Entendu. Je reste en contact.

Mitch laissa tomber le téléphone sur son siège.

Pendant dix minutes, il suivit l'Impala sans réellement

parvenir à la rattraper. A l'évidence, son chauffeur connaissait le centre de Denver comme sa poche.

Son téléphone sonna de nouveau.

— Emily n'est pas là…, annonça Tanner d'une voix hésitante.

L'estomac de Mitch se crispa.

— Mais…

— Mais la maison est sens dessus dessous, répondit Tanner. Il y a du sang dans le séjour. Quelqu'un a été blessé.

Serrant avec force les mains sur le volant, Mitch baissa les yeux sur la tablette.

— D'après l'écran de mon pisteur, la voiture est arrêtée.

— Où êtes-vous, Bradford ? Le lieutenant et son équipe sont en stand-by.

— Je me dirige vers la Cinquième et Colfax.

L'Impala apparut alors, puis deux silhouettes qui disparurent dans un immeuble condamné. L'une mince, avec un déhanchement qu'il aurait reconnu n'importe où. Merci, mon Dieu. Son cœur se remit à battre pour la première fois depuis l'annonce de Tanner concernant les coups de feu.

— Je viens de la voir. Avec un grand type en trench-coat. Ça pourrait être Ghost. Ils sont entrés dans ce vieil immeuble désaffecté, sur la Sixième.

— Je connais. J'envoie l'équipe. Attendez-nous, Mitch.

— Tant que j'en suis capable.

Il raccrocha. Sans autre source de renseignements, il nageait dans le brouillard. Il ne savait qu'une chose : Emily était piégée dans cet endroit.

Remontant son col, il descendit la rue et dépassa l'Impala. Des traînées rouges maculaient le siège avant. Du sang.

Ghost colla le pistolet dans les côtes d'Emily. Elle franchit en titubant l'entrée de l'immeuble décrépit. Toutes les fenêtres, sauf une, étaient obturées par des planches. L'endroit semblait abandonné.

— Aidez-moi à monter, ordonna-t-il d'une voix sourde.

Premier étage, première porte à gauche. Ne parlez à personne, ou tout le monde meurt.

Tandis qu'ils gravissaient péniblement les marches, Emily étudia la disposition des lieux et le visage de chaque jeune fille qu'ils croisèrent. Ils pénétrèrent dans la pièce indiquée.

Un homme à la mâchoire carrée et à la coupe militaire apparut derrière eux et les suivit à l'intérieur.

— Il t'est arrivé quoi ? grogna-t-il. Et elle fait quoi ici ? T'es devenu fou ?

— Tais-toi, Vance ! lâcha Ghost en se laissant tomber sur le lit.

Il écarta une main ensanglantée de son flanc.

— Cette garce m'a tiré dessus, mais j'ai pu la désarmer et la prendre avec moi. Apporte-moi du désinfectant et tout ce qu'il faut, tu veux ?

— Tu veux voir le Doc ?

— Non. La balle m'a seulement éraflé. Il me faut juste un ou deux pansements.

Ghost s'adossa à la tête du lit, le pistolet toujours braqué sur Emily.

— Dès qu'elle nous aura dit ce qu'elle sait, nous lui réglerons son compte. Il faudra aussi que je me débarrasse de ce gosse, Ricky. Il continue à fourrer son nez partout.

Il se tourna vers Vance.

— Tu aurais dû t'en occuper depuis longtemps.

— Ferme-la ! maugréa l'autre.

Tandis qu'il remettait à Ghost le petit matériel médical, un étui sortit légèrement de sa poche. Le flic véreux du commissariat, c'était donc lui, comprit Emily.

Il la fixa d'un regard sombre.

— J'avais une cible prioritaire, mais les tirs d'avertissement n'ont pas suffi apparemment… Bon, ça n'a plus d'importance maintenant. Quand notre affaire là-haut sera bouclée, Ricky ne nous gênera plus. S'il ne s'écrase pas, sa grand-mère et lui recevront de la visite. Qui se souciera d'une vieille et d'un gamin des rues ? Je placerai chez eux de la drogue ou autre chose.

Emily frissonna. Tout cela faisait partie d'un plan bien calculé. Elle qui avait pensé pouvoir raisonner l'un ou l'autre... Ce flic était vraiment corrompu jusqu'à la moelle.

— Aujourd'hui, ce sera deux pour le prix d'une, persifla Vance, l'œil amusé. En attendant, on évite de s'exposer.

— Combien de temps avant qu'elle y passe ? demanda Ghost.

— Quelques heures, peut-être moins. Mais le patron ne veut pas que ça se fasse ici. La dernière fois, Marie a grillé un fusible. Cette idiote a volé mes données sur notre douce invitée...

Il hocha la tête en direction d'Emily.

— Puis elle est allée trouver ce poivrot de détective. Elle lui a presque tout raconté. Le Doc ne veut plus de cafouillage de ce genre. Nous les tuerons ailleurs.

L'homme parlait d'assassinats comme s'il évoquait la météo. Pour autant, un calme étrange gagna Emily. Elle n'avait que quelques heures pour trouver une issue. Et dans le pire des cas, un moyen de transmettre un message à Mitch. Envers et contre tout, elle en restait persuadée : il continuerait à chercher Joshua, même si elle n'était plus là. Mais il lui fallait plus d'informations.

— Vous m'avez promis que vous me diriez où est mon fils.

— J'ai menti, répondit Ghost. Nous n'avons pas pris votre mioche. Mais vous posez trop de questions. Vous auriez dû vous occuper de vos affaires. Le bébé de Snake et Heather valait un demi-million de dollars. Blond, les yeux bleus. Nous l'avons payé pour qu'il la mette enceinte. Il a fallu que vous fassiez tout foirer.

La tête d'Emily lui tourna. Ils ignoraient où était Joshua ? Elle ne comprenait pas.

— Mais Perry...

— Young ? s'esclaffa Ghost. Cet abruti est tombé sur notre opération. J'ai dû l'éliminer, il en savait trop.

Non, cela ne pouvait pas arriver. Elle devait s'échapper, retrouver Joshua et avertir Heather. Se tortillant dans son fauteuil, elle serra son manteau sur elle et plongea les mains dans ses poches. Ses doigts touchèrent son portable. Elle les referma dessus et son regard vola vers les deux hommes. Si seulement ils la laissaient seule une minute. Mitch la trouverait. Il la sauverait.

Elle pouvait compter sur lui.

Cette vérité lui gonfla le cœur de respect et d'admiration. Elle pouvait compter sur Mitch Bradford. Il avait menti, mais il ne la laisserait pas tomber. L'un de ses doigts glissa vers la touche qui allumait le portable.

Vance lui attrapa le bras et la releva de force.

— Hé, qu'est-ce que vous faites ? Tu l'as fouillée, Ghost ?

— Elle m'a tiré dessus, je lui ai piqué son arme. Juste quand…

— Ben voyons.

Vance lui ôta son manteau et la palpa de haut en bas. Ses mains s'attardèrent sur ses seins, la faisant tressaillir. Il les écrasa odieusement, puis la repoussa d'un geste brusque dans le fauteuil. Peut-être ne regarderait-il pas ailleurs…

Mais il se saisit du manteau et en sortit le portable.

— Gros bêta !

Vance tapa plusieurs touches et consulta l'écran.

— Pas d'appels cette dernière demi-heure. T'as du bol d'être en vie, mon gars. Le Doc m'aurait tué, moi aussi, si elle avait amené les flics.

Du talon, Vance écrasa l'appareil, puis il le jeta dans un évier et fit couler de l'eau dessus. Son sourire satisfait anéantit une bonne partie de ce qui restait d'espoir à Emily. Elle s'était fourrée elle-même dans cette situation. Joshua ne saurait jamais à quel point sa mère l'avait aimé.

De son côté, Ghost achevait d'appliquer ses pansements, puis il baissa son pull ensanglanté.

— Bon, ça ira. Je me change, ensuite je sors abandonner la voiture. Prends soin d'elle.

Il remonta ses manches, laissant apparaître un tatouage rouge et vert représentant le diable. Une brutale migraine saisit Emily. Ça n'allait pas, pas du tout. Il manquait quelque chose.

Oh ! Seigneur. Ghost n'était pas l'homme d'un an plus tôt. Perry avait raison.

— Elle sera très bien ici, dit Vance.

Ils l'enfermèrent dans la pièce, et le cliquètement de la serrure scella son destin. Lorsque l'enfant de la pauvre fille serait né, elles mourraient toutes les deux. Mitch n'était pas au courant pour Ghost ou Vance.

A moins qu'elle ne trouve un moyen de sortir.

Mitch avait exploré tout le périmètre de l'immeuble sans trouver la moindre ouverture. Bizarre. D'habitude, un bâtiment désaffecté n'était pas aussi protégé. Une vraie forteresse. Toutes les fenêtres étaient obturées. Impossible de connaître le nombre de personnes à l'intérieur. Il avait besoin d'en savoir plus. Emily avait disparu cinq minutes plus tôt. Une éternité.

Bon sang, comment allait-il pénétrer là-dedans ? Il devait se montrer intelligent, ou elle était morte.

Un fourgon noir qu'il connaissait bien s'arrêta dans une ruelle voisine. Oui !

Le lieutenant Decker en sauta, imité par ses collègues du SWAT. Mitch se faufila comme une ombre dans la ruelle.

— Allez, briefe-moi, dit Decker tandis que son équipe s'agglutinait autour de Mitch.

Celui-ci livra un rapport le plus complet possible. Le lieutenant hocha le menton à l'adresse d'un des hommes, Reynolds, spécialiste des irruptions en force.

— Trouve-nous un accès.

— Vous l'avez, lieutenant.

— Je grimpe là-haut ? proposa Mason, le tireur d'élite, en désignant le toit du bâtiment en face.

— Parfait, approuva Decker. Tu surveilleras toute l'activité.

— Notre otage peut-elle nous aider ? s'enquit Reynolds.

— Elle se croit seule sur ce coup, répondit Mitch. Avec de bonnes raisons pour ça. Elle ne fait pas confiance aux hommes du commissariat.

— Génial, marmonna Decker. Et à toi ?

— Pour lui sauver la vie, peut-être. Pour le reste, non.

Le lieutenant haussa un sourcil.

— Dans quel merdier tu t'es fichu, mon pote ? J'ai appris que Tanner avait voulu t'affecter à la paperasserie, ce matin.

— C'est une longue histoire.

La voix de Mason les interrompit sur la radio.

— En position, *alpha leader.*

— Dix-quatre.

Greggson, le second spécialiste des irruptions en force, s'approcha des deux hommes.

— Quel est le risque si l'on fait une attaque-bélier ?

Mitch se tourna vers lui.

— Ghost, le gars dont je pense qu'il l'a prise en otage, embobine des filles enceintes dans la rue. Après quoi, on ne les revoit plus. L'une d'elles, Kayla Foster, est actuellement portée disparue. Une autre a été retrouvée morte après son accouchement.

Greggson jura.

— Sympa, le bonhomme…

— Il y a peut-être plusieurs filles enceintes dans cet immeuble, avertit Mitch. Il faut entrer avec prudence.

— *Alpha one à alpha leader*, crépita la voix de Mason. Un mouvement au premier étage. La fenêtre à l'angle sud-est. Quelqu'un a décloué une planche.

Mitch arracha les jumelles du lieutenant et zooma dessus. Des yeux bleus regardaient par l'ouverture. Des yeux cobalt, qu'il connaissait par cœur.

— Emily, souffla-t-il. Elle est incroyable.

Les doigts d'Emily se glissèrent sur le bord de la seconde planche.

— Elle doit se servir d'un levier quelconque pour les ôter, supposa Mitch.

Decker lui reprit ses jumelles.

— En supposant qu'elle est enfermée, et je doute qu'elle tenterait de sortir par une fenêtre du premier si ce n'était pas le cas, introduire quelqu'un dans la pièce peut nous offrir un avantage.

— Je peux y aller et la faire sortir, proposa Mitch.

— Et ta jambe ?

— Ça ira. Ne t'inquiète pas.

Decker l'étudia quelques instants.

— D'accord.

Il lui remit une oreillette et une sacoche à outils noire.

— Va te mettre en position. Reynolds et Greggson vont te hisser jusque-là.

Deux minutes plus tard, dûment harnaché, Mitch marchait sur la façade de l'immeuble. Aucune alarme ne se déclencha. Les gens à l'intérieur avaient dû s'imaginer que des ouvertures condamnées suffiraient à éloigner les curieux. Arrivé à la fenêtre, il fit un mouvement coupant de la main à l'intention des hommes sur le toit. Il était suspendu à dix mètres du sol. Les extrémités des doigts d'Emily étaient serrées sur les bords de la seconde planche.

— Emily ?

Elle passa à demi la tête dehors. Lorsqu'elle le vit, ses yeux s'arrondirent, puis s'adoucirent de soulagement.

— Je savais que tu viendrais.

Elle lui sourit. Le cœur de Mitch martela joyeusement sa cage thoracique.

— Recule, lui dit-il.

Elle acquiesça et s'éloigna de la fenêtre. Par quelques mouvements adroits, il ôta le reste des planches et se glissa à l'intérieur.

A la seconde où il posa le pied dans la pièce, Emily se jeta à son cou. Il l'enlaça et la tint serrée dans ses bras.

— Est-ce que ça va ? Tu n'es pas blessée ?

Elle secoua la tête et s'accrocha plus fort à lui, comme si elle voulait ne jamais le laisser partir.

— Il y avait du sang chez toi, dit-il d'une voix dure.

— Celui de Ghost. Je lui ai tiré dessus.

Il l'écarta de lui pour se débarrasser de son harnais, incapable de cesser de sourire.

— Tu es une femme… époustouflante.

Il l'étreignit de nouveau, savourant le contact de son corps mince, de ses seins pressés contre son torse.

— Ils ont l'intention de me tuer, murmura-t-elle. Ainsi qu'une autre fille. Elle va avoir son bébé, et après l'accouchement ils vont nous supprimer toutes les deux. Nous devons l'aider.

Mitch prit une dernière inspiration, huma son parfum, la serra une ultime fois contre lui, puis s'écarta.

— Combien il y a de filles ? Et combien de personnes pour les garder ?

— Je l'ignore. J'en ai entendu certaines rire dans le couloir, donc je pense qu'elles ne sont pas toutes là contre leur gré. Il y a un officier de police, Vance. C'est lui qui a tué Perry. Lui aussi qui nous a tiré dessus en guise d'avertissement. Un médecin est là également, mais je ne l'ai pas vu. Et Ghost, mais il a dit qu'il sortait déplacer la voiture de sœur Kate.

— Voilà un bon résumé de la situation, observa Mitch, admiratif.

Il transmit les informations au lieutenant Decker, puis se pencha sur Emily et l'embrassa.

— Nous allons sortir tout le monde d'ici. Je te le promets.

Il s'agenouilla devant la porte et testa la serrure.

— Je voulais te faire prendre le même chemin que moi, mais l'équipe du SWAT est déjà en position. Nous n'avons pas le temps.

— Elle est fermée à double tour.

— Ce n'est pas un problème, assura-t-il.

Sortant de sa trousse une petite pince coudée, il la glissa dans la partie basse du trou, puis inséra une tige au-dessus. Au deuxième essai, la serrure céda. Il ressortit la tige et tourna doucement la pince.

— Et voilà.

— Tu as appris ça au SWAT ?

— Pas du tout. C'est Noah qui m'a montré ce truc pour rentrer en douce à la maison, quand j'avais quatorze ans.

Il avisa Decker de ce nouvel élément.

— Nous ne bougeons pas pendant quelques minutes, expliqua-t-il à Emily. Les gars sont postés près de la porte et attendent Ghost. Dès qu'il sera sorti, ils entreront.

Emily le dévisagea.

— C'est cette vie-là que tu veux, n'est-ce pas ? L'action, l'adrénaline.

Il poussa un soupir.

— Je suis bon à ça. Et, oui, j'aime attraper les méchants.

— Tu y retourneras, Mitch. Bientôt, l'état de ta jambe te le permettra. Ce que tu veux, tu l'auras.

Il mêla ses doigts aux siens.

— Et si je te veux, toi aussi ?

Avant qu'elle ne puisse répondre, une soudaine agitation se fit entendre dans le couloir.

— OK, les filles. Rentrez dans vos chambres. On dirait que nous allons avoir un nouvel arrivant !

L'annonce joyeuse fit tressaillir Emily de répulsion.

— C'est le médecin. Le bébé s'annonce.

— Les minutes filent, mais il nous facilite la tâche, murmura Mitch. Si tout le monde est dans sa chambre, nous pouvons assurer la sécurité de cette pauvre gamine.

Il tapota son oreillette. Après un rapide échange d'informations, il se tourna vers Emily.

— Ils ont Ghost. Ils sont entrés et explorent les pièces l'une après l'autre. Tu restes ici. Ils vont venir te chercher.

— Où vas-tu ?

— Chercher ce médecin.

Il lui fourra une arme dans la main.

— Ne tire pas sur un membre du SWAT. L'officier Vance, en revanche… Il n'y a rien que je déteste plus qu'un traître.

Il se glissa sans bruit dans le couloir, chacun de ses gestes aussi dangereux que ceux d'un fauve.

Postée près de la porte, le Glock au poing, Emily s'attendit à des cris ou des bruits de fuite, mais un silence total régnait dans l'immeuble.

Quelques minutes plus tard, alors que sa main armée

était en proie aux crampes, la poignée de la chambre tourna sans bruit.

— C'est le SWAT, madame Wentworth, annonça quelqu'un à voix basse.

Un bras noir s'introduisit dans l'entrebâillement de la porte et, la seconde suivante, la délesta de son arme.

— Reynolds, annonça-t-il. Content de vous voir. Suivez-moi.

Emily sortit de la pièce, couverte par l'impressionnant collègue de Mitch. Quatre ou cinq filles enceintes descendaient l'escalier sous bonne escorte, deux d'entre elles portées par des membres du SWAT, une main plaquée sur leur bouche.

Vance apparut soudain, haletant, à l'angle du couloir. Il fonça sur Emily. Mitch le suivait, visiblement à la peine.

— Vance. Stop !

Reynolds poussa Emily par terre et la couvrit de son corps. Puis il visa le flic véreux de son arme.

— Salope ! hurla Vance, avant de se jeter sur elle.

13

Mitch percuta Vance par le flanc. Le policier s'écrasa par terre. D'un mouvement leste, Mitch le cloua au sol et lui replia de force les bras dans le dos. Il lui fallut toute sa volonté pour ne pas tuer séance tenante celui qui avait pris pour cible la femme qu'il aimait.

— C'est fini pour toi, ordure.

Reynolds se releva et aida Emily à en faire autant.

— Belle action, mon pote. Tu es de retour chez nous ?

— Pas encore.

La douleur qui lui incendiait la jambe n'augurait pas d'une réintégration au SWAT avant longtemps.

Posant un genou au sol, Reynolds passa les colliers autobloquants aux poignets de Vance.

— Où est le toubib, salopard ?

— Je ne faisais rien de mal, protesta Vance, l'œil mauvais. Je vous ai juste suivis à l'intérieur.

Emily s'approcha de lui. La fureur, nota Mitch, irradiait de toute sa personne.

— Vous alliez me tuer, dit-elle.

— Mensonge ! cracha Vance.

Mitch remit sans ménagement l'homme sur ses jambes, le plaqua contre un mur et referma les mains sur son cou.

Emily se précipita derrière lui et regarda le futur ex-flic par-dessus son épaule. Décidément, elle ignorait la peur.

— Vous savez quelque chose sur mon fils. J'en suis certaine.

Sa voix rauque avait pris un ton aigu, désespéré.

— Pauvre folle ! Votre fils n'a jamais été ici. Depuis

le début vous chassez le mauvais démon, ajouta Vance en éclatant de rire.

Elle s'affaissa contre le dos de Mitch.

— Non. Quelqu'un ici sait quelque chose, c'est forcé.

Mitch accentua sa pression sur la gorge de l'homme.

— Sauf si tu veux que je dise à tous tes codétenus que tu es un flic, dis-nous où se trouve le médecin. Si tu mens, tu ne dureras pas une semaine en prison.

Vance blêmit et se dégonfla en lâche qu'il était.

— Troisième étage, au fond. C'est insonorisé, pour que les autres filles n'entendent pas les hurlements.

— Comment est agencée la pièce ? demanda Mitch d'un ton sec. C'est possible d'y entrer sans mettre le toubib en alerte ?

Vance lui expliqua ce qu'il voulait savoir.

— Il attend la sage-femme. Elle n'est pas encore là, mais elle est censée frapper deux coups à la porte.

Mitch remit son prisonnier à un membre du SWAT, puis se tourna vers Emily.

— Va avec eux. Je veux que tu sois dehors.

Elle secoua la tête.

— Je peux t'aider. S'il attend vraiment une femme, je peux lui faire ouvrir la porte. Car s'il panique, tu risques de mettre la fille en danger.

— Elle a raison, admit Reynolds.

Mitch tenait à tout prix à éloigner Emily de l'immeuble, mais le temps leur était compté.

— Très bien. Fais sortir Vance. Emily, reste derrière moi.

Ils gravirent l'escalier jusqu'au troisième étage, où Greggson les accueillit.

— La voie est libre, dit-il. Mais venez jeter un coup d'œil par ici.

Ils le suivirent dans un local dont un mur était occupé par des dizaines de moniteurs, qui montraient chaque chambre de l'immeuble.

Mitch jura.

— Ils savaient que nous étions là ?

— Je ne pense pas, répondit Greggson. A notre arrivée, on a trouvé le local désert.

Toutes les pièces étaient vides, nota Mitch, sauf une. Kayla y était attachée à un lit, les jambes fixées à des étriers d'accouchement. Elle luttait pour se libérer.

— C'est Kayla Foster. On peut avoir du son ?

Greggson actionna deux interrupteurs et tourna un bouton. Un homme en blouse blanche d'hôpital souriait, mais son visage était froid, effrayant.

— Bien, ma petite emmerdeuse. Tu es suffisamment dilatée. Ce ne sera plus long, à présent. Dès que tu auras expulsé ta loupiote, nous nous débarrasserons de toi. Comme ta copine.

— Qu'avez-vous fait à Vanessa ?

Son front était trempé de sueur, et les larmes sillonnaient ses joues. Elle cria sous une nouvelle contraction.

— Tu n'as plus à t'en soucier. Contente-toi de pousser, ou j'utiliserai des moyens plus radicaux, menaça-t-il en se tournant vers un plateau d'instruments à ses côtés.

— Non ! Ne faites pas de mal à mon bébé, leur parvint la voix suppliante de Kayla par le haut-parleur.

— Ça suffit. Nous n'avons plus le temps, décida Mitch. On la sort de là maintenant.

Il prévint Decker et se tourna vers Emily.

— Je vais frapper. Tu t'annonces, puis tu t'écartes. Ça éloignera le médecin d'elle. Greggson, tu t'occupes de lui. Je m'occuperai de la fille.

Ils prirent chacun leur position. Mitch cogna deux fois à la porte et hocha la tête à l'adresse d'Emily.

— Docteur, c'est moi ! cria-t-elle, avant de se coller le dos au mur.

Le battant commença à s'ouvrir.

— Ah, il était temps.

— Go !

La voix de Greggson résonna dans l'oreille de Mitch. Ils se ruèrent ensemble à l'intérieur. Mitch atteignit Kayla au moment même où Greggson plaquait le médecin contre le mur et lui immobilisait les poignets.

Dès qu'il fut menotté, Emily se précipita vers Kayla, que venait de détacher Mitch. Elle la couvrit d'un drap, s'agenouilla à ses côtés et lui murmura des mots de réconfort. La jeune fille éclata en sanglots. Emily l'accueillit entre ses bras.

— Comment va-t-elle ? s'enquit Mitch.

— Les contractions s'accélèrent. Il faut l'emmener à un hôpital.

Mitch aboya un ordre. Greggson parla à Decker.

Quelques instants plus tard, des infirmiers plaçaient Kayla sur une civière. L'adolescente agrippa le bras de Mitch.

— Coach ? Pouvez-vous appeler ma grand-mère ? J'ai besoin d'elle.

Il écarta ses cheveux blonds de son front mouillé.

— Entendu, ma belle. Je préviens aussi Ricky.

Kayla secoua la tête sur l'oreiller de la civière.

— Je l'ai laissé tomber, geignit-elle.

— Il vous aime. Il croit en vous. Il savait qu'il se passait quelque chose de grave, c'est pour ça qu'il s'est lancé à votre recherche.

Une grosse larme roula sur sa joue.

— Le Doc a emmené Vanessa et je ne l'ai plus revue. Vous l'avez retrouvée ?

Mitch croisa le regard attristé d'Emily.

— Allons d'abord à l'hôpital. Nous t'expliquerons après.

Kayla essuya ses larmes.

— Ne vous fatiguez pas. Il l'a tuée, c'est ça ?

Elle tourna les yeux vers le médecin. Assis dans un coin de la pièce, celui-ci répondait de mauvais gré aux questions de Greggson.

— Tout est ma faute, soupira lourdement Kayla.

Emily se rapprocha d'elle.

— Non. On ne peut pas contrôler ce que font les autres.

— Vous ne comprenez pas… Vanessa et moi, nous avions changé d'avis, concernant nos bébés. Mais nous avons été stupides. Nous sommes allées le dire au médecin. Il s'est mis très en colère et il nous a dit que nous n'avions pas le choix.

Kayla se frotta les yeux et leva vers eux un regard hébété.

— J'ai dit à Vanessa que nous allions agir comme si nous nous étions résignées, mais attendre la bonne occasion pour filer. Ça a marché. Jusqu'au soir où nous avons voulu chercher du lait à la cuisine. Nous étions à mi-hauteur de l'escalier quand nous l'avons vu.

L'instinct de Mitch s'éveilla aussitôt.

— Vu qui ? Vance ? Le flic ?

— Non, pas lui. Un homme avec un tatouage. Il vociférait, disait qu'il lui fallait une signature. Il a menacé le Doc, qui a paru effrayé. Vanessa a eu alors une contraction, elle a lâché un petit cri, et le Doc nous a repérées.

Kayla s'essuya les yeux.

— Je ne l'ai jamais revue.

Mitch se pencha vers elle.

— Comment était ce tatouage ?

— C'était celui du gang de Ghost. Un diable rouge et vert sur l'avant-bras. Avec un ruban rose. Comme ceux de la lutte contre le cancer du sein. C'était bizarre.

— Attention ! cria soudain Greggson tandis qu'un lourd fracas retentissait dans la pièce.

Mitch pivota sur lui-même, plaçant Emily derrière lui pour la protéger. Le médecin projeta le plateau de matériel vers eux et se précipita vers la porte.

— Il m'a piqué avec une seringue, dit Greggson, une main sur son cou. Faites gaffe ! Il a dû s'emparer d'un scalpel. Il a coupé les colliers autobloquants de ses poignets.

Mitch jura et s'élança dans le couloir à la poursuite du médecin, tout en transmettant un message à Reynolds. Comment une situation sous contrôle avait-elle pu basculer aussi vite ?

La main sur la rampe, le médecin voulut dévaler les marches à toute vitesse, mais arrivé au premier il se courba en deux, essoufflé. Mitch les descendit deux par deux, chaque choc du pied envoyant une douleur cuisante dans sa jambe. Il le paierait, bien sûr, mais pour l'instant il s'en fichait. Il avait vu les photos de Vanessa prises par les techniciens. Pas question de laisser ce criminel s'en tirer.

Il était à deux doigts de l'attraper lorsque le médecin jeta un regard affolé autour de lui. Il bifurqua dans la chambre où Mitch et Emily s'étaient trouvés juste avant. Mitch le suivit.

— N'approchez plus !

Brandissant son scalpel, l'homme marchait de droite à gauche, très agité, cherchant une issue.

La voix de Reynolds résonna dans l'oreillette de Mitch.

— Mitch, essaie de savoir ce qu'il y avait dans cette seringue. Vite.

Il referma la porte derrière lui.

— Vous ne pouvez aller nulle part, Doc, et je ne suis pas d'humeur amicale. Alors, qu'y avait-il dans cette seringue ?

— De l'air, grogna le médecin. Si c'est bien fait, c'est le crime parfait.

— Vous avez entendu ? demanda Mitch dans son micro.

— Embolie gazeuse, répondit une voix. Il faut emmener d'urgence Greggson à l'hôpital.

— Il ne risque rien, dit le médecin d'un ton amer. Il n'y avait qu'une toute petite bulle. Je n'ai même pas eu le temps de toucher la veine.

— Vous avez de la chance.

— Oh oui ! Beaucoup de chance. Tout ce à quoi j'ai œuvré jusqu'à présent est parti en fumée. A cause de cette fouineuse d'Emily Wentworth.

Au même instant, Emily fit irruption dans la pièce.

— Qui est cet homme au bras tatoué, avec le ruban rose ? Celui dont vous avez si peur ?

Les yeux du médecin se dilatèrent et son visage prit un teint de cendre.

— Je ne parlerai pas. Ils me tueront.

— Je m'en doutais, s'écria-t-elle en se précipitant vers lui. Qui, *ils* ?

— Emily, non ! s'écria Mitch.

Mais le Doc lui avait déjà empoigné le bras.

— Ecartez-vous, ou je la tue. Je n'ai plus rien à perdre.

Posant la pointe du scalpel sur sa gorge, il recula vers la fenêtre.

Mitch le croyait. Il la tuerait.

— Doc, nous pouvons trouver un arrangement.

Le médecin ne l'écoutait pas. Il resserra sa prise sur le bras d'Emily et secoua la tête.

— Je n'aurais pas dû me laisser convaincre par Ghost d'aider ce type. De l'argent facile, prétendait-il. Un simple certificat de naissance d'aspect légal… J'ignorais qui il était vraiment. Comment j'aurais pu le savoir ?

— S'il vous plaît. Dites-le-moi, supplia Emily. Qui a mon enfant ?

Dans son regard brillait cette lueur désespérée que Mitch y avait déjà vue. Elle se cabra contre le médecin. Il jura entre ses dents. La lame lui entailla le cou. Le sang perla. Elle déglutit, et ses yeux devinrent vitreux. Mitch reconnaissait les signes. Un soudain flash. Aveugle, elle gigota avec frénésie entre les bras de son ravisseur.

— Ecartez-vous de moi ! hurla-t-elle. Non ! Je ne vois pas votre visage. Ne me tuez pas. Ne me volez pas mon bébé !

Les larmes lui inondèrent les joues. Ses cris de détresse étaient déchirants.

— Qu'est-ce qui vous prend, vous êtes folle ? grogna le médecin. Cessez de bouger ou je vous tranche la gorge.

Tout à coup, Emily s'immobilisa, le visage marqué d'une sérénité de mort. Le Doc fit un nouveau pas en arrière, l'emmenant. Mitch ne savait que penser : Emily était-elle en état de choc ou avait-elle, au contraire, recouvré ses esprits ? La situation pouvait exploser à tout instant.

— Je veux l'immunité et un statut de témoin protégé.

— Doc, lâchez-la et nous en discuterons.

Mitch avait parlé d'une voix calme et posée.

— Je n'ai pas le temps de discuter. Je ne peux pas vous laisser m'arrêter. Je ne durerai pas vingt-quatre heures en prison. Ils arriveront jusqu'à moi. Ils peuvent atteindre n'importe qui.

— Je vous crois. Mais vous devez montrer votre bonne foi. Je dois aviser mes supérieurs que vous êtes quelqu'un de raisonnable, que vous dites la vérité. Donnez-moi quelque chose. Un nom. Une preuve.

— Vous n'écoutez pas.

Il se rapprocha encore de la fenêtre, Emily en bouclier devant lui.

— Je vais sauter. Elle tombera avec moi.

— Non !

D'un mouvement brutal, Emily se projeta en avant, mais le Doc la retint. Au lieu de tomber au centre de la pièce, elle tournoya vers la fenêtre où il tenta de toutes ses forces de la pousser.

Horrifié, Mitch plongea. Il se reçut sur son mauvais genou, mais libéra Emily de l'homme, et ils s'étalèrent ensemble sur le sol. Le médecin trébucha contre eux. Emporté par son élan, il bascula par la fenêtre. Mitch l'accrocha in extremis par sa blouse, ignorant les élancements insoutenables dans sa jambe. Il ne devait pas s'évanouir ! Bon sang, si seulement il pouvait respirer à fond !

Emily joignit ses forces aux siennes et tira sur le vêtement tandis que le forcené pendait au-dessus du vide.

— Sauvez-moi ! hurla-t-il. Ne me laissez pas tomber !

Mitch lutta pour affermir sa prise sur la blouse, puis se rétablit sur les genoux en grimaçant de douleur.

— Donnez-moi un nom, exigea-t-il en tendant une main vers lui.

— Frankie…, haleta le médecin. Je vous en prie, aidez-moi.

Mitch rassembla ses forces, et avec Emily ils remontèrent l'homme presque jusqu'à lui toucher les mains. Un déchirement se fit entendre, et le tissu blanc céda. Affolé, Mitch tenta de saisir une autre partie de la blouse ou une main… Trop tard… Le médecin chuta en hurlant, et son crâne heurta le ciment en contrebas. Un silence lugubre tomba sur les lieux.

Penché par la fenêtre, Mitch contempla les yeux blancs, sans vie, qui le regardaient.

Emily le tira vers l'intérieur de la pièce.

— Nous avons fait tout ce que nous pouvions, dit-elle doucement.

— Ce n'était pas assez.

Il pivota entre ses bras et la serra contre lui.

Des cris venant d'en bas les arrachèrent à leur hébétude.

— Mitch ? Ça va tous les deux ? demanda Decker dans son oreillette.

— Oui. Nous descendons.

— Tu crois que ce Frankie est l'homme au tatouage ? s'enquit Emily.

— Aucune idée. Mais nous finirons par le savoir.

Il voulut se retourner, mais sa jambe se déroba sous lui tandis que des spasmes aigus lui transperçaient le genou et la cuisse. L'air vira au bleu vif. Il serra les dents et se redressa tant bien que mal en position assise.

Emily s'agenouilla devant lui.

— Un problème ?

Il lui offrit un pâle sourire.

— Non, rien. Mon genou a lâché. Donne-moi juste une minute. Ça va aller.

Il mentait sous la douleur, même si Emily n'était certainement pas dupe. Cette blessure risquait de tirer un trait définitif sur ses espoirs de retour au SWAT. Paradoxalement, il n'en était pas plus abattu que cela.

Le plus important, c'était qu'Emily soit saine et sauve. Il l'étreignit avec chaleur. Elle était passée si près de la mort.

— Ne t'inquiète pas pour moi, Emily. Je vais bien. Nous avons encore du pain sur la planche. Une agence d'adoption à démanteler, de nombreux bébés à retrouver. Mais pour le moment, il faut localiser Frankie et espérer qu'il est l'homme au tatouage.

Frank se rendit à son rendez-vous, les nerfs au bord de la rupture. Il avait été à cran toute l'année, mais la dernière semaine avait été un véritable enfer. Il entra dans le bureau de son oncle, et son estomac se vrilla en découvrant l'homme qui se tenait debout à sa droite.

Super, songea-t-il. *Vraiment super.*

— Oncle Sal. Monsieur Wentworth.

Son patron n'eut même pas un sourire.

— J'ai reçu un coup de fil intéressant d'un ami au commissariat, Frank. Une enquête est en cours, concernant un suspect dont le poignet s'orne d'un tatouage spécial.

D'un geste machinal, Frank couvrit de sa main l'extrémité du dessin coloré.

— Montre-le-moi, ordonna son oncle. Tout de suite.

Frank s'avança et remonta sa manche. Le diable rouge et vert le désignait comme membre d'un gang où il était entré alors qu'il n'était encore qu'un adolescent stupide.

— Je t'ai demandé de le faire enlever, dit son oncle.

— Il me rappelle ma famille, répondit Frank.

— Pourquoi le ruban rose ?

Frank considéra son oncle d'un air incrédule.

— Pour Francesca ? Ou l'aurais-tu oubliée ?

— Le cancer de ta sœur et son incapacité à avoir des enfants étaient une tragédie, d'accord. Mais ce genre de détail t'identifie. Surtout après ton petit exploit avec Emily Wentworth. Faire sauter sa voiture. J'ai reconnu ta signature dès que j'ai vu la nouvelle aux infos.

Frank détourna le regard.

— Elle ne voulait pas laisser tomber. Elle commençait à se souvenir du soir de l'accident.

— Un autre échec de ta part. Tu étais censé les tuer tous. C'était notre accord avec M. Wentworth. Maintenant, les flics cherchent ce tatouage parce que tu as eu la stupidité d'aller voir ce médecin pour le certificat de naissance. Tu as manqué à tes obligations. Je ne peux pas laisser passer cela.

William Wentworth s'avança vers Frank, menaçant.

— Qu'avez-vous fait du fils de mon frère ? Car le bébé n'est pas mort non plus, n'est-ce pas ?

Frank recula, jetant des coups d'œil furtifs à la porte. Pouvait-il y arriver ?

William l'empoigna par le cou.

— N'y pensez même pas. Je connais la réponse à ma question. Je me suis livré à quelques recherches et j'ai vite découvert la vérité, Frankie. Votre sœur en Oklahoma a adopté un petit garçon l'an dernier. Bizarre quand on sait le mal qu'elle s'est donné pour passer par les canaux légaux, sans succès. C'était perdu d'avance. Son cancer l'avait rendue stérile, tout en lui interdisant toute adoption.

William le repoussa d'un geste sec. Frankie se déplaça discrètement vers la porte. Plus que quelques pas…

— Oh non, je ne crois pas, Frank, dit son oncle en pointant un revolver sur lui depuis son bureau.

Frankie baissa les yeux sur l'arme.

— Oncle Sal ?

— Désolé, mon petit. Tu as commis une erreur de trop. La loyauté s'arrête là.

Le coup de feu partit, et une boule incandescente explosa dans sa poitrine. Horrifié, il agrippa le devant de sa chemise rouge de sang et glissa jusqu'au sol, une main tendue pour amortir sa chute.

Sal se tourna vers William.

— Mes gars viendront nettoyer ça.

— Il y a quinze ans, dit William, vous avez conclu un deal avec mon père. Il acceptait de blanchir votre argent dans notre entreprise, et en contrepartie vous nous protégiez. Vous avez échoué.

— Je sais. Mais ça peut toujours être arrangé, répondit Sal. Je m'occupe de tout.

— Frankie et vous avez eu votre chance, espèce d'idiot, cracha William. Je vais devoir stopper Emily moi-même, ou nous plongeons tous.

Sal se leva et ses yeux s'étrécirent.

— Ne me parlez pas sur ce ton, William. C'est votre frère qui a déclenché cette pagaille en faisant appel à ce détective. La loyauté n'existe pas dans votre famille ?

— La responsable, c'est elle, marmonna William. Mme Bons-sentiments. Eric nous a tourné le dos à tous. Pour elle.

Toujours au sol, Frank suivait leur conversation dans une demi-inconscience. Le sang bouillonnait de sa bouche.

William s'approcha de lui, enfila des gants et se pencha pour retirer l'arme glissée sous sa ceinture…

Puis William se retourna et fit feu.

— Désolé, Sal. Les derniers détails à régler.

Sal s'affaissa sur son bureau, puis tenta de soulever son revolver. William le lui arracha de la main.

— Ni l'un ni l'autre n'êtes indispensables !

La vie quitta les yeux de Sal tandis que le sang s'étalait autour de lui.

William plaça alors dans la main de Frank l'arme avec laquelle il venait de tirer, puis lui glissa son index contre la détente. Frank grogna.

— Encore en vie ? Bien.

Il pointa le revolver de Sal sur sa tête.

— Personne ne me ment sans le payer tôt ou tard. Mais dans le cas présent, Frankie, je vais rapidement abréger vos souffrances parce que je peux utiliser Joshua pour renverser la situation à mon profit. Grâce à vous, lorsque Emily Wentworth mourra, en même temps que les ravisseurs de son fils, à savoir Francesca et son mari, je deviendrai le héros qui a sauvé son neveu.

— Non !

Frank n'avait jamais voulu qu'il arrive quoi que ce soit à sa sœur. La fumée qui s'échappa du canon du revolver fut la dernière chose qu'il vit.

Je suis désolé, Francesca. Tellement désolé.

Alors qu'elle pénétrait dans le commissariat aux côtés de Mitch, tout son corps lui faisait mal, son cœur saignait de l'absence de son fils, et son esprit se rebellait contre son erreur. Emily avait été si sûre que le médecin savait où était Joshua. Malheureusement, il s'agissait d'une fausse piste. Sauf pour un nom.

— Nous sommes proches, dit Mitch. Je le sens.

— Je me suis trompée, pour le réseau d'adoption.

— Pas vraiment. L'homme au tatouage était là-bas. Nous avons un nom. Nous le trouverons.

La détermination de Mitch la surprenait. Elle peinait à comprendre. Il lui avait menti dès le début, et pourtant il continuait à se battre pour elle. Ses actes pouvaient-ils effacer sa tromperie ? Où se trouvait vraiment la vérité ? Dans ses paroles, ou ailleurs ?

— Tu ne rends jamais les armes, hein ?

— Ce n'est pas dans ma nature, répondit-il avec un petit haussement d'épaules.

— Alors, comment allons-nous trouver Frankie ?

— Le tatouage de Ghost est celui d'un gang, répondit-il. Nous inspecterons le fichier des membres qui ont fait l'objet d'une arrestation, et si on a de la chance, nous tomberons dessus.

Avec un sourire, il lui prit la main et la porta à ses lèvres. Emily frémit sous la chaleur de son contact, et son cœur s'apaisa. Ils retrouveraient Joshua. Ensemble. Il restait un espoir. Mitch le lui avait donné.

Elle observa sa mâchoire virile, et quelque chose enfla dans sa poitrine. Elle ne le connaissait que depuis quelques jours, mais en considérant leurs mains unies elle fut incapable d'imaginer sa vie sans l'avoir à ses côtés. Sans qu'ils forment ensuite une famille. Elle voyait un futur avec lui.

Elle s'arrêta net sur ses pas.

Oh ! Mon Dieu… Elle l'aimait ?

Il tourna les yeux vers elle.

— Que se passe-t-il ? Tu t'es rappelé quelque chose ?

Elle leva sa main et la posa sur sa joue.

— Tu es un homme incroyable.

Il fronça les sourcils.

— Nous ne l'avons pas encore retrouvé, Emily.

— Je sais, mais…

Elle s'interrompit. Dane Tanner s'avançait vers eux dans le hall d'accueil.

— Mitch. Emily. Il y a là une personne à qui vous aimerez certainement parler. Elle est dans la salle de conférences.

Emily soupira de dépit. Ce n'était pas le moment.

Après avoir suivi son chef, Mitch lui tint la porte ouverte, mais, à peine entrée, Emily se figea. Victoria Wentworth était assise à la table, les mains croisées, s'efforçant de paraître calme, mais ses yeux étaient rougis et ses doigts tremblaient. Ce n'était pas la Victoria qu'Emily connaissait.

La femme se leva, pas très stable sur ses jambes, mais plus fière que jamais. Elle lança un regard méprisant à Tanner.

— J'ai dit que je voulais parler à l'officier Bradford. Je suis ici à cause d'Eric, mais *elle* n'a rien à faire dans cette pièce. Si *elle* reste, je m'en vais, conclut-elle en se détournant.

Tanner poussa un long soupir.

Emily étudia la posture rigide de Victoria. Les rêves qu'elle avait pu nourrir du vivant d'Eric avaient été illusoires.

— Les choses auraient pu être si différentes entre nous, madame Wentworth, si vous l'aviez voulu. Nous avons toutes les deux perdu Eric.

— Vous m'avez volé mon fils, répliqua Victoria d'un ton froid.

— Vous l'avez repoussé, rectifia Emily. Il vous a toujours aimée. Il vous voulait dans notre vie. Il voulait que vous connaissiez Joshua. En fin de compte, c'est vous la perdante.

Sans un regard en arrière, Emily sortit de la salle de conférences.

Mitch lui emboîta le pas, une main dans son dos.

— Tout va bien ?

— J'attendais trop, répondit-elle avec un sourire attristé. Pourquoi faut-il que ce soit ainsi ?

Il l'embrassa sur la joue.

— Parce que tu essaies toujours de voir le meilleur chez les gens, quoi qu'ils fassent. C'est une des choses que j'admire chez toi.

Elle releva les yeux et referma ses mains sur les siennes.

— Retournes-y. Victoria n'est pas là pour moi. Pour qu'elle se rabaisse à venir au commissariat, il doit y avoir une bonne raison. J'attendrai.

Mitch se pencha contre elle.

— Essaie de te trouver un endroit calme et discret.

Il lui baisa le front, les yeux, puis, avec une grande tendresse, les lèvres.

— Il faut que tu te reposes. Maintenant que Vance est sous les verrous, le commissariat est sûr, en principe. Je fais aussi vite que possible. Ensuite, nous nous occuperons de l'identification de Frankie.

Il disparut dans la salle de conférences, la laissant seule dans le hall. Elle poussa un soupir et se dirigea vers l'espace d'attente. Au même instant, son beau-frère fit son entrée dans le bâtiment.

— Emily… Dieu merci, vous êtes là ! Je vous ai cherchée partout.

Il semblait excité et avait les joues rouges, loin de l'homme d'affaires posé et sûr de lui qu'elle connaissait.

— William, qu'y a-t-il ? Je sais que votre mère…

Il secoua la tête.

— Il ne s'agit pas d'elle, mais de Joshua. Je crois que nous l'avons trouvé !

Les genoux d'Emily s'amollirent, et son cœur s'emballa.

— Ce n'est pas possible, murmura-t-elle.

William la dirigea vers la sortie.

— Vous aviez raison depuis toujours, Emily.

Il baissa les yeux, l'air embarrassé.

— J'aurais dû soutenir vos recherches d'une façon ou d'une autre. Je n'aurais jamais dû écouter mon père ni ma mère. Il se passait des choses dans l'entreprise que je ne comprenais pas. Mon père…

Elle l'empoigna par le col de son manteau d'alpaga.

— Où est mon fils, William ? Où est Joshua ?

— Il faut être prudent. Je n'ai pas encore de preuves, et il reste plusieurs points à vérifier. Mais ce bébé… Il faut que vous le voyiez. Je crois que c'est Joshua. Il ressemble trait pour trait aux photos d'Eric au même âge. Voulez-vous venir avec moi ?

— Bien sûr, répondit-elle en ouvrant la porte. Mais qu'est-ce qui vous rend si sûr que c'est lui ?

William se hâta vers sa voiture, le visage vermillon.

— J'ai découvert qu'un de mes employés trempait dans des affaires louches : réseaux d'adoption, meurtres… J'aurais dû me méfier quand j'ai vu son tatouage…

— Quoi ? Il a un tatouage ? Décrivez-le-moi.

William eut une moue songeuse.

— Un symbole de gang… Un diable vert et rouge, mais avec un ruban rose autour. Pas le genre de choses qui conviennent dans nos bureaux, ajouta-t-il d'un ton distrait.

Emily vacilla sur ses jambes.

— C'est celui que j'ai vu le soir de l'accident, je m'en souviens. Il était sur le poignet de l'homme qui a enlevé Joshua. Un certain Frankie.

— Frank Mangino, dit William, la mâchoire crispée. Je crois qu'Eric a découvert qu'il nous volait et menacé de le renvoyer. Frank a répliqué en tentant de vous tuer et en kidnappant le bébé pour sa sœur, qui ne pouvait pas avoir d'enfants. J'ignorais qu'Eric voulait régler seul ce problème, Emily. Je vous jure que je l'ignorais.

Etait-ce la raison pour laquelle son mari était devenu si distant ? Parce qu'il s'était aperçu qu'un de ses employés détournait de l'argent de la société ? Elle s'appuya à William tandis qu'il l'accompagnait vers sa BMW. Le froid lui pinçait les joues. Elle jeta un coup d'œil au commissariat, derrière elle. Etait-ce pour cela que Victoria avait refusé sa présence dans la salle de conférence ?

— Puis-je emprunter votre téléphone ? demanda-t-elle d'une voix faible. Je veux envoyer un texto à Mitch pour lui dire où je vais. Il nous rejoindra.

— Bien sûr, répondit William avec un grand sourire. Mais j'ai une douzaine de mots de passe différents. On n'est jamais trop prudent, de nos jours… Donnez-moi son numéro, je vous programme ça.

Il lui ouvrit sa portière.

Emily se glissa sur le siège et attendit, impatiente, qu'il ait pris place derrière le volant et composé le numéro de

Mitch. D'une main tremblante, elle saisit l'appareil et écrivit son message.

Lorsqu'elle pressa la touche *envoi*, une demande de mot de passe apparut. Elle lui repassa le portable.

Il se fendit d'un sourire contrit.

— Pardon, s'excusa-t-il avant de taper quelques touches. Voilà, c'est fait.

Emily ajusta sa position dans le siège de cuir souple. Elle n'arrivait pas à y croire. Si ce qu'affirmait William était vrai, elle allait revoir son fils. Il semblait si convaincu. Elle regretta que Mitch ne soit pas là, mais elle imaginait d'avance son expression lorsqu'il la verrait avec Joshua dans les bras. Tout serait parfait.

— Merci, William, pour ce que vous avez fait.

— Le temps que nous y arrivions, mon père et les parents d'adoption devraient avoir atterri à notre aérodrome privé.

Il lui sourit d'un air affable et lui tapota la main.

— Allons accueillir Joshua.

Adossé au mur de la salle de conférences, l'œil rivé sur Victoria, Mitch avait du mal à contenir son exaspération.

— Maintenant, on ne joue plus. Qui, dans la société, pouvait autoriser ce genre de transfert, madame Wentworth ? Vous ? Votre nom figure sur de nombreux de comptes de l'entreprise. Pourquoi ?

Victoria se massa la tempe.

— J'ai obtenu mon master en administration des entreprises avant d'épouser Thomas. Quand nous nous sommes lancés, j'occupais le poste de directrice financière.

Elle leva les yeux vers Mitch.

— Il y a quinze ans, nous avons traversé une période difficile, et mon mari m'a évincée de mon poste. Mais je suis toujours associée.

Mitch ramassa les relevés qu'elle avait apportés et désigna du doigt un numéro surligné.

— Vous rendez-vous compte que vous nous avez fourni assez d'informations pour faire arrêter votre mari et votre fils ?

Il l'étudia un moment. Sa façade d'élégance commençait à se lézarder. Des cernes sombres lui soulignaient les yeux, et son maquillage semblait avoir été appliqué à la va-vite, loin de la perfection qu'il avait notée la fois précédente.

— Pourquoi êtes-vous venue, au juste ?

— Pour Eric, répondit-elle d'un air accablé, avant de secouer lentement la tête. J'étais certaine qu'Emily l'avait tué. Il y avait ce compte bancaire... Eric avait mis une grosse somme de côté à l'insu de tout le monde. Il l'a ouvert à son nom juste avant de mourir. Je suppose qu'il n'a eu le temps d'en parler à personne.

Elle se tamponna les yeux.

— Ensuite, je suis tombée sur les registres.

Elle posa le doigt à côté d'un des chiffres.

— Vous voyez ces initiales ? Ce sont celles d'Eric. Il était au courant, pour les transferts.

— Il était donc impliqué ?

Victoria secoua la tête avec véhémence.

— Mon Eric ? Impossible ! En revanche, mon mari et William auraient fait n'importe quoi pour assurer la prospérité de l'entreprise.

Mitch jeta un coup d'œil à Tanner, qui lui répondit par un petit hochement de tête. Ils pensaient la même chose. Eric Wentworth connaissait, ou avait découvert, les opérations de blanchiment d'argent et voulait y mettre un terme. Son coup de fil à Tanner, alors inspecteur chargé de la délinquance en col blanc, l'avait sans doute fait tuer.

Mais une question demeurait. Quel était le lien avec la disparition de Joshua ?

Mitch se pencha en avant.

— Madame Wentworth, connaissez-vous quelqu'un qui aurait sur le bras un tatouage rouge et vert, avec peut-être un ruban rose ? Ça ne doit pas passer inaperçu.

— Oh ! Mais oui..., répondit-elle en arrondissant les yeux. Ce jeune homme, l'assistant de William... Il en a un sur le poignet. Mon fils a beau lui faire porter des chemises à manches longues, parfois ça se remarque.

— Comment s'appelle cette personne ?

— Je ne l'ai rencontrée que deux ou trois fois… Frank, je crois… C'est cela. Frank Mangino.

— Frank, murmura Mitch. Bingo !

On frappa à la porte de la salle, et un policier en uniforme pointa la tête à l'intérieur.

— Inspecteur ? Nous venons de recevoir une info qui vous intéressera.

Mitch et Dane le rejoignirent dans le hall.

— Deux hommes ont été retrouvés morts dans le centre-ville, expliqua l'agent. L'un d'eux a un tatouage au poignet.

— Un diable rouge et vert, avec un ruban rose, ajouta Mitch, les tripes nouées de frustration.

Une autre piste. Envolée.

L'agent acquiesça.

— Tués par balles, tous les deux, mais les calibres sont différents.

Tanner pivota vers Mitch.

— Frank Mangino. Les cadavres s'accumulent. Quelqu'un fait tout pour ne laisser aucun témoin derrière lui.

Quelqu'un qui pensait pouvoir s'en tirer sans dommage après avoir supprimé des vies, songea Mitch. Il se rua dans la salle de conférences.

— Madame Wentworth, où sont votre mari et votre fils ?

Surprise, elle porta une main à sa gorge.

— Thomas a pris le jet au dernier moment pour voir un client, répondit-elle. Et j'ignore où se trouve William.

— Jusqu'où iraient-ils, l'un et l'autre, pour se protéger, madame Wentworth ?

Ses traits s'affaissèrent.

— Non, ce n'est pas possible. Jamais ils n'auraient…

Elle se laissa tomber sur sa chaise, les lèvres tremblantes.

— Je vous en prie, dites-moi qu'ils n'ont pas tué Eric.

Mitch attrapa sa veste et plongea son regard dans le sien.

— S'ils l'ont fait, ils le paieront.

Sans perdre une seconde, il regagna les bureaux.

— Je veux tout ce que nous avons sur Frank Mangino, aboya-t-il. Je veux également tous les projets de vol au nom de Thomas ou William Wentworth pour hier, aujourd'hui et demain. C'est urgent !

— Eh bien, vous voilà devenu un vrai inspecteur, persifla Dane. Qu'avez-vous en tête ?

— Emily ne rendra les armes que lorsqu'elle aura retrouvé son fils, et cela la rend dangereuse.

Saisi d'un mauvais pressentiment, il courut jusqu'à l'espace d'attente. Vide. Il consulta son portable. Pas de message. Elle fouillait peut-être leur base de données. Il retraversa le hall et ouvrit une autre porte. Personne. L'estomac noué, il se précipita vers le bureau d'accueil.

— Emily Wentworth, demanda-t-il au planton. Vous l'avez vue ?

— Oui, monsieur. Elle est partie avec un homme bien habillé, il y a une dizaine de minutes.

Le cœur de Mitch chuta comme une pierre dans sa poitrine. Il lui avait dit qu'elle serait en sécurité au commissariat.

Il s'était trompé.

14

A distance, le hangar privé des Wentworth paraissait très grand. Emily peinait à contenir son excitation, et tout son corps semblait sous pression comme une cocotte-minute. Elle sourit à William.

— Nous touchons presque au but. Je ne peux pas y croire. Je vais revoir Joshua. Enfin !

Se tortillant sur son siège, elle se pencha en avant et scruta l'horizon.

— Vous êtes sûr que c'est lui, n'est-ce pas ? Je ne pense pas que je pourrai supporter une autre déception.

— A quatre-vingt-dix-neuf pour cent, répondit William. Après une année, il a changé, c'est normal. Mais ce cauchemar sera bientôt terminé.

— Ses parents adoptifs savent qu'il a été volé ? Seigneur..., ajouta-t-elle en poussant un long soupir. Ils vont être anéantis.

Son cœur souffrait de toute l'horreur que chacun avait vécue à cause de cet homme qui avait tué Eric et volé son bébé. Une pensée terrible la frappa soudain.

— Et s'ils étaient mouillés dans le kidnapping, William ? On ne devrait pas attendre l'arrivée de Mitch et de la police ?

— N'ayez crainte, dit-il en lui tapotant le bras. J'ai veillé à tout.

Il s'engagea sur une route, et la façade du vaste hangar, avec son énorme porte coulissante, se dressa à quelques dizaines de mètres devant eux. Emily distingua des congères de neige sale qui se collaient aux flancs métalliques et des flaques de boue noirâtre sur le tarmac. William commença à ralentir.

Emily plissa les yeux.

— Qu'y a-t-il, là, devant le bâtiment ?

Le hangar se rapprocha, et la forme noire indistincte se révéla être celle d'un homme. D'un homme aux cheveux gris. Il luttait pour se lever et leur fit signe de la main.

Le reconnaissant soudain, Emily manqua de s'étrangler.

— Mon Dieu, c'est votre père.

Thomas Wentworth bascula de côté. Son torse était ensanglanté.

— William, il est blessé. Vite !

Son beau-frère écrasa l'accélérateur. La puissante voiture bondit en avant.

Emily serra les poings. Qui donc pouvait s'en être pris à Thomas ? Les parents d'adoption étaient-ils compromis depuis le début ? La panique lui oppressa le cœur.

— Mais… Et Joshua ? Où est-il ? Je ne vois personne.

Folle d'angoisse, elle scruta les lieux à la recherche d'un autre véhicule, d'un mouvement quelconque.

A quelques mètres d'eux, Thomas se redressait avec peine sur un coude. Il tenait un objet sombre à la main. Qu'il pointait sur leur voiture.

— Une arme ! s'écria-t-elle.

William braqua sèchement à gauche juste au moment où le pare-brise éclatait. Le véhicule percuta un côté du hangar. Les airbags se gonflèrent, les aveuglant tous les deux. Deux secondes plus tard, tout s'immobilisa.

Emily secoua la tête pour clarifier sa vision. Puis elle détacha sa ceinture et, se servant de son épaule comme bélier, parvint à ouvrir sa portière. Elle devait trouver un abri avant que Thomas ne tire de nouveau. Elle risqua un coup d'œil par-dessus le montant de la portière. Son beau-père était retombé en arrière et gisait, inerte, sur le tarmac.

— Il ne bouge plus. William ? Est-ce que ça va ?

Celui-ci grogna, avant de s'écarter du volant et de l'airbag dégonflé. Du sang suintait à son épaule.

— Non. Bon Dieu, j'ai été touché.

Emily tendit la main vers son téléphone, tombé près de lui.

— Je vais appeler de l'aide.

— N'y touchez pas !

Il lui écrasa son poing dans la figure. Sa tête vola en arrière et sa mâchoire explosa de douleur.

— Tout est votre faute ! Vous avez tout gâché ! Vous reveniez sans cesse à la charge, sans aucun répit. Vous étiez censée être morte. Vous étiez *tous* censés être morts.

Coincé entre le métal enfoncé de la porte du hangar et la BMW, William peinait à s'extirper de l'habitacle. Il proféra un chapelet de grossièretés tandis qu'Emily était déjà dehors. Il n'y avait qu'un endroit où se cacher. Le hangar. Peut-être y trouverait-elle un téléphone. Sa stupéfaction était telle que sa tête lui tournait. William ? Elle ne pouvait y croire. Son fils était-il seulement là ? Ou William avait-il menti pour l'amener dans cet endroit désert et la tuer ?

— Emily…

C'était la voix de Thomas, très faible.

Elle hésita, et par précaution s'accroupit derrière la voiture.

— Sauvez Joshua, Emily. Il est dans le hangar. Sauvez…

William marcha vers son père et braqua un pistolet sur sa tête.

— Tu ne meurs pas facilement, hein ?

— Pourquoi as-tu fait cela ? Ton propre frère ? Ton neveu ?

Le regard de Thomas exprimait une profonde incrédulité.

— Eric a contacté la police, Père. Quelqu'un devait tomber. Quelqu'un *doit* tomber. Et ce ne sera pas moi.

— Non ! hurla Emily.

William pressa la détente.

Emily se remit debout et se rua vers le bâtiment. Joshua s'y trouvait-il vraiment ?

— Ne vous fatiguez pas, Emily. J'ai choisi un endroit pour vous. Je sais exactement où vous devez mourir pour rendre mon histoire crédible.

Pas question de le laisser gagner la partie, surtout en étant aussi près du but ! Elle ouvrit la porte d'accès et se retrouva nez à nez avec la limousine des Wentworth. Alors qu'elle tournait le verrou derrière elle, William se mit à cogner sur le battant. Ses jurons traversèrent le métal. Frénétiquement,

Emily fouilla des yeux le vaste espace clos à la recherche de Joshua. Il devait être là, quelque part, mais il n'y avait que l'avion, la limousine et divers équipements. Seigneur, où était son fils ?

Elle avait très peu de temps. Il lui fallait de l'aide… Mitch… Il devait avoir reçu son texto.

Sauf si William…

Bien sûr qu'il ne l'avait pas envoyé !

Elle devait donc trouver une solution jusqu'à ce que Mitch ait compris ce qui se passait. Il n'abandonnerait pas. Il se battrait pour Joshua. Jamais elle n'avait vu quelqu'un d'aussi intelligent et intuitif que Mitch Bradford. Quoi que lui raconte William, il lirait entre les lignes. Il la croirait. Il saurait la vérité.

Son grand regret était de ne pas lui avoir dit qu'elle l'aimait. Elle avait été réticente, elle avait eu peur. Désormais, c'était trop tard.

A moins qu'elle ne riposte. Oui, elle pouvait le faire. Le cœur battant, elle cala un lourd outil de métal contre la porte, et poussa plusieurs barils en appui.

Un second coup de feu éclata. Un *ping !* retentit près de la serrure. Combien de temps sa barricade tiendrait-elle ?

Un bébé se mit à crier dans la limousine.

Emily se figea. N'osa ni bouger, ni même respirer. Et si…

Elle se précipita vers le luxueux véhicule, terrifiée à l'idée que le son merveilleux et poignant des pleurs du bébé ne s'évanouisse, à l'instar de ses rêves matinaux. Elle ouvrit grand la portière. Une odeur de sang et de mort la fit suffoquer. Un homme et une femme étaient assis, immobiles, sur le siège avant, le regard vide. Chacun avec un trou rouge dans le front. Oh non !

Ses genoux se mirent à trembler.

Le cri de bébé reprit.

Emily parvint de nouveau à respirer.

Elle reporta les yeux sur la banquette arrière et sur une petite valise à layette. Puis sur un siège-auto, avec dedans un petit garçon en combinaison de neige, la mine coléreuse, qui agitait les bras et les jambes pour se libérer.

Sous son petit bonnet, il avait les cheveux blond paille d'Eric. Et le même menton têtu. Quant aux yeux, ils étaient outremer, comme les siens, réalisa Emily.

Prise de tremblements, elle eut le plus grand mal à ouvrir la portière arrière. Ses mains étaient comme tétanisées. Elle y parvint néanmoins et avança la tête à l'intérieur.

— Joshua ?

L'enfant cessa de pleurer et la dévisagea. Le cœur d'Emily s'arrêta de battre, jusqu'à ce que le regard méfiant se transforme en sourire. Les fossettes étaient les siennes. Depuis toujours.

— C'est toi.

Elle ne put retenir ses larmes.

Un nouveau coup de feu éclata, cette fois à une porte latérale qu'elle n'avait pas sécurisée. Le bébé hurla.

— N'aie pas peur, Joshua. Maman va te sauver.

Les mains tremblantes, elle écarta la valise à layette, puis batailla pour défaire les sangles du siège pour bébé.

— Allez, allez, s'énerva-t-elle. Plus qu'une boucle.

Joshua s'époumona de plus belle. Pourquoi n'avait-elle pas attendu Mitch ? Il aurait tout de suite percé William à jour.

Un autre tir, et la balle toucha un endroit derrière elle. Elle n'avait plus de temps. Les sangles cédèrent enfin. Elle se saisit de Joshua et se retourna lentement.

— Trop tard, Emily.

William Wentworth, pistolet au poing, avait réussi à pénétrer dans le hangar.

Au volant du pick-up, Mitch fonçait pied au plancher. Dieu merci, Sierra était une hackeuse née. Elle était entrée dans les données des caméras de circulation et avait très vite repéré la BMW des Wentworth. Celle-ci se dirigeait vers leur hangar privé. Les plans de vol indiquaient que leur jet venait d'effectuer un aller et retour en Oklahoma. En ajoutant à cela le fait que la sœur de Frank Mangino avait adopté un petit garçon un an plus tôt, tout collait. Sauf qu'Emily était toujours en danger. Il ne fallait pas dix minutes pour tuer quelqu'un. Quelques secondes suffisaient. Mais Mitch refusait d'envisager la possibilité qu'elle soit morte. Emily était forte, intelligente. Elle *était* en vie. Elle savait qu'il viendrait à son secours. Elle devait le savoir.

— Vous êtes là, Dane ? demanda-t-il dans son micro, priant pour que son chef ne soit pas trop loin derrière.

— Encore quelques minutes. Le SWAT se prépare.

Mitch s'arrêta et sauta du véhicule. Il inspecta les environs, puis courut vers le corps de Thomas Wentworth.

— Je ne peux pas attendre, dit-il à voix basse. J'ai une BMW enfoncée dans le côté du hangar. Thomas Wentworth est mort. Tué par deux balles.

Mitch franchit en courant les sept ou huit mètres qui le séparaient de l'angle du bâtiment.

— On a fait sauter la serrure de la porte latérale. J'y vais.

— Prudence, conseilla Dane. Ne vous faites pas descendre.

— Amenez-vous et faites sortir Emily de là. Ne vous occupez que d'elle. Promettez-le-moi, Dane. Moi, je ne compte pas.

— Vous comptez tous les deux ! aboya Tanner dans son oreillette. Je suis presque là.

Mitch prit une brève inspiration.

Concentre-toi, mon gars. Elle a besoin de toi. Tu l'aimes.

Il ne le lui avait pas dit. Il avait voulu que tout soit parfait. Il avait voulu la totale : son fils *et* le SWAT. Il aurait juste dû prononcer ces mots. Il l'aimait plus que le job qu'il avait considéré comme étant toute sa vie. S'il avait une seconde chance, *quand* il aurait une seconde chance, il n'attendrait pas.

Sortant son arme, il s'avança vers la porte ouverte et jeta un œil à l'intérieur du hangar.

Son sang se glaça dans ses veines. Debout près de la limousine, Emily pleurait, un enfant au visage congestionné contre elle.

Un bras dégoulinant de sang, William Wentworth visait de son pistolet la tête de Joshua.

— Donnez-le-moi ou je tire à travers lui. Vous savez que je le ferai, Emily. Je le préférerais vivant, mais dans le cas contraire j'inventerai une histoire convaincante. Quoi qu'il en soit, je serai gagnant. A vous de choisir. Vous voulez qu'il vive ou qu'il meure ?

Silencieusement, Mitch se glissa à l'intérieur, puis prit position derrière un conteneur métallique et trois hauts fûts qui le cachaient à la vue de William. Il s'accroupit et, sans bruit, progressa plus loin. Les yeux rivés sur Emily, il pria pour qu'elle regarde de son côté.

Comme si elle avait senti sa présence, elle tourna légèrement la tête. Leurs regards se rivèrent une demi-seconde l'un à l'autre, mais cela suffit : elle avait compris. Tout en berçant l'enfant, elle déplaça son corps de façon à dévier l'attention de William. Seigneur, la femme qu'il aimait était d'une bravoure incroyable.

Un petit clic se fit entendre dans son oreillette, et il se détendit un peu. Dane était arrivé. Emily serra davantage le bébé contre elle.

— Pourquoi faites-vous cela, William ? Je ne comprends pas. Vous m'avez aidée à rechercher Joshua.

— En fait, je le croyais mort. Quel mal y avait-il à payer une épave alcoolisée comme Perry pour qu'il cherche des indices et vous occupe l'esprit ? Mais le gosse était vivant, et la sœur de Mangino, cette idiote, l'a adopté. Trop de points non réglés conduisaient à moi.

— Et tous ces cadavres sur votre propriété ne conduisent pas à vous ? répliqua Emily, l'air incrédule.

— Dès demain, j'aiderai la police à boucler cette affaire et à l'emballer avec un joli ruban. D'après les divers papiers et pièces à conviction que j'ai placés ici et là, mon père a loué les services de Mangino. Il a fait tuer Eric parce que celui-ci menaçait de rendre publiques les opérations de blanchiment. Et il a supprimé les parents adoptifs de Joshua à cause du lien avec Frankie. Tout cela est vrai. Sauf que j'ai eu plus de tripes qu'il n'en a jamais eu. J'ai fait ce que j'avais à faire.

— Vous avez tué votre propre père ! lâcha-t-elle.

— Non, Emily. *Vous* avez découvert qu'après cela mon père projetait de supprimer le bébé. Il vous fallait donc le protéger. Vous avez pris une arme et vous avez tué Papa. Mais pas avant qu'il ne vous blesse mortellement. Quant à moi, le pauvre fils éploré, j'aurai sauvé mon neveu. Je passerai sur CNN. Les affaires exploseront. Joshua sauvera ma réputation et entrera à son tour dans l'entreprise familiale.

— Vous êtes un malade.

Le visage de William se mua en un masque glacé. Il s'avança d'un pas.

— Tout s'arrête ici. Adieu, Emily.

Elle fourra l'enfant dans la limousine. Une balle frappa le métal derrière sa tête. Elle virevolta, et de la valise à layette frappa le poing qui tenait l'arme.

— Mitch, sauve Joshua !

Elle lança de nouveau la valise, visant la tête de William.

Titubant en arrière, son beau-frère rugit de colère et pointa directement le pistolet sur elle. Au moment où son index pressait la détente, Mitch plongea entre eux.

Un coup de feu éclata. Un autre retentit quelque part derrière William. Emily ferma les yeux, s'attendant à ressentir une douleur aveuglante. Rien ne se passa. Les vagissements du bébé, dans la voiture, se mêlaient aux échos des cris dans le hangar.

— Mitch ! appela une voix grave.

Emily rouvrit les yeux. William gisait sur le ciment, le côté gauche de sa tête arraché. Horrifiée, Emily se redressa d'un mouvement incertain, ne sachant vers qui courir en premier, Joshua ou Mitch. Celui-ci s'effondra alors sur les genoux, le torse imbibé de rouge.

— Non !

Tombant par terre à côté de lui, elle pressa une main sur sa blessure. Le sang coulait entre ses doigts.

— Non, Mitch, non. Ne fais pas ça.

Il grimaça un sourire.

— Calme-toi, Emily, haleta-t-il, les dents serrées. Seul le muscle a été touché. Ce n'est pas bien grave.

— Ne me fais plus une telle frayeur, Mitch Bradford. Plus jamais, tu m'entends ?

— Je parie que tu dis ça à tous les types qui arrêtent une balle qui t'est destinée. Séductrice, va.

Des pas s'approchèrent. Elle se retourna.

— Dane, Dieu merci. Il a été touché.

Le supérieur de Mitch ôta sa chemise, révélant un flanc orné de cicatrices. Il s'agenouilla devant Mitch, roula la chemise en boule et l'appliqua avec soin sur sa blessure.

— Vous êtes un aimant à problèmes, vous savez ça, Bradford ? A ce régime, ce n'est pas demain la veille qu'on vous confiera une nouvelle enquête.

Mitch toussa, maudit le ciel et l'enfer, puis se tourna vers Emily avec un sourire calme.

— Va donc prendre soin de ton fils. Moi, je vais bien.

— Tu en es sûr ?

Elle avisa la chemise trempée de sang et se mordit les lèvres.

Mitch acquiesça, toujours souriant. En réalité, ça n'allait pas bien du tout, mais Emily n'avait pas besoin de le savoir. Pas tout de suite.

A chaque seconde qui passait, respirer devenait un peu plus difficile. Quant à sa jambe…

Emily hésita, puis se releva. Mitch la contempla, submergé par l'émotion tandis qu'elle courait vers la limousine, essuyait le sang de ses mains et récupérait l'enfant en pleurs. Le corps parcouru de tremblements, elle le souleva, le cala contre sa poitrine et l'y maintint serré.

L'enfant cessa de pleurer et la considéra d'un œil curieux. Elle lui sourit et caressa sa joue délicate.

— Bonjour, Joshua. Je suis ta maman, dit-elle d'une voix débordant d'amour.

Les yeux de Mitch lui piquaient. Il avait réussi. Grâce à son aide, Emily avait retrouvé son fils. Elle était désormais en sécurité. Ils l'étaient tous les deux.

Une étrange oppression le saisit soudain. Il ouvrit la bouche, au bord de la suffocation, cherchant à emplir d'air ses poumons. Des points lumineux dansèrent devant ses yeux. Il avait envie de dormir, besoin de se reposer…

Ses paupières se fermèrent.

Dane accentua sa pression sur sa blessure.

— Hé, Mitch. Reste avec moi, mon gars.

Il pouvait à peine bouger, à peine respirer.

— Emily est vivante. Elle a son bébé. Je vais très bien.

— Menteur, murmura Dane. Heureusement, l'ambulance est bientôt là.

Mais Mitch ne l'entendait plus, ni Emily, ni l'enfant. Le monde bascula dans le noir.

A travers ses paupières, la lumière lui faisait mal aux yeux. Mitch les ouvrit et découvrit un plafond blanc qu'il connaissait bien. Il baissa le regard sur sa poitrine, sur les tubes qui sortaient de partout, sur sa jambe bandée. Non, il n'était pas au paradis.

— Je suis de nouveau à l'hôpital, n'est-ce pas ? Je déteste cet endroit.

Sa voix était rauque, et il avait l'impression qu'un camion lui avait roulé dessus. Une silhouette floue, au pied du lit, se précisa lentement. Ses cheveux châtain clair tombaient par vagues de chaque côté de son visage. Celui-ci se détachait sur le halo de lumière autour d'elle. Emily.

Mais ses bras étaient vides.

Mitch lutta pour se redresser en position assise.

— Joshua, coassa-t-il. Où…

Elle s'empressa de le repousser contre ses oreillers.

— Chut, il va bien.

Elle lui versa un verre d'eau. Reconnaissant, il en avala une gorgée tandis qu'elle s'asseyait près de lui.

— Il est dans les bras de ton père, en compagnie de son ours en peluche.

Elle cligna des paupières, comme pour refouler ses larmes.

— Grâce à toi.

Mitch n'aima pas trop la note de gratitude dans sa voix.

— J'ai fait ce que n'importe qui aurait fait à ma place.

— Tu n'en es pas conscient, n'est-ce pas ? De ces qualités que tu as en toi.

Mitch se tortilla et, se détournant de ses lumineux yeux bleus, secoua la tête.

— J'ai commis trop d'erreurs. J'ai trop menti.

Emily se leva du lit, alla jusqu'à la porte, l'ouvrit et murmura quelques mots. Lorsqu'elle revint vers le lit, un petit garçon aux yeux bleus était juché sur sa hanche.

Mitch refoula les émotions qui menaçaient de le submerger. Cette image, il l'avait attendue si longtemps. Emily avec son enfant, en paix, heureuse. Il voulait les serrer tous les deux dans ses bras, et qu'ils l'étreignent également. Il voulait qu'elle soit contre lui, que son fils leur sourie et gazouille.

— C'est une telle joie pour moi, confia-t-il d'une voix émue.

— Tu nous as sauvés tous les deux, répondit-elle. Je l'ai retrouvé grâce à toi. Pas le flic que tu es, mais l'homme. Tu n'as jamais baissé les bras. Tu as cru en moi contre tout le monde. Tu t'es tenu à mes côtés. C'est plus que ce que j'aurais pu espérer.

La gorge de Mitch se serra. Il ne voulait pas de sa gratitude. Il voulait infiniment plus. Mais comment pouvait-il espérer qu'elle l'aime ?

— S'il te plaît, Emily, ne me parle pas de gratitude. Je ne pourrai pas le supporter.

— De la gratitude, j'en ai pour Dane, qui a fini par se ranger de notre côté, dit-elle en s'asseyant sur le lit.

Elle agita devant son enfant un ourson aux yeux vairons, vêtu en policier.

— J'en ai pour Noah, qui a mis la main à la poche pour payer le test ADN qui prouve que Joshua est bien mon fils. Et même pour Victoria qui a enfin admis la vérité devant la police. Mais surtout, j'en éprouve pour ton père, pour l'aide précieuse qu'il nous a apportée… Et pour avoir élevé un fils tel que toi.

Elle plongea son regard dans le sien.

— Mais je ne ressens pas pour eux ce que je ressens pour

toi, déclara-t-elle en posant une main sur sa joue. Car toi, je t'aime, Mitch Bradford.

Il ferma les yeux, le cœur explosant de joie. Mais une vague de doutes l'assaillit aussitôt.

— Après tout ce que…

Elle le fit taire d'un doigt sur la bouche.

— Ce que tu as fait, tu l'as fait pour me protéger. Comme je ferais n'importe quoi pour protéger Joshua. Les actes en disent beaucoup plus que les mots, Mitch Bradford.

— Je ne sais pas si je te mérite, Emily. Mais je peux t'affirmer que les poules auront des dents lorsque je te mentirai de nouveau.

Joshua se tourna vers lui, apparemment fasciné par sa voix profonde. Il cligna des yeux, lui sourit, puis lui tendit ses petits bras.

— Il te veut, dit Emily d'une voix douce. Il a confiance en toi…

Elle se pencha vers lui et l'embrassa sur les lèvres.

— Comme il a confiance en sa mère. Je t'aime, Mitch. Pour ta bravoure, ta détermination, ta loyauté.

Il tendit la main vers l'enfant. Joshua lui attrapa l'index et lui offrit un sourire des plus craquants. Son cœur fondit.

— Je ne suis plus l'homme que j'ai été. Le SWAT, c'est fini pour moi. Je n'aurai sans doute plus d'emploi après ça.

— Tu penses que tes blessures me dérangent ? Qu'elles dérangent Joshua ? L'homme dont je suis tombée amoureuse, c'est celui que tu es à l'intérieur, avec ce cœur, cette âme, cet esprit, cette obstination.

Le nuage sombre qui enveloppait ses pensées se dissipa. Il l'attira à lui et nicha son visage au creux de son cou.

— Je t'aime, murmura-t-il. Je t'aime depuis le premier instant.

Elle posa ses lèvres sur les siennes. Le baiser qu'il lui donna était chargé de toutes les promesses qu'il gardait au fond de lui.

— Je te veux en forme au plus vite, dit-elle, les yeux

brillants de joie. Afin que tu puisses honorer les promesses de ce baiser.

Trois petits coups timides furent frappés à la porte.

— Il n'y a pas de danger ? On peut venir ?

Dane Tanner fit son entrée dans la chambre, suivi de Ian, Noah, Chase, l'autre frère de Mitch, et leur sœur, Sierra.

Son père ferma le cortège dans sa chaise roulante.

— Alors, Mitchell, tu y es finalement arrivé ? grogna Paul, dont le regard soulagé démentait son ton bourru.

— Si l'on veut, tempéra Dane en s'avançant vers le lit. Il a contrevenu à des ordres directs, et pas qu'une fois.

— Il a fait exploser sa voiture, ajoutèrent Chase et Ian.

Noah croisa les bras, un sourire mi-figue, mi-raisin sous sa barbe.

— Et réduit mon SUV en pièces détachées.

Sierra se précipita pour embrasser son frère sur la joue.

— Il a failli plusieurs fois se faire tuer, ajouta-t-elle, avant de froncer les sourcils, l'air méchant. Ne refais plus jamais ça, grand frère.

— Si seulement il avait attendu..., soupira Dane, le regard terne. J'aurais pu régler les choses avant que la situation ne parte en vrille. Au lieu de cela, il a fallu que monsieur joue les héros. Encore une fois.

— Dois-je comprendre que je suis viré ? s'enquit Mitch.

Son chef le regarda de haut en bas.

— Ai-je l'air d'un imbécile ? Vous avez fait un boulot d'enfer, Mitch. Je ne connais personne d'autre qui aurait pu suivre ces pistes-là. Vous avez de l'instinct. En fait, selon moi vous êtes meilleur inspecteur que vous n'avez jamais été membre du SWAT.

Mitch le dévisagea, stupéfait, et serra la main d'Emily.

— Je ne suis pas viré ?

— Vous voulez peut-être quitter la police, mais si vous souhaitez entrer dans mon service, la porte vous est grande ouverte.

Dane lui adressa un petit salut militaire.

— Tant que vous vous efforcez de suivre un peu mieux les procédures.

— Je suis curieux de voir ça, dit Noah. Alors, p'tit frère, ça y est, tu as arrangé les choses ? demanda-t-il en désignant Emily du menton.

— Tu as rampé à ses pieds ? ajouta Paul avec perfidie.

Mitch saisit la main de l'intéressée et baisa sa paume.

— Papa… Et tout le monde. Emily Wentworth, Joshua et moi, nous allons bientôt former une famille !

Un concert de joyeux hurlements suivit. Effrayé, Joshua glapit. Noah empoigna son futur neveu, le lança en l'air et le rattrapa d'une main sûre. L'enfant gloussa et referma les bras autour de son cou.

Mitch éclata de rire et serra Emily contre lui.

— Tu veux être ma femme, n'est-ce pas ? demanda-t-il d'une voix douce.

Elle tourna son visage vers le sien, les lèvres à un souffle des siennes. Leurs regards se croisèrent. Mitch cessa de respirer devant l'amour qui imprégnait chacun de ses traits.

Elle l'aimait. Elle l'aimait vraiment.

Il le savait. Il la croyait. Il avait foi en elle.

— Oui, murmura-t-elle. Je le veux. Pour toujours et à jamais.

CYNTHIA EDEN

Dans l'ombre des souvenirs

Traduction française de
BLANCHE VERNEY

BLACK ROSE

HARLEQUIN

Titre original :
DECEPTIONS

1

Elle aurait dû être toute seule, à cette heure-ci…

Elizabeth avait la responsabilité d'assurer la fermeture de sa petite bibliothèque des faubourgs d'Austin, au Texas. Elle aurait dû être la dernière et la seule personne présente dans les locaux.

Alors pourquoi des pas résonnaient-ils, derrière elle ?

Elle s'arrêta net, la main crispée sur le fermoir de son sac, qu'elle avait déjà mis à l'épaule. Les ombres envahissaient les rayonnages et semblaient s'avancer vers elle.

D'habitude, la bibliothèque était un véritable havre de paix. Elle s'y sentait toujours en sécurité, mais…

Un bruit, un choc soudain, comme si un livre venait de tomber d'une étagère.

Elizabeth appela :

— Il y a quelqu'un ? C'est l'heure de la fermeture. Il faut partir…

Elle avait essayé de parler d'une voix aussi ferme que possible.

Silence.

Peut-être avait-elle trop d'imagination. Peut-être…

Un bruit, encore. Il n'y avait pas à s'y tromper. C'était comme un livre qui tombe sur le sol.

Quelqu'un joue avec mes nerfs.

Il n'y avait jamais eu de problèmes de sécurité à la bibliothèque auparavant. Bien sûr, quelquefois un lecteur s'endormait à sa place de consultation et n'entendait pas l'annonce de fermeture. Elizabeth, en faisant sa dernière ronde, le réveillait doucement pour le renvoyer chez lui et cela n'allait pas plus loin.

Mais elle venait de faire le tour des locaux et elle n'avait vu personne.

— La bibliothèque est fermée !

Elle refit un pas vers son bureau.

— Elizabeth…

Ce n'était qu'un murmure rauque. Une voix d'homme.

— Qui est là ?

Elle éleva la sienne.

— Ça n'est pas drôle ! J'appelle la sécurité…

Pure forfanterie : il n'y avait plus personne, à part elle.

— Je t'attendais…

La voix paraissait toute proche. Non, cela ne pouvait pas lui arriver à elle.

— Ça suffit ! Je…

Au même instant, quelqu'un frappa à la porte en verre et Elizabeth sursauta, manquant crier de surprise et de peur. Elle se retourna vivement. Un homme se tenait devant l'entrée principale, un grand gaillard aux larges épaules et au torse bombé. Elizabeth le reconnut instantanément ; on ne risquait pas d'oublier la silhouette de Mackenzie, dit « Mac » McGuire, quand on la connaissait.

Elle courut vers la porte et la déverrouilla précipitamment, d'une main tremblante. Mac tenait à la main le livre qu'il avait emprunté lors de sa dernière visite.

— Je suis désolé de passer à cette heure-ci, s'excusa-t-il de sa voix chaude et profonde qui charmait toujours l'oreille d'Elizabeth. Mais j'ai vu de la lumière et je me suis dit que peut-être, vous…

Sans le laisser terminer sa phrase, elle s'accrocha à lui. Surpris, il en laissa tomber son livre sur le sol.

— Il y a quelqu'un, ici, lui dit-elle d'une voix apeurée.

Les yeux de Mac s'étrécirent et, instantanément, son visage se figea.

— Comment ?

Sans le lâcher, elle chuchota, en montrant la salle derrière eux :

— Je l'ai entendu… il est là, quelque part. Il m'a appelée par mon prénom. Je…

Mac la fit tout de suite passer derrière lui et s'avança vers les rayonnages. Comme ses frères, Mac était un ancien militaire. Il se racontait dans la région qu'il avait appartenu aux forces spéciales pendant plusieurs années. Qu'il retrouve instantanément ses réflexes, prêt à l'action, souple comme un fauve, était fascinant. Elizabeth essaya de le suivre en se déplaçant aussi silencieusement que lui, mais ses clés tintaient dans son sac à chaque pas, d'une façon qui semblait assourdissante. Mac se retourna vers elle.

— Par là, chuchota-t-elle en tendant l'index de sa main gauche. La voix venait de…

Un bruit de verre qui éclate. Mais cela venait de la droite. Mac s'élança. Elizabeth attrapa sur son bureau le premier objet qui pouvait lui servir d'arme et courut à sa suite. Comme ses talons l'embarrassaient, elle se débarrassa de ses chaussures à la volée. Elle contourna une rangée de rayonnages, poussa à la diable un chariot qui se trouvait sur son chemin et… percuta Mac.

Leurs corps se heurtèrent avec tant de force qu'Elizabeth serait tombée sur le sol si Mac ne l'avait pas retenue des deux mains.

Jamais encore elle n'avait été aussi proche de lui, autant en mesure d'apprécier sa force et l'odeur poivrée de son eau de toilette.

— Il se sauve, murmura-t-il.

Puis il baissa les yeux sur l'objet qu'elle tenait à la main.

— Qu'est-ce que vous fabriquez avec ça ?

Une agrafeuse, bien lourde et bien solide. C'était mieux que rien, pour se défendre. Mais Mac ne lui laissa pas le temps de s'expliquer. Il s'approcha de la fenêtre. Quel que soit l'endroit où avait pu se cacher le mystérieux visiteur, c'était par là qu'il était sorti, en brisant la vitre. Il ne fallut qu'un instant à Mac pour finir d'en casser les morceaux, se glisser au-dehors à son tour et se mettre à courir. Elizabeth le suivit du regard, sa main toujours refermée sur l'agrafeuse. La sonnerie d'alarme se mit à retentir dans la bibliothèque. Normalement, elle aurait dû se déclencher dès que la vitre avait été brisée. Elizabeth se pencha en avant pour mieux voir. Il faisait déjà sombre et Mac s'était fondu parmi les ombres. L'inquiétude gagna Elizabeth. Et si Mac tombait dans un guet-apens ?

Une lueur de phares, un bruit de moteur qui démarre et s'éloigne.

Il y avait quelqu'un ici qui m'attendait, qui m'a appelée par mon prénom...

Quelqu'un qui la traquait. Elizabeth haïssait cette peur ignoble qui l'envahissait, lui rappelant...

Tu pourras bien courir au bout du monde, il y a des choses auxquelles on n'échappe pas.

— Mac ? Mac ?

L'alarme continuait à retentir dans toute la bibliothèque. Le système était directement relié à la police. Elle n'allait pas tarder à arriver, mais ce serait trop tard ; l'homme devait déjà être loin.

— Mac ! appela Elizabeth encore plus fort, en scrutant la pénombre.

Pourquoi était-il parti ? Et si ce fou s'en prenait à lui ? Bien sûr, Mac était un vrai dur, un ancien de la Delta Force surentraîné. Mais à quoi cela pourrait-il bien lui servir contre une voiture qui lui foncerait dessus ?

— Elizabeth ?

Elle sursauta et se retourna, sa main armée de l'agrafeuse déjà levée. Mac bloqua son poignet de sa main droite, la débarrassa sans effort de son arme improvisée et jeta celle-ci de côté. Tout cela avait été incroyablement rapide.

— Il est parti, dit-il.

— Vous m'avez fait peur ! s'écria-t-elle. Qu'est-ce qui vous prend ?

— Je vous ai appelé trois fois, mais vous ne m'avez pas entendu... la sonnerie d'alarme...

Elle cligna plusieurs fois des yeux.

— Oh ! Oui… bien sûr…

— Le système est relié à la police, je suppose ?

Il tenait toujours sa main. Elle acquiesça.

— Ils ne trouveront pas grand-chose, je le crains. J'ai aperçu brièvement sa voiture, mais il m'a ébloui avec ses phares.

Elizabeth se rappela l'éclat lumineux qui avait percé la pénombre.

— Et vous, ça va ? s'enquit Mac avec sollicitude.

Tout en lui posant cette question, il se mit à lui passer les doigts sur la main, comme une caresse. Ce geste la rendit un peu nerveuse. Elle l'était toujours en sa présence.

Cela faisait quelques semaines qu'il venait assez régulièrement à la bibliothèque. La première fois qu'elle l'avait vu, elle avait failli en rester bouche bée. Sexy… Il n'y avait pas d'autre mot, avec ses cheveux sombres, sa mâchoire carrée, ses lèvres sensuelles, ses…

Les sirènes.

Elles rugissaient au-dehors.

Et soudain, les rampes lumineuses des voitures de police illuminèrent les environs de leurs éclats colorés. Ils avaient fait encore plus vite qu'Elizabeth ne l'avait imaginé.

Mac lui pressa la main.

— Ça va ? redemanda-t-il.

Elle se força à lui sourire.

— Oui, tout va bien. Heureusement que vous étiez là.

C'était le plus bel euphémisme de l'année. Que ce serait-il passé si elle avait été toute seule ?

Mac ne la lâchait toujours pas.

— Est-ce que vous vous connaissez des ennemis ?

Le sourire, s'intima-t-elle. Garder le sourire. Toujours.

— Je ne suis qu'une modeste bibliothécaire. J'essaie de ne pas avoir trop de réclamations.

Il ne lui rendit pas son sourire et continua de la regarder attentivement. Il devait penser que l'instant n'était pas à la plaisanterie.

Elle redevint sérieuse à son tour.

— Je vous remercie, lui dit-elle très sincèrement. J'ai une grande dette envers vous.

Cette fois, il la lâcha.

— Ce n'est rien. Nous reparlerons de cette dette un peu plus tard.

Que voulait-il dire par là ?

— Pour le moment, je vais aller au-devant des policiers avant qu'ils ne se mettent à tirer dans tous les sens. Faites attention aux bouts de verre ! prévint-il en s'éloignant.

Il y en avait partout sur le sol.

— Il a jeté son couteau en s'enfuyant, annonça Mac aux policiers.

Il aurait préféré qu'Elizabeth ne l'apprenne pas. Pas tout de suite en tout cas, pour ne pas trop l'effrayer. Mais les policiers avaient fini leurs constatations à l'intérieur de la bibliothèque et, en cet instant, ils en examinaient les abords et la route, cherchant l'axe de fuite de l'intrus.

— Le couteau est encore là, insista Mac en désignant le sol. Je n'ai touché à rien, au cas où il y aurait des empreintes.

— Un couteau ?

La voix d'Elizabeth parut s'étrangler de frayeur.

— Il avait un couteau ?

Oui, et ce fait inquiétait beaucoup Mac. Jusque-là, les policiers ne paraissaient pas prendre l'affaire trop au sérieux ; ils avaient murmuré entre eux des mots comme *gamins* et *farce*. Mac se devait donc de leur montrer le couteau. L'un d'eux, qui portait des gants de caoutchouc, se pencha pour le ramasser avec précaution et l'examina attentivement.

Relevant les yeux vers Mac, il lui demanda :

— Vous êtes sûr que c'est bien lui qui l'a jeté ? Je veux dire… Il fait très sombre maintenant, et…

— C'est bien lui, répondit calmement Mac. Vous feriez bien d'y chercher des empreintes.

Un type qui se cachait dans une bibliothèque à l'heure de

la fermeture en guettant la bibliothécaire avec un couteau, cela n'avait rien d'anodin.

Mac jeta un regard en direction d'Elizabeth. L'horreur se reflétait dans ses jolis yeux noisette.

Elizabeth Snow…

Il se souvenait encore de la fois où il avait fait la connaissance de la nouvelle bibliothécaire. Il était là pour examiner de vieux journaux et peut-être trouver des détails sur l'arrivée de sa mère à Austin, des années auparavant. Tous les numéros n'avaient pas encore été numérisés, mais il en existait des copies sur microfilms à la bibliothèque. Il avait donc dû s'y rendre. Il avait alors vu Elizabeth pour la première fois. Ses beaux cheveux noirs tombaient librement sur ses épaules, autour de son ravissant visage à l'ovale parfait. Elle riait quand il était entré et puis ses yeux avaient rencontré les siens et le rire s'était arrêté net.

Très brusquement…

Oh non, ne vous arrêtez pas ! avait-il pensé alors, sans oser le dire. Il aimait déjà son rire.

Un peu de rouge avait joliment coloré ses joues et elle lui avait demandé si elle pouvait faire quelque chose pour lui…

Oh ! certainement ! Et plus d'une !

Les lampes torches des policiers perçaient la nuit, autour d'eux, ramenant Mac au présent. La main d'Elizabeth tremblait, tandis qu'elle remettait machinalement une mèche de cheveux derrière son oreille.

— Il… il me guettait… avec un couteau ? balbutia-t-elle.

Les policiers échangèrent un regard.

— Nous ne savons rien de ses intentions, mademoiselle, indiqua l'un d'entre eux. Peut-être qu'il voulait vous voler de l'argent dans votre sac, ou se servir dans la caisse…

— Il n'y en a pas, répondit Elizabeth en frissonnant, les bras autour de son ventre. Nous ne gardons pas d'argent ici. Et il m'a appelée par mon prénom.

Ce qui signifiait qu'il s'agissait bien d'une agression ciblée, conclut Mac. Il se rapprocha d'elle.

Il y avait bien des choses qu'il ne comprenait pas. Lorsqu'il lui avait demandé si elle avait des ennemis, elle avait répondu par une plaisanterie. Et sa voix avait tremblé.

Elle cachait quelque chose.

Mais quoi ? Qui pouvait en vouloir à une gentille bibliothécaire ? Elizabeth était si douce, elle sentait si bon… Mac était souvent revenu à la bibliothèque, rien que pour la voir. Il l'avait observée quand elle animait des ateliers de lecture pour enfants, l'avait regardée les faire chanter, danser, l'avait vue rire avec eux. Il l'avait détaillée en train de circuler entre les rangées de livres.

— Pourquoi étiez-vous là, à cette heure, monsieur McGuire ? lui demanda un policier comme s'il lisait dans ses pensées.

— Je…

— Il me ramenait un livre, se hâta de répondre Elizabeth à sa place. Et heureusement qu'il était là !

— Je l'avais gardé trop longtemps…, s'excusa Mac en souriant.

Il mentait effrontément. Il avait envie de la revoir, voilà tout.

— Ce n'est pas grave, dit la jolie bibliothécaire, entrant dans son jeu.

Pour une raison ou pour une autre, elle effleura son épaule de sa main. C'était comme si du courant électrique passait entre eux. Elle dut s'en apercevoir également, car elle interrompit tout de suite son geste et recula, comme si elle venait de se brûler.

De toute façon, je ne l'intéresse pas, songea tristement Mac. Il avait essayé de l'inviter à boire un verre ou à dîner, deux ou trois fois. Peut-être bien quatre. Elle avait toujours refusé. Peut-être que l'idée de sortir avec un ancien militaire lui déplaisait. C'était bien dommage. Elle aurait dû savoir, pourtant, que parfois les contraires s'attirent.

— J'ai prévenu la directrice de la bibliothèque, reprit Elizabeth. Elle arrive tout de suite, elle n'habite pas loin d'ici.

Comme pour appuyer ses dires, un SUV bleu vint se garer devant le bâtiment. Son éclairage intérieur s'alluma brièvement et Mac reconnut la conductrice. C'était bien Cathy Waite, la directrice.

— Il faut que je lui parle, annonça Elizabeth en se précipitant à sa rencontre.

Mac la laissa faire et se retourna vers les policiers.

— Un homme qui guette une femme avec un couteau dans un bâtiment désert est rarement un gamin et il n'a pas l'intention de lui faire une farce, leur dit-il nettement.

— On… on va s'occuper de ce couteau.

— Il ne l'a jeté que lorsqu'il m'a entendu arriver. Il avait l'intention de s'en servir, c'est clair. Vous devez trouver ce type avant qu'il ne recommence et qu'il fasse pire, cette fois.

Et avant que je mette la main dessus moi-même.

Déjà, la camionnette d'un service de vitrerie se garait sur le parking.

— Hé ! fit l'un des policiers. Ils ne peuvent pas se mettre tout de suite à réparer cette fenêtre, on n'a pas fini nos investigations.

Il s'élança vers le véhicule en faisant un geste de dénégation et Mac jeta un coup d'œil en direction d'Elizabeth. Elle se frottait les bras comme si elle avait froid. Il s'approcha silencieusement, retira son veston et le lui posa sur les épaules. Elle sursauta un peu, surprise. Mac se maudit immédiatement. Il avait gardé l'habitude de se déplacer en faisant le moins de bruit possible et il oubliait toujours combien cela surprenait les gens.

— Merci, murmura-t-elle en ramenant les pans du vêtement sur elle, dérobant sa jolie silhouette aux regards.

Mac baissa les yeux : elle avait tout de même pris le temps de remettre ses chaussures, dont elle s'était débarrassée un peu plus tôt, quand ils poursuivaient l'intrus. Les policiers avaient dû les retrouver et les lui rendre.

— Vous pouvez partir, maintenant, vous savez, lui dit-elle. La police est là, Cathy aussi. Vous avez fait tout ce que vous pouviez faire, et bien au-delà…

— Bah, je ne suis pas pressé, répondit Mac en s'efforçant de prendre un ton désinvolte.

Les lampes torches des policiers lançaient toujours de brefs éclairs dans la nuit. Elizabeth s'approcha de lui. Ses cheveux sentaient un peu la cannelle, une odeur que Mac aimait depuis l'enfance.

— Vraiment, vous n'êtes pas obligé de rester, lui répéta-t-elle doucement. Mais merci, merci encore…

Elle voulut lui rendre son veston, il l'arrêta d'un geste.

— Gardez-le. Je le reprendrai une autre fois.

Il ne voulait pas qu'elle ait froid. Elle sourit.

— Comme je le disais, j'ai une dette envers vous, Mac.

— Eh bien, vous pourriez peut-être vous en acquitter en acceptant de prendre un verre avec moi, un de ces jours…

Il y eut un bref silence. Elizabeth se mordit un peu la lèvre. Mac aurait voulu prendre cette bouche, là, tout de suite. Comment la douce bibliothécaire aurait-elle réagi ?

— Je ne pense pas que ce soit… une très bonne idée, confia-t-elle dans un souffle.

Et voilà. Rembarré, une nouvelle fois.

— Pourquoi donc ?

De son doigt, il toucha très délicatement la joue d'Elizabeth. Elle se mit à trembler, son souffle s'accéléra.

— Je sais que vous ressentez la même chose que moi, lui susurra-t-il.

Cette sorte de lien, entre eux. Cette connexion, électrique.

— Je… oui…

Elle redressa la tête pour le regarder dans les yeux.

— Mais je ne crois pas que je sois prête à… ce que vous attendez de moi.

— Vous le croyez, ou vous en êtes sûre ?

— J'ai entendu raconter beaucoup d'histoires sur vous. Vous aimez le danger, l'adrénaline…

Sa voix n'était plus qu'un murmure. Elle secoua la tête.

— Ce n'est pas… une vie pour moi.

— Je ne vous demande pas de partir en mission avec moi, fit-il remarquer avec un sourire. Juste de prendre un verre.

Elle eut un rire léger. Comme il l'aimait, décidément, ce rire-là ! Et qu'elle en soit toujours capable, malgré ce qui venait de lui arriver.

— Je vous dois beaucoup, Mac. Alors je le prendrai, ce

verre avec vous. Mais je ne peux pas vous offrir plus que cela. Il vaut mieux que vous le sachiez.

— Je comprends.

Il pouvait se conduire en gentleman, même si beaucoup de gens en doutaient. Les frères McGuire s'étaient fait toute une réputation dans le coin. Elle n'était pas entièrement imméritée, loin de là, mais les exagérations et les racontars y entraient tout de même pour une bonne part. Ni Mac, ni les autres ne s'en souciaient beaucoup, d'ordinaire. Mais ce que pouvait penser la bibliothécaire lui importait vraiment.

Elle se hâta de rejoindre sa directrice et il revint lentement vers sa voiture. Mais il n'avait fait que quelques pas quand il s'arrêta net et se retourna vers la bibliothèque désormais tout éclairée.

Et si l'agresseur revenait ?

Mac représentait... une tentation, dont elle n'avait vraiment pas besoin.

Elizabeth claqua sa portière et se dirigea rapidement vers sa maison. Elle se reprochait de ne pas avoir été beaucoup plus nette, de ne pas l'avoir éconduit sans la moindre équivoque. Au lieu de cela, elle avait accepté de prendre un verre avec lui.

Le problème était qu'elle avait envie de beaucoup plus.

Oui, il y avait bien d'ores et déjà quelque chose entre eux : du désir. Elle essayait désespérément de se montrer distante avec lui, mais elle mourait d'envie de se donner à cet homme-là.

Elle pressa le pas. Ses talons claquaient sur le trottoir et elle lançait des regards nerveux autour d'elle. Par bonheur, le quartier était sûr. Beaucoup de chiens de garde, de voisins attentifs et prêts à lui venir en aide, si besoin était.

Elle introduisit sa clé dans la serrure.

Oui, elle ferait mieux de décliner cette invitation à boire un verre. Après tout, ils n'avaient pas encore vraiment convenu d'un rendez-vous précis.

Ils avaient seulement parlé de prendre ce verre. Un jour,

quelque part et il n'y aurait rien de plus, rien. Pas question de répondre à la tentation que Mac représentait, même s'il lui donnait envie de choses excitantes, dangereuses.

Dangereuses, comme lui…

Elle entra chez elle, alluma la lumière et… son téléphone portable se mit à sonner. Elle fouilla dans son sac, en tira le petit appareil, puis consulta l'écran, fronçant les sourcils. Elle ne reconnaissait pas le numéro qui s'affichait et il n'y avait pas de nom associé. Qui pouvait bien l'appeler à une heure pareille ? Elle ne donnait son nu méro qu'à très peu de gens. Par exemple, elle l'avait donné aux policiers, évidemment, mais pas à Mac. La police, oui, c'était peut-être ça. Auraient-ils déjà mis la main sur l'intrus ?

Elle referma la porte d'un coup de pied, enclencha le verrou et répondit à l'appel :

— Oui ?

— Elizabeth…

Son sang se glaça dans ses veines.

— Je peux vous aider, Elizabeth…

— Qui est à l'appareil ?

Elle s'adossa à la porte comme si elle avait peur de tomber, serrant le téléphone dans sa main, à le briser.

— Nous vous avons retrouvée, mais je peux encore l'arrêter…

— Qui est là ? Qui êtes-vous ?

La terreur déferlait en elle. D'abord l'agression. Puis cet appel… Que lui arrivait-il ?

— Voyons-nous vite, avant qu'il ne soit trop tard…

— Trop tard pour quoi ?

Elle se tourna vers la fenêtre, essayant de jeter un coup d'œil dehors, par l'interstice entre les volets. N'y avait-il pas une voiture garée devant chez Judy Lee, sa voisine ? C'était difficile à dire, à cause de l'ombre très dense d'un grand arbre sur la maison, mais il semblait bien que oui.

— Je crois que vous vous trompez de personne, monsieur.

— Allons, Beth, je veux seulement vous aider… J'étais là… J'étais dans le Colorado.

Ce type, à la bibliothèque, n'avait pas du tout cherché à l'aider, mais bien à lui faire du mal. Elle déglutit avec peine. La voix paraissait vaguement familière.

— Laissez-moi tranquille ! dit-elle en essayant d'affermir la sienne.

— Vous êtes en danger, Elizabeth…

— Est-ce que vous me menacez ?

Quelque chose bougeait, là-bas, sous le grand arbre. A moins qu'elle ne se fasse des idées ? Elle se mit à trembler de plus belle.

— Je veux seulement vous aider…

Sans même se présenter ? A d'autres !

— Le passé est le passé…, continua l'inconnu. J'ai trop parlé, posé trop de questions. Je me suis dévoilé trop tôt…

Elizabeth était perdue. Qui était cet homme, à la fin ?

— Pour cette raison même, nous sommes tous les deux en danger.

Elle avait toujours la veste de Mac sur ses épaules, mais elle était glacée jusqu'à la moelle.

— On me traque, je le sais. Et on vous cherche, vous aussi…

La voix semblait toujours aussi familière, mais Elizabeth ne parvenait pas à la situer.

— Retrouvons-nous, là, maintenant. Je suis à côté d'un bar, sur Avers Street : le Rustic. Voyons-nous dans la petite rue qui fait l'angle.

Bien sûr qu'elle allait rencontrer un inconnu le soir même où on avait voulu l'agresser ! Quoi de plus naturel !

— Je peux vous aider, répéta la voix. Je sais ce qui est arrivé, d'accord ? J'y étais. J'ai couvert l'événement…

Couvert ? Un journaliste, alors ? La mémoire d'Elizabeth s'enclencha. Un grand type mince aux cheveux blonds avec des yeux bleus, où elle avait bien cru voir de la compassion, en effet.

Mais il y avait un siècle de cela et elle était une personne toute différente désormais.

— Non, vous me confondez avec quelqu'un d'autre, je vous dis !

— Beth ! Non, ne raccrochez pas !

La voix se faisait plus pressante, le souffle court.

— Vous êtes venue au Texas à cause de ce qui est arrivé, n'est-ce pas ? Parce qu'il en était originaire ? Je sais tout, j'ai tout compris. Venez me voir et nous pourrons arrêter… Ah !

Un cri, aigu. De douleur ?

— Allô ? Allô ? Tout va bien ?

Un clic, et puis plus rien. La communication était coupée.

— Allô ?

Elle appuya sur le bouton de rappel, mais la ligne sonna dans le vide, durant de longues secondes. Puis l'annonce de messagerie s'enclencha :

— Bonjour, c'est Steve Yeldon. Si vous appelez pour me raconter un scoop, laissez un message. Sinon, pourquoi vous m'appelez ?

Steve Yeldon. Ce nom surgissait des tréfonds du passé. Oui, elle se souvenait de lui. Un jeune reporter, à peine plus âgé qu'elle, à l'époque. Il avait voulu l'écouter, au lieu de la questionner brutalement comme la plupart de ses confrères. Il voulait connaître sa version des faits.

Mais elle n'avait pas voulu lui parler. Il y avait des années de cela.

Elle tenta de le rappeler une fois encore, pour lui demander si tout allait bien. Ce cri l'inquiétait.

Quelqu'un décrocha, avec une respiration précipitée.

— Allô ? Steve Yeldon ? demanda Elizabeth.

Pas de réponse, mais ce souffle court, encore…

— Ecoutez, Steve, je n'ai pas voulu…

— Steve ne peut pas parler pour le moment.

Cette voix-là, rauque, inquiétante, fit frissonner Elizabeth plus encore.

— Qui est à l'appareil ?

— Nous nous verrons bientôt, Elizabeth.

Un clic. La peur lui noua l'estomac. *Il* avait coupé la communication.

Le premier mouvement d'Elizabeth fut d'appeler la police, d'indiquer ce bar et la rue adjacente, mais…

Ils ne m'avaient pas cru la première fois.

Cette première fois, qui avait été l'occasion de sa rencontre avec Steve Yeldon.

Les rapports d'Elizabeth avec les policiers avaient toujours été fluctuants et tendus. Décevants, aussi. Ils n'avaient jamais voulu l'aider.

Mais, en cet instant, c'était Steve qui avait besoin d'aide et elle était la seule à pouvoir la lui apporter. Elle carra ses épaules, puis saisit ses clés de voiture.

2

Mac s'étonnait lui-même. Quelle mouche le piquait ? Jamais il n'aurait dû suivre Elizabeth jusqu'à chez elle et encore moins la guetter de l'autre côté de la rue. Rien de tout cela n'était son genre.

Seulement, il était inquiet pour elle et agir ainsi le rassurait un peu.

Elle était chez elle, en sécurité. Lui, il pouvait quitter les lieux, l'esprit en paix. Mais il n'y arrivait pas.

Elle a des ennemis et elle ne veut pas les nommer…

Il revint vers sa voiture. Le lendemain, il lui parlerait. Il fallait lui faire entendre raison, elle…

Elle sortit de sa maison en trombe. Elle courait !

Mac l'appela, mais elle ne parut pas l'entendre. Elle sauta dans sa voiture, démarra dans un énorme crissement de pneus et passa tout près de lui. Mais déjà, il bondissait dans la sienne.

Il se passait quelque chose d'anormal, cela ne faisait aucun doute. On ne conduisait pas de cette manière lorsqu'on n'était pas en danger, et Elizabeth lui avait dit qu'elle le redoutait et ne le recherchait pas.

Il suivit sa voiture à bonne distance jusqu'au centre-ville d'Austin, dans les rues animées où l'on trouvait la plupart des bars et des boîtes de nuit. Jamais il n'aurait cru que ce soit son genre. Mais après tout, il s'était déjà trompé sur le compte de bien des gens.

Elizabeth s'engagea dans un parking, sans paraître remarquer qu'elle était suivie. Sans doute conduisait-elle trop vite pour s'en apercevoir, songea Mac. Il abaissa sa vitre. Des rumeurs de musique et de rires emplirent aussitôt l'habitacle.

Arrête de te raconter des histoires, se morigéna-t-il *in petto. Elle est juste sortie boire un verre. Avec un autre que toi.*

Et elle se pressait rudement, pour ça.

Elle était sortie de sa voiture et se dirigeait vers le Rustic, un bar où Mac avait déjà eu à faire. Pas le plus mal famé du coin, mais pas le plus reluisant non plus.

Elle pressa le pas et se mit à courir. Pas vers le bar, vers la rue adjacente. Où diable allait-elle ? s'étonna Mac.

Va-t'en. Rentre chez toi. Personne ne la menace.

Elle avait disparu dans l'obscurité.

Souvent, lorsque l'on vient de commettre une grosse erreur, on le sait. Et Elizabeth, en cet instant, le savait : elle aurait dû faire demi-tour et filer de là aussi vite que possible. Mais un pressentiment l'en empêchait. Elle redoutait que quelque chose de terrible soit arrivé à Steve Yeldon. Elle avait encore dans l'oreille son cri vite étouffé.

La ruelle dans laquelle elle s'était engagée n'avait rien de trop sordide, malgré une odeur plutôt désagréable de poubelles pas assez souvent relevées. Elles traînaient sur le trottoir : de gros containers verts.

Il faisait sombre et la seule lumière paraissait venir des fenêtres des immeubles alentour.

Y avait-il quelque chose ou quelqu'un derrière ces grosses poubelles ? Elizabeth s'avança pour le savoir.

— Steve ? Steve Yeldon, vous êtes là ?

Elle fit quelques pas encore, dans l'obscurité presque totale. Pas de réponse. Aussi, elle reprit son téléphone portable et essaya de le joindre. Il ne répondit pas, elle recomposa son numéro. Il y eut quelques instants d'un silence plutôt intense, et puis…

Une sonnerie, très distincte, qui semblait venir de derrière la poubelle, sur la gauche.

Elizabeth abaissa la main qui tenait le téléphone. Un bruit à nouveau, mais faible, comme le bruissement d'un tissu.

— Steve ? Vous êtes blessé ?

Elle risqua un pas de plus en direction des ordures, prête à toute éventualité, sa bombe de produit anti-agression déjà en main. Elle ne se laisserait pas faire.

Mais un coup d'œil lui suffit pour comprendre : il s'agissait d'un cadavre. Le corps était recroquevillé au sol, inerte, une flaque sombre et sans appel s'élargissant sous lui.

Nerveusement, Elizabeth actionna la petite lampe à LED de son téléphone et en dirigea le mince faisceau vers le visage du mort. C'était bien Steve, un peu vieilli, un peu plus maigre. Et ayant définitivement cessé de vivre.

Il y avait vraiment beaucoup de sang. Elizabeth recula, en tremblant un peu. Elle tenait toujours à la main son téléphone et sa bombe anti-agression.

Un rat bondit de derrière la poubelle et s'enfuit, passant tout près du corps de Steve. Elizabeth poussa un cri et…

Deux bras se refermèrent sur elle, comme un étau. Son téléphone tomba à terre, mais cela n'avait aucune importance. Ce qui comptait, c'était sa bombe au poivre. L'homme l'avait soulevée et elle avait les pieds en l'air, mais elle ne parvenait pas, malgré ses efforts, à lui porter des coups de cette façon-là. Alors elle se tourna un peu, ferma les yeux et expédia un jet de produit, par-dessus son épaule, droit vers le visage de l'assaillant. Il poussa un cri de douleur, guttural, et la lâcha. Elle tomba lourdement au sol, sur ses mains et ses genoux, un peu trop près du cadavre…

— Elizabeth !

Elle tourna la tête. Ce n'était pas son agresseur qui venait de l'appeler. Cela venait du bout de la rue. Elle reconnaissait parfaitement la haute et large silhouette de l'homme qui se ruait vers elle.

L'inconnu qui l'avait attaquée, lui, était en train de s'enfuir, son pas de course résonnant sur le bitume. Elizabeth se remit sur ses pieds, tandis que Mac se précipitait vers elle. Il la prit dans ses bras.

— Elizabeth ! Vous n'avez rien ?

Non, rien... ou à peu près. Ce n'était pas elle, la morte, en tout cas.

— Il a tué Steve.

— Quoi ? Mais qui est Steve ?

Elle montra le corps étendu, et Mac jura sourdement.

Elle s'extirpa de ses bras pour rattraper son agresseur.

— Il faut qu'on lui coure après !

Pas question de laisser un assassin en liberté.

Mac lui emboîta le pas.

Après un tournant, la ruelle débouchait sur une rue passante, à forte circulation. Elizabeth allait traverser sans même un regard. Mac lui entoura la taille de son bras et la tira en arrière.

— Elizabeth, faites attention !

Elle se libéra à nouveau.

— Mais il faut le retrouver !

Elle scruta vivement les alentours : il y avait des voitures, des enseignes lumineuses de bars et de boîtes de nuit, mais pas trace d'un homme qui fuyait, avec du sang sur lui, le visage rouge et les yeux en larmes du fait de la bombe au poivre.

— Où est-il passé, bon sang ?

Il ne pouvait pas s'enfuir comme ça. Il avait tué un homme, un journaliste.

Si on ne l'attrapait pas...

Un frisson parcourut Elizabeth.

Il me tuera, moi aussi.

C'était presque l'aube.

Mac était dans les locaux de McGuire Sécurité, mais il ne se préparait pas à commencer une journée de travail.

Il finissait une nuit d'enfer.

Il était assis à son bureau, Elizabeth en face de lui, les épaules voûtées, pâle et silencieuse.

Il avait attendu avec elle, sur les lieux du meurtre, l'arrivée de la police et l'avait vue s'enfermer dans sa coquille. Elle avait répondu aux questions des inspecteurs de façon très laconique, sans donner de détails.

« J'ai trouvé le corps étendu, là, et l'assassin m'a saisie. Non, je n'ai pas vu son visage. Non, je ne le connaissais pas, je suis désolée. Je ne peux pas vous aider. »

— Elizabeth ?

Il l'avait ramenée en voiture au bureau et elle n'avait pas dit un mot. Elle paraissait à des kilomètres de là, ne cilla même pas à son appel.

Aussi, il se leva, fit le tour de son bureau et se pencha vers elle, en posant ses mains sur ses épaules.

— Elizabeth ? appela-t-il de nouveau.

Cette fois, elle leva vers lui ses yeux profonds et sombres. Etait-elle en état de choc ? On ne découvrait pas un cadavre tous les jours, même si, il en était convaincu, cette découverte-là ne devait pas grand-chose au hasard.

— J'aurais dû rentrer chez moi, dit-elle d'une voix légèrement rauque et atone. Je ne sais pas ce que je fais ici, avec vous…

Lui le savait. Elle l'avait suivie parce qu'elle était troublée et perdue dans ses pensées, occupée qu'elle était à se bâtir des défenses, pour protéger ses secrets.

— Vous avez besoin de mon aide, dit-il très doucement. Et je vous l'ai apportée, même si je sais pertinemment que vous mentez aux flics.

— Je ne sais pas de quoi vous parlez !

Elle essaya de se lever de son fauteuil, mais il l'en empêcha.

— Veuillez retirer vos mains, je vous prie, lui intima-t-elle d'un ton glacial, en le fusillant de regard.

Bon… Il la lâcha, mais resta campé devant elle.

— Vous connaissiez cet homme, le mort, bien que vous ayez raconté le contraire à la police. A moi, vous avez dit : « Il a tué Steve. » Et vous êtes partie de chez vous comme si vous aviez le diable aux trousses. Vous avez couru droit vers cette ruelle. Vous saviez qu'il s'y trouvait.

Elle se leva d'un bond. Cette fois, il ne tenta pas de l'en empêcher.

— Vous m'avez suivie ! tonna-t-elle.

Il haussa les épaules.

— L'accusé plaide coupable.

— De quel droit ? Vous ne pouvez pas… suivre les gens, comme ça !

— Vous savez, je suis détective privé. Je passe pas mal de mon temps à suivre les uns et les autres.

Manifestement embarrassée, Elizabeth passa brièvement le bout de sa langue sur ses lèvres. Ce n'était pas vraiment le moment de remarquer ce genre de choses, mais Mac le nota quand même.

— Et pourquoi vous me suiviez ?

— Parce que je m'inquiétais à votre sujet. Pour assurer votre sécurité.

A son tour, elle haussa les épaules.

— Vous ne me connaissez même pas ! Je ne sais vraiment pas à quoi je pense ! J'ai laissé ma voiture là-bas et…

— Vous pensez que vous pourriez bien être la prochaine victime, la coupa-t-il. Et vous n'avez pas tort. Ce type n'en est certainement pas à son premier meurtre.

Mac en savait long sur le sujet des tueurs. Probablement même un peu trop… De toute évidence, quelqu'un pistait Elizabeth Snow. Mac n'allait pas lui laisser s'imaginer qu'elle serait une cible facile.

— Quelqu'un en a après vous, reprit-il posément.

Elle ne répondit rien.

— Bon sang, je peux vous aider ! C'est ce que nous faisons, ici, à McGuire Sécurité. Nous enquêtons. Nous protégeons. Vous saviez que vous alliez le trouver mort, cet homme, dans la ruelle…

— J'espérais que non.

Elle parlait enfin ! Du bout des lèvres, mais c'était un progrès extraordinaire.

Elle se retourna vers lui, visiblement nerveuse, la mine renfrognée.

— Je n'ai pas confiance en vous.

Il faillit sourire d'attendrissement.

— J'en ai tout autant à votre service.

Il la désirait. Cela, c'était certain. Quant à lui faire confiance… Il ne fallait tout de même pas exagérer, il l'avait vue mentir à la police.

— Je n'avais pas entendu parler de Steve Yeldon depuis des années. Et puis, ce soir, j'étais à peine rentrée chez moi qu'il m'a appelée.

Mac fit un pas vers elle.

— Si c'est vrai, expliquez-moi un peu comment il avait votre numéro ?

— Il était journaliste ! Ils savent trouver ce genre de choses… Il m'a appelée et il m'a dit de le rejoindre dans cette ruelle. Il voulait me parler.

Mac écoutait, attentif, mais Elizabeth ne dit rien de plus. Alors il soupira :

— Et vous parler de quoi ?

— Comment le saurais-je ?

Elle détourna les yeux.

— Je suis à Austin depuis presque trois mois. Je ne m'occupe que de mes propres affaires. Je ne suis impliquée dans aucune histoire louche ou dangereuse.

Mac ne put s'empêcher de rire et Elizabeth rougit fortement.

— On vous a presque agressée dans votre bibliothèque, puis vous vous précipitez dans une ruelle déserte, vous y dénichez un cadavre et on vous attaque à nouveau. Vous ne croyez pas que cela fait deux ou trois situations dangereuses d'affilée ?

Elle ne releva pas, son regard perdu au loin, par la fenêtre.

— De quoi ce journaliste voulait-il vous parler ? insista Mac.

— Je n'en ai aucune idée. Il disait que nous pouvions encore « l'arrêter » mais je ne sais pas ce qu'il voulait dire. Ni ce que nous devions empêcher, ni comment…

Elle paraissait sincère.

— Dans ce cas, pourquoi vous y êtes allée ?

Elle baissa les yeux et un désagréable soupçon gagna Mac.

— Elizabeth ?

— Je l'ai entendu crier, au téléphone. Sûrement quand le tueur l'a frappé.

Il y avait, dans ses yeux, une peine profonde. Et de la peur, aussi.

— C'était un cri de douleur et, ensuite, il n'a plus rien dit. Alors, j'ai coupé et je l'ai rappelé tout de suite. C'est quelqu'un d'autre qui a répondu. Un homme qui m'a dit : « Steve ne peut pas parler pour le moment… »

— Comment ? Vous avez été en communication avec le tueur ? Vous vous êtes bien gardée de le raconter à la police !

— Ce n'est pas tout…

Quoi encore ?

— Il m'a dit : « Nous nous reverrons bientôt, Elizabeth… »

Mac la saisit impulsivement par les épaules.

— Il vous a menacée et vous l'avez caché à la police ? Mais pourquoi ? Pourquoi ?

Elle le regarda sans répondre, une terreur profonde au fond des yeux.

— Vous saviez, n'est-ce pas, que ce qui s'est passé à la bibliothèque est directement lié à ça ? Vous ne pouviez pas l'ignorer !

Elle acquiesça.

— Alors, pourquoi ?

— Parce que la dernière fois, déjà, les policiers ne m'ont pas crue. Je n'ai pas une très bonne expérience avec eux.

La dernière fois ? Combien de secrets la jolie bibliothécaire cachait-elle encore ?

— Tout ça n'est pas votre problème, ajouta-t-elle en avalant sa salive avec difficulté. Je ne suis pas votre problème.

Oh que si, tu l'es !

— Engagez-moi.

— Je… je n'en ai pas les moyens.

Il balaya l'objection d'un geste. Il ne voulait pas de son

argent. Il voulait la protéger. Effacer cette peur atroce de ses yeux.

— Vous avez besoin de protection, vous avez besoin de moi. Je ne vous demande pas de me payer. Un tueur en a après vous. Vous ne voulez pas de l'aide de la police, acceptez la mienne. La nôtre. Vous savez ce que nous pouvons faire, à McGuire Sécurité ?

— Oui, j'ai entendu beaucoup d'histoires sur votre famille.

Cela, ce n'était pas forcément une bonne chose. Tout ce qui circulait au sujet des affaires que les McGuire traitaient n'était pas forcément rassurant. Il y avait même souvent de quoi vous faire dresser les cheveux sur la tête.

— Quelle que soit la cause réelle de ce qui vous arrive, vous ne pourrez pas y faire face seule.

Elle baissa les yeux, ses longs, très longs cils ombrant ses pommettes. Mac était tout près d'elle. Il en avait pleinement conscience. Leurs corps se frôlaient. Il avait toujours les mains sur les épaules d'Elizabeth, ce dont il rêvait depuis des semaines.

— Vingt-quatre heures, murmura-t-il. Donnez-moi vingt-quatre heures, le temps de voir un peu de quoi il retourne et si nous pouvons coincer ce taré.

Elle battit des cils.

— Vous allez me dire de tout raconter aux policiers, n'est-ce pas ?

Hélas, il le fallait bien. Non pas que Mac leur fasse confiance à 100 %, pas avec son expérience, mais…

— Oui, il faut leur parler de cet appel téléphonique, de ce que ce type vous a dit. Sinon, vous risquez tôt ou tard d'être accusée de faire obstruction à la justice. Et puis, vous ne faites que leur rendre la tâche plus difficile.

Elizabeth acquiesça. Elle voyait bien qu'elle n'avait plus vraiment le choix, devina Mac.

Il reprit :

— Je resterai auprès de vous, à chaque instant et…

— Et vous voulez vos vingt-quatre heures.

— Oui, et que vous me confiez quelques-uns de ces secrets que vous dissimulez, que vous nous fassiez confiance, à moi et à ma famille, pour veiller à votre sécurité et faire arrêter ce tueur.

Mac en avait le cœur battant. Vingt-quatre heures. Ce n'était pas *tout* ce qu'il voulait, loin s'en fallait, mais c'était un début.

— Bon, d'accord…

Le soulagement envahit Mac.

— Mais je tiens à vous payer, d'une façon ou d'une autre.

— Nous en parlerons plus tard. D'abord, il faut rappeler la police.

— Y a-t-il autre chose ? demanda la blonde inspectrice, avec davantage qu'une lueur de soupçon dans son œil bleu. Parce que si cet individu vous a donné d'autres indications…

— Non, aucune, répondit prestement Elizabeth.

Ils étaient toujours dans le bureau de Mac où, pendant une heure, l'inspecteur Melinda Chafer lui avait posé question sur question.

Au moins, elle ne m'a pas embarquée au poste, songea Elizabeth.

Mac avait-il raison ? Y avait-il eu réellement obstruction à la justice, dans la mesure où les policiers ne l'avaient pas interrogée à propos du coup de fil ?

Elle ne devait plus fuir ses responsabilités.

D'ailleurs, elle était fatiguée de fuir.

— Quelle était la nature exacte de vos relations avec Steve Yeldon ? reprit Melinda.

Il n'était plus temps de reculer, songea Elizabeth. D'ailleurs, le regard de Mac était posé sur elle.

— Il y a huit ans, je… mon ami a été assassiné. Son nom était Nate Daniels.

Elle n'aimait guère y penser, cela faisait encore trop mal.

— Son assassin n'a jamais été retrouvé…

Dis-le, dis la suite. Il le faut.

— Et beaucoup de gens ont alors cru… que c'était moi qui l'avais tué.

Elle surveillait Mac du coin de l'œil : il se raidit nettement. Bien sûr… Et c'était pour cela qu'elle n'avait rien dit de ses relations avec Steve Yeldon. C'en était l'une des raisons, en tout cas. Elle détestait tous ces soupçons qui pesaient sur elle.

— Et c'était faux ? demanda Melinda d'un ton neutre.

— Oui, je ne l'ai pas tué. Steve Yeldon est l'une des rares personnes qui m'ont crue, à l'époque, et je sais qu'il a essayé de rechercher le vrai coupable.

Melinda ne la quittait pas des yeux.

— Et vous dites que le véritable assassin n'a jamais été retrouvé ?

— Non, pas à ma connaissance.

Elle en avait la chair de poule.

— Donc, vous pensez que Steve Yeldon avait découvert son identité et qu'il voulait vous en faire part ?

— Oui, je crois que oui.

— Et l'assassin, lui, doit croire que vous êtes en mesure de l'identifier, renchérit Mac.

Elizabeth écarta ses bras en signe d'ignorance. Non, elle ne savait rien de lui. Elle avait préféré fuir, se trouver une nouvelle ville, de nouvelles connaissances. Une nouvelle vie.

— Si le tueur est toujours à Austin, vous êtes en danger, conclut Melinda, flegmatique, en se levant de sa chaise.

Comme si Elizabeth n'en avait pas conscience !

— C'est pour cela vous avez gardé le silence ? Parce que vous aviez peur qu'il s'en prenne à vous ?

Avant qu'Elizabeth ait pu répondre, l'inspectrice enchaîna :

— Vous taire ne vous protégera pas, bien au contraire.

Voilà qui n'était pas très rassurant.

La policière se tourna vers Mac.

— Je suppose qu'Elizabeth Snow bénéficie de la protection de McGuire Sécurité ? C'est une très bonne chose. Mettez-moi dans la boucle et je pourrais peut-être vous aider.

Mac lui donna l'une de ses cartes de visite et la raccompagna à la porte.

Dès qu'elle fut partie, Elizabeth se mit à faire les cent pas dans le bureau. Le soleil était déjà haut dans le ciel. Elle était épuisée et voulait vraiment rentrer chez elle pour s'écrouler sur son lit. En moins de vingt-quatre heures, la vie paisible qu'elle s'était organisée avait volé en éclats. On la traquait jusque sur son lieu de travail, elle avait découvert un cadavre, et tous ses petits secrets remontaient à la surface. Les ragots... Les soupçons, les accusations...

Elle pressa ses paumes sur ses yeux, tentant d'endiguer le flot d'amertume qui déferlait en elle.

— Elizabeth ?

C'était Mac, elle ne l'avait pas entendu revenir. Cette façon qu'il avait de se déplacer toujours silencieusement, comme un chat, lui portait décidément sur les nerfs.

— Je voudrais rentrer, lui dit-elle.

Il acquiesça.

— Je vous ramène.

Pas de discussion ? Pas de mise sur le gril et de questions concernant son passé ?

— Vous semblez sur le point de vous écrouler, Elizabeth.

Il eut aussitôt une moue embarrassée.

— Ne vous méprenez pas, vous êtes toujours aussi jolie. Seulement, je peux voir quand quelqu'un est réellement épuisé.

Il tendit sa main et, se surprenant elle-même, Elizabeth avança la sienne puis entrelaça ses doigts aux siens.

— Vous pourrez tout me raconter quand vous aurez eu quelques heures de sommeil.

Oh non, je ne le pourrai pas, songea-t-elle.

Il ignorait à quel point sa vie était compliquée et combien elle avait lutté pour laisser tout cela derrière elle.

Elle avait cru que le passé était mort, mais il venait de resurgir. Et de tuer.

*
* *

Il n'avait pas compté sur ce maudit détective...

Elizabeth Snow s'était trouvé un allié de poids. Plusieurs, même, puisqu'ils étaient toute une famille. Les McGuire étaient bien connus dans la région et, franchement, il aurait préféré ne pas les avoir en travers de son chemin.

Il les observa, Elizabeth et ce McGuire, tandis qu'ils quittaient ensemble l'agence.

Son chapeau était enfoncé sur son front, son col relevé et il portait des lunettes noires, pas seulement pour dissimuler son visage mais parce qu'il avait encore les yeux rouges du traitement qu'elle lui avait infligé.

Ils descendaient la rue et Mac semblait plus focalisé sur elle que sur les menaces qui pourraient surgir à tout instant.

Là, tu fais une erreur...

Elle avait toujours attiré les hommes. Pourtant, en cet instant, elle paraissait différente. Et cette idée de se faire bibliothécaire... Surprenant.

Mac lui ouvrit sa portière et, cette fois, il inspecta les environs d'un coup d'œil circulaire.

L'homme tourna immédiatement la tête, pour ne pas être repéré, et s'éloigna rapidement. Il n'était pas encore temps de passer à l'attaque, il avait déjà été assez difficile de se débarrasser de Yeldon.

J'aurais dû la tuer il y a des années. On a toujours tort de ne pas terminer un boulot commencé.

Il ne s'en était pas trop inquiété jusque-là, car il pensait qu'elle n'avait aucun moyen de l'identifier, mais il n'en était plus aussi sûr et il ne pouvait s'offrir le luxe du moindre risque. Il avait trop, bien trop à perdre.

La voiture que conduisait Mac passa près de lui.

Elizabeth avait parlé à une femme de la police. Il l'avait vue partir, elle aussi. Il fallait qu'il sache ce qu'elle lui avait dit, avant qu'elle ne se lance dans une enquête qui pourrait déboucher sur lui. Peut-être y aurait-il moyen de la corrompre. Tout le monde avait son prix, encore fallait-il le trouver...

Bien sûr, si cette blonde était l'un de ces policiers pénibles qui refusaient de se laisser acheter, alors il faudrait passer à la manière forte. On s'arrangerait toujours, en les éliminant tous si besoin. Il était doué pour cela, les arrangements…

3

Elizabeth était en retard pour son travail. Pas seulement un peu, mais très, très, en retard. Elle devait normalement ouvrir la bibliothèque à 13 heures et il était déjà presque 14 heures quand elle bondit hors de chez elle, comme un boulet de canon.

Elle n'avait pas fait trois pas sur le trottoir que, brusquement, elle se souvint : elle n'avait pas sa voiture. Elle l'avait laissée à Austin et…

Non, elle était là, sagement stationnée devant la maison. Un grand soulagement s'empara d'Elizabeth. Mac avait dû la lui ramener.

Mais à quelques mètres d'elle, un homme sortait d'un SUV stationné juste devant chez sa voisine. Il était grand, avec de larges épaules et, si des lunettes de soleil masquaient son regard, l'expression de son visage était intense, déterminée. Il marcha droit vers elle. Elizabeth prit peur et s'écria :

— Ne vous approchez pas !

— N'ayez pas peur. Je suis Sullivan…

Sullivan ? Ce prénom lui disait quelque chose. Ce visage et cette allure, aussi.

Il retira ses lunettes.

— Le frère de Mac.

Il avait bien, en effet, le regard vert, caractéristique des McGuire.

— Et j'assurerai votre protection aujourd'hui.

Sa protection ?

— Je croyais que Mac s'en occupait lui-même ?

— C'est comme ça avec les McGuire. Vous n'engagez pas seulement l'un d'entre nous, mais nous tous.

Etait-ce censé la rassurer ?

Sullivan lui tendit quelque chose. Ses clés de voiture.

— Je crois que c'est de ceci dont vous avez besoin, non ? A voir votre façon de courir vers votre véhicule.

— C'est vous qui l'avez ramenée ?

— C'est Mac.

Elle lui prit les clés.

— Merci, je... il faut que j'aille au travail. J'ai appelé ma patronne pour lui dire que je serai en retard... Cela ne m'arrive jamais !

Elle tenait à le préciser à Sullivan. Qui sait ce qu'il avait pu entendre sur elle ?

Il hocha la tête.

— Je vous suis.

— Euh... vous voulez dire... que vous allez me suivre toute la journée ?

— Jusqu'à ce que Mac prenne le relais, oui.

— Et où est-il, Mac, en ce moment ?

— A la morgue.

Surprise, elle eut une sorte de petit sursaut.

— Il regarde s'il peut savoir quelque chose de plus sur ce journaliste que vous avez trouvé mort et ce que la police a pu apprendre.

Non, hélas, ce n'était pas un mauvais rêve.

Un tueur me surveille. Il est peut-être là, quelque part, à me guetter dans l'ombre.

Elle scruta les environs. Tout paraissait désespérément normal.

— Vous connaissez bien mon frère ? lui demanda Sullivan.

— Pas vraiment. Je suis juste sa bibliothécaire.

— Ah oui ?

Sullivan haussa les sourcils et esquissa un sourire.

— C'est la pure vérité !

Elle carra ses épaules.

— Et comme je vous le disais, je suis en retard. Il faut vraiment que je me dépêche.

Elle passa devant lui et ouvrit sa portière. Mais avant de se glisser à sa place, elle se retourna vers Sullivan.

— Merci. D'assurer ma protection, je veux dire. J'apprécie beaucoup ce que vous faites.

Il s'inclina.

— Vous savez, je crois que, s'il vous arrivait quelque chose, Mac me ferait passer un très mauvais quart d'heure. Il a l'air très attaché à sa bibliothécaire…

Elle démarra sans répondre, mais en jetant un œil dans son rétroviseur. Sullivan montait dans sa voiture, puis se mit à coller à sa roue.

Protection rapprochée…

Elle frissonna.

Quelques heures plus tard, son téléphone sonna et elle décrocha machinalement.

— Elizabeth Snow.

— Tu sais que tu pourrais bien mourir, Elizabeth ?

— Comment ?

— Cela aurait dû t'arriver il y a des années, déjà. Quand tu te cachais avec ton petit ami dans ce chalet et qu'il perdait tout son sang, tu te rappelles ? Les deux amants qui seraient morts ensemble… Très romantique, non ?

Elle bondit sur ses pieds. Sullivan était à quelques mètres, en train de feuilleter un magazine. Elle lui fit frénétiquement signe d'approcher.

— Arrête, reprit la voix, rauque et désagréable. Je vois tout ce que tu fais.

Il eut un rire grinçant.

— Tu te crois en sécurité avec les McGuire ? Je les élimine quand je veux.

Elle s'immobilisa instantanément.

— C'est bien, dit la voix. Mais c'est trop tard. Il est en train de te rejoindre, n'est-ce pas ?

Sullivan s'approchait, en effet.

— Tu me le paieras, cracha l'inconnu. Ça et tout le reste...

Puis, plus rien. Il avait raccroché.

— Que se passe-t-il ? demanda Sullivan.

Elizabeth considéra le combiné, toujours dans sa main.

— Il m'a encore appelée.

Les épaules affaissées, elle lança un regard circulaire autour d'elle.

— Il est là, quelque part, murmura-t-elle. Il nous voit...

Il n'y avait pas beaucoup d'employés à la bibliothèque, mais elle ne voulait surtout pas qu'ils puissent courir le moindre danger à cause d'elle.

Le visage de Sullivan se figea.

— On s'en va, dit-il brusquement.

— Je... je ne peux pas. Mon service ne se termine que dans quelques heures et...

— Un assassin vient de vous menacer.

— Vous aussi... Il vous a menacé aussi.

Et pas moyen de savoir qui il était. Aucun numéro ne s'affichait sur l'écran du téléphone. Pouvait-on tracer l'appel ? Sûrement, on voyait toujours cela dans les séries policières à la télévision.

— Vous venez avec moi, lui intima Sullivan. Maintenant.

Il fit le tour du bureau et la prit fermement par le bras, puis il l'emmena à grands pas vers la sortie.

— Regardez autour de vous. Essayez de voir s'il n'y a rien d'anormal, un visage qui vous intrigue, quelqu'un qui ne devrait pas être là.

Elizabeth écarquilla les yeux. Il y avait les éternels étudiants, les retraités, les mères avec leurs enfants, la foule habituelle du vendredi après-midi. Personne qui ressemblait de près ou de loin à un tueur. Pourtant, songeait-elle, l'estomac noué par l'angoisse, *il* devait bien se trouver là. Il l'avait vue, il avait vu Sullivan.

Non, il m'a dit qu'il m'avait vue, moi !

Elle se dégagea de la poigne du détective et revint rapidement vers son bureau. Elle avait cru que le tueur se trouvait dans la bibliothèque mais, en fait, il devait probablement être dehors, derrière la fenêtre, quelque part dans la rue. Elle avait laissé sa voiture au bord du trottoir, sous un arbre. Elle se précipita vers la sortie.

— Elizabeth ! appela Sullivan d'une voix forte.

Tout le monde ou presque leva la tête. Ne savait-il pas que l'on ne crie pas dans une bibliothèque ?

— Il est dehors ! expliqua-t-elle.

Elle se rua pour ouvrir la porte. Mais Sullivan la tira par le bras et la ramena contre lui. Ce n'était pas… comme lorsque Mac la touchait. Aucune décharge d'électricité ne parcourait ses veines, son souffle ne s'accélérait pas. Elle ne…

— On peut savoir ce que tu fais, Sully ?

La voix était sèche et coupante. Elizabeth tourna la tête : Mac se tenait sur la plus haute des marches qui menaient à la bibliothèque. Ses yeux n'étaient plus que deux fentes étrécies. Le visage tendu, il fusillait son frère du regard.

— J'empêche ta bibliothécaire de se précipiter au-devant des ennuis. Le tueur vient de l'appeler et elle court après lui. Moi, j'allais immédiatement tracer l'appel, mais j'ai dû l'empêcher d'aller se faire tuer !

Elizabeth se dégagea vivement.

— Il était là, dehors, je le sais ! Pas dans la bibliothèque, parce qu'il y a trop de monde et qu'il risquerait de s'y retrouver piégé.

En deux bonds, elle rejoignit Mac et mit sa main dans la sienne.

— Venez, lui dit-elle. Je pense qu'il était sur le côté gauche du bâtiment.

De là, il pouvait la voir.

Mac la suivit, ou plutôt, il l'accompagna, lui faisant un rempart de son corps à chaque pas. Ils arrivèrent ainsi devant la voiture d'Elizabeth. Les pneus en étaient complètement à plat. On les avait tous crevés d'un coup de couteau. Sullivan poussa un lourd juron. Elizabeth se retourna vers le bâtiment. C'était bien ce qu'elle pensait : de là, à travers la baie vitrée, on pouvait l'observer, assise à son bureau. Il l'avait appelée en guettant chacun de ses gestes.

— Va tracer cet appel, Sully ! ordonna Mac d'une voix sourde, entre ses dents. Tout de suite.

Les bras croisés sur son torse, Mac détaillait Elizabeth. La tension qui était en elle semblait emplir toute la pièce. Et pas n'importe quelle pièce : sa chambre à coucher. Elle fourrait des vêtements dans une petite valise noire, aussi vite que possible.

— Fuir n'est pas une solution, fit remarquer Mac en essayant de parler d'un ton calme et raisonnable.

Elle venait de mettre dans sa valise une jolie petite chose en dentelle noire.

— Vous en parlez comme si c'était la première fois que je vivais ça, répliqua-t-elle.

Mac se redressa, surpris.

— Comment ça, la première fois ? Vous voulez dire qu'on vous avait déjà menacée auparavant ?

Elle éluda sa question.

— Je ne veux plus que vous soyez impliqué dans cette histoire, ni vous, ni votre frère. Je vais me débrouiller.

Il se campa en travers de son chemin, l'empêchant de retourner prendre un vêtement dans la commode.

— Vous débrouiller ? Quelqu'un veut vous tuer.

— Et je ne me laisserai pas faire. Je pars pour gérer cela au mieux, pas pour fuir. Je vais reprendre les choses depuis le début. C'est la meilleure façon de régler cette affaire. Mieux que de se cacher derrière les McGuire.

— Accepter une protection rapprochée, ce n'est pas se cacher.

Et elle avait bien besoin de cette protection. Le traçage de l'appel téléphonique n'avait rien donné. L'homme utilisait probablement un brouilleur sur son téléphone portable.

— Mais il vous a menacé, Mac, vous et votre famille !

Elle l'implorait du regard, visiblement à la torture.

— Vous ne me connaissez même pas. Pourquoi iriez-vous courir des risques pour moi ? Croyez-moi, je n'en vaux pas la peine !

Il haussa les épaules, agacé.

— Vingt-quatre heures ! Je vous ai demandé vingt-quatre heures et vous avez accepté.

— Parce que j'étais épuisée ! Je ne savais plus ce que je faisais. Sinon, je n'aurais jamais osé vous entraîner dans toute cette histoire !

Elle fronça les sourcils.

— D'ailleurs, je ne sais toujours pas ce que vous faisiez dans la ruelle où Steve a été tué.

Il s'approcha d'elle, savourant une fois de plus l'odeur de cannelle de ses cheveux.

— J'étais là parce que je vous avais suivie.

Elle recula.

— Je ne comprends pas...

— Je vous ai d'abord suivie de la bibliothèque jusqu'à chez vous. Là, j'ai attendu dans ma voiture et, quand vous êtes ressortie en courant, j'ai compris que quelque chose n'allait pas. Je n'allais pas vous laisser aller au-devant du danger toute seule.

Ni à ce moment-là. Ni après...

— Mais vous ne me connaissez même pas !

— Justement, j'aimerais mieux vous connaître.

Les jolies lèvres d'Elizabeth s'entrouvrirent.

Mac enchaîna :

— Chaque fois que je suis venu dans cette fichue bibliothèque, c'était pour vous voir. Pour ce sourire que vous avez lorsque vous accueillez les lecteurs au comptoir. Je venais et j'espérais que vous me parleriez un peu plus longtemps que la fois précédente...

— Mais pourquoi vous...

— Parce que j'ai envie de vous. Depuis la première fois où je vous ai vue. Je ne suis peut-être pas votre genre, vous pouvez me trouver brutal ou dangereux, mais ça ne change rien à ce que je ressens.

Je te veux nue contre moi, nu. Je veux te donner du plaisir, comme personne ne t'en a jamais donné.

Elle était faite pour l'amour, il le sentait au plus profond de lui-même, depuis le premier instant où il avait posé les yeux sur elle.

— A présent, vous êtes en danger et je suis celui qui peut vous aider. Je me moque des menaces de ce taré, ou plutôt elles ne font que renforcer ma détermination. Pas question de le laisser agir, c'est un tueur et il doit être arrêté.

Elizabeth semblait ébranlée mais pas encore tout à fait convaincue, il pouvait le lire dans son regard.

— Je ne peux pas me permettre d'entraîner qui que ce soit dans cette histoire, murmura-t-elle, obstinée.

— Je suis enquêteur privé. Ce genre de choses fait partie de mon quotidien.

Elle ne souriait toujours pas. Il l'aurait bien voulu, pourtant. Il aurait voulu effacer les soucis de ce joli visage. Et pas question, non pas question de la laisser partir sans lui.

— Nous n'avons pas réussi à tracer l'appel. Ce type n'est pas un amateur, Elizabeth. Il sait se dissimuler. Il vous traque.

Mac essayait de parler d'un ton calme et convaincant, mais en fait il était en rage.

— Laissez-moi vous aider. Vous protéger. C'est mon travail. Laissez-moi le faire.

— Je sais ce qu'a vécu votre famille, dit soudainement Elizabeth. Ce qui est arrivé à vos parents.

Mac se raidit un peu, mais il n'en était pas autrement surpris. Beaucoup de gens savaient, car il était difficile de dissimuler un double meurtre. Une nuit, alors que Mac et ses frères se battaient à l'autre bout du monde, leur père et leur mère avaient été assassinés. On n'avait jamais retrouvé les tueurs. C'était là la raison profonde qui les avait tous poussés à fonder McGuire Sécurité. Pour aider d'autres victimes et résoudre des affaires que la police avait classées, faute de preuves.

— Votre famille a traversé assez de drames comme ça,

insista Elizabeth. Pourquoi iriez-vous vous mettre tous en danger pour moi ?

— S'il y a bien une chose que nous savons gérer, mes frères et moi, c'est le danger.

— Steve aussi croyait qu'il pouvait s'en protéger.

— C'est possible, mais il n'en avait réellement ni les moyens, ni les connaissances. Il était journaliste… D'après le rapport d'autopsie, son corps ne montrait aucune trace de lutte. Son agresseur semble avoir pu l'approcher sans qu'il se méfie et il ne lui a porté qu'un coup de couteau, un seul. Droit au cœur.

Elizabeth pâlit fortement.

Mac insista :

— Steve Yeldon ne s'est pas défendu, parce qu'il n'avait rien vu venir.

— Il me téléphonait, murmura la jeune femme. C'est pour ça qu'il a été distrait.

Mac acquiesça. Une attaque silencieuse, précise et foudroyante, cela sentait décidément le professionnel. Et peut-être même un orfèvre dans sa spécialité.

— Vous aussi, vous auriez peut-être pu vous laisser surprendre. Je ne veux pas que vous soyez tué.

— Et vous, vous vous imaginez, un couteau planté en plein cœur ?

Il se montrait brutal, délibérément. Il le fallait.

— Parce que je vous rappelle que lorsque je suis arrivé dans cette ruelle, le tueur vous tenait, vous !

— Je me défendais !

— Vous n'étiez pas au bout de vos peines. Quelques minutes de plus, et il vous tuait.

Elle se détourna.

— On aurait retrouvé votre cadavre, martela Mac. Comme on a trouvé le sien.

Cela le rendait furieux… et l'idée même le terrifiait. C'était proprement inconcevable. A la Delta Force, il avait appris à gérer la peur, à en diminuer les effets, à l'anesthésier autant que possible, à ne jamais se laisser submerger complètement par elle. Mais quand il avait entendu Elizabeth crier dans cette ruelle…

Il s'approcha et posa sa main sur son épaule. Elle se tourna de nouveau lentement vers lui.

— Je ne veux pas… vous blesser, murmura-t-il.

— Vous ne devriez pas vous préoccuper de moi comme cela, lui dit-elle dans un souffle. Je ne suis pas celle que…

Il l'embrassa. Il n'aurait peut-être pas dû. Peut-être aurait-il mieux fait de jouer encore au gentleman, mais il n'avait pu s'en empêcher. Il avait besoin de savoir : cette passion qui bouillonnait en lui pouvait-elle courir de l'un à l'autre, comme un incendie ?

C'était bien le cas…

La bouche d'Elizabeth s'ouvrit sous la sienne, ses mains agrippèrent ses épaules. Elle pressa son corps contre le sien et lui rendit son baiser sans la moindre hésitation, avec une sorte de fureur, absolument bouleversante, comme si sa vie en dépendait. C'était… une explosion. Il referma ses bras sur elle et l'attira plus près. Ses seins étaient dressés contre son torse. Il revoyait, comme dans un film, toutes ses visites à la bibliothèque, les livres qu'il avait empruntés pour pouvoir lui parler…

Il n'était pas question de revenir en arrière, de la laisser aller seule vers le danger et la mort, pas alors qu'il avait tellement besoin d'elle. Il goûtait sa langue et s'en enivrait, ses lèvres sur les siennes. Le lit était à deux pas, qui pouvait les accueillir. Il voulait y tomber doucement avec elle, la déshabiller, qu'elle cesse d'avoir peur et ne pense plus qu'à lui…

Mais déjà, elle s'écartait, ses deux mains contre son torse.

Le sang battant à ses tempes, il la dévisagea sans comprendre. Ou peut-être qu'il comprenait trop bien…

— Je savais que ça finirait comme ça, grogna-t-il.

— Et moi, je le redoutais, confia-t-elle, la lèvre rouge de leurs baisers, les yeux brillants.

Que redoutait-elle donc ? Leur désir mutuel ? En quoi était-ce une si mauvaise chose ?

— Je dois faire arrêter cet homme, reprit-elle. Je ne veux pas être... la chèvre qu'on attache au piquet pour attirer le tigre.

— Vous m'aviez accordé vingt-quatre heures...

Elle hocha la tête. Ses mains étaient toujours sur lui et lui avait les siennes sur ses hanches.

— Eh bien, tenez votre promesse et accordez-moi le temps qui reste. Vous croyez que vous allez découvrir la vérité en retournant là d'où vous venez ? Moi, je dis que vous la trouverez ici. Et je peux vous y aider.

— Par quel moyen ? demanda-t-elle en haussant les sourcils.

— En prenant les choses dans l'ordre. En allant visiter l'appartement de Steve Yeldon, pour commencer.

— Nous introduire chez lui ? Sans sa permission ? Ce n'est pas très légal.

— Il ne peut plus nous la donner et, là où il est, je serais surpris qu'il porte plainte.

Le souffle d'Elizabeth s'accéléra.

— Et vous pensez que nous pourrions y trouver quelque chose d'intéressant ?

Mac acquiesça et enchaîna :

— Alors, qu'est-ce que vous en dites ? Est-ce que vous allez tenir parole et ne plus chercher à vous débarrasser de moi ?

— Je pense à votre sécurité.

— Et moi à la vôtre, renchérit Mac.

D'abord. Et à tout prix...

Ce n'était pas tout à fait sa première effraction. Il y avait longtemps de cela, Elizabeth s'était introduite, avec son ami, dans un chalet isolé et inoccupé du Colorado. Leur voiture avait déclaré forfait le long d'une route déserte et enneigée. Il leur fallait un abri pour la nuit.

Elle ne savait pas alors que Nate allait y trouver la mort. Et qu'elle repartirait toute seule, du Colorado.

— On y va ? lança Mac.

Elle se força à acquiescer. On n'était plus vraiment dans

un chalet de montagne, une simple habitation de loisirs, mais dans une maison de ville à Austin, Texas. Un domicile privé.

Mac s'activa sur la serrure, avec une sorte de lame effilée et crantée ainsi qu'une minuscule lampe de poche. Un clic à peine audible et la porte s'ouvrit. Mac entra, alluma la lumière, la fit entrer à son tour et referma soigneusement derrière elle.

Cela faisait une impression étrange de s'introduire dans la demeure d'un mort. Tout paraissait… figé, comme si le temps s'était arrêté à l'instant où le cœur du reporter avait cessé de battre. Il y avait une tasse de café refroidi près de l'évier. Un journal replié sur la table de la cuisine, une chemise jetée sur le dossier du canapé.

— Vous saviez qu'il était à Austin ? demanda Mac.

Elizabeth secoua la tête.

— C'est assez étrange. Je veux dire… qu'il soit venu s'installer dans la même ville que moi. Vous pensez que c'est une coïncidence, ou bien…

— J'ai fait quelques recherches sur lui, répondit-il en commençant à ouvrir des tiroirs.

Il avait mis des gants en latex.

— Apparemment, Steve Yeldon a écrit quelques livres ces dernières années.

Elizabeth se tenait justement devant la bibliothèque. Elle déchiffrait les titres des volumes rangés sur les rayonnages.

— *Un couteau dans la nuit*… *Meurtre en banlieue*… par SR Yeldon. Oui, je connais ces ouvrages. Des reportages, des enquêtes sur des faits qui se sont réellement déroulés.

— C'est ça. Il rouvrait des dossiers classés. C'est un domaine que je connais bien, nous aurions eu des choses à nous dire.

Le cœur d'Elizabeth se mit à battre plus vite.

— Alors, il devait travailler sur le meurtre de Nate. Ce serait logique.

— Malheureusement, la police avait déjà saisi son ordinateur. Je n'ai pas pu y avoir accès.

Mac passa dans la chambre à coucher et Elizabeth lui emboîta le pas.

— Mais je suppose qu'il gardait des notes, ailleurs, sous une forme ou une autre.

Il ouvrit un placard, l'air très sûr de lui.

— Que se passerait-il si la police nous découvrait ici ? s'inquiéta Elizabeth.

— Nous serions arrêtés.

Elle étouffa un cri.

— Comment ? protesta-t-elle. C'est vous qui avez voulu que je parle à cette inspectrice et maintenant, vous…

Il rit.

— Ne vous en faites pas, j'ai d'excellentes relations avec le département de police. Cela se réglerait très facilement. Je vous taquinais.

Ce n'était pas tellement rassurant…

— Tiens, tiens, qu'est-ce que nous avons là…

Il leva les bras vers une étagère du placard.

— C'est une valise, ce que vous avez là, lâcha Elizabeth, pince-sans-rire.

Il l'ouvrit. Elle était bourrée à craquer de photos et de carnets.

— D'accord, je suis très impressionnée, reconnut Elizabeth en s'accroupissant devant la valise que Mac posait au sol. Comment avez-vous deviné que tout était là-dedans ?

— Parce qu'il y a une fine couche de poussière sur tous les bagages, sauf celui-ci.

Il commença à fouiller parmi les photos.

Au bout d'un moment, il siffla entre ses dents.

— C'est vous, là…

Elle jeta un regard par-dessus son épaule. C'était bien elle, en effet. Une photo qui avait été prise peu après le meurtre de Nate. Un policier la faisait monter dans une voiture de patrouille.

Le souvenir de cet instant précis revint à sa mémoire, comme un flash.

Que s'est-il passé ici, mademoiselle ?

Les yeux du policier étaient attentifs et plutôt bienveillants. Du moins, au début.

— Il y avait beaucoup de sang…, reprit-elle à l'intention de Mac.

Elle se pencha et prit une autre photo. Une de la scène de crime. Le beau visage de Nate était étrangement serein, dans la mort. Il avait l'air de dormir. Mais cette flaque de sang, sous lui…

— Vous ne sembliez pas en avoir sur vous ? remarqua Mac.

— N… non, je… je ne l'ai touché qu'une fois, pour vérifier son pouls. Il ne battait plus, bien sûr.

Il était trop tard…

— J'ai besoin de tout savoir de votre passé, pour vous aider, Elizabeth. Vous le comprenez, n'est-ce pas ?

Il y eut un silence. Puis elle murmura :

— Je ne peux pas vous dire ce que je ne sais pas.

Elle saisit une autre photo. Celle-là avait été prise à l'extérieur du chalet de rondins. La neige était si blanche… Elizabeth se souvenait combien le froid la fouettait alors. Elle était restée à frissonner, cachée dans la penderie, durant des heures, jusqu'au moment où elle avait entendu les voix des policiers.

— Qu'y a-t-il dans les carnets ? demanda-t-elle en en ouvrant un.

Son nom figurait en haut de la première page, ainsi que son âge d'alors et…

Deux mots griffonnés en dessous :

Possible complice ?

Son téléphone sonna à cet instant précis. Elle sursauta et lâcha le carnet. Puis elle s'empara de son portable et consulta l'écran. L'appel était inconnu.

— Mettez le haut-parleur, lui intima Mac.

Elle s'exécuta.

— Je sais où tu es, en ce moment, lâcha aussitôt une voix d'homme.

— Et moi, j'en ai assez de vos appels !

Mac la regarda. Il y avait comme de l'admiration dans ses yeux.

— Ne t'en fais pas, Elizabeth, c'est le dernier coup de fil que tu recevras jamais.

Elle frissonna.

— Je sais que tu es en train de fouiller sa maison. Tu as trouvé la surprise que j'y ai laissée pour toi ? Tic, tac, tic, tac…

Mac poussa un juron et la prit par le bras pour la faire se relever. Les photos et le carnet tombèrent au sol.

— Je ne sais pas ce que vous…

— Adieu, Elizabeth, reprit la voix. Tu ne pourras pas te cacher cette fois. Je vous vois, toi et ton nouvel amoureux.

— Il a mis une bombe, dit Mac en la tirant de devant la penderie. Il faut sortir d'ici !

Mais les preuves étaient là. Ils ne pouvaient pas abandonner les photos et le carnet… Elizabeth se dégagea d'un coup d'épaule et revint sur ses pas.

— Elizabeth ! Non !

Il la rattrapa, la tira à nouveau par le bras.

Trop tard !

Une explosion secoua toute la maison et Mac se jeta sur Elizabeth pour la plaquer au sol, lui faisant un bouclier de son corps. Autour d'eux, le monde entier semblait se désintégrer.

Lorsque les flammes illuminèrent le ciel, il sourit. Deux problèmes éliminés et pas des moindres.

Il avait appelé pour s'assurer qu'elle était bien dans la maison.

L'incendie grondait de plus belle. Combien de temps se passerait-il avant qu'un voisin appelle les pompiers ? Avant que l'on réussisse à éteindre le feu et à sortir les corps calcinés ?

Nul ne pourrait remonter jusqu'à lui. Les prétendues preuves de Steve Yeldon seraient détruites et le seul lien entre eux, Elizabeth Snow, serait anéanti.

Il n'aurait plus à s'inquiéter du passé et pourrait passer sereinement à autre chose.

4

La fumée fit tousser Mac. L'explosion ne les avait pas tués, ils avaient été miraculeusement épargnés, mais c'était l'incendie, désormais, qui risquait de les faire passer de vie à trépas.

— Elizabeth ! appela-t-il.

Il espérait avoir eu les bons réflexes. Quand la bombe avait explosé, il l'avait repoussée vers la penderie, l'avait plaquée au sol, protégée de son corps.

— Elizabeth ! Etes-vous…

Elle le repoussa.

— Ne faites plus jamais ça ! lui dit-elle. Qu'est-ce qui vous a pris de vous jeter sur moi comme un superhéros ? Vous vous croyez à l'épreuve du feu peut-être ?

Elle était vivante. Furieuse, mais en vie.

Il attrapa l'un des pardessus de Steve Yeldon, le lui jeta sur la tête.

— Mac !

Il en prit un autre dans la penderie, s'en protégea à son tour, prit Elizabeth par la main et entrelaça ses doigts aux siens.

— Il faut sortir d'ici !

Pour cela, ils allaient devoir traverser l'enfer. Déjà, la chaleur de l'incendie était presque insupportable.

— Baissez-vous et restez le plus près possible du sol, lui rccommanda-t-il. Ce vêtement va vous protéger, au moins un peu. S'il prend feu, comme c'est probable, vous…

Elle se dégagea du pardessus et l'embrassa à pleine bouche. Vite, fort… et pas assez longtemps en fait…

— Tu restes en vie, Mac McGuire, d'accord ? Tu me le promets ?

Ses yeux étaient plein de larmes. Etait-ce à cause de la fumée… ou d'autre chose ?

Il hocha la tête en signe d'assentiment et lui replaça le vêtement sur la tête. Puis il l'entraîna en avant. Les flammes étaient partout, léchant les murs et le plafond. Il y avait, devant la porte, une barrière de flammes, infranchissable. Courbée comme lui, le plus près possible du sol, Elizabeth toussait de plus belle et les flammes se rapprochaient, prêtes à les rattraper et à les rôtir.

— La fenêtre, allons-y !

Les vitres avaient éclaté du fait de l'onde de choc ou de la chaleur, et la fumée sortait par là, en grosses volutes sombres. C'était la seule issue et il fallait faire vite. Peut-être y avait-il d'autres bombes prêtes à exploser à leur tour et Mac devait compter aussi avec le danger des conduites de gaz. La maison était devenue un piège mortel.

Il poussa Elizabeth par la fenêtre, puis la suivit en roulant sur le sol. La bibliothécaire se débarrassa de son pardessus qui était en flammes. Puis ils se mirent à courir et, tandis qu'ils traversaient la rue, une seconde explosion secoua la maison. Ils trouvèrent un abri derrière la voiture de Mac, dans le tintamarre des alarmes qui se déclenchaient un peu partout, alentour.

Elizabeth ne se retourna pas. Elle se serra contre Mac.

— On l'a échappé belle, murmura-t-elle.

C'était le moins que l'on puisse dire…

Il lui prit le menton. Comme d'habitude, dans l'action, son cœur battait à tout rompre mais sa main ne tremblait pas. C'était une particularité qui avait toujours fait l'étonnement des médecins et psychologues militaires. L'adrénaline bouillonnait en lui mais n'altérait pas son comportement. Le contrecoup nerveux viendrait plus tard.

Il l'embrassa, avec force. L'instant n'était pas à la douceur. Il voulait qu'elle sache ce qu'il ressentait et ce qu'il voulait.

Ce que j'aurai !

Elle lui rendit fougueusement son baiser. La passion qu'il devinait en elle était bien là, prête à s'enflammer.

Il lança un coup d'œil circulaire. Les voisins se ruaient hors de chez eux, courant à la rescousse. La police et les pompiers n'allaient pas tarder.

Ensemble, ils se tournèrent vers la maison. C'était un brasier et, d'ici une heure ou deux, ce ne serait plus que des cendres. Adieu, les éventuels indices…

J'ai bien fait d'en sauver quelques-uns, songea-t-il, en effleurant les photos et le carnet dans sa poche de poitrine. Il les avait préservés du feu, juste avant de fuir.

Sans doute l'incendiaire voulait-il détruire des preuves et peut-être aussi se débarrasser d'Elizabeth…

Mais il avait échoué, sur ces deux points.

Elizabeth observait les ruines encore fumantes de ce qui avait été la maison de Steve Yeldon. A côté d'elle se tenait l'inspectrice Melinda Chafer.

— En somme, lui lança celle-ci, vous vous retrouvez à nouveau sur une scène de crime ?

La chose n'allait pas être très facile à expliquer.

— Euh, eh bien… Nous nous sommes dit que le tueur allait certainement venir fouiller la maison de Yeldon, alors nous étions dans le coin, au cas où…

— Au cas où, comme vous dites…, persifla Melinda Chafer.

— Vous avez entendu les témoignages des voisins, répliqua Mac. Lorsqu'ils nous ont trouvés, nous étions accroupis derrière ma voiture, pour essayer de nous protéger des scories et autres projections. A mon avis, la question est plutôt : qui était là, un peu avant nous ? Qui a pu placer une bombe pour détruire la maison d'un type précédemment assassiné ?

Melinda Chafer jeta un coup d'œil sur l'écran de son téléphone portable : elle venait visiblement de recevoir un SMS. Puis elle les regarda tous deux, à nouveau.

— C'était peut-être un accident, dit-elle d'un air faussement badin. Une conduite de gaz défectueuse… Ce sont des choses qui arrivent.

Puis elle dévisagea Mac et ses yeux s'étrécirent.

— Quoi qu'il en soit, j'aimerais bien que vous cessiez d'interférer dans mon enquête. Votre petite amie a déjà essayé de me mentir une fois.

— Euh… je ne suis pas sa petite amie…, protesta Elizabeth.

— Vous avez de la chance, beaucoup de chance, tous les deux, continua la policière, impavide. Vous avez failli vous retrouver à la morgue, sur ce coup-là.

Elle carra ses épaules et continua :

— Je sais que les McGuire ont un grand poids dans cette ville. Mais c'est mon enquête, et je ne veux pas de détectives privés dans mes jambes. Il s'agit d'un meurtre.

Sur ce, elle tourna les talons et s'éloigna à grands pas.

Elizabeth attendit qu'elle ne soit plus à portée de voix et demanda :

— Pourquoi tu ne lui as rien dit ?

Après tout, c'était lui qui insistait sur la nécessité de collaborer avec la police.

— Rien dit sur quoi ?

— Les photos et le carnet de notes. Je sais que tu les as, je t'ai vu les prendre.

Les rampes des voitures de police clignotaient toujours autour d'eux. Le coin des lèvres de Mac se releva en un sourire nonchalant.

— C'est bien, ça, d'être attentive.

— Mac, je t'ai posé une question.

— Au bureau, nous avons une dame qui fait des merveilles avec un ordinateur et…

Le sourire s'effaça un peu.

— Il se trouve justement qu'elle a découvert que l'inspecteur de police Melinda Chafer venait de faire un dépôt de dix mille dollars sur son compte en banque, pas plus tard que ce matin.

— Et tu penses que c'est de l'argent acquis de façon illégale ? avança Elizabeth.

Curieusement, cette idée lui déplaisait et lui paraissait improbable. Sans trop savoir pourquoi, elle commençait à apprécier la jeune policière.

— Disons que, jusqu'à ce que j'en aie le cœur net, que je sache d'où viennent ces fonds et pourquoi elle les a déposés justement aujourd'hui, je préfère que nos investigations et celles de l'inspectrice Chafer suivent des voies différentes.

Elizabeth hocha la tête. Elle avait soudain besoin de se rapprocher physiquement de Mac. Si l'on ne pouvait finalement pas se fier à la police, alors à qui ?

Mac en profita pour lui passer un bras autour des épaules.

— Je veux votre rapport et je le veux avant tout le monde, ordonna Melinda au gradé des pompiers chargé des rapports avec la police. Dès qu'il est rédigé, vous me l'apportez.

— Bien, inspecteur, mais... ça va prendre un peu de temps. Un incendie de cette importance...

— Pas d'autres maisons atteintes ? Pas de victimes ?

Il ne fallait surtout pas qu'il y en ait, songea Melinda. Surtout pas.

Le pompier se retourna vers les ruines encore fumantes.

— Non, ça ne devrait pas s'étendre.

Mais cela ne suffisait pas à Melinda.

— Il ne faut pas le moindre dégât supplémentaire. Mettez tout le personnel qu'il faudra pour vous en assurer.

Son téléphone sonna à nouveau et elle le décrocha de sa ceinture. Elle jeta un coup d'œil à l'écran et fit quelques pas à l'écart.

IL N'Y A PAS DE QUOI...

Elle avait reçu un premier SMS libellé ainsi, tandis qu'elle parlait avec ce Mac McGuire et son amie. Et voilà qu'elle en recevait un autre :

DONNANT, DONNANT ?

Que voulait dire ce message ? Melinda n'en avait pas la moindre idée. Pas plus pour le premier, d'ailleurs.

Avant même qu'elle ait le temps de réfléchir plus avant, son téléphone sonna.

Un appel inconnu. Elle décrocha.

— Qui êtes-vous ?

— Vous avez reçu mon petit cadeau ? demanda une voix d'homme.

Melinda serra les dents. Elle devinait parfaitement de quoi il s'agissait. Sa banque l'avait prévenue. L'inconnu faisait allusion aux dix mille dollars qui étaient apparus comme par enchantement sur son compte.

— Vous essayez de m'acheter, dit-elle d'un ton très sec.

— Tout de suite les grands mots ! C'est une marque… d'appréciation, voilà tout.

— Vous ne me connaissez pas, si vous croyez que l'on peut me corrompre. Mais vous allez apprendre à me connaître.

L'homme rit.

— Mais si, je vous connais… Je mets un point d'honneur à tout savoir de mes amis comme de mes ennemis.

— Et vous me classez dans quelle catégorie ?

Je suis ton ennemie, tu vas t'en apercevoir.

— Vous avez bien connu l'inspecteur Shayne Townsend ? Même assez intimement, je crois ?

A ce nom, Melinda se figea. Cela faisait toujours aussi mal.

— Shayne Townsend est mort, rappela-t-elle d'une voix sourde.

— Tombé vaillamment au champ d'honneur, pas vrai ? Dites-moi, vous saviez, vous, que votre petit ami enfreignait la loi à tout bout de champ ?

— Non !

C'était la vérité. Elle l'avait dit et répété aux inspecteurs de la police des polices quand il l'avait mise sur le gril. *Coupable d'association de malfaiteurs et de complicité de crimes.*

Elle n'avait jamais été sa complice et elle ignorait tout des secrets de Shayne.

— Je ne sais pas si je peux vous croire… Et quand vos

supérieurs, ou bien ces ronds-de-cuir de l'inspection des services, verront tout cet argent arrivé si soudainement sur votre compte…

Il rit à nouveau. Melinda haïssait ce rire gras.

— Espèce de…, cracha-t-elle.

— Cet argent peut être votre récompense ou bien… votre perte, inspecteur. C'est à vous de choisir.

— Je peux prouver que je ne suis pour rien dans ce dépôt !

Elle était un bon flic. Elle travaillait dur et depuis des années pour cela.

— Ça, j'en doute, dit-il d'un air faussement désolé. Je n'en suis pas vraiment à mon coup d'essai, vous savez.

Melinda lança un regard circulaire autour d'elle. Il y avait bien quelques personnes à proximité, mais aucun passant n'était assez proche pour entendre leur conversation.

— Arrangez-vous pour que les investigations autour de la mort d'Elizabeth Snow dans cet incendie n'aillent pas plus loin qu'il n'est strictement nécessaire, recommanda l'inconnu.

— Quoi ? Qu'est-ce que vous racontez ? Elizabeth Snow n'est pas morte !

Ce cinglé avait-il vraiment voulu la tuer ?

Un long silence.

Melinda se morigéna intérieurement : elle avait trop parlé.

— Ecoutez-moi, reprit-elle d'un ton pressant, menaçant. Laissez la tranquille !

L'homme soupira.

— Vous ne faites pas vraiment preuve d'esprit d'équipe, inspecteur.

— Je ne suis pas de votre équipe ! Vous m'entendez ? Allô ? Allô ?

Il avait coupé.

Melinda revint en courant sur le lieu de l'incendie. Où était passée Elizabeth Snow ? Elle était là deux minutes plus tôt.

Elle n'était pas morte ?

Une rage froide bouillonnait en lui. Elizabeth Snow se

trouvait bien dans la maison de cet imbécile de reporter, il l'avait vue y entrer. Comment avait-elle pu en réchapper ? Il croyait pourtant avoir tout prévu.

Il fallait à tout prix la réduire au silence. Impossible de découvrir ce que Yeldon avait pu lui dire. Elle en savait trop, pouvait se souvenir de trop de choses.

Elle ne pouvait donc pas rester en vie.

Quant à cette femme flic, il l'avait prévenue, elle aussi. Elle pouvait être son alliée ou bien son ennemie.

Et généralement, ses ennemis ne faisaient pas de vieux os.

— On n'est pas chez moi, là…, fit remarquer Elizabeth en regardant à travers le pare-brise.

La carrosserie de la voiture de Mac avait reçu quelques scories qui avaient endommagé sa peinture, mais il verrait cela plus tard. L'urgence était de mettre Elizabeth en sûreté.

— Non, évidemment, répondit-il en réprimant un sourire. On est chez moi.

C'était bien étrange, cette gaieté qu'elle arrivait toujours à créer en lui.

— Et pourquoi nous sommes devant ta maison ?

— Parce que tu vas passer la nuit avec moi.

Elle se mit à respirer nettement plus vite.

— Ecoute, Mac, ce baiser, c'était… sur le moment, tu comprends ? A cause de l'adrénaline, du choc. Ce n'était pas une offre… enfin… une invite…

— A te rejoindre dans ton lit ? Je sais.

Il manœuvrait pour rentrer la voiture dans le garage. Il n'habitait cette maison que depuis quelques semaines. Il avait tenu à s'installer à la lisière de la ville, là où on commençait à sentir les grands espaces. Il n'avait jamais aimé se trouver enfermé.

— C'est ça, je ne t'ai pas invité dans mon lit.

C'était clair, net et sans appel. Il coupa le moteur.

— C'est bien dommage.

— Mac, je…

Il l'interrompit.

— Tu es ici pour ta protection. Au cas où tu l'aurais oublié, tu as un tueur aux trousses.

On reparlerait de cette histoire de sauter dans un lit plus tard.

— C'est plutôt difficile à oublier ! maugréa Elizabeth.

— Toute la maison et ses abords sont parfaitement sécurisés. Caméras de surveillance dehors et dedans. Personne ne peut s'approcher à moins de cinquante mètres sans que je sois au courant. Tu seras en sécurité ici et, après ce qui t'est arrivé, je crois que ce ne sera pas du luxe. D'accord ?

Elle soupira.

— D'accord.

— Bon, alors entrons.

Déjà, la porte du garage se refermait derrière eux. Il fit le tour du véhicule pour lui ouvrir sa portière. Quand elle se leva de son siège, il caressa doucement sa joue, presque subrepticement. Pourrait-il jamais oublier ce moment où il l'avait vue cernée par les flammes ? Non, probablement pas.

— Si tu veux prendre une douche, la salle de bains principale est à toi.

Ils sentaient tous les deux le feu et la cendre, à plein nez.

Tout en la faisant entrer dans la maison, il activa les systèmes d'alarme. Il avait tout installé lui-même, prenant exemple sur les systèmes qui équipaient le ranch McGuire.

— Tu te mets vraiment en quatre pour moi, fit-elle remarquer. Comment pourrai-je te payer pour tout ça ?

— On a dit qu'on en parlerait plus tard.

— Pourquoi fais-tu cela ? Pourquoi moi ? Pourquoi as-tu décidé de me prendre en charge comme ça ?

C'était des questions franches et directes. Elizabeth eut d'ailleurs un rire bref, assez amer, pas du tout le son cristallin qu'il avait entendu à la bibliothèque quand elle faisait la lecture aux enfants.

— Tu es le spécialiste des causes perdues, c'est ça ?

Il s'approcha d'elle. Il la dépassait bien d'une tête, et elle paraissait fine et menue à côté de lui.

— Ecoute-moi bien, lui dit-il très doucement. D'abord, tu n'as rien d'une cause perdue.

Elle sourit.

— Ça, tu n'en sais rien, tu ne me connais pas.

— Ah, tu crois ça ?

L'étonnement se peignit sur le visage d'Elizabeth.

— Tu crois que je n'ai pas fait ma petite enquête ? Je travaille pour une agence de sécurité. C'est notre boulot de découvrir des secrets. Tu as été impliquée dans une affaire de meurtre. Tu crois vraiment que je me suis chargé de ton affaire sans rien savoir de toi ?

Elle frissonna et Mac regretta presque d'avoir parlé.

— Je fais mon travail, tu comprends ? J'ai épluché les archives de police, appris tout ce que je pouvais sur la mort de ton ami… et sur ton implication.

Elle recula d'un pas.

— Et malgré cela, tu veux toujours m'aider ?

— Bien sûr ! Tu étais une victime, je le crois sans peine.

— Je n'en ai pas toujours été une et pas toujours irréprochable, non plus.

Elle détourna les yeux.

— J'ai souvent eu affaire à la justice des mineurs. A seize ans, j'étais pratiquement livrée à moi-même et j'avais un don certain pour me fourrer dans les pires embêtements.

— Jusqu'à la mort de Nate, c'est ça ?

Elle hésita, ouvrit la bouche, la referma et, finalement, dit :

— Tout a changé à partir de là. Je suis devenue quelqu'un d'autre.

— Tu ne recherchais plus les ennuis ?

— Non. Plus de danger, Plus de risques, plus de franchissement de la ligne blanche. C'était bien assez dur de se dire, jour après jour, que Nate était mort et que c'était ma faute.

Sa faute ?

— Ce n'est pas…

— J'étais dans ce chalet, avec lui. Nous avons entendu un bruit dans la nuit, une voiture qui approchait.

Elle serra ses bras autour de sa poitrine.

— On avait fracturé la porte, nous n'étions que deux gamins idiots. On croyait qu'elle était abandonnée, que nous y étions en sécurité. Mais…

Elle baissa les yeux.

— Nous étions tous les deux plus ou moins sans famille. Ma mère s'est débarrassée de moi quand j'étais petite, après la mort de mon père. Nate ne parlait jamais de ses parents, jamais… Il faisait très froid cette nuit-là et nous cherchions un abri contre la tempête de neige…

Une larme coulait le long de sa joue.

Mac écoutait, le cœur serré.

— Nous avions roulé jusqu'au Colorado, mais nous n'étions pas préparés à ces conditions météo si difficiles. Nous avons forcé la porte de ce chalet parce que nous n'avions pas vraiment d'autre solution. Nous serions morts de froid si nous étions restés dehors.

Mais Nate était mort, malgré tout, songea Mac.

Elizabeth poursuivait :

— Lorsque nous avons entendu la voiture et les pas dans la neige, Nate m'a dit de me cacher, qu'il s'occupait de tout. J'avais… j'avais à peine dix-huit ans. J'ai paniqué. Je croyais que c'était la police, mais non… C'était un homme seul et je crois que Nate le connaissait. Je les ai entendus parler, tous les deux. Ce n'était pas le propriétaire du chalet non plus. C'était quelqu'un qui nous avait suivis.

Mac avait lu tous les rapports de police concernant cette affaire, mais il n'interrompit pas Elizabeth. Il voulait entendre sa version des faits. Cela voulait peut-être dire qu'enfin, enfin ! elle lui faisait confiance.

— J'allais sortir de ma cachette pour les rejoindre lorsque j'ai entendu Nate me crier de fuir. Et puis, il y a eu un coup de feu qui a résonné comme une explosion. Et après ça, le silence.

Mac aurait voulu la prendre dans ses bras.

— J'ai crié lorsque j'ai entendu le coup de feu, j'ai appelé Nate, mais il n'a pas répondu. J'ai entendu des pas qui venaient vers moi. Je savais qu'on voulait me tuer, moi aussi.

— Mais ça ne s'est pas produit…

— Parce que je me suis enfuie. Par la porte de derrière. Il faisait un froid terrible. Les flocons tourbillonnaient autour de moi et je n'avais même pas de manteau. Je tremblais, je pleurais, j'avais froid, je ne savais pas quoi faire… Il y avait un tas de bûches derrière la maison. J'entendais toujours les pas de l'homme qui allait me rejoindre, ouvrir la porte par laquelle j'avais fui. J'ai agi instinctivement. J'ai pris une grosse bûche et je l'ai frappé, aussi fort que j'ai pu. Il a fait feu, mais il ne m'a pas touchée. Il s'est écroulé sur le sol. J'ai pris son arme et je me suis réfugiée dans le chalet, en verrouillant la porte.

Mac eut soudain besoin de la toucher. Il avança sa main et lui caressa doucement le bras.

— J'ai mis une chaise contre cette porte, pour l'empêcher d'entrer, et une autre sur celle de devant. Nate gisait sur le sol. Il était déjà mort et il baignait dans son sang. J'ai cherché son pouls avec mes doigts, mais il n'en avait plus. Ses derniers mots, cela avait été pour me dire de fuir.

Mac attira Elizabeth contre lui.

— Tu devais compter beaucoup pour lui. Il voulait que tu sois en sécurité.

— Je me suis réfugiée à l'intérieur, car je savais que, sinon, je mourrais de froid. L'ennui, c'est que j'étais prise au piège et que l'assassin le savait. Il… il a brisé une vitre, j'ai entendu le verre exploser. Alors, je me suis cachée dans la penderie, dos au mur, avec le pistolet braqué vers la porte. S'il avait essayé de l'ouvrir, j'aurais fait feu.

Mac acquiesça. Elle était restée toute la nuit dans ce placard, avec le cadavre de son ami à deux pas d'elle. Quel cauchemar pour ses dix-huit ans !

— Mais je suppose, murmura-t-elle, que tu sais déjà tout ça ?

Oui, il connaissait les faits bruts, tel qu'ils avaient été rapportés par la police. Elizabeth avait été retrouvée le lendemain, toujours dans ce placard et toujours l'arme à la main. D'abord, bien sûr, elle avait été le suspect numéro un.

Mais on n'avait trouvé aucun résidu de poudre sur ses doigts. Ensuite, on avait repéré des traces de sang de l'assassin sur la bûche avec laquelle elle l'avait frappé. La police avait l'ADN du tueur, mais pas pour autant son identité. Il leur avait toujours échappé.

— Je sais, oui…

Mais ce n'était pas la même chose que l'entendre raconter avec ses mots à elle, avec le souvenir de sa peur et avec son chagrin…

Elle s'écarta un peu de lui et ajouta dans un sourire triste :

— Toi aussi, un jour, il faudra que tu m'ouvres ton cœur.

Pour elle, il l'aurait fait bien volontiers.

— En attendant, je vais aller prendre cette douche.

Elle se dirigea lentement vers la porte, mais il la rappela.

— Elizabeth ! Tu n'es pas la seule à devoir vivre avec tes démons, tu sais.

Une nouvelle fois, elle eut ce même rire amer.

— Sauf que mes démons à moi ne me laissent jamais tranquille. Et à présent, ils essaient de me tuer.

Elle le regarda.

— Que dis-je, de *nous* tuer !

— Cela n'arrivera pas.

Le rire céda la place à un rictus amer.

— Te revoilà à jouer les superhéros.

Il n'était rien de tel. Rien qu'un homme qui voulait désespérément la protéger.

Elle passa dans la salle de bains et referma la porte derrière elle.

Mac se dirigea vers son bureau. Il appela Sullivan en gardant un œil sur le couloir. Son frère décrocha à la deuxième sonnerie.

— On a problème, lui dit Mac. Et un gros…

Elizabeth Snow n'était pas chez elle. Melinda scruta la maison plongée dans l'obscurité. Elle s'était figurée la trouver là. Apparemment, elle s'était trompée.

La policière essaya d'appeler le numéro que Mac lui avait donné, mais elle n'obtint que sa messagerie. Essayait-il de l'éviter délibérément ? Ou bien était-il arrivé quelque chose ?

Il faut que je les trouve, et tout de suite !

Elle appela son bureau pour obtenir l'adresse de Mac et aller le voir immédiatement. Elle lui expliquerait ce qui lui arrivait, cette histoire de compte en banque et de chantage, Et…

Un bruit derrière elle. Elle se retourna vivement. Elle n'eut même pas le temps de crier. Une main lourde lui ferma la bouche et une aiguille s'enfonça dans son cou. Elle voulut mordre, se battre, mais déjà son corps devenait pesant et inerte. Elle s'effondrait. Et quelqu'un la retenait.

— Après notre petite conversation, lui dit son agresseur à l'oreille, j'ai compris que je ne pouvais plus te faire confiance. Tu n'as pas voulu être mon alliée, quel dommage ! A présent, tu vas voir ce qui arrive à mes ennemis.

Il fallait qu'elle attrape son pistolet, il fallait qu'elle résiste.

— Tu aurais mieux fait d'accepter d'être ma complice, tu sais.

Ça, jamais !

Jamais !

5

Il sait tout…

Elizabeth retint un soupir.

Mac était au courant de ses démêlés avec la loi, de ses histoires de famille : il savait tout de sa mère, qui l'avait rejetée, de son adolescence sans repères…

C'était Nate qui y avait mis fin.

Il m'aimait et je l'aimais. Ensemble, nous allions bâtir notre vie. Ensemble…

Mais Nate était parti.

— Elizabeth ?

Elle sursauta. On grattait à la porte.

— Elizabeth, tout va bien ?

Elle serra contre elle les pans de son peignoir de bain et mit la main sur le bouton de porte. Quand elle ouvrit, la vapeur d'eau se répandit dans l'air.

— Je suis désolée, je ne me suis pas aperçue que je restais aussi longtemps sous la douche.

Elle mentait. Elle y avait trouvé momentanément un refuge, où elle se cachait de Mac.

Il avait les cheveux mouillés, lui aussi. Sans doute avait-il utilisé une autre salle d'eau. Il ne portait qu'un jean. Il était torse nu et elle avait du mal à ne pas admirer ses muscles. Le découvrir ainsi… Elle était à cran, émotionnellement rompue. L'adrénaline, l'angoisse et le chagrin se mêlaient en elle en un cocktail détonant. Autrefois, elle se serait tirée de cet état insupportable en faisant quelque chose de fou, de sauvage.

Mais elle n'était plus de ce genre-là. La fille qu'elle avait été avait disparu avec Nate. Une tout autre personne avait pris sa place. Quelqu'un qui ne se mettait plus en danger. Elle avait repris ses études, était allée à l'université, avait dû travailler nuit et jour, pour apprendre, mais aussi pour payer ses droits d'inscription. Elle n'était sortie qu'avec très peu de garçons durant toutes ces années. Des jeunes hommes… rassurants, qui ne lui faisaient jamais perdre le contrôle qu'elle s'imposait sur elle-même et ne demandaient pas davantage que ce qu'elle voulait bien leur donner.

Au fond, ses véritables aventures avaient été dans les livres…

Ils étaient son refuge. Lorsque le reste du monde n'avait plus aucun sens, elle se tournait vers eux. Elle avait toujours fait cela, même avant Nate. Un refuge, c'était bien cela, contre la cruauté ou l'indifférence de l'univers entier.

Elle s'éclaircit la gorge.

— Je t'ai entendu parler avec quelqu'un…

— Oui, je faisais le point avec Sullivan.

Il s'écarta un peu pour la laisser passer. Elle l'effleura par mégarde et instantanément vibra. Cette espèce de choc, d'attirance physique entre eux, si évidente lorsqu'ils étaient ensemble !

— Sully va suivre l'enquête autour de l'incendie et nous informer au fur et à mesure…

— Il… il sait tout de mon passé, lui aussi ?

Elle se sentait pleine de honte. Elle détestait voir ainsi exposée une période de sa vie qu'elle voulait oublier… qu'elle avait oubliée !

Pourquoi fallait-il que tout cela revienne ?

— Il est au courant, oui, répondit doucement Mac en essayant d'atténuer cette information par un sourire timide.

Ils gagnèrent sa chambre. Le lit, large et massif, solide, était tout près. Elizabeth déglutit. Celle qu'elle avait été pouvait facilement s'imaginer entre ces draps-là, avec Mac. Mais la femme qu'elle était désormais voulait garder son self-control en toutes circonstances. Elle s'écarta.

— Sullivan me fait un peu peur.

— Sully fait cet effet-là à beaucoup de monde.

Ce n'était pas vraiment rassurant.

— Mais ne t'inquiète pas, ajouta-t-il, tu n'as rien à craindre de lui. Il est de notre côté.

Elizabeth ne portait rien sous son peignoir et Mac ne pouvait que le savoir. Ses vêtements étaient couverts de cendres et devaient être lavés avant qu'elle puisse les porter à nouveau.

— Il y a beaucoup de gens qui ont peur de toi, aussi, murmura-t-elle. Ils disent que tu es un homme dangereux.

Après leur rencontre, à la bibliothèque, ses collègues n'avaient pas manqué de la mettre en garde.

Il haussa les épaules, fataliste.

— Il faut croire que je le suis. Mais ce n'est pas forcément une mauvaise chose. Ça veut dire que je suis capable de te protéger de ce cinglé.

— Pas s'il a une arme, ou bien une bombe, comme chez Steve. Là, tu ne pourras rien faire.

— Voilà pourquoi il faut que l'on mette la main sur lui avant qu'il ne recommence. Mais d'abord, tu as besoin de dormir. Prends le lit, et moi je…

— Non, c'est ton lit, protesta Elizabeth. Je peux dormir sur le canapé.

Il soupira.

— Je peux très bien le partager avec toi. Il est assez large pour qu'on ne se touche même pas. Ou bien c'est moi qui prendrai le canapé.

Certes, il était très vaste, se dit Elizabeth. Il n'y avait qu'une seule ombre au tableau…

— J'ai envie de toi, confia-t-elle à voix basse.

Ses yeux changèrent, le vert devint plus sombre, son souffle s'accéléra.

— Il ne faut pas dire des choses comme ça, susurra-t-il.

— J'ai envie de toi, répéta-t-elle. C'est pour ça que j'ai refusé tes invitations à dîner ou à boire un verre.

Il parut désarçonné.

— Ça n'a pas grand sens. Normalement, quand on désire quelqu'un, on…

— Tu me donnes envie de me laisser aller, complètement…

Il devait être un amant merveilleux, elle n'en doutait pas un seul instant.

— Je ne me suis pas… abandonnée complètement avec un homme depuis longtemps…

Pas depuis Nate.

Mac s'approcha lentement.

— Ça ne me paraît pas… la bonne façon de vivre.

Il leva sa main pour lui effleurer doucement la joue.

— Une façon… terriblement froide.

Ce qui était sûr, c'est qu'il n'y avait rien de froid en elle, pour le moment. Elle se sentait en feu.

— C'est dangereux de se laisser aller, répondit-elle. Dangereux et douloureux. Lorsque tout vole en morceaux, il ne te reste que le chagrin.

Il lui souleva délicatement le menton entre deux doigts.

— Tout ne vole pas toujours forcément en morceaux.

Il était LA tentation. Grand, fort et séduisant. Disponible. Mais il y avait des ombres autour d'eux. La Mort la traquait, à nouveau. Elle avait voulu fuir, mais le passé ne vous laissait pas lui échapper si facilement.

— Moi aussi, je te veux, souffla-t-il.

Ses mots entraient en elle et repoussaient les ombres.

— Je te veux à la folie. Je veux que tu oublies tout, entre mes bras.

De son pouce, il lui caressa délicatement la lèvre.

Elle respira plus vite. Quelque chose l'attirait vers lui comme un aimant. Elle ne pouvait pas perdre ainsi toutes ses défenses, pas si vite. Elle se protégeait depuis si longtemps…

Elle pointa le bout de sa langue entre ses lèvres et la passa le long du pouce de Mac, l'air de ne pas y toucher…

Les pupilles vertes s'élargirent encore.

— Tu joues un jeu dangereux, bébé. C'est moi qui risque bien de ne plus savoir me tenir. Attention…

Il lâcha son menton, se pencha pour l'embrasser. Elle le laissa faire. Ce n'était qu'un baiser, après tout… Elle ouvrit ses lèvres, le lui rendit avec toute la fièvre et toute la passion qui montait en elle.

Un baiser, rien qu'un baiser avant de tomber au creux d'un grand lit. Pour chasser les dernières peurs.

Un baiser…

Son cœur se mit à battre la chamade. Elle enfonça ses ongles dans les épaules de l'homme qu'elle embrassait si furieusement. Il la souleva de terre, sans effort. Elle enroula ses jambes autour de sa taille.

Un baiser…

La langue de Mac dans sa bouche, ses hanches contre les siennes et… son érection pressée contre son ventre.

Un baiser. Un seul.

Elle voulait bien davantage.

Il ne la renversa pas sur le lit, mais la plaqua contre le mur, sans cesser de l'embrasser. Il était temps d'arrêter, immédiatement… Alors pourquoi se cambrait-elle contre lui ? Pourquoi aimait-elle tant la sensation de ce corps dur contre le sien ? Pourquoi gémissait-elle déjà, en mordant la lèvre inférieure de Mac ?

— Tu me rends fou, murmura-t-il. Et toi, tu crois que je ne sentais pas ce feu qui brûle en toi, sans même, peut-être, que tu t'en rendes bien compte ? Bien sûr que si, et dès que je t'ai vue. J'ai su que je voulais m'y réchauffer, ou m'y brûler, même…

Il mangeait son cou de baisers, elle renversait la tête.

Ce serait si bon de se laisser aller, de répondre à son désir. A leur désir mutuel, en fait.

— J'ai tant rêvé de toi, continua-t-il d'une voix pleine de fièvre. De toi dans cette chambre, dans mon lit…

Il releva la tête et leurs yeux se rencontrèrent.

— Dis-moi d'arrêter, maintenant, lui intima-t-il d'un ton rauque, terriblement excitant. Parce que si tu ne le fais pas, je ne pourrai pas ne pas aller jusqu'au bout.

Elle le tenait toujours entre ses bras. C'était très émouvant, cet homme qui lui offrait le choix. Elle pouvait encore tout arrêter, ou bien envoyer son maudit self-control par-dessus les moulins.

Mais le lendemain, à la lueur du jour, qu'en resterait-il ?

Elle articula très doucement :

— On arrête.

Il acquiesça silencieusement. Elle se laissa glisser au sol, il la lâcha et posa ses deux mains à plat sur le mur, de chaque côté de la tête d'Elizabeth. Elle n'ajouta pas un mot et ne bougea pas.

— Je savais que tu n'étais pas encore prête pour ce que je veux de toi.

Elle, elle n'ignorait pas tout à fait ce qu'il voulait. Mais jusqu'à quel point le voulait-il ? Et de son côté, que lui donnerait-elle ?

— Tu le seras bientôt, prête, ajouta-t-il, les yeux brillants. Nous ne pourrons pas contenir ça beaucoup plus longtemps.

Ça, cet incendie qui couvait entre eux…

— Tôt ou tard, nous ferons l'amour et ce sera incroyable.

D'une poussée des bras, il s'écarta du mur. Et d'elle.

— Prends le lit, conclut-il. Moi, je retourne sous la douche.

Près de la porte, il ajouta, à mi-voix :

— Une très froide, ce coup-ci.

Elle le suivit du regard, tout son corps tendu comme une corde de piano et terriblement sensible. Sa peau était brûlante, ses seins dressés sous le peignoir. Une douche froide… c'était sans doute ce qu'il lui fallait, à elle aussi.

Mac croyait-il qu'il était le seul à avoir des fantasmes ? Si c'était le cas, il se trompait : il tenait la vedette dans ses rêveries depuis un bon bout de temps. Depuis qu'elle avait levé les yeux vers lui, derrière le comptoir de sa bibliothèque, pour la première fois.

Melinda ouvrit les yeux. Elle avait mal à la tête et sa bouche était aussi sèche qu'une dune de sable. Elle était plongée dans l'obscurité la plus totale, mais au moins elle était en vie.

J'ai donc peut-être une chance…

Elle était attachée, les mains derrière le dos. Les cordes

lui sciaient les poignets. Ses chevilles étaient liées à un pied de chaise. Du beau travail...

Où était-il, celui qui avait fait cela ? Et pourrait-elle s'échapper avant qu'il ne revienne ?

Une porte grinça sur ses gonds et la lumière envahit soudain la pièce. Melinda battit des paupières en essayant de découvrir le visage de son geôlier. Elle ne l'avait pas clairement vu avant qu'il lui enfonce une aiguille dans le cou.

— Bonjour inspecteur Chafer, lui dit-il avant de refermer la porte, replongeant instantanément la pièce dans l'obscurité totale.

Elle n'aimait pas cela. Les monstres aimaient le noir. C'était dans le noir qu'ils faisaient leurs pires horreurs. Les tortures, les meurtres...

Elle respira profondément et essaya de se préparer à ce qui allait suivre. Elle avait déjà été blessée par balle, en service commandé, et elle avait survécu. Elle ne se rendrait pas sans combattre.

— Qui êtes-vous ?

Il n'y avait pas trace de peur dans sa voix. Elle ne se le serait pas permis.

— Bah ! Un nom, est-ce que cela compte tant que cela ? J'ai plutôt tendance à penser que c'est mon travail qui est important.

Le plancher craqua sous ses pas. Il s'approchait.

— Quel genre de travail ?

Elle n'aimait pas beaucoup cela... Un travail ? Cela voulait dire qu'il était un tueur à gages, un assassin froid et méthodique.

— J'aime penser que je suis... un arrangeur. Les choses, voyez-vous, Melinda, ont besoin d'être arrangées... pour faire disparaître tous les problèmes.

De toute évidence, il la comptait au nombre des problèmes en question.

— C'est pour ça que Steve Yeldon est mort ? lui demanda-t-elle abruptement. On vous a payé pour le tuer ?

— Il représentait un problème, répondit « l'Arrangeur »

d'un faussement navré. Il y a comme ça des gens qui ne veulent pas laisser le passé là où il est.

— Des gens comme Elizabeth Snow ?

— D'abord, je pensais qu'elle n'était pas au courant de grand-chose, mais Yeldon… Oui, il m'a détrompé. Il m'a fait comprendre qu'elle cachait des secrets. Cela inquiète beaucoup mon… commanditaire.

C'était bien cela, elle avait affaire à un homme de main et non au donneur d'ordres. Qui celui-ci pouvait-il bien être ?

— J'ai du talent, un vrai don pour de nombreux instruments : les armes de poing, les bombes, les couteaux…

Melinda n'aimait pas du tout le tour que prenait la conversation.

— Je peux vous faire une petite démonstration. Vous auriez dû prendre cet argent, vous savez. Vous auriez regardé ailleurs, et… ni vu, ni connu.

— Ce n'est pas mon genre.

— C'était celui de votre ami…

Cela faisait encore mal. Elle avait ignoré jusqu'au bout que son ex était un ripou. Mais on risquait de la charger du même crime à son tour : association de malfaiteurs. Peut-être même la soupçonnait-on déjà. C'était sans doute pour cela que sa promotion tardait à venir.

— Oui, tout aurait été plus simple si vous aviez accepté, soupira l'homme. C'est dommage.

Elle se raidit, se préparant à ce qui allait sans doute lui arriver.

— Je n'ai jamais été bonne dans les sports d'équipe.

Il rit.

— Vous croyez que vous allez vous en tirer, n'est-ce pas ? Que quelque chose va arriver miraculeusement, qu'en bon flic de choc vous allez réussir à tromper mon attention une seconde, juste le temps de vous enfuir.

Il se pencha et son souffle chaud et désagréable lui passa sur la joue, tandis qu'il lui murmurait :

— Mais cela n'arrivera pas. Vous n'êtes pas le premier

policier que je tue, vous savez… et vous ne serez pas la dernière. Je suis un professionnel. Je suis l'Arrangeur.

Il se recula.

— Je suis content que vous ayez votre téléphone sur vous, cela va simplifier les choses. Pas la peine d'avoir un brouilleur, puisque je peux utiliser votre portable.

Il alluma le petit écran.

— Au fait, ne vous gênez pas pour crier pendant que j'appelle. Cela donnera un peu de piquant à la chose.

Il activa le haut-parleur et le téléphone sonna. Une fois. Deux fois.

— Allô ?

Une voix d'homme, grave, profonde et pas du tout ensommeillée.

— Inspecteur Chafer ?

Son nom avait dû s'afficher sur l'écran. Melinda comprit immédiatement qui l'Arrangeur avait appelé.

— Vous avez trouvé celui que vous cherchiez, inspecteur ? demanda Mac McGuire, au bout du fil.

— Oui, elle m'a trouvé, répondit l'Arrangeur à sa place. Enfin… je l'y ai un peu aidée…

Chez lui, devant sa cheminée, Mac se figea instantanément.

— Qui est à l'appareil ?

— Celui que vous cherchez. Le monstre tapi dans l'ombre…

Et il éclata de rire.

— Où est l'inspecteur Chafer ?

Mac réfléchissait à toute vitesse. L'homme appelait sur le téléphone de la policière. Sans doute croyait-il que, de cette manière, l'appel ne pourrait être tracé.

Tu te trompes lourdement…

Mac mit le haut-parleur de son téléphone fixe. Il n'était plus seul dans la pièce. Sullivan venait de le rejoindre pour faire le point.

— Elle est juste devant moi…

Il est sur son téléphone, articula silencieusement Mac

à l'intention de son frère. *Préviens la police, qu'ils tracent l'appel.*

Sullivan acquiesça immédiatement et, sortant son téléphone portable de sa poche, il passa rapidement dans la cuisine. Mac le savait : les techniciens auraient besoin d'un peu de temps pour réussir à trianguler la zone recherchée. Aussi devait-il s'efforcer de garder son interlocuteur en ligne le plus longtemps possible.

— Est-ce qu'elle est en vie ? s'enquit-il.

— Pour l'instant.

— Je ne suis pas sûr de pouvoir vous croire.

Un silence, puis le cri d'une femme.

— Satisfait ? demanda l'homme d'un ton badin.

— Qu'est-ce que vous voulez ?

Mac lança un regard en direction du couloir. Une porte semblait avoir tourné sur ses gonds. Il y avait une heure qu'il avait laissé Elizabeth après avoir bien failli lui faire l'amour.

— Eh bien, je voulais qu'Elizabeth Snow meure dans cette explosion, mais ça n'a pas réussi…

Sullivan revint sans faire de bruit dans la pièce.

En cours, articula-t-il silencieusement pour son frère.

— Je sais que vous la protégez, continua l'homme. Je sais que…

— C'est un professionnel, lui cria Melinda Chafer de l'endroit où elle se trouvait. Quelqu'un l'a engagé, quelqu'un…

La phrase se termina abruptement, par un cri de douleur.

Un autre, de peur, étouffé, juste derrière lui ; Mac se retourna. Elizabeth était dans le couloir. Elle portait un de ses T-shirt, qui lui tombait jusqu'à mi-cuisses. Ses yeux étaient agrandis d'horreur. De la main, elle couvrait sa bouche.

— Elle dit vrai, reprit tranquillement l'homme au téléphone. Je suis un professionnel.

Mac fit signe à Elizabeth de garder le silence. Il ne fallait pas qu'il sache qu'elle était là.

— Je suis payé pour éliminer Elizabeth Snow.

Elizabeth restait figée, interdite.

— Vous ne m'intéressez pas, McGuire, continua l'homme

d'un ton ennuyé. Pas plus que cette femme flic, qui est en train de perdre son sang partout dans la pièce.

Elizabeth s'avança doucement.

— Vous n'êtes que des comparses et au besoin, des dommages collatéraux, des pions qui auront eu la malchance de se trouver au mauvais endroit, au mauvais moment.

Il soupira, puis reprit d'un ton net et sec :

— Mais il y aura du vilain si je ne peux pas terminer mon travail. Vous croyez que votre famille est en sécurité, dans votre ranch ? Détrompez-vous. Je peux passer à travers n'importe quel système de sécurité. Il y a toujours un point faible, vous le savez bien. Je peux descendre vos frères, votre sœur. Qui je veux, en fait.

Mac jeta un regard à Sullivan : son visage ne montrait aucune émotion particulière. Mais il savait ce que comme lui-même, son frère ressentait.

— Je le répète, votre famille ne m'intéresse pas. C'est Elizabeth Snow que je veux. Et je l'aurai.

Sur mon cadavre. Pas avant.

— Alors, vous allez me l'amener et tout sera terminé. Je mettrai une balle entre ses très jolis yeux et on n'en parlera plus.

— Ne vous approchez pas d'elle, vous m'entendez ? N'essayez même pas !

L'Arrangeur ne daigna pas répondre.

Elizabeth s'approcha encore et posa doucement sa main sur l'épaule de Mac.

— Elle est là, n'est-ce pas, près de vous ? Est-ce qu'elle a peur ?

Mac observa Elizabeth. Elle était incroyablement belle. Et terrifiée, effectivement.

— Tu avais peur, cette nuit-là au chalet, hein, Elizabeth ? reprit l'homme. Ce n'était pas prévu. Tu n'étais pas censée être là, rien que lui… Tu sais, tu es la seule de mes cibles qui ait jamais réussi à m'échapper. La seule. Mais il est vrai que tu n'en étais pas encore une.

Mac analysait chaque mot. Cette fameuse nuit, l'homme

n'avait donc pas d'ordre la concernant. Il devait seulement tuer Nate Daniels. Pas Elizabeth Snow, pas cette fois-là, en tout cas. Mais désormais, elle était bel et bien sur sa liste.

— Elizabeth ?

La voix au téléphone se fit plus pressante.

— Tu ne veux pas que l'inspecteur Chafer meure à ta place, n'est-ce pas ? Ni la famille de ton protecteur. Est-ce que ta vie est plus précieuse que la leur ?

Elizabeth, non, ne réponds rien !

— Est-ce que vous relâcherez l'inspecteur ? demanda Elizabeth à voix haute, le souffle court. Si je me livre à vous, est-ce que vous lui rendrez la liberté ? Est-ce que vous laisserez la famille McGuire tranquille ?

— Mes ordres ne concernaient que toi et Yeldon, personne d'autre. Si tu cesses de fuir, tout peut être très vite terminé. Cela serait le cas, si tu étais toute seule. Mais on dirait que cela va finir bientôt. Je le sens.

Mac calcula de tête. Ils retenaient l'inconnu en ligne depuis assez longtemps. Les techniciens de la police avaient dû pouvoir tracer l'appel. Et justement, l'écran du téléphone portable de Sullivan s'alluma dans la main de celui-ci. Il baissa les yeux pour lire le texte qui devait venir de s'afficher et, quand il les releva, une joie sauvage s'affichait sur son visage.

On le tient ! articula-t-il en silence.

— Dites-moi où je dois me rendre, reprit Elizabeth. Mais j'ai votre promesse de relâcher l'inspecteur, n'est-ce pas ?

— Retrouvons-nous chez vous, ma douce Elizabeth. Tout de suite !

Et il raccrocha.

Elle voulut aller s'habiller, mais la main de Mac se referma sur son poignet.

— Tu ne vas nulle part.

Elle se débattit.

— Lâche-moi, je ne laisserai pas cette policière mourir à ma place !

Sullivan prit son pardessus.

— La police a réussi à tracer l'appel. Ils sont en route pour l'arrêter, j'y vais aussi !

— Q… quoi… on peut encore la sauver ? balbutia Elizabeth, une lueur d'espoir dans ses yeux.

— Oui, on peut, répondit Mac sans la lâcher. Mais toi, tu restes ici, en sécurité. Nous, nous allons nous occuper de cette ordure et nous assurer qu'il ne puisse plus tuer personne.

— Je veux venir !

Mac secoua la tête.

— Pas question. Tu l'as entendu, tu es sa cible, je refuse de te livrer à lui !

Sullivan intervint.

— Nous serons tous bien plus en sécurité si vous restez ici, Elizabeth.

— Je ne vois pas bien comment. Je ne veux pas que vous vous mettiez en danger à cause de moi, objecta Elizabeth.

A sa grande surprise, Mac lui caressait doucement l'intérieur du poignet, tout en continuant à le lui tenir d'une main ferme.

— Si tu viens avec moi, lui dit-il à mi-voix, je perdrai mes moyens, je ne pourrai pas intervenir efficacement.

— Q… quoi ?

— J'ai besoin de te savoir en sécurité, ici, dans ma maison. Elle est parfaitement sûre, parce que j'ai installé tout ce qu'il faut pour ça. Alors, sachant que tu ne risques rien, je pourrai faire ce qu'il faut pour que ce salaud soit mis sous les verrous.

Il plongea ses yeux dans les siens.

— Reste, murmura-t-il. S'il te plaît.

Elizabeth le regarda à son tour, puis elle hocha la tête.

— Arrête-le, soupira-t-elle. Je t'en prie.

— Je le ferai.

Il courut vers la porte.

Melinda se débattait sous la main gantée qui lui fermait la bouche depuis qu'elle avait essayé de crier des informations à Mac. Ce cinglé d'Arrangeur avait failli la suffoquer mais désormais la communication téléphonique était coupée. Effectivement, il retira tranquillement sa main.

— Tout se passe très bien, commenta-t-il.

Puis, il jeta le petit appareil à terre et celui-ci se brisa en mille morceaux.

— Un malin, ce McGuire. Il a certainement fait tracer l'appel. C'est ce que j'aurais fait moi-même, à sa place.

Un espoir fou gagna Melinda. Si c'était le cas, elle allait peut-être vivre. Ses collègues, ses frères policiers allaient intervenir et…

La pointe d'un couteau lui entra brutalement dans l'estomac. Puis l'homme tordit le manche, faisant tourner la lame en elle, et la douleur devint fulgurante.

— Vous croyez que vous aurez perdu tout votre sang, avant l'arrivée des secours ? lui demanda-t-il, toujours de son air horriblement badin. Ça ne devrait plus tarder, à présent…

Il retira brutalement le couteau.

— En fait, je préférerais que vous restiez en vie. C'est là que les choses plaisantes vont vraiment commencer. Vous pensez qu'ils vous croiront ? Ou bien ils vont se dire que j'ai été dans l'obligation de supprimer une complice embarrassante.

Le chemisier de Melinda était trempé de sang. Elle se vidait.

— C'est la version qu'ils retiendront, probablement. Si vous alliez vivre rejetée par vos confrères ? Jetée en prison ?

Elle avait froid. Elle avait mal.

— Il vaudrait mieux pour vous être morte, non ? Plutôt que de devoir faire face à tous ces soupçons.

Le pas de son bourreau s'éloigna. Il ouvrit la porte. A nouveau, la lumière du jour envahit la pièce. Où allait-il ?

— Eliz…

— Je sais où elle est. Ne vous inquiétez pas.

Elle cligna des yeux, essayant désespérément de lutter contre cette lumière, pour connaître le visage de cet homme. Cet homme qui l'avait tuée.

Je meurs… trop de sang…

— Elizabeth, c'est mon affaire, mon travail. Et je finis toujours ce que j'ai commencé.

La porte se referma. Melinda resta seule, dans l'obscurité.

6

— Grant ! appela Mac.

Il venait d'activer la connexion Bluetooth de son téléphone, dans sa voiture.

— J'ai besoin que tu passes chez moi, Vieux. Elizabeth y est toute seule et il faut qu'on la protège.

Il avait appelé son aîné aussi vite que possible, il n'aimait pas l'idée qu'elle reste seule. Bien sûr, son système d'alarme était irréprochable, mais il voulait pour elle une protection rapprochée. Grant était l'homme de la situation. Un ex-ranger.

Et puis, il habitait à côté.

Il peut donc se ramener chez moi, pronto.

— Une minute, une minute… Elizabeth Snow ? Elle est notre cliente, à présent ?

La voix de Grant, d'abord ensommeillée, s'éclaircissait à chaque mot qu'il prononçait.

— Et… il se passe quelque chose ?

— Elle est notre cliente, oui.

Mac conduisait à toute allure, les mains crispées sur le volant. A côté de lui, Sullivan lui indiquait les directions à prendre, en se basant sur les indications de la police.

Mac vira sèchement sur la gauche.

— Elle est en danger, continua-t-il. Il faut…

— Une minute ! Si elle est en danger, comment se fait-il qu'elle soit seule ?

Grant s'échauffait peu à peu.

— Pourquoi est-ce qu'il n'y a personne auprès d'elle ? Tu sais que la sécurité des clients passe avant tout, chez nous !

L'aîné des McGuire avait été le fondateur de leur société familiale. C'était son bébé.

— C'est cette fille avec qui tu flirtes depuis deux semaines, c'est bien ça ?

— Je n'ai pas le temps de bavarder, Grant, le coupa Mac.

Il avait des vues sur une jolie bibliothécaire. Et alors ? C'était un crime fédéral, peut-être ?

— Le type qui la traque a kidnappé une femme. Un inspecteur de police. Il menace de la tuer, là, tout de suite. Sully et moi, nous sommes en route et les flics arrivent de leur côté.

Grant poussa un sifflement admiratif.

— Et tout ça est arrivé pendant que je dormais ?

— Je t'en prie, vas-y, le pressa Mac. J'ai besoin de toi. Il faut qu'il y ait quelqu'un auprès d'elle.

Apparemment, Grant comprit enfin qu'il n'était plus temps de plaisanter. Il répondit très simplement :

— Tu peux compter sur moi.

Mac le savait bien. C'était comme ça, dans leur fratrie. Toujours.

Mac coupa la communication et accéléra encore.

— On devrait être sur les lieux dans une dizaine de minutes, précisa Sullivan.

Bien sûr, ce n'était pas dans très longtemps. Mais…

— Tu as entendu crier Melinda Chafer, toi aussi…

— Oui.

Après une petite hésitation, Sullivan ajouta :

— Nous ne savons pas… quel est son degré exact d'implication. Je veux dire : cette histoire d'entrée d'argent sur son compte… Elle peut être sa complice, ou bien avoir été abusée par lui, ou…

— Ou être une femme innocente en train de mourir. Je sais, tu ne fais pas confiance aux gens, a priori.

— Seulement à ma famille.

— Mais tout le monde ne ment pas pour autant. Tout le monde n'est pas malhonnête.

Au fil du temps, Sullivan était devenu méfiant envers la

nature humaine. Il dissimulait même de lourds secrets. Mac ne le savait que trop.

Bon sang, tout le monde croyait que c'était lui, Mac, qui était le plus violent et le plus imprévisible des frères McGuire. Qu'il avait en lui un fond de brutalité. Il avait entendu cela toute sa vie, en plus de toutes ces histoires qui couraient sur son compte.

Certaines étaient vraies. Il avait vu et fait des choses à vous donner des cauchemars pour le reste de votre existence.

C'était sa vie et il n'avait pas à présenter d'excuses. Sullivan non plus, d'ailleurs.

Il est certainement celui de mes frères qui me ressemble le plus.

— C'est à cause de Celia que tu es comme ça, hein ? demanda doucement Mac.

C'était la première fois qu'il en parlait. Personne d'autre dans la famille n'était réellement au courant.

Mais moi, j'étais là lorsque c'est arrivé. J'ai vu Sully prendre le coup de couteau.

— Laisse-moi tranquille avec ça, lui dit sèchement son frère. Je ne veux pas en parler. Concentre-toi sur ce tueur et laisse l'amour de ma vie où il est.

Elizabeth s'approcha de la fenêtre. Les doubles rideaux étaient fermés et elle les écarta un peu, sans vraiment regarder l'obscurité du dehors. La voix de l'assassin résonnait, encore et encore, dans sa tête, la terrifiant et la mettant en rage à la fois.

Ainsi, Nate aurait fait l'objet d'un contrat de tueur professionnel ? Cela paraissait n'avoir aucun sens. Tout comme elle, il n'était alors qu'un adolescent monté en graine. Elle et lui, ils n'étaient que deux enfants perdus, qui s'étaient trouvés et reconnus dans la foule.

Qui aurait pu vouloir sa mort ?

Elle quitta la fenêtre et fit quelques pas dans le bureau de Mac. Les photos qu'il avait trouvées chez Steve Yeldon étaient sur la table de travail, avec son carnet de notes. Elle l'ouvrit. Sur la première page était hâtivement griffonné :

Possible complice ?

Elle parcourut la suite.

Nate Daniels visé.

Mainmise sur lui.

Affaire de famille.

Elizabeth fronça les sourcils. Affaire de famille ? Nate ne lui avait jamais parlé de la sienne.

Elle continua à parcourir le carnet. Yeldon y avait inscrit toutes sortes d'informations. Certaines ne semblaient avoir aucun rapport avec le meurtre, et d'autres…

Mère de Nate : morte dans un accident de voiture.

Cela pouvait expliquer pourquoi Nate n'en parlait jamais. Mais ce qui était curieux, c'était que Yeldon avait souligné le mot *accident*. Pensait-il que ce n'en était pas réellement un ?

Pas de mention du père sur le certificat de naissance.

Puis cette dernière phrase, sibylline :

Son père ? Test ADN positif.

Ensuite, plus rien. Si Yeldon avait pris d'autres notes, elles devaient se trouver sur un des carnets supplémentaires, vraisemblablement disparus dans l'incendie. A moins qu'elles ne se trouvent sur son ordinateur, que la police avait saisi.

Elizabeth reposa le carnet et s'intéressa aux photos. Elles portaient encore des traces de cendre et des brûlures sur les bords.

Elle se revit, assise à l'arrière d'une voiture de police. Elle se rappela le corps de Nate baignant dans son sang.

Yeldon mentionnait des tests ADN. Avaient-ils été pratiqués

lors de l'autopsie ? Ou bien quelqu'un connaissait-il l'identité du père de Nate avant même le meurtre de celui-ci ?

Elle saisit un autre cliché. Celui-ci avait été pris lors de l'enterrement de Nate. Elle était sur cette photo, parmi les rares personnes présentes. Nate avait été mis en terre dans la petite ville du Colorado la plus proche du lieu du crime. Un donateur anonyme avait payé la pierre tombale et la cérémonie. Celle-ci avait été très simple.

Sur la photo, Elizabeth se tenait entre les deux policiers qui l'escortaient. Steve Yeldon était présent, lui aussi. Il avait sans doute fait ces clichés discrètement, à la sauvette.

Et puis, il y avait encore une photo prise au cimetière. Elizabeth n'y figurait pas et son escorte policière non plus. Elle avait dû être faite après leur départ. Il y avait une seule fleur sur la tombe de Nate. Une rose rouge. C'était elle qui l'y avait déposée.

Elizabeth n'y était plus, mais il y avait bel et bien quelqu'un au bord de la tombe ouverte. Un homme dans un long imperméable noir, la tête penchée, les épaules légèrement affaissées. Un peu plus loin semblait l'attendre une grosse limousine noire. Elizabeth observa la photo, perplexe. Elle ne se souvenait pas du tout d'avoir vu cet homme-là à l'enterrement. Bien sûr, elle avait alors trop de chagrin pour faire attention à tous les détails, mais…

On sonna à la porte. Elle sursauta et la photo lui glissa des doigts.

Une autre sonnerie. On était au milieu de la nuit et elle était seule et nue sous le T-shirt de Mac.

Il ne sonnerait pas à sa propre porte et il ne lui avait pas dit que quiconque allait venir.

Elle fut tentée de se tapir dans un coin de la pièce, mais finalement s'approcha de la porte.

Le verrou s'ouvrit alors et le bouton tourna.

La police venait tout juste d'arriver, quelques instants avant Mac et Sullivan. Les rampes lumineuses des voitures de service fouillaient la nuit. Des hommes et des femmes en uniforme se ruaient vers les issues du bâtiment.

C'était un complexe commercial qui venait d'être construit. Des bureaux flambant neufs, tout équipés, mais inoccupés, car le promoteur n'avait pas encore eu le temps de les mettre sur le marché. L'endroit idéal pour y cacher un otage.

Déjà, des secouristes sortaient avec un brancard. Melinda Chafer y était étendue. Le visage blanc comme de la craie et son chemisier trempé de sang. Un instant, Mac la crut morte.

Mais elle bougea sa main.

Mac se mit à courir derrière le brancard. Il n'y avait pas une minute à perdre.

Les infirmiers chargeaient la blessée dans l'ambulance. Ils travaillaient vite, avec efficacité, mais…

— Mac…, murmura Melinda Chafer, Elizabeth Snow… c'est elle qu'il veut.

L'un des brancardiers poussa le détective sans trop de ménagement.

— Il faut qu'on l'emmène à l'hôpital, tout de suite, lui dit-il.

Melinda parut réunir ses dernières forces pour murmurer encore :

— Il dit qu'il va finir… ce qu'il a commencé.

Le sang de Mac se glaça dans ses veines.

— Aidez-la, dit encore Melinda.

Sur ce, l'ambulance démarra en trombe et fonça dans la nuit, en faisant hurler sa sirène.

— Le bâtiment est clair ! lança l'un des agents.

Dans la police, comme dans l'armée, ce terme signifiait qu'on n'y rencontrait plus de résistance, et que le lieu était en bonne voie d'être sécurisé.

Mac chercha des yeux un responsable. Un peu plus loin s'activait un capitaine du département de police qu'il connaissait, Ben Howard, un ancien militaire lui aussi, qui avait servi dans les rangers avec Grant. C'était lui qui avait guidé Sullivan au téléphone jusque-là.

— Qu'est-ce qui se passe, Ben ? Où est-il ?

Ben s'approcha en courant. C'était un Afro-Américain d'une trentaine d'années.

— Il l'a poignardée, annonça-t-il, le souffle court. Je fais fouiller tout le bâtiment, mais je crois bien qu'il nous a échappé.

Ben avait souvent collaboré avec McGuire Sécurité. Et les McGuire lui avaient toujours renvoyé l'ascenseur.

— Si vous ne nous aviez pas appelés, Sullivan et toi, Melinda serait morte, reprit le policier. Et il n'est pas du tout certain qu'elle s'en tire.

Mac ne put qu'acquiescer d'un hochement de tête. Avec tout le sang qu'elle avait perdu…

— Il faut que je sache qui on recherche, maugréa Ben. On ne sait même pas à quoi il ressemble !

— Je dois retourner auprès d'Elizabeth, déclara Mac.

— Sa cible ? J'ai envoyé plusieurs de mes hommes chez elle, indiqua le policier. Si quelqu'un de suspect se présente…

— Ça m'étonnerait quand même, répliqua Mac, l'estomac noué. C'est un professionnel, très expérimenté. Il ne commettrait pas ce genre de faute.

Bien sûr, il savait Elizabeth en sécurité, chez lui, protégée par un système de défense des plus sophistiqués. Mais il n'existait pas de protection qui n'ait une faille.

Or, ce type n'avait rien d'un amateur.

— Il sait qu'elle est chez moi. Envoie des patrouilles, Ben, tout de suite !

Sur ce, Mac courut vers sa voiture, suivi de Sullivan. A peine assis, il tapa en hâte un SMS à l'attention de Grant :

Vas-y vite et ne la quitte pas. Je t'en prie !

Elizabeth braqua sa lampe de poche sur l'homme qui venait d'entrer. Il avait des yeux d'un vert sombre, qui ne lui étaient pas inconnus, mais sans attendre elle lui porta vicieusement un coup de pied brutal dans les chevilles. L'homme étouffa un grognement de douleur, mais il ne bougea pas d'un millimètre.

Ces yeux... Je connais ces yeux-là.

— Que mon frère puisse penser que vous avez besoin de protection dépasse mon entendement, soupira l'intrus, pendant que le système d'alarme se mettait à biper.

Son frère ? Elle venait de s'attaquer à un autre McGuire ? Voilà d'où elle connaissait ces yeux !

Elle dévisagea l'homme qui se tenait en face d'elle. Grand, large d'épaules, de beaux traits réguliers, une expression déterminée... et un évident air de famille avec Mac.

Il éteignit l'alarme et s'avança d'un pas, en vacillant tout de même un peu.

— Je suis désolé de vous avoir fait peur, mademoiselle, lui dit-il, son accent du Texas un tout petit peu plus prononcé que celui de Mac. Mais vous ne répondiez pas et je dois m'assurer de votre sécurité. Je suis Grant... Excusez-moi...

Son portable venait de sonner. Il le tira de sa poche et jeta un coup d'œil à l'écran.

— Tiens, quand on parle du loup...

Il appuya sur un bouton.

— Mac, je suis devant notre cliente et je dois dire que ton T-shirt lui va plutôt mieux qu'à toi.

Elizabeth rougit en baissant les yeux sur son unique vêtement, mais déjà la voix de Mac résonnait dans le petit haut-parleur.

— Grant ! *Il* est en route, il vient chez moi. Il a poignardé l'inspectrice Chafer et il s'est enfui. Je sais qu'il vient chercher Elizabeth. Sécurise la maison et protège-la. J'arrive et les flics aussi, mais il a de l'avance sur nous.

Soudain, les lumières s'éteignirent. Elizabeth s'attendait à ce que l'alarme se déclenche, mais rien ne se produisit. Tout restait silencieux.

— Je crois qu'il est déjà là, murmura calmement Grant dans le téléphone. L'alarme ne fonctionne plus, il a dû débrancher tout le système.

Comment avait-il fait ? Elizabeth suffoqua.

Ce type est très fort, trop fort. Et il vient me chercher...

— Ne t'en fais pas, dit encore Grant au téléphone. Il ne l'aura pas.

L'écran s'éteignit.

Grant avait raccroché, devina Elizabeth.

Malgré l'obscurité, il la prit par le bras sans hésitation.

— Tous les accès sont verrouillés et je suis armé, lui dit-il. Ne vous inquiétez pas. Vous êtes en sécurité.

Mais Grant, lui, l'était-il ? L'homme qui la traquait avait dit qu'il éliminerait les frères McGuire les uns après les autres si besoin. Il ne fallait pas que toute la famille disparaisse à cause d'elle.

— Les renforts arrivent, ajouta Grant en la poussant doucement vers l'intérieur de la maison.

Il évitait aisément tous les meubles. Il y devait y voir parfaitement dans le noir, comme un chat.

— Il faut juste rester tranquilles jusqu'à leur arrivée.

Il venait de la conduire dans le couloir, loin de toute fenêtre.

Le sang d'Elizabeth battait à ses propres tempes.

— Il a déjà utilisé une bombe, chuchota-t-elle. Comment savoir s'il ne va pas faire pareil, cette fois-ci ? Il est peut-être là, dehors, en train de la placer. Nous sommes peut-être déjà pris au piège.

Et nous allons sauter, ou griller comme des saucisses.

Grant parut réfléchir un instant.

— Ne bougez surtout pas d'ici, lui intima-t-il. Je vais essayer de l'apercevoir. Si nous devons quitter les lieux, nous le ferons.

Puis il lui glissa son pistolet dans la main.

— Non, protesta Elizabeth. Vous en avez besoin.

— J'en ai un autre attaché à ma cheville. Ne vous en faites pas, je prends toujours mes précautions.

Elle referma ses doigts sur l'arme. Elle n'en avait pas touché une depuis des années. Depuis Nate et le chalet.

— Quand je reviendrai, je sifflerai doucement. Comme ceci.

Il lui en fit la démonstration.

— Et vous saurez que c'est moi.

Il lui pressa doucement l'épaule, rassurant.

— Je ne m'éloignerai pas.

Puis il se glissa hors du couloir, en se déplaçant sans faire le moindre bruit. Comme Mac, songea Elizabeth. Sa main se crispa sur la crosse du pistolet. Il était lourd et lui rappelait les heures passées dans le petit placard du chalet, à se demander si le tueur allait découvrir sa cachette.

A se demander si…

Un coup de feu déchira la nuit. Elizabeth se figea. Elle aurait voulu crier.

Grant !

Il siffla.

Elizabeth abaissa son arme et ce fut seulement alors qu'elle réalisa : elle avait levé le pistolet et l'avait braqué vers l'obscurité sans s'en rendre compte.

— Grant ? appela-t-elle dans un murmure.

— *Il* est là, chuchota celui-ci. Il est dans la maison. Il a fait sauter la porte arrière.

A l'affût, dans le noir.

— Il est ici, mais on va le neutraliser. Il ne sait probablement pas que je suis là. J'ai garé ma voiture un peu plus loin et je suis resté dans l'ombre pour venir jusqu'à la maison. Il doit vous croire seule et il sera surpris par notre attaque.

Elizabeth acquiesça dans l'obscurité. Il allait falloir se battre, oui. Elle le savait. Tuer peut-être… C'était cela, ou bien mourir.

Mais je ne peux pas laisser le frère de Mac se faire tuer pour moi.

Il n'y eut plus d'explosion ou de coup de feu. Juste un terrifiant silence qui se prolongeait.

Et puis…

— Elizabeth ! appela le tueur, quelque part dans la nuit. Cette fois, tu sais, je ne peux pas te laisser la vie.

Elle frissonna et leva son arme.

— Et moi, cette fois, je ne peux pas te laisser t'échapper.

*
* *

Pas assez vite ! Pas assez vite !

Mac écrasait la pédale de l'accélérateur. Il avait laissé Elizabeth toute seule et c'était son erreur. Il avait cru que les flics arrêteraient le tueur.

Imbécile !

— Hé, ralentis un peu, tu veux ? protesta Sullivan, les deux mains agrippées au tableau de bord. Si on va dans le décor, on ne pourra plus grand-chose pour elle !

S'ils n'arrivaient pas à temps, non plus…

— Grant est avec elle, ajouta Sullivan. Tu sais qu'on peut lui faire confiance.

Mac avait toute confiance en son frère. Cependant, il ne savait rien de leur adversaire. C'était un tueur professionnel, mais quelle était exactement son expérience ? Etait-il un ancien militaire, lui aussi ? Apparemment, il était capable de poser une bombe, de tirer juste et il était assez cinglé pour prendre un flic en otage. La vie d'une femme ne devait pas beaucoup compter pour lui.

— Grant est en travers de son chemin, souligna sèchement Mac. Il n'hésitera pas à le tuer pour arriver jusqu'à Elizabeth.

Ne pas penser, ne pas trop penser !

J'arrive, mon cœur, j'arrive…

— Elizabeth, pourquoi veux-tu te cacher de moi ?

La voix était toute proche, il devait être dans la pièce à côté et n'allait pas tarder à déboucher dans le couloir. Il n'avait allumé aucune lampe. Tout comme Grant, il semblait voir parfaitement dans l'obscurité.

— C'est bien ennuyeux, ces petits jeux, reprit-il.

Eh bien, n'y joue pas ! pesta Elizabeth intérieurement.

La main de Grant lui effleura l'épaule. Sans doute pour la rassurer, mais c'était peine perdue. Il faisait si sombre… et ce tueur qui approchait… Elle devrait ouvrir le feu pour se défendre, mais…

Je n'y vois rien du tout… et si je blessais Grant ? Et si…

— Tu aimes ça, quand il fait noir, Elizabeth ?

— Je vais le prendre à revers, lui chuchota Grant à l'oreille.

Non, non, ce n'était pas une bonne idée. Elle essaya de l'agripper pour le retenir, mais il se dégagea.

— Moi, j'aime ça, la nuit noire, poursuivit le tueur.

Il était très près et n'avait plus besoin d'élever la voix pour se faire entendre.

Elizabeth étendit sa main. Grant n'était plus auprès d'elle. A sa place, elle rencontra la porte de la chambre de Mac. Ils avaient été là, tous les deux, quelques heures auparavant, leurs deux corps dévorés d'une passion mutuelle, mais elle l'avait repoussé, pour de fumeuses raisons.

Et là, elle allait probablement mourir.

J'aurais bien dû accepter et prendre ce qu'il voulait m'offrir.

Mais elle avait eu peur, comme d'habitude. Peur…

— Je vais te dire un secret, reprit la voix du tueur. Si l'obscurité ne me gêne pas, c'est que j'y vois très bien.

Il pouvait les voir !

— Grant, non ! se mit à crier Elizabeth.

Un coup de feu éclata et un cri de douleur résonna. Mais était-ce Grant ou le tueur, qui l'avait poussé ? Elle s'avança, le cœur battant à tout rompre.

— Grant ?

Si seulement il pouvait siffler…

— Il ne peut plus te répondre pour le moment, lança le tueur d'une voix tranquille. Mais je suis là, moi…

Elizabeth s'efforça de réfléchir malgré la panique. Etait-il effectivement devant elle, au bout du couloir ? Probablement pas, car sinon, il aurait déjà tiré.

Tu ne peux pas rester là à l'attendre, tu es une cible.

De la main gauche, elle poussa la porte de la chambre de Mac et se précipita à l'intérieur. Là, une faible lumière filtrait à travers les rideaux tirés, car elle donnait sur la rue. Elizabeth raisonna du mieux qu'elle pouvait. Si elle parvenait à attirer le tueur dans cette pièce, elle y verrait certainement assez clair pour faire feu sur lui.

— Elizabeth, il va te falloir combien de morts, encore, avant que tu me laisses terminer mon boulot ?

Il paraissait en colère. Un comble. Elle aussi, elle l'était.

— Viens me chercher !

Le retenir, l'empêcher d'aller achever Grant. Celui-ci n'était peut-être que blessé.

— Viens me chercher ! répéta-t-elle encore plus fort.

Alors, son pas précipité retentit dans le couloir. Mais il n'alla pas loin. Il y eut un bruit sourd, comme si le tueur venait de s'effondrer sur le sol. Puis un coup de feu et un cri de rage, de douleur.

Elizabeth se rua vers la porte de la chambre et écarquilla les yeux dans l'obscurité du couloir.

Un sifflement.

— Il en faut plus que ça pour abattre un McGuire, dit tranquillement Grant.

7

Mac freina brutalement devant la porte de sa maison. Les voitures des policiers le suivaient au loin. Il était arrivé avant eux, ce qui n'était peut-être pas bon signe. Il aurait préféré de beaucoup qu'ils soient déjà en position.

Il courut vers la porte. Toutes les lumières étaient éteintes, ce qui n'était pas normal non plus. Les verrous étaient toujours en place, mais il ne perdit pas de temps à chercher sa clé. Il enfonça la porte d'un coup d'épaule, comme si ses forces étaient démultipliées par l'angoisse.

— Elizabeth ! rugit-il.

Il voulut allumer, mais l'interrupteur ne fonctionnait pas. Déjà, les policiers accouraient vers lui, le rayon de leurs lampes-torches braqué vers la maison. Le corps d'un homme était étendu en travers du couloir.

Mais ce n'était pas Grant !

Elizabeth et lui sortirent alors de l'obscurité, éblouis par la lumière des torches. Grant avait l'épaule ensanglantée, et aussi…

— Jetez vos armes ! crièrent les policiers derrière Mac. Les mains en l'air !

— Ne tirez pas ! tonna Mac en réponse. C'est mon frère ! L'agresseur, c'est celui qui est au sol !

Il était peut-être mort, mais cela pouvait aussi bien être un piège.

Mac aurait voulu se ruer tout de suite vers Elizabeth et la prendre dans ses bras, l'emporter loin de là, mais avec la police en ordre de bataille, il ne fallait pas trop y compter. Grant abaissa son pistolet et cria :

— Attention, il n'est pas mort !

Comme s'il n'attendait que ce signal, l'homme, qui était allongé, bondit sur ses pieds. Il avait l'arme à la main et visait Elizabeth.

— Nooon ! hurla Mac en bondissant vers lui.

Il ne l'avait pas remarqué jusque-là, mais Elizabeth avait une arme, elle aussi, et elle la braquait en direction de son agresseur.

— Maintenant, ça suffit ! cria-t-elle.

Et tout de suite, elle tira.

La balle toucha l'homme en pleine poitrine, mais il ne s'écroula pas. Elizabeth fit feu une seconde fois.

Il était toujours sur ses pieds.

Grant attira alors Elizabeth vers l'arrière, car le tueur allait de toute évidence user de son arme à son tour.

La police criait toujours de jeter les pistolets et de lever les bras, sans nullement chercher à différencier les combattants.

Mac se lança sur l'agresseur et le plaqua au sol, comme il l'aurait fait sur un terrain de sport. L'homme tomba enfin et quelque chose se détacha de sa tête.

Des lunettes de vision nocturne.

Le tueur essaya bien d'utiliser son arme, mais Mac lui plaqua également le poignet, et le pistolet finit par lui tomber des mains. Mac le frappa sèchement au ventre. Son poing rencontra alors une surface dure. Ce salopard portait un gilet pare-balles, évidemment.

Il éclata d'un rire sinistre, mais déjà les policiers s'approchaient. L'un d'eux visait l'homme directement à la tête.

— Ton gilet ne te protégera pas d'une balle entre les deux yeux, lui lança Mac.

Le rire du tueur s'éteignit, tandis que toutes les lampes torches étaient braquées sur lui.

— Je finis toujours mon travail, articula-t-il encore, avec un sourire crispé.

Il regardait Mac. L'homme n'avait rien de l'image que l'on peut se faire d'un tueur de sang-froid. Avec son début de calvitie, son menton fuyant et ses petits yeux, son long corps plutôt chétif, presque malingre, il présentait un aspect désespérément… normal. Une apparence passe-partout qui devait être un atout en de nombreuses circonstances.

Mac se remit lentement sur ses pieds. Deux policiers faisaient écran devant Elizabeth et Grant.

— Cette fois, tu ne le finiras pas, ton sale boulot ! cracha-t-il à l'assassin. C'est la fin de ta carrière, tu vas pourrir en prison pour de très longues années et tu ne tueras plus personne.

Les policiers firent rouler l'homme sur lui-même et lui passèrent les menottes, les mains dans le dos. Pendant qu'on le palpait pour vérifier qu'il n'avait pas d'autres armes, Mac se tourna vers Elizabeth. Il avait besoin de la toucher. Il l'entoura de ses bras et l'attira contre lui.

Elle était sauve, elle était vivante. Il en tremblait de soulagement.

Mais…

L'était-elle vraiment, définitivement ?

Celui qui avait engagé le tueur courait toujours ou, plutôt, restait tapi dans l'ombre, quelque part hors de portée de la justice.

— Ton frère est blessé, murmura Elizabeth à l'oreille de Mac.

Son aîné lui adressa un petit sourire contraint.

— Ce n'est pas grand-chose, c'est juste dans la chair. J'ai compris un peu trop tard que ce salopard pouvait voir dans l'obscurité. J'ai quand même fait un bond de côté, au moment où il a tiré.

— Scarlett va te mener la vie dure, lança Sullivan en les rejoignant à son tour.

Mac acquiesça. Sully parlait de l'épouse de Grant.

— Tu sais qu'elle se met toujours très en colère lorsque tu es blessé, ajouta Sully.

Grant haussa les épaules.

— Je sais, mais c'est ce que j'aime le plus chez elle, dit-il en souriant de plus belle.

L'amour. Désormais, Grant en parlait sans réticence. Jadis, il s'était pourtant consciencieusement appliqué à mettre une distance glacée entre lui et quiconque voulait l'approcher pour l'amadouer. Mais Scarlett avait fait voler ses défenses en éclats.

De la même façon qu'Elizabeth est en train de pulvériser toutes les miennes, songea Mac.

Impossible de la lâcher, impossible de s'empêcher de la toucher, encore et encore.

Il avait eu trop peur.

Les policiers emmenèrent le tueur. L'électricité n'était pas encore revenue, mais les rampes des voitures de patrouille illuminaient la nuit et la maison.

Mac et Sullivan firent sortir Grant à son tour, en s'assurant qu'Elizabeth les suivait bien. Au-dehors, Mac écarquilla les yeux. Il avait été si concentré durant l'opération qu'il ne s'était pas même rendu compte de l'importance des moyens que le département de police avait déployés. Il y avait bien une demi-douzaine de voitures et deux ambulances. Le grand jeu !

— Brancardiers ! Un blessé ! cria le capitaine Ben Howard dans son porte-voix.

Puis il s'avança vers eux.

— Sacré dispositif ! s'exclama Sullivan.

— Cette ordure a bien failli tuer l'une des nôtres, grogna Ben Howard en réponse. Si nous avions dû l'abattre, je n'aurais pas pleuré !

Non loin, les infirmiers emmenaient Grant vers l'ambulance.

— Je n'ai besoin que de mercurochrome ! protestait celui-ci.

Mac sourit intérieurement, puis reporta son attention vers le prisonnier menotté qu'on embarquait.

— C'est à son tour de monter dans le panier à salade, murmura Elizabeth, en le regardant. Je voudrais m'en aller d'ici…

Mais ce ne fut pas possible avant longtemps. La police les interrogea pendant des heures. La maison de Mac était devenue une scène de crime. Il y eut des douzaines de questions, encore et encore…

Sauf qu'ils n'avaient pas grand-chose à dire. C'était le tueur à gages, l'agresseur qui avait les réponses. Et il n'était pas du tout certain qu'il veuille bien les leur donner… Non, pas du tout certain.

Lorsque Mac et Elizabeth furent enfin libres, le jour était levé depuis longtemps et le soleil brillait haut dans le ciel. Mac décida d'emmener la jeune femme vers le seul refuge sûr auquel il pouvait encore penser : le ranch des McGuire.

Ses frères Davis et Brodie s'appliquaient depuis pas mal de temps à le transformer et le redécorer. Ils aimaient cet endroit, l'un et l'autre. Après le meurtre de ses parents, Mac, lui, s'en était éloigné aussi souvent que possible. Il avait été heureux dans cette vaste demeure, mais des assassins lui avaient ravi ce bonheur-là.

Toutefois, les choses étaient devenues un peu différentes au fil du temps. Il était sensible aux efforts de ses frères et de sa sœur pour redonner vie à cet endroit et, en en prenant la direction, il saisit un peu plus ce changement en lui : la tristesse le quittait, remplacée par un très réel apaisement.

— Tu es sûr que je ne peux pas tout simplement rentrer chez moi, ou bien aller à l'hôtel ? lui demanda Elizabeth, assise dans le siège passager.

Non, il ne voulait pas la laisser partir, pas alors que l'on ignorait encore qui avait pu engager ce tueur. Elle était épuisée, au point que des cernes s'agrandissaient sous ses yeux et qu'elle tremblait légèrement de fatigue. Il ne valait guère mieux… Tout juste s'ils avaient pu, l'un et l'autre, grappiller une heure de sommeil au cours des dernières vingt-quatre heures. Ils avaient bien besoin de repos. La maison de Mac leur étant interdite du fait des constatations qui s'y déroulaient toujours, le ranch était la meilleure solution envisageable.

— On occupera le bungalow des invités, la rassura-t-il. Il est inoccupé, tu ne seras pas dérangée et tu pourras te reposer.

— Ton frère a été blessé à cause de moi, je ne suis pas sûre que ta famille sera vraiment heureuse de…

— Ce n'était pas à cause de toi, mais pour te protéger et tu lui as bien rendu la politesse en tirant sur le tueur à ton tour. Personne dans la famille ne va te reprocher quoi que ce soit.

Elizabeth garda le silence et Mac jeta un œil dans sa direction. Elle regardait par la vitre d'un air songeur et comme absent.

— C'est vraiment très beau, ici, dit-elle au bout d'un moment. Je peux imaginer ce que ça doit être, que de grandir dans un endroit pareil.

Ils roulaient depuis un moment déjà sur les terres des McGuire. Il y avait des chevaux qui galopaient, libres, dans la prairie car Jamie, la jolie vétérinaire qu'allait prochainement épouser Davis, les adorait, et son fiancé venait d'en acheter plusieurs qui étaient magnifiques.

A un détour de la route, le lac apparut. Quand il était enfant, Mac était venu pêcher là bien souvent, en compagnie de sa sœur Ava. Il avait toujours eu un lien spécial avec elle et, chaque fois qu'elle le regardait, il y avait de l'amour dans ses yeux.

Comme dans ceux de Maman, tout pareil...

Mais après le meurtre de leurs parents, d'immondes ragots avaient circulé, insinuant qu'Ava pourrait y être impliquée. De répugnants mensonges. Pendant un temps, les yeux d'Ava n'avaient pas brillé.

J'aurais dû mieux la protéger que cela, j'aurais dû...

— Mac ?

— Hmm ? Oui... très beau...

Allons, il fallait seulement se souvenir des bonnes choses, comme Brodie et comme Davis.

Il gara la voiture et coupa le moteur. Elizabeth se pencha à la portière.

— C'est ça, le bungalow des invités ?

— Davis et Brodie l'ont pas mal rafraîchi... Agrandi, aussi, transformé, quoi.

— C'est une vraie maison, Mac, et très belle.

Il descendit de son SUV et en fit le tour pour ouvrir la portière d'Elizabeth.

Avant de prendre la route, ils étaient brièvement passés

chez elle pour qu'elle puisse emporter un petit sac et quelques vêtements. Quand elle descendit de voiture, il ne put s'empêcher de remarquer la façon dont son jean épousait parfaitement ses formes.

Elle était épuisée et, pourtant, conservait une sorte de maintien, une attitude qui impressionnait beaucoup Mac.

Il l'admirait.

Elle leva les yeux vers lui et lui dit très simplement, et comme résignée :

— Je sais que nous n'en avons pas fini avec toute cette histoire.

Le chant des oiseaux emplissait l'atmosphère et une légère brise ridait à peine la surface du lac.

Tout semblait paisible, mais la menace restait suspendue au-dessus d'eux.

— On va s'en occuper, ne t'en fais pas, lui répondit-il doucement. Tu n'es pas seule.

Croyait-elle donc qu'il allait l'abandonner ?

— D'abord, tu as besoin de sommeil et de manger un morceau.

Elle lui sourit. Un long sourire confiant, qui faisait briller ses yeux.

Un de ces sourires que l'on attend toute sa vie, sans bien le savoir, qui vous serre le cœur et vous fait chanter à la fois. Qui vous nourrit.

— Viens, entrons, lui dit-il. Tu es en sécurité, ici.

Je suis là.

Elizabeth ne rêva pas de tempête de neige, ne vit aucun jeune homme baignant dans son sang, ne revécut aucune attente, tremblante et l'arme à la main, dans un placard. Elle ne rêva de rien du tout et dormit comme une souche.

Quand elle se réveilla, il faisait nuit, à nouveau, sur le ranch des McGuire.

L'obscurité lui faisait peur. Elle lui rappelait ce qui venait de se passer et elle craignait…

Non, il n'y a rien à craindre. Je suis dans son ranch. Il est là.

Enfin, il devait être quelque part par là…

Elizabeth se glissa hors du lit et passa dans le couloir, simplement vêtue d'un long T-shirt et d'un pantalon de jogging. Des vêtements qu'elle avait emportés dans son sac. Un sac qui était prêt, car elle l'avait fait précédemment, dans l'intention de s'enfuir.

Tout était calme dans le bungalow, à part un léger bruit qui venait de la cuisine.

Inquiète, le cœur battant, elle s'approcha. Et si on les avait suivis jusque-là, et si…

Mac…

Il y avait de la lumière dans la cuisine et Mac avait quelques soucis, en effet. Une assiette était en morceaux à ses pieds et il y avait pas mal de désordre autour de lui. De la vaisselle, des aliments…

Il leva la tête en l'entendant entrer. Il paraissait vaguement gêné, embarrassé.

— Ah, euh… tu es debout ? bredouilla-t-il.

Elle le considéra avec surprise. Il montra le désordre autour de lui.

— Je… j'essayais de te faire à dîner, mais il n'y a pas grand-chose ici…

Il lui faisait la cuisine !

— Euh… normalement, je m'en tire très bien, assura-t-il en rougissant un peu. Mais je ne me retrouve pas dans tous ces gadgets que Brodie a mis partout.

Elizabeth s'approcha. En fait, tout ce qu'il avait préparé était très appétissant. Et c'était à peine si Elizabeth pouvait se souvenir du dernier repas qu'elle avait avalé. Son estomac était vide et se plaignait lamentablement.

— Ça a l'air très bon ! lança-t-elle avec un sourire engageant.

— Il y a une machine à faire du pain. Ça, j'ai réussi à peu près à la faire fonctionner.

Elle prit un morceau encore tout chaud. Il fondait dans la bouche.

— Hmmm ! Un délice…

— Il y a aussi un potage instantané, une omelette… Ce n'est pas grand-chose. Si tu préfères, on peut monter à la maison principale. Là, il y a tout ce qu'il faut.

Mais Elizabeth s'attabla et dévora comme un ogre, savourant chaque bouchée de ce festin de reine.

— Tu as des talents cachés, dirait-on, commenta-t-elle tandis qu'il débouchait une bouteille de vin et remplissait deux verres à pied.

— J'en ai d'autres, mais tu ne veux pas les découvrir…

— Si, je le veux. Je veux tout connaître de toi… tous tes secrets.

Elizabeth ne savait pas quelle heure il était et elle s'en moquait. Elle avait envie de parler avec Mac. D'apprendre à le connaître, le plus intimement, le plus parfaitement possible.

La réalité les rattraperait bien assez tôt. Leur escapade avait des airs de vacances et tout ce qu'elle voulait, pour l'instant, c'était être auprès de lui.

Il leva son verre.

— Est-ce que cela veut dire que je pourrai connaître les tiens, moi aussi ?

Elizabeth replaça une mèche de ses cheveux derrière son oreille.

— Je répondrai à toutes tes questions. Tu n'as qu'à les poser.

Cela semblait juste. Cela faisait des années qu'elle n'avait pu se confier à quiconque. Partager ses secrets avec Mac serait un soulagement. Elle l'avait mis en danger. Ne méritait-il pas de tout savoir de son passé ? Sans la moindre exclusive ?

Et elle voulait qu'il sache tout d'elle, lui aussi. De toute façon, ils étaient arrivés à un point où faire machine arrière n'était plus possible.

— Donc, tu as été dans la Delta Force ?

Le regard de Mac s'assombrit, comme s'il se tournait vers le passé.

— La Delta Force, oui… Premier détachement des forces spéciales, US Army.

Il se versa encore un peu de vin.

— J'étais entré dans l'armée pour ça, très jeune. J'ai toujours su que je voulais être un Delta.

Depuis leur rencontre, Elizabeth avait voulu se renseigner et elle avait lu plusieurs articles sur cette unité très discrète de l'armée, dans des revues spécialisées.

— Tu y faisais du contre-terrorisme ?

— Oui, et aussi de la récupération d'otages en milieu hostile, et de l'assaut dans les trois dimensions : terre, air et mer.

Ses doigts glissaient lentement sur la paroi de son verre.

— Que veux-tu savoir, encore ? Si j'ai tué ? Oui. Si j'aimais ça ? Non. Aucun d'entre nous n'aimait ça. Il n'y a pas de psychopathes dans les forces spéciales, ils sont immédiatement repérés et impitoyablement éliminés lors des tests de sélection. Nous ne tuons que lorsqu'il est impossible de faire autrement, pour survivre et pour protéger nos frères d'armes.

— Je n'en doutais pas, lui dit-elle doucement.

Et il battit des paupières, comme pour l'en remercier.

— Ce que je voudrais savoir, c'est les raisons profondes qui t'ont poussé à t'engager là-dedans.

— Je suis rentré dans la Delta Force parce que je voulais être différent.

Cela lui ressemblait bien.

— Tu avais déjà un mental de héros.

— Bah…

Il sourit.

— J'étais peut-être simplement déjà drogué à l'adrénaline. Beaucoup de gens croient ça. Ils disent que je suis le plus dangereux des McGuire, celui que l'on ferait mieux d'éviter, dès la nuit tombée.

Elizabeth but une petite gorgée de vin et remarqua :

— On dit un peu ça de tous tes frères.

Le coin des lèvres de Mac se releva en un petit sourire. Elle l'aimait bien, ce petit sourire-là.

— Mais il est vrai que tu es réputé… être le plus intense, parmi eux.

Son sourire s'éteignit instantanément.

— C'est pour ça que je te fais peur ? A cause de mon *intensité* ?

— Je ne me souviens pas du tout d'avoir dit que tu me faisais peur.

Au contraire, il l'excitait. Il réveillait en elle des désirs qu'elle avait presque oubliés, des tentations auxquelles elle avait essayé de résister, sans succès. Elle avait décidément besoin de boire encore un peu de vin.

— Tu sais que j'ai envie de toi…, reprit Mac.

Sa voix était comme le bruit de la mer, sur la grève.

— Oui, je le sais.

Et comme ils avaient décidé de tout se dire…

Vas-y ! Dis-le-lui !

— Et tu sais que moi aussi, j'ai envie de toi…

Le beau visage de Mac se figea.

— C'est toi, je te le rappelle, qui a mis les pouces.

— Je ne les mets plus. Plus du tout.

Il termina son verre, sans se presser.

— Tu devrais…, lui dit-il doucement. Parce que mon self-control n'est pas des plus efficaces en ce moment. J'ai bien cru que j'allais te retrouver morte, dans ma propre maison. J'étais… désespéré, à bout. Je n'étais plus moi-même.

— Je ne l'étais plus non plus.

La voix de Mac devenait plus rauque et celle d'Elizabeth, au contraire, s'adoucissait.

— Parce que j'ai enfin compris qu'à force de me protéger j'en oubliais de vivre.

Elle voulait être parfaite, toujours et en tout temps. Comme si c'était humainement possible… Elle secoua la tête.

— Et voilà que je suis passée tout près de la mort. Sais-tu à quoi j'ai pensé lorsque les lumières se sont éteintes et qu'il m'a appelée par mon nom ?

Elle plongea ses yeux dans les siens et il y avait… oui, comme une étrange pureté dans ceux de Mac.

— A quoi… Je devrais plutôt dire… à qui. J'ai pensé à toi, Mac. J'ai pensé que j'aurais tellement voulu… ne pas t'arrêter quand tu me désirais. Ne pas nous avoir arrêtés. Parce que je le voulais, moi aussi. Parce que je te veux, Mac.

Il avait bondi sur ses pieds. Déjà, il contournait la table et la prenait dans ses bras. Sa bouche s'écrasa sur la sienne et ils s'enflammèrent, d'un coup, ensemble.

La passion s'était emparée d'eux, comme une fièvre. Il n'y avait plus de place pour le self-control, ni pour l'inquiétude, pour le passé ou pour l'avenir. Le moment présent seul comptait pour Elizabeth. Etre dans les bras de Mac, le serrer fort. Perdre toute mesure, avec lui.

Elle crut qu'il allait l'emmener vers la chambre. Au lieu de cela, il commença à la déshabiller sur place.

Les deux mains sur son pantalon de jogging, il le baissa jusqu'à ses pieds, sans cesser de l'embrasser. Puis il caressa sa taille et ses doigts habiles s'introduisirent sous l'élastique de son slip en coton.

La bosse de son érection se pressait contre elle. Il n'avait sur lui qu'un jean et elle ne pouvait pas ne pas s'apercevoir de son désir.

Ses mains à elle glissaient le long de son dos à lui, elle voulait le toucher…

Il la souleva de terre et la déposa au bord de la table. Elle avait les jambes ouvertes et Mac se plaça entre elles. Il se traçait un chemin de baisers le long de son cou et elle se laissait faire en gémissant, la tête renversée.

Il l'embrassait, la léchait, la mordillait du bout des dents, et des sensations inouïes montaient en elle, qui la faisaient trembler. Le tissu rêche du jean rendait sa peau plus sensible encore et elle ferma les yeux, pour ressentir, seulement.

Leur désir.

Leur passion.

— Je veux te voir toute, murmura-t-il.

Il lui retira son T-shirt et le laissa de côté. Elle le contempla, les yeux cette fois grands ouverts. Intensément.

Lui aussi, il était intense, et c'était décidément bien le mot pour le qualifier. Toute son intensité était concentrée sur elle, à cent pour cent.

Il avança sa main et lui caressa les seins, en insistant sur les pointes.

— Ils sont si beaux, murmura-t-il. Il faut que je les goûte.

Puis il se pencha et sa bouche couvrit la fraise érigée.

Le souffle d'Elizabeth s'accéléra et ses doigts se crispèrent sur les épaules de Mac.

— Ils sentent la cannelle… J'adore ça !

Elizabeth ne savait pas très bien de quoi il parlait et elle s'en moquait. Elle l'entoura de ses jambes, l'attirant plus près. Il la rendait folle de désir.

Elle caressa son torse musclé, les cicatrices à demi effacées sur le corps si dur, sous ses doigts.

— Elizabeth…

Elle l'embrassa dans le cou, voulant répondre à sa sensualité de la même manière. Elle le caressait, l'embrassait, le léchait et le mordillait du bout des dents, puis elle descendit…

Il s'écarta un peu, juste assez pour qu'elle puisse embrasser et sucer ses petits seins d'homme. En même temps, elle défit la ceinture de son jean et commença d'ouvrir la fermeture Eclair. Il retint ses mains en lui murmurant, dans un souffle :

— Tu me rends fou.

C'était très exactement ce qu'elle voulait.

Mac l'embrassa, toujours plus fort et plus profondément. Ses larges mains s'aventurèrent entre ses cuisses et les plis de son sexe, insinuantes et caressantes. Elle se mit à trembler tandis que montait son plaisir. Elle en perdit même un peu l'équilibre et dut s'agripper à la table, en faisant tomber un verre, mais elle n'en avait cure…

Tout ce qui importait, c'était Mac et les sensations qu'il lui offrait.

Ses doigts s'agitaient en elle et il la faisait se cambrer sur sa main pour en demander plus. Elle prononça son prénom. C'était une prière. Ils avaient assez attendu, elle le voulait en elle.

— Tu es belle, mais que tu es belle ! murmura-t-il, éperdu, sans cesser ses caresses, parfois accélérant et parfois ralentissant, tandis qu'il l'embrassait à pleine bouche.

Alors, la jouissance s'empara d'elle, raidissant tous ses muscles.

Elle ferma les yeux pour mieux savourer les vagues de plaisir qui déferlaient en elle.

— Oui, mon cœur, susurra-t-il contre sa bouche. Et nous ne faisons que commencer…

Il continua à la caresser sans relâche et elle y était si sensible qu'elle en tremblait.

Mais soudain, il s'écarta d'elle. Non, ce n'était pas possible !

— Mac !

A nouveau, son prénom était une supplique… Alors, elle comprit. Il ouvrait un petit sachet métallique, enveloppa ensuite son érection d'un préservatif et revint vers elle. Il se positionna entre ses cuisses et cette fois, elle dut s'accrocher des deux mains à la table.

A la flamme dans ses yeux verts, il ne contrôlait plus rien. Il était aussi éperdu qu'elle-même et elle adorait cela.

Il entra en elle d'un coup.

Elle noua ses jambes autour des hanches de Mac et plongea ses yeux dans les siens. La passion les embrasait toujours davantage. Ces délices semblaient ne jamais devoir finir. Comme si plus jamais Mac ne la lâcherait. Le plaisir monta à nouveau en elle, son sang battait fort à ses tempes…

Jamais non plus, elle ne pourrait se détacher de ce regard vert qui la fixait comme si elle était tout au monde, comme si rien, ni personne ne comptait davantage, et pour toujours.

Les jambes toujours enroulées autour de lui, elle accompagnait ses mouvements avec frénésie. Alors…

Le plaisir, la jouissance explosèrent en elle. Il en était de même pour lui. Son regard se troubla et il cria son prénom. Il la serrait à lui faire mal, mais elle s'en moquait. Elle était au-delà de cela, au-delà de tout. Il n'y avait plus de pensée cohérente. Plus que de la satiété, du bonheur…

Rien, non rien, ne pouvait être aussi bon. D'ailleurs, le plaisir ne cessait pas. Il roulait encore en elle, lui coupant le souffle.

— Je le savais, lui chuchota Mac. Je savais que ce serait aussi bon, la première fois que je t'ai vue.

Elle, elle ne le savait pas. Elle ignorait qu'il put y avoir un tel bonheur au monde.

Il n'y avait plus entre eux ni défenses, ni masque d'aucune sorte. Elle pouvait voir l'âme de Mac au fond de ses yeux.

Il se pencha et l'embrassa.

Et le désir revint tout de suite, impérieux.

8

— Est-ce que tu sais au moins qui il est ? demanda Sullivan en suivant le capitaine Ben Howard dans son bureau.

— Il n'a pas dit un mot depuis le début de sa garde à vue, soupira le policier en s'asseyant dans son fauteuil. Mais nous avons ses empreintes digitales et nous les avons entrées dans la base.

— Ça m'étonnerait que vous l'y trouviez, répondit Sullivan. Ce type est un professionnel et je ne pense pas qu'il se soit déjà fait prendre.

Il ne s'assit pas, préférant faire les cent pas dans le bureau.

— Eh bien cette fois, il est bien dans la nasse, dit sentencieusement Ben.

C'était son acharnement à tuer Elizabeth Snow, qui l'avait perdu.

— S'il s'y était pris plus calmement…, commença Sullivan.

— Mais il ne l'a pas fait, coupa Ben. C'était le contrat de trop… J'ai vu ça souvent ; les types se croient infaillibles et intouchables. Eh bien, il n'en est rien. Il est sous les verrous, et, crois-moi, pour longtemps.

Sullivan avait tout de même un peu de mal à comprendre.

— Pourquoi était-il si pressé d'éliminer Elizabeth ? Pourquoi ne pas avoir préféré attendre quelques jours ? S'il est bien le professionnel qu'il prétend être, il devrait avoir plus de jugeote.

— Lui en a peut-être, avança Ben. Aussi bien, c'est son commanditaire qui l'a obligé à prendre le mors aux dents.

— Ça se tient, reconnut Sullivan. Le type est aux abois, il pense que le reporter ou bien Elizabeth vont dévoiler ses secrets d'un instant à l'autre, alors il ordonne de les tuer, tout de suite et par tous les moyens.

Ben hocha la tête.

— C'est le bon scénario, certainement. Celui du type qui tire les ficelles et dit quand et comment agir. Je ne peux pas m'empêcher de me demander si c'est lui aussi qui a pensé que cela ferait bien dans le décor, si on liquidait un flic au passage.

— L'inspecteur Chafer ? Comment va-t-elle ? Est-ce qu'elle va s'en tirer ?

Ben se frotta le visage d'un air infiniment las.

— Je ne sais pas, soupira-t-il. Elle est toujours en réanimation. Et elle venait tout juste de se sortir d'une vraie tornade, ici. L'inspection des services l'a mise sur le gril, pour voir si elle n'était pas une ripoue, elle aussi, comme Shayne Townsend.

Sullivan s'appliqua à ne laisser paraître aucun sentiment sur son visage. Shayne avait été un ami, avant de renier les McGuire.

— Et toi, tu en penses quoi ? demanda-t-il prudemment.

— Je suis convaincu que Melinda Chafer est irréprochable, et je le resterai tant qu'on ne m'aura pas prouvé le contraire. Bon sang, Sully, elle était sur un brancard qu'elle demandait encore si Elizabeth Snow n'avait rien ! Ce sont des comportements qui ne trompent pas… Elle a eu aussi le temps de nous apprendre que son agresseur se faisait appeler l'Arrangeur.

Sullivan fronça les sourcils.

— Elle a dit quelque chose d'autre ?

Ben secoua la tête.

— Non, rien. Mais elle a répété ce surnom plusieurs fois, avant que l'anesthésie ne fasse son effet.

— Et il ne dit rien à personne, ce surnom ? Il n'y a pas un de vos indics qui le connaît ?

— Tu penses bien que je suis en train de vérifier !

Ben eut un temps d'hésitation, puis ajouta :

— Vous aussi, les McGuire, vous connaissez du monde…

C'était vrai. Des gens recommandables et d'autres qui l'étaient moins, songea Sullivan.

— Je vais voir ça, répondit-il, évasif.

Il n'était même pas impossible qu'il obtienne un résultat avant la police. Il y avait bien une personne en particulier qui pourrait l'aider, mais Sullivan ne lui avait pas parlé depuis des années, depuis qu'il lui avait tourné le dos.

La tâche la plus difficile de toute ma vie…

Et qui le hantait le plus. Mais il avait fallu choisir : sa famille, ou bien…

— Il faut que je parle au prévenu, lâcha-t-il abruptement.

Mac le voudrait certainement aussi et sans témoin, si possible.

— C'est d'abord moi qui vais lui parler, si tu n'y vois pas d'inconvénient, répliqua Ben. S'il répond à mes questions, alors peut-être que vous, les McGuire, vous pourrez le cuisiner à votre tour. J'ai bien dit : peut-être, et si vous êtes sages !

Sullivan leva un sourcil surpris.

— Tu es bien formaliste, Ben, tout d'un coup, fit-il calmement remarquer.

— Vous êtes des privés, Sullivan, l'une des formes les plus basses de la vie animale. Je ne devrais même pas vous accepter dans mon bureau, tes frères et toi.

— Allons, Ben, soyons sérieux. Tu me connais parfaitement. Tu sais qui je suis et ce que j'ai fait.

Sullivan avait eu, au profit du gouvernement des Etats-Unis, des activités dont beaucoup étaient restées secrètes et le capitaine Ben Howard ne pouvait guère l'ignorer, car il avait exercé les mêmes.

— C'est pourquoi je vais me permettre d'insister et te demander de nous laisser, Mac et moi, interroger le prisonnier que, sans nous, tu n'aurais pas pu boucler.

— Lorsque j'ai vu la façon dont Mac s'occupait d'Elizabeth Snow, j'ai compris qu'on allait tomber dans le personnel et l'affectif, dit simplement Ben Howard.

Sullivan acquiesça intérieurement : c'était la vérité et cela pourrait bien se révéler dangereux.

*
* *

Ils finirent par retourner au lit, dans le noir, mais Elizabeth n'avait plus peur de la nuit, pas quand elle était avec Mac. Tout son corps était en miettes, mais d'une agréable façon. Elle n'avait plus peur de rien, pas même de son passé. Il n'y avait donc pas, dans la vie, que du sang et des tueries ? Il y avait à vivre aussi, et pleinement.

La belle voix grave de Mac s'éleva dans l'obscurité.

— Tu crois que je peux connaître tes secrets, maintenant ?

La main sur son torse, elle suivait les battements de son cœur. Cela la rassurait.

— Que veux-tu savoir ? murmura-t-elle.

— Tu as grandi dans le Dakota du Nord, c'est bien ça ?

Elle était sûre qu'il s'était déjà renseigné à ce sujet, mais elle ne répondit pas moins :

— Oui, une petite ville nommée Gibson. Un coin plutôt pauvre, défavorisé.

— Comment as-tu rencontré Nate ?

Elle sourit à l'évocation de ce souvenir.

— Devant une librairie. Je regardais la vitrine et il est venu se mettre à côté de moi. D'abord, j'ai cru qu'il regardait les livres, lui aussi.

Elle effleura du bout des doigts la peau souple et chaude de Mac.

— Avec Nate, c'était... je me sentais comme si c'était la première fois que quelqu'un d'autre me voyait. Moi... j'étais très seule, je ne parlais jamais à personne. J'avais des ennuis, j'ai parfois dû voler pour vivre. Je me suis fait prendre. Qu'aurais-je pu faire d'autre si je voulais manger ? Nate était de passage. Il s'était arrêté sur sa route. Il ne comptait pas rester, il me l'a dit plus tard. Mais nous avons... accroché, voilà...

— Tu l'aimais ?

Mac semblait un peu tendu, sous ses doigts.

— Comme on peut aimer quand on a dix-huit ans ! répliqua-t-elle en riant.

Elle ne pouvait se défendre d'un peu d'attendrissement pour cette jeune fille qu'elle avait été et qui s'accrochait désespérément à la moindre lueur d'espoir.

— Je n'étais plus seule, avec Nate. Lui, il ne…

— Oui, dis-le, libère-toi…

— Il ne me voyait pas comme une fille des rues. Il ne me jugeait pas. Il me regardait, même au tout début, même ce jour-là, comme si j'étais celle qu'il cherchait depuis toujours.

Cela paraissait stupide à dire, mais c'était les mots justes. Voilà ce qui s'était passé lorsqu'elle avait croisé le regard de Nate dans cette vitrine.

— Il avait l'air d'être un garçon intelligent. Parfois, tu sais que tu viens de rencontrer la personne qu'il te faut.

Il y avait décidément comme une tension dans sa propre voix, qu'Elizabeth ne s'expliquait pas vraiment. Elle s'éclaircit la gorge et continua :

— Il m'a demandé de partir avec lui. Il disait que nous n'avions rien à faire dans le Dakota du Nord. Nous ne sortions ensemble que depuis peu de temps mais…

— Mais ?

— Je n'ai pas hésité, je l'ai suivi. Je vivais dans l'instant, en ce temps-là. Les gens pensaient que j'étais une sorte de sauvage et ils n'avaient pas tort. Mais je croyais au bonheur et je ne voulais plus que l'on ait pitié de moi. Je voulais être différente… Nate et moi, nous l'étions. Nous faisions des projets, nous avions des rêves. Et puis…

Sa voix resta en suspens, un instant.

— Et puis, il est mort et tout s'est effondré. La police m'a soupçonnée, les journalistes m'ont harcelée. Je n'avais plus rien, ni personne.

Dans le noir, Mac prit son menton entre ses doigts et il l'embrassa sur la bouche.

— Tu m'as, maintenant, lui souffla-t-il.

Mais pour combien de temps ?

Elle chassa cette pensée.

— Je suis devenue plus forte après tout cela, plus déterminée, mais peut-être plus fragile aussi. Je savais que je pouvais être tuée, comme Nate l'avait été, et que personne ne ferait seulement attention à moi.

Cela avait été le plus dur. Elle avait porté dans son cœur le deuil de Nate, mais qui donc porterait le sien ?

— Alors, j'ai décidé de changer de vie. J'ai pris tous les petits boulots que je trouvais, et j'ai économisé sou par sou. Je voulais faire ma vie, à moi.

Une existence entourée de livres. Ils avaient toujours été son refuge.

Après la mort de Nate, elle n'aurait jamais pu survivre sans eux. Combien de nuits sans sommeil avait-elle passées, un volume dans les mains ? Les livres la protégeaient des cauchemars, en lui offrant de s'échapper vers d'autres mondes.

Et tout doucement, elle avait fini par guérir.

— Comment as-tu atterri dans le Texas ? reprit Mac.

— J'ai toujours aimé les voyages. Tous les ans, je pars découvrir des endroits nouveaux.

A la recherche de celui où, enfin, je me sentirai chez moi.

— Nate était texan. C'est peut-être ce qui m'y a attiré. Il me parlait souvent de cette région. Alors, lorsque j'ai trouvé une offre d'emploi à Austin… Ce n'était pas tout à fait le coin de Nate, il était né à Dallas, mais ça m'a paru la bonne chose à faire.

Cela, c'était avant qu'un tueur ne l'appelle au téléphone.

— Je suis bien content que tu sois venue au Texas.

— Même avec tous les ennuis que je t'ai apportés ?

Il passa son bras autour d'elle.

— Bien content ! répéta-t-il simplement.

Il souriait, dans le noir. Elle le sentait.

— Tu vois, moi…, commença-t-il. J'étais très bon dans ce que je faisais.

Elizabeth se tourna sur l'oreiller, vers sa voix.

— Je m'en suis aperçu dès mon instruction initiale. Mes supérieurs aussi. Ça me semblait facile. On m'a sorti du lot, confié les missions les plus délicates et les plus périlleuses. J'aimais ça. J'ai dû tuer, oui, et quand il a fallu le faire, je l'ai fait sans hésiter.

Sa voix ne trahissait aucune émotion.

— Tu crois que ça veut dire quelque chose ? Lorsque j'ai appris que mes parents avaient été assassinés, j'étais en mission secrète, à l'autre bout du monde. Le temps que je puisse rentrer au pays, ils étaient déjà enterrés. Ma propre sœur n'avait plus rien à me dire. Ava était une fille heureuse et gaie quand j'ai quitté la maison. On s'adorait. Et là, nous étions devenus deux étrangers.

Il avait été plus facile pour Elizabeth de confesser son propre passé dans l'obscurité. Plus Mac parlait, plus elle le comprenait : être plongé dans le noir l'aidait à se livrer.

— J'étais rentré aux Etats-Unis depuis quelques semaines lorsque la CIA nous a contactés, Sullivan et moi…

— La CIA ?

— Une branche particulière de leur service action voulait nous recruter. La Section des activités spéciales.

— Je n'en ai jamais entendu parler.

— Eh bien, elle existe pourtant. Mais on évite de la mentionner, en général. Bref, ils nous avaient sélectionnés, mon frère et moi. Je voulais… échapper à mon chagrin. Mon foyer avait volé en éclats, cela me paraissait la bonne chose à faire.

— Tu as signé.

— Non.

Elizabeth écarquilla les yeux de surprise, dans le noir.

— Ava avait trop besoin de moi. Et Grant aussi, pour essayer de trouver qui avait tué nos parents. Je lui avais déjà dit qu'il pouvait compter sur moi. Ce que j'ignorais…

Il poussa un lourd soupir.

— C'est que Sullivan avait déjà accepté l'offre de la CIA, avant le meurtre. Il avait signé et ne nous l'avait pas dit.

Elizabeth pensa au frère de Mac, aux ombres, dans ces yeux. Elle frissonna.

— Deux mois plus tard, Sully m'appelle au milieu de la nuit. Il avait de sérieux ennuis. Personne à qui se fier, et il était en danger… Je n'ai pas tué que dans la Delta Force,

Elizabeth. Mon frère avait besoin de moi et j'aurais fait n'importe quoi pour le ramener à la maison.

Sa voix s'assombrit.

— Il a fallu se battre pour ça et, quand je l'ai enfin rejoint, il était presque trop tard. Ses propres coéquipiers l'avaient trahi et il croyait que tout le monde l'abandonnerait. Je l'ai ramené, sain et sauf. Mais j'ai dû encore tuer, pour ça.

— Tu as protégé ton frère.

— Oui. Lorsqu'on s'attaque à ceux que j'aime, rien ne m'arrête. Rien !

Cela sonnait presque comme un avertissement. La considérait-il comme une menace pour sa famille ? Bien sûr, avec son frère Grant blessé en essayant de la défendre, elle ne pouvait pas l'en blâmer.

— Je suis désolée pour Grant, dit-elle précipitamment, en s'asseyant sur le lit et en tirant le drap sur elle. Je ne voulais pas…

— Tu as tiré pour protéger mon frère et cela, je ne l'oublierai jamais.

Le matelas se creusa : Mac s'asseyait à son tour.

— Mais il faut que tu saches qui je suis vraiment. La plupart des histoires que tu as entendues sur moi sont vraies, Elizabeth. Je suis un homme dangereux, entraîné pour devenir… une arme vivante.

Mais non, il n'était pas cela. Il était un homme…

Elle avança sa main pour caresser sa joue, où pointait une barbe dure.

— Tu es bien plus que cela.

— Oh ! N'en sois pas si sûre.

Il se tourna pour embrasser doucement la paume d'Elizabeth.

— Tu ne sais pas de quoi je serais capable.

— Mac…

— Non, tu ne sais pas de quoi je serais capable pour te protéger.

*
* *

Elizabeth Snow n'était pas morte !

Il n'avait reçu aucune confirmation. Encore une fois l'Arrangeur n'avait rien arrangé du tout. Il était bien trop payé, pour trop peu de résultats.

La mort d'Elizabeth Snow aurait dû lui être confirmée cinq heures plus tôt. A chaque minute depuis cette échéance, sa rage grandissait.

Il aurait fallu s'occuper de cette affaire beaucoup plus tôt. Quand on avait enterré Nate, on aurait dû mettre cette fille en terre avec lui !

Comme cela, plus de problèmes.

Les années avaient passé tranquillement. Tout s'arrangeait à la perfection, et puis ce fichu reporter avait déterré tout le dossier. Il avait trouvé des pistes que personne avant lui n'avait songé à emprunter, et qui, d'abord, n'auraient même pas dû exister !

Et il avait appris la vérité sur Nate. Lorsqu'il avait appelé, il avait mentionné le nom d'Elizabeth Snow.

Cette femme qui peut me détruire…

Mais cela n'arriverait pas. Il y avait eu trop de sacrifices et il y avait trop de pouvoir en jeu. On ne pouvait pas lui permettre de révéler ce qu'elle savait.

Et s'il n'y avait personne pour finir le travail et éliminer Elizabeth Snow, eh bien…

Il faudra que je le fasse moi-même !

Et Elizabeth ne verrait pas même le coup fatal.

— Je veux que tu fasses connaissance avec ma famille, lança Mac.

A peine venait-il de prononcer ces mots qu'Elizabeth se raidit nettement.

L'aube était arrivée sans qu'il trouve le sommeil. Il était sorti alors que le soleil se levait sur le lac. C'était la première fois depuis des années. Quand il était retourné au bungalow, Elizabeth l'attendait sous le porche-véranda, habillée, les joues toutes roses et les yeux brillants. Une vision magnifique.

Elle l'avait regardé s'approcher, en lui souriant comme pour mieux l'accueillir, lui faire voir qu'elle l'attendait.

Est-ce que quelqu'un m'a jamais regardé comme cela ?

— Euh... ta famille ?

Elle repoussa une mèche de cheveux derrière son oreille. C'était ce qu'elle faisait toujours, machinalement, quand elle était nerveuse. Mac l'avait remarqué.

— Mais... ils savent ce qui est arrivé à Grant, non ? Ils savent que c'est à cause de moi qu'il a été blessé ?

Décidément, elle ne voulait pas en démordre. La balle n'avait touché aucun os, ni aucune artère. Grant s'en remettrait très bien.

— Ils savent exactement ce qui s'est passé, et crois-moi personne ne te fait le moindre reproche.

Mais l'expression d'Elizabeth montrait qu'elle n'en était pas convaincue.

— Mes frères Brodie et Davis sont à la maison. Ainsi que Jamie et Jennifer.

— Quelle grande famille !

Pas tant que cela, en fait. Sa sœur vivait dans un ranch du voisinage avec Mark Montgomery. La femme de Grant, Scarlett, était à son chevet, à l'hôpital. Sullivan était toujours au quartier général de la police d'Austin, à glaner des informations.

— Sully essaie de s'acquitter envers moi d'une dette qui, en fait, n'existe pas. En famille, il n'y a pas de dette qui tienne. Oui, j'aimerais que tu les rencontres, insista-t-il.

Mais il ne voulait pas trop lui mettre la pression non plus. Si elle ne le souhaitait pas, il respecterait son choix. Elle avait vécu un enfer, après tout.

Elle fixa un point au loin, derrière lui, la main en visière au-dessus de ses yeux.

— Ils arrivent, dit-elle.

Mac fronça les sourcils sans comprendre.

— Ce sont eux qui viennent, là, non ?

Il se retourna : un 4x4 noir empruntait l'allée qui menait au bungalow.

— Oui, ce sont eux, soupira-t-il.

Il n'était pas surpris que ses frères aient poussé la curiosité jusqu'à venir voir à quoi Elizabeth pouvait bien ressembler, sans attendre son feu vert.

Un coup de frein, le moteur s'arrêta et Brodie bondit de la voiture, suivi de Davis qui, en claquant sa portière, leur adressa un grand geste de la main.

— Comment tu les différencies ? chuchota Elizabeth.

Davis et Brodie étaient des jumeaux monocellulaires, parfaitement identiques. Davis était l'aîné, sorti le second, et il ne laissait pas son frère l'oublier, ni quiconque l'ignorer.

Mac se pencha vers Elizabeth et lui murmura :

— Brodie, c'est celui qui sourit.

— C'est un sourire, ça ?

Mac ne put s'empêcher de rire. Elle n'avait pas tort. Le « sourire » de Brodie n'était pas des plus chaleureux. Personne n'aurait jamais qualifié les jumeaux de boute-en-train, en société. En cela, ils n'étaient pas très différents de Mac.

— C'est quoi, ce bruit bizarre ? lui demanda Brodie, avec une grimace. Tu *ris*, toi, maintenant ?

— Eh bien, oui, pourquoi pas ?

— Oui, pourquoi pas ? répéta Brodie en reluquant ouvertement Elizabeth.

Davis s'avança en poussant un lourd soupir et tendit la main à la jeune femme.

— Je vous assure, mademoiselle, que mes frères ont bien des manières. C'est juste qu'ils oublient les bonnes, de temps en temps.

Il lui sourit.

— Je suis Davis, l'aîné et le plus intelligent des jumeaux.

— Dans tes rêves ! répliqua immédiatement Brodie, fort d'une longue habitude.

Elizabeth serra la main qu'on lui tendait.

— Ravie de faire votre connaissance.

Brodie poussa son jumeau et dédia un nouveau sourire à la bibliothécaire.

— Ah, c'est à cause de vous qu'il y a des romans policiers

partout chez Mac, alors qu'il a au moins une demi-douzaine de tablettes sur lesquelles il peut en télécharger.

Mac ne put s'empêcher de rougir. Les frères pouvaient être une vraie plaie, parfois. Peut-être que la présentation à la famille n'était pas une si bonne idée que cela, après tout.

— Je n'en ai pas beaucoup, protesta-t-il. Et j'aime les livres, le papier…

— Les jolies bibliothécaires, acheva Brodie pour lui. Tout est très clair à présent.

Elizabeth lança à Mac un regard amusé. Lui, il essayait de rester parfaitement digne. Toute la famille était-elle au courant ? Il avait pourtant cru rester discret. N'avait rien raconté à personne.

— Si Mac vous embête, dites-le-moi, reprit sentencieusement Brodie. Je le mettrai au pas.

— Le jour où tu me mettras au pas…

— Tu parles à ton frère aîné, jeune homme, ne l'oublie pas, renchérit Davis.

Les jumeaux s'étaient visiblement donné le mot. Mac les dévisagea, l'œil étréci. C'était vraiment lui qui avait voulu les présenter ?

Mais soudain, Brodie redevint sérieux.

— Vous savez que vous êtes en sécurité, ici, Elizabeth. Ne vous inquiétez de rien. Le ranch est sécurisé au maximum. Tant que vous y resterez…

— J'y ai seulement passé la nuit, répliqua-t-elle. Je vous remercie, mais je compte bien rentrer chez moi au plus tôt.

Comme un seul homme, les jumeaux se tournèrent vers Mac.

— Ah bon ? fit Davis. Parce que Sully m'a dit que le type en garde à vue refuse de parler et que ses empreintes digitales ne sont pas répertoriées. Ce qui fait que la police ne sait pas qui il est, ni qui l'a engagé.

— Ce qui veut dire qu'elle est toujours en danger, enchaîna Brodie. Tu vas vraiment la laisser partir ?

Mac ouvrit la bouche pour répondre, mais Elizabeth agita la main devant Davis et Brodie.

— Houhou ! leur dit-elle. C'est moi, je suis là ! Elizabeth, vous savez ? Celle-qui-prend-ses-décisions-toute-seule… Mac est formidable, extraordinaire, mais il ne décide pas ce que je fais et ce que je ne fais pas. JE décide. Et figurez-vous que j'ai justement décidé que je ne me cacherai pas plus longtemps. Grant a été blessé en me protégeant. Je ne veux pas qu'un autre McGuire soit visé.

Brodie haussa les sourcils.

— Mais nous avons l'habitude de servir de cible !

— On aime même plutôt ça, pour tout dire, renchérit Davis.

Mac soupira.

— Aucun de vous ne sera plus blessé en me protégeant, messieurs, martela Elizabeth d'un ton déterminé. J'avais besoin de me reposer une nuit, je suis venue ici, très bien, et je vous remercie de votre hospitalité, mais je ne me cacherai plus jamais !

Le menton haut, elle s'adressa ensuite à Davis :

— Vous disiez que l'homme que détient la police ne veut pas parler ? Eh bien, peut-être acceptera-t-il de le faire, seul à seule avec moi. Parce que je crois que j'ai droit à des réponses, et qu'il me les doit.

Davis la regarda longuement avec, visiblement, de l'admiration dans les yeux. Puis il se tourna vers Mac et laissa tomber :

— Epouse-la. Ne la laisse surtout pas t'échapper.

Mac l'aurait volontiers étranglé. Mais Davis n'en resta pas là.

— Vite, ajouta-t-il. Avant qu'elle ait la bonne idée de s'enfuir. Epouse-la. Je ne plaisante pas !

— Mais… je… nous… ce n'est pas…, balbutia Elizabeth.

Elle lança un regard égaré en direction de Mac.

— Ce n'est pas ce que vous croyez. J'ai juste… engagé Mac… Il n'y a rien d'autre.

Tu parles ! songea Mac.

— Ah, Davis, Davis, regarde ce que tu as fait, murmura son jumeau. Mac doit être en train de ruminer des plans pour t'écorcher tout vif, centimètre par centimètre.

Il poussa son frère.

— Il a toujours manqué de tact, mademoiselle Elizabeth, il voulait simplement dire qu'il vous trouve très sympathique ! Il n'y a guère que Jamie qui puisse tirer quelque chose de lui. Il est bien heureux d'avoir pu se trouver une femme comme elle. Mais ce que nous voulons vraiment…

Sa voix s'adoucit et son débit ralentit un peu.

— C'est que vous sachiez que vous pouvez compter sur nous tous. Nous sommes bien au courant de votre affaire. Nous savons quel cauchemar cela a dû être et, si vous avez besoin de nous, nous sommes là.

— Oui, nous sommes là, approuva vigoureusement Davis.

— M… merci ! bredouilla Elizabeth, l'air plutôt interloquée.

Elle ne pouvait pas comprendre ce qui venait de se passer, mais Mac, lui, le comprenait très bien. Ses frères venaient de l'accepter dans la famille et d'étendre leur protection sur elle. Ils méritaient souvent un bon coup de poing — Davis, surtout — mais qu'il était bon de voir comme ils avaient le cœur grand, et à la bonne place !

— Comment va Grant ? s'enquit Elizabeth, dont l'inquiétude était visible.

Brodie lui sourit.

— Il est en pleine forme, ne vous inquiétez pas. Les toubibs l'ont recousu et Scarlett est auprès de lui. S'il y a quelqu'un sur Terre qui peut obtenir que Grant reste tranquille et se laisse soigner, c'est elle.

— Bon…, soupira Elizabeth, clairement soulagée. Voyez-vous, quand ce type est entré chez Mac, je…

— Grant nous a dit que vous étiez restée très calme et qu'au moment d'appuyer sur la détente, vous n'avez pas hésité.

Elle baissa les yeux.

— Je… je n'avais pas vu qu'il portait un gilet pare-balles. Quand je l'ai touché… j'ai cru qu'il était mort. Je voulais protéger Grant…

Elle regarda brièvement Mac.

— Et puis, je ne voulais pas mourir non plus.

Et Mac ne voulait pas qu'elle meure. Pas question !

— Il faut que tu me ramènes au département de police,

lui dit-elle. Je dois parler à cet homme. Il doit m'expliquer pour quelle raison on lui a ordonné de me tuer. Je dois le savoir, c'est vital pour moi.

Mac acquiesça. Il ne pouvait rien lui refuser.

— Je vais chercher mon sac, annonça-t-elle. Comme ça, tu n'auras pas à me ramener, ensuite…

La garder là était pourtant bien dans ses projets.

Elizabeth sourit aux jumeaux.

— J'ai été… ravie de vous connaître. Même si… les circonstances… enfin… je ne les oublierai pas d'ici un moment, je crois !

Brodie eut un rire bref.

— Vous ne vous laissez pas facilement dicter votre conduite, n'est-ce pas ?

Elle secoua la tête.

— Plus maintenant. Excusez-moi…

Puis elle se rua à l'intérieur du bungalow.

Lorsque la porte se referma sur elle, Mac se tourna vers ses frères et gronda, à mi-voix :

— Les mots *subtilité* et *discrétion*, ça ne vous évoque rien, les gars ?

Davis fit une grimace embarrassée.

— Désolé, vieux… Mais je reste d'avis qu'il faut t'accrocher et ne pas la laisser t'échapper. Bon sang, Mac, tu as ri ! Tu te rends compte ? Depuis combien de temps on ne t'avait pas vu rire ? Tu la regardais et c'est comme si tu étais éclairé de l'intérieur !

Mac ne s'en était pas aperçu.

— Elle ne le voit peut-être pas, renchérit Brodie. Mais nous, on te connaît. Tu es sérieusement accroché, c'est visible.

Peut-être mais, elle, elle pensait qu'il n'y avait rien de sérieux entre eux.

Elle se trompait et il allait le lui prouver !

— Tu sais, on a parfaitement compris que, Sully et toi, vous étiez passés par un sale moment, il y a quelques années, dit Brodie. Depuis, tu n'étais plus pareil. Et voilà que tu revis, frangin ! Tu crois qu'on ne peut pas remarquer la différence ?

Parce qu'ils avaient perdu leurs parents et bien failli perdre Sully. Mac avait cru le voir mort, devant lui.

Le monde, alors, n'était que bruit et fureur. On n'en revenait pas facilement, même si on survivait.

Mais ses frères et sa sœur l'avaient aidé à garder la tête hors de l'eau et, un jour, Elizabeth avait croisé sa route.

La main de Davis se posa sur son épaule et la serra.

— On veut juste que tu sois heureux. Il y a eu assez de chagrins comme ça. On mérite mieux. TU mérites mieux.

Mais le passé n'était pas encore mort. Ni pour Elizabeth, ni pour lui.

— Nous ne savons toujours pas qui a tué nos parents, ni pourquoi.

Ils avaient exploré beaucoup de fausses pistes. A un certain moment, ils avaient cru être indirectement responsables du meurtre. Si les combats qu'ils avaient tous menés pour leur pays les avaient suivis jusqu'au ranch ? Si leurs parents avaient payé de leur vie les engagements de leurs fils ?

Ava, elle aussi, s'était amèrement reproché leur mort. Elle s'était imaginé qu'elle aurait pu les sauver, si elle l'avait voulu.

Mais c'était faux, bien sûr. Elle avait fait tout ce qu'elle avait pu, comme eux tous.

— Nous savons que Maman cachait certains secrets, reprit Davis.

En enquêtant sur le meurtre, ils avaient appris qu'elle avait autrefois porté un autre nom, qu'elle avait fait, en tant que témoin, l'objet d'une protection de la police. C'était au moment de son arrivée au Texas, avant qu'elle ne rencontre leur père. Et aucun de ses enfants n'avait jamais rien su de son passé. Elle leur avait seulement dit que ses parents étaient morts dans un accident de voiture, longtemps auparavant, et qu'elle n'avait ni frères, ni sœurs, ni de famille plus éloignée.

Désormais, ils ne savaient plus s'il y avait seulement du vrai, dans ce peu de chose.

— Sully a appelé un de ses contacts au gouvernement, indiqua Davis. On va peut-être en savoir plus bientôt.

Mac avait aussi actionné un des siens, mais il n'en avait

pas encore parlé à ses frères, car ce contact était lié de très près à Sully et jamais celui-ci ne voudrait faire appel à lui… à *elle*, plutôt. En fait, Sullivan ne voulait pas même que son nom soit prononcé. Personne ne devait être au courant de sa douleur et il avait fait jurer le secret à son frère.

« La famille a assez souffert comme ça, lui avait-il dit. Ce n'est pas la peine d'en rajouter. »

— On n'aura pas de repos tant qu'on ne leur aura pas rendu justice, conclut Brodie, l'air déterminé. Et chaque jour qui passe nous rapproche de ce but. On va trouver les assassins et on va leur faire payer !

Ce désir de faire justice les avait tous soutenus, durant les heures sombres, en leur donnant un but.

Mais depuis peu, Mac se posait des questions.

Les tueurs iraient pourrir en prison… et puis ?

La porte tourna sur ses gonds et Elizabeth apparut, son sac de voyage à la main. Il tendit la main pour le lui prendre, leurs doigts s'effleurèrent, leurs regards se croisèrent et se nouèrent…

Et puis ?

Au fond, Mac n'avait plus envie de vengeance. Il voulait le bonheur, il voulait la vie.

Il voulait… Elizabeth.

9

— Tu n'es pas obligée de faire ça, grinçait Mac, sa main crispée sur le dossier de la chaise d'Elizabeth. Tu n'es pas obligée de rester dans la même pièce que ce tueur et moins encore de lui parler. La police peut…

— Sullivan dit qu'il refuse de répondre à leurs questions et que ses empreintes ne se trouvent pas dans leur base informatique, répondit-elle.

Elle s'appliquait à rester aussi calme que possible, pour ne pas lui montrer qu'en fait elle était terrifiée.

— Le capitaine Howard m'a donné toutes les assurances possibles. Il y aura un agent armé dans la pièce et tu seras là aussi.

Mac serra les dents.

— Je n'aime pas ça. Je n'aime pas que tu sois trop près de lui.

Elle jeta un regard circulaire autour de la petite salle d'interrogatoire. Au mur, à sa gauche, un grand miroir. Il était sans tain, elle le savait, et le capitaine Howard était derrière, en compagnie du procureur Jamison. L'homme en garde à vue avait refusé l'assistance d'un avocat. Puis, il s'était replongé dans le silence.

Mais il allait venir dans cette salle, elle allait le voir et peut-être comprendre, enfin.

La porte tourna sur ses gonds et Elizabeth se raidit avant d'oser se retourner. *Il* était sur le seuil, plus dans l'obscurité comme l'autre nuit, ni même dans l'ombre. Mais toujours absolument… *normal*, comme il lui était apparu dans la lumière des torches : maigre et peut-être un peu plus grand qu'elle n'en avait eu l'impression, alors. Il devait être dans la quarantaine, avec des rides d'expression autour de ses petits yeux d'un bleu très clair, un menton fuyant et un front qui s'éclaircissait.

Décidément, il n'avait pas l'air d'un tueur à gages. Il aurait pu être… n'importe qui. Un employé de bureau, un type que l'on croise dans la rue, qui est derrière vous à la caisse. Il n'y avait rien de particulièrement remarquable en lui et sans doute était-ce sa force. Cela devait lui conférer une quasi-invisibilité.

— Tiens ! Pour une surprise…

Il portait une combinaison orange de détenu dangereux et ses mains étaient enchaînées. Un policier en uniforme le conduisit jusqu'à la chaise en face de celle où Elizabeth avait pris place.

— Je ne pensais pas que vous viendriez me voir, lui lança-t-il, tout sourires.

Le tout, d'un ton normal… désespérément normal.

Derrière elle, Mac parla, très sèchement, lui.

— Vous avez retrouvé votre langue, on dirait.

L'homme lui sourit également.

— Vous savez, un gilet pare-balles vous protège bien, mais cela fait quand même mal, quand il encaisse un projectile.

Il se tourna vers le miroir, certainement pour montrer qu'il n'était pas dupe et savait très bien qu'on l'observait.

— Je pense que j'ai plusieurs côtes cassées. Je dois aller à l'hôpital !

— Vous n'irez nulle part, répondit Mac, impavide.

L'homme se retourna calmement vers lui.

— C'est ce que nous verrons. Je crois que très bientôt, on va m'accorder quelques… accommodements…

— Qui êtes-vous ? lui demanda Elizabeth, tout à trac.

Son sourire s'élargit.

— Je suis l'Arrangeur. C'est du moins sous ce nom que mes clients me connaissent.

Il venait d'admettre qu'il était, effectivement, un tueur à gages.

— Depuis que je suis ici, j'ai eu tout le temps de réfléchir et je me suis dit... que je n'étais pas sans ressources. J'ai beaucoup à offrir... mais pas pour rien, naturellement !

Elizabeth se redressa sur son siège.

— Vous voulez négocier avec la justice ?

— Je crois que je ne passerai pas le reste de ma vie en prison, parce que je sais beaucoup de choses.

Il haussa les épaules.

— Suffisamment pour faire des échanges, effectivement.

La panique envahit Elizabeth. Et s'il disait vrai ? S'il ressortait libre et s'attaquait de nouveau à elle ?

Elle plongea son regard au fond de ses yeux pâles et froids. Y perçait une intelligence glacée et méthodique, calculatrice et infernale.

— Vous avez tué Nate Daniels.

Il leva son poignet entravé et se frotta ostensiblement le menton.

— Vous croyez ? Je ne m'en souviens pas du tout. Mais je pourrais peut-être faire un effort... en échange de quelque chose.

— Il n'y aura pas de négociation, intervint Mac. Le procureur l'a dit : il ne vous proposera aucun aménagement. Vous avez enlevé une policière et failli la tuer.

— Comment ça, failli ? demanda brusquement l'homme. Elle n'est pas morte ?

Mac le regarda attentivement un moment. Howard lui avait donné l'autorisation de révéler au prévenu quelques éléments nouveaux.

— L'inspecteur Melinda Chafer vivra, dit-il lentement. Et il y a environ une heure, elle vous a formellement identifié comme son ravisseur et son agresseur. Elle a même dit que vous vous étiez présenté à elle sous le nom de l'Arrangeur.

Le prisonnier perdit un peu de sa morgue.

— Et il n'est pas beaucoup plus difficile de vous faire endosser le meurtre de Steve Yeldon.

— Vous n'avez rien contre moi là-dessus !

— Le procureur ne traitera pas avec un tueur de policiers, et à ce propos…

Mac regarda autour de lui.

— Je ne suis pas sûr que vous puissiez espérer grand-chose de leur côté non plus. Vous vous plaignez de vos côtes cassées ? Attendez-vous à pire. Melinda Chafer est un bon flic.

— Ah oui ? ricana l'Arrangeur.

— Oui. Et McGuire Sécurité a acquis la preuve que c'est vous qui avez déposé de l'argent sur son compte pour la compromettre. Vous croyez être le seul à savoir utiliser un ordinateur ?

Elizabeth observait le tueur, en calquant sa propre attitude sur celle de Mac.

Surtout ne pas repenser à la terreur que tu éprouvais, dans le noir, en attendant qu'il t'attaque. Ne pas penser du tout !

— Vous croyez que je ne me souviens pas de vous ? lui dit-elle. Je témoignerai.

Elle eut un rire fier et en fut elle-même heureusement surprise.

— Vous n'êtes pas près de revoir la lumière du soleil, croyez-moi, et vous ne ferez plus de mal à personne.

La fureur flamboya dans les yeux de l'Arrangeur.

— Ma belle, lui lança-t-il entre ses dents, plutôt que de me menacer, vous feriez mieux de prendre vos jolies jambes à votre cou, parce que je suis enfermé, soit, mais celui qui a lancé un contrat sur votre tête est libre et il veut votre mort plus que tout. Vous ne lui échapperez pas, vous.

— Qui est-ce ? demanda Elizabeth d'une voix sourde. Qui vous a envoyé après moi ?

L'homme bondit sur ses pieds et les deux policiers qui le gardaient n'eurent que le temps de l'agripper par les épaules pour le maintenir en place. Mac s'était dressé, lui aussi.

— Tu crois que tu connaissais Nate Daniels, hein ? hurla-t-il. Pauvre idiote, tu ne savais rien de lui ! Rien ! Il n'était pas venu dans le Dakota du Nord par hasard, figure-toi ! Mais tu l'as distrait de ce qu'il avait à faire et c'est à cause de toi qu'il est mort !

Elizabeth sauta sur ses pieds à son tour.

— C'est faux, c'est vous qui l'avez tué ! Vous…

— Tu lui as fait changer ses plans. Tout changer… Le jeune imbécile !

Son rire vrilla les oreilles d'Elizabeth.

— Il croyait qu'il avait trouvé l'amour et plus rien ne comptait. S'il avait fait ce qu'il devait, au lieu de s'intéresser à une jolie paire de fesses qui lui passait devant le nez…

Mac envoya son poing droit dans la mâchoire de l'Arrangeur. Le coup était puissant et fit voler le malotru deux mètres en arrière. Il s'écrasa sur le plancher. L'un des gardes s'élança alors pour le remettre sur ses pieds et tendit sa main ouverte pour empêcher Mac de lui porter un autre coup.

Le tueur saignait abondamment du nez.

— Il me l'a cassé ! glapissait-il. Un médecin ! Un médecin, vite !

Mac fit encore un pas en avant, le bras levé, manifestement prêt à frapper, et même à frapper l'agent de police, s'il voulait s'en mêler.

Elizabeth se précipita pour l'arrêter et posa la main sur son poing fermé.

— Non, Mac, non ! Il n'en vaut pas la peine !

— Arrêtez-le ! hurlait le prisonnier. Il m'a agressé ! Et appelez un médecin !

La porte s'ouvrit à la volée et le procureur entra, le visage très rouge, suivi du capitaine Howard.

— Sortez, McGuire ! ordonna-t-il.

— Mac…, supplia encore Elizabeth.

Il lui sourit brièvement, mais ses yeux d'aigle ne quittaient pas l'Arrangeur.

— On se retrouvera, tous les deux, lui murmura-t-il entre ses dents.

Et avant qu'il ait pu frapper à nouveau, Elizabeth l'entraîna vers la porte.

— Tout comme l'autre imbécile ! leur cria l'Arrangeur dans le dos. Tu crois qu'elle compte, hein ? Nate aurait pu passer dans cette foutue ville sans s'arrêter et rien ne lui serait arrivé. Plus personne ne lui aurait fait le moindre mal ! Mais il a suffi qu'il jette les yeux sur cette minable petite…

Mac fit volte-face.

— Toi, tu ne sais pas qui je suis, ni ce que tu risques. Pas seulement la prison, tu vois…

Il lui sourit.

— Tu aurais dû te renseigner, l'ami. Moi, je ne suis pas un gamin terrifié que tu peux facilement assassiner dans la nuit. Non, tu ne sais pas qui je suis.

— Je n'ai pas peur de toi, répliqua l'Arrangeur, mais un ton au-dessous.

Il mentait, à en croire le mouvement de bas en haut de sa pomme d'Adam, comme s'il avalait sa salive avec difficulté.

— Qu'est-ce que tu crois, pauvre type ? reprit Mac avec un mépris infini. Que tes clients vont te tirer de là ? Mais réfléchis un peu ! De deux choses l'une, ou ils vont te laisser croupir en prison sans plus s'occuper de toi, ou ils vont s'assurer que tu ne puisses pas te mettre à table et lâcher tout ce que tu sais. Dans les deux cas…

Une rage infinie brûlait dans les petits yeux porcins du tueur, remarqua Elizabeth.

— Tu vois, acheva Mac, tu crois avoir des arguments pour négocier, mais tu n'as rien du tout.

Puis il lui tourna le dos.

— Viens, Elizabeth, lâcha-t-il tranquillement. Nous savons tout ce que nous voulions savoir.

Ah bon ? Ils ignoraient même le vrai nom de l'Arrangeur.

Elle ouvrit la bouche pour parler, mais le prisonnier donna au même instant un vicieux coup de coude dans l'estomac de l'agent qui le gardait. Surpris, le policier se courba en deux de douleur et le tueur se rua vers Mac en hurlant de rage.

Avec une rapidité stupéfiante, celui-ci fit face à son agresseur. Saisissant une chaise, il l'expédia en un puissant swing dans la poitrine du tueur, qui s'effondra sur le carrelage et ne bougea plus.

— Maintenant, il a peut-être besoin d'un médecin, laissa tomber flegmatiquement Mac.

Il reposa délicatement la chaise puis sortit dans le couloir. Elizabeth le rattrapa.

— Mac, nous n'en savons pas du tout assez ! Ce type nous mène en bateau, je voulais qu'il nous dise…

— C'est Nate, la clé de tout.

— Nate ? Mais que pourrions-nous bien apprendre sur Nate ? Il est mort. Il ne peut plus nous aider.

Mac remua ses doigts endoloris.

— Il le peut. Enfin, toi, tu le peux. Juste avant la confrontation, le capitaine Howard m'a dit que la police avait toujours des échantillons de sang et d'ADN recueillis sur la scène de crime. Tu as frappé l'assassin, tu te souviens ?

— Oui, avec une bûche.

— Il y a eu des traces dessus et la police les a trouvées. Il suffira de les comparer à l'ADN de l'Arrangeur. Il est cuit.

Elizabeth en resta le souffle coupé. Elle n'avait pas pensé à cela. Plus besoin d'aveux !

— Mais il y a autre chose, enchaîna Mac, l'air sombre. La seule raison qui fait que tu sois en danger a quelque chose à voir avec Nate et avec ce qui lui est arrivé. Nous devons chercher à savoir ce qu'il était venu faire dans le Dakota du Nord et je suis persuadé que cela nous mettra sur la piste de celui qui a engagé l'Arrangeur.

La porte de la salle des interrogatoires s'ouvrit derrière eux : les deux agents traînaient le prisonnier pour le ramener en cellule. Il saignait toujours, se plaignait et se mit à remâcher des injures quand il vit Mac.

— Comment se fier à ce qu'il nous a dit ? murmura Elizabeth. Il se fiche peut-être de nous. C'est un tueur, un kidnappeur et…

— C'est aussi un type qui vient de comprendre que personne ne va lui venir en aide. J'étais très sérieux quand je le lui ai dit. Lorsque ses clients vont apprendre qu'il a été arrêté, ils vont chercher à le faire taire. Car il doit connaître pas mal de secrets plutôt embarrassants.

Le capitaine Ben Howard apparut devant eux.

— Ça ne s'est pas trop bien passé, maugréa-t-il.

— Moi, je trouve que si, répondit Mac avec un sourire suave.

Le procureur Jamison arriva à son tour. Il était clairement furieux.

— Vous avez agressé un prévenu ! lança-t-il à Mac. Je ne veux plus vous voir l'approcher, McGuire, ni vous, ni vos frères et je me fiche de vos relations ! Je devrais vous faire arrêter immédiatement, je devrais…

— Une minute ! intervint Elizabeth, mécontente.

Elle n'aimait pas du tout la façon dont ce type s'adressait à Mac.

— Mais faites donc comme vous le sentez, monsieur le procureur, répondit Mac, toujours suave, mais avec un subtil air de défi.

— Cette pourriture a agressé un de mes agents, fit remarquer Ben en se frottant l'arête du nez. Mac n'avait guère le choix. Vous auriez préféré qu'un prisonnier dangereux s'échappe pendant un interrogatoire mené sous *votre* contrôle et *votre* responsabilité ?

Pris de court, le magistrat pinça ses lèvres de mépris.

— Il a peur, maintenant, reprit Mac. Il sait qu'il a beaucoup à perdre, et ça devrait l'inciter à parler.

Son visage se durcit.

— Et maintenant, votre boulot, aux uns et aux autres, ce sera de le garder en vie assez longtemps pour ça.

Ben accusa le coup et se rembrunit.

— J'ai mis mes meilleurs hommes à le surveiller. Il ne lui arrivera rien tant qu'il sera sous ma garde.

— Tu ferais peut-être bien d'en doubler le nombre, répondit Mac sans s'émouvoir. Parce que ce salaud-là ne détient pas de secrets ordinaires. C'est du lourd, que certains ne pourront pas se permettre de laisser échapper. Ce type va devenir une cible et vous devez vous préparer pour l'attaque, car elle viendra.

Ben soutint son regard.

— On ne récolte jamais que des problèmes, avec vous autres, les McGuire, pas vrai ?

— Tu t'ennuierais, sans ça, répliqua Mac avec un clin d'œil. Tu demanderais tes droits à la retraite.

Ben grommela quelques mots inaudibles, puis il suivit le prisonnier et son escorte.

Le procureur, lui, ne bougea pas.

— Je n'aurais jamais dû autoriser cette confrontation, dit-il. Mais c'est une erreur que je ne renouvellerai pas !

— Est-ce que vous allez négocier avec lui ? demanda Elizabeth tout à trac.

Le procureur cilla très légèrement.

— Ça dépendra de ce qu'il voudra bien me dire.

— C'est un meurtrier, s'enflamma Elizabeth, le cœur battant dans sa poitrine. Sa place est derrière les barreaux.

— C'est aussi un outil que je peux utiliser, mademoiselle Snow, répliqua le procureur Jamison. Un domino qui peut faire tomber tous les autres. Il n'y a pas que vous dans cette affaire, voyez-vous.

— Non, en effet ! Il y a aussi l'inspecteur Chafer. Vous vous souvenez d'elle, n'est-ce pas ? La policière que ce malade a enlevée ? Car c'en est un… c'est un pervers. Chez Mac, quand il me croyait à sa merci, il prenait plaisir à me terrifier. Vous allez vraiment traiter avec un tel homme ? Vous seriez un imbécile de lui faire confiance.

Jamison se raidit, les mâchoires serrées.

— Eh bien, il faut croire que j'en suis un, car je compte bien tout savoir du passé du prévenu. Je lui ferai dire tout ce qu'il sait et passerai avec lui tous les accords que je jugerai utiles. Les autres victimes et leurs familles ont le droit d'exiger de moi que j'aille au bout de cette instruction. Et maintenant, mademoiselle Snow, je pense que vous n'avez plus rien à faire ici. Si j'ai d'autres questions, je ne manquerai pas de vous convoquer à mon bureau.

— Où mon avocat se rendra à ma place ! répondit Elizabeth en élevant la voix, car déjà le procureur avait tourné les talons, la plantant là.

Elle ajouta en fusillant du regard le dos du magistrat :

— Oh ! Que je ne l'aime pas, celui-là !

La main de Mac se referma sur la sienne.

— Allez viens, on en sait assez.

Il continuait à le répéter, mais Elizabeth, elle, n'en était toujours pas convaincue.

— Attends ! lui lança-t-elle, tandis qu'il lui faisait presser le pas devant le bâtiment du département de police. On n'a rien appris du tout !

— Oh si ! Peu, mais des choses importantes.

Elle le dévisagea sans comprendre.

— C'est Nate, le nœud de tout, expliqua-t-il. Tu disais qu'il était né au Texas, n'est-ce pas, que c'était même l'une des raisons qui t'ont fait venir ici ?

Elizabeth acquiesça.

— Alors il nous faut son certificat de naissance. S'il a encore de la famille, il faut leur parler au plus vite. Nous devons essayer de savoir ce qu'il allait faire de si important au Dakota du Nord.

— Assez important pour qu'il s'y fasse tuer.

Mais ce n'était pas ce que l'Arrangeur leur avait dit. Il avait prétendu que si Nate ne s'était pas arrêté pour elle, ce jour-là, s'il avait continué sa route…

Mon Dieu, est-ce donc ma faute s'il est mort ?

Mac lui posa la main sur l'épaule.

— Je crois savoir à quoi tu penses, chaton, mais il ne faut pas…

Elle ne put masquer son étonnement.

— Tu montres si clairement tes émotions sur ton visage que je vois que tu as de la peine, et je déteste ça.

Il se pencha pour déposer un rapide baiser sur ses lèvres.

— Si je pouvais, j'empêcherais le chagrin de t'atteindre, toujours !

Il y avait, dans ses yeux, des émotions qu'Elizabeth ne déchiffrait pas complètement, pas vraiment.

— Mac…, murmura-t-elle.

Mais il secoua la tête.

— Tu n'es pas prête pour ça, dit-il doucement. Pas encore.

De quoi parlait-il ?

— Trouvons le certificat de naissance de Nate. Ce sera notre point de départ.

— Très bien, acquiesça Elizabeth.

Il lui sourit.

— On t'a déjà dit à quel point tu étais sexy ?

Elle en resta bouche bée. Il ne choisissait pas forcément le meilleur moment.

— Non ? C'est bien dommage, car tu es la femme la plus désirable que j'aie vue au monde.

Elle se replaça nerveusement une mèche de cheveux derrière l'oreille.

Il leva sa main et alla chercher ses doigts pour y entrelacer les siens.

— Je vois pourquoi Nate a tout oublié quand il t'a rencontrée.

— Tu veux dire : pourquoi il est mort à cause de moi ?

— Mais non ! Pourquoi tu comptais davantage pour lui que la fameuse mission dont nous ne savons rien.

— Je ne comprends pas.

Il pressa ses doigts dans les siens.

— Tu comprendras.

— Comment va-t-il ? demanda Ben Howard en entrant dans la petite infirmerie du département de police.

L'infirmière de service se tourna vers lui.

— Il a le nez cassé et la commotion cérébrale n'est pas exclue. Qu'est-ce qui lui est arrivé pendant la confrontation ?

Il s'est pris un McGuire énervé en pleine poire, voilà ce qui lui est arrivé.

— En tout cas, il doit être transporté à l'hôpital sans délai. Je ne peux rien faire pour lui ici.

Derrière Ben, le procureur Jamison jura sourdement entre ses dents.

— Vous me disiez que les balles n'avaient pas causé de dommages importants !

Sur la table d'examen, le prisonnier gémissait à fendre l'âme.

— Je vous ai dit qu'elles n'avaient pas pénétré à cause du gilet, précisa la blonde infirmière. Mais il a de sévères hématomes. Et les côtes sont peut-être cassées.

— Faites-le transporter, ordonna le procureur.

Ben écarquilla les yeux.

— Vous êtes sérieux ? Vous savez quelle menace représente cet homme !

— Nous le voulons vivant. Et en état de comparaître. Un agent l'accompagnera et j'irai avec eux. Comme ça, s'il veut parler, je serai aux premières loges.

C'était une très mauvaise idée, estima Ben.

— Vous essayez de faire un pacte avec le diable, monsieur le procureur. Ça pourrait bien vous revenir en pleine figure.

Jamison lui envoya un regard peu amène.

— Je connais mon métier. Vous n'en faites jamais, vous, des pactes avec le diable ? Bien sûr que si ! Nous passons tous notre temps à ça. Cet homme…

L'intéressé se mit à gémir de plus belle. Son nez saignait toujours. Mac ne l'avait pas raté et avait de la chance que le procureur ne l'ait pas fait immédiatement arrêter.

Mais à la réflexion, Ben soupçonnait le procureur d'avoir un peu peur des McGuire.

Il n'était pas le seul dans ce cas.

— Cet homme détient des informations qui m'intéressent au plus haut point. Et je le ferai parler.

— Ma foi, c'est votre peau, pas la mienne, murmura Ben entre ses dents.

Mais Jamison ne l'écoutait déjà plus. Il s'était approché du prisonnier.

— Vous savez qui je suis, n'est-ce pas ? lui dit-il.

L'Arrangeur le regarda.

— Je vais vous amener à l'hôpital. Vous aurez tous les soins dont vous avez besoin et, en échange, je suis sûr que vous voudrez bien me dire tout ce que je veux savoir.

L'homme sourit en réponse et Ben en eut froid dans le dos.

***

— Comment vas-tu demander le certificat de naissance ? s'inquiéta Elizabeth tandis qu'ils pénétraient dans le bureau de Mac. Ils ne sont pas encore sur Internet. Il faut en faire la demande par écrit au bureau des statistiques du département de la Santé du Texas.

Surpris par tant de connaissances, Mac leva les sourcils.

Elizabeth lui sourit.

— N'oublie pas que je suis bibliothécaire. Les recherches, ça me connaît. Et puis, j'ai déjà aidé des gens qui voulaient faire leur arbre généalogique.

Dieu que cette femme était belle ! Et intelligente, aussi. Mais Mac avait besoin de rester concentré.

— C'est ainsi que les choses se passent normalement, en effet.

Il s'assit à son bureau et se mit à pianoter rapidement sur son ordinateur.

— Mais il existe d'autres moyens, moins officiels, et plus rapides. Tu peux me faire un peu confiance, non ?

Elle mit la main sur son épaule. Ils étaient venus se réfugier au bureau, autant pour y trouver un peu d'intimité que pour faire des recherches sur le mystérieux Nate Daniels.

— Comment arrives-tu à te procurer ça ? Ce n'est pas légal, c'est…

Il venait de sortir de l'imprimante une copie en PDF du certificat de naissance de Nate.

— Pas très, évidemment. Je te l'ai dit, j'ai un bon réseau de relations.

Il parcourut rapidement le document, lut à voix haute le nom de la mère.

— Gloria Daniels…

Puis :

— Père inconnu.

— Elle devait savoir qui il était. Pourquoi a-t-elle…

— Peut-être ne voulait-elle pas qu'il soit au courant. Mais on ne peut pas garder ses secrets éternellement.

Mac reporta son attention sur l'écran.

— On ne s'y prend pas de la bonne manière, soupira-t-il.

— Ah bon ?

— Oui. Ce que nous devons savoir, c'est ce qui est arrivé à Gloria Daniels durant les neuf mois de sa grossesse.

Elizabeth lui tapota l'épaule.

— Laisse-moi faire. Quand il s'agit de recherches, je sais me débrouiller. Et légalement…

Il se leva pour lui céder la place. Tout de suite, les doigts délicats d'Elizabeth se mirent à courir sur le clavier.

— Bon, fit-elle, on s'intéresse à l'année précédant la naissance. Gloria Daniels vivait à Dallas. Voyons si les archives du *Dallas Times* ont quelque chose…

A son tour, Mac se pencha au-dessus d'elle. Les premiers résultats apparurent.

— Elle était dans les relations publiques, reprit Elizabeth. La voilà sur une photo. A un gala pour lever des fonds… pour une campagne électorale, apparemment…

C'était une bonne photo de presse, avec une excellente définition. Mac examina attentivement tous les hommes présents sur le cliché, surtout celui qui avait passé son bras autour de la taille de guêpe de Gloria Daniels.

— D'après la légende, il s'appelle Wesley Sutherfield.

— Je connais ce nom, dit Elizabeth.

A lui aussi, il semblait familier.

— Wesley Sutherfield… Wesley…

Elle fronça les sourcils, puis se redressa.

— C'est le nom d'un politicien du Dakota du Nord !

— Tu en es sûre ?

L'excitation gagnait Mac. Si Sutherfield avait vécu dans le Dakota du Nord, cela pourrait expliquer la présence de Nate dans cet Etat. Il avait pu faire le voyage pour retrouver ce père qu'il n'avait pas connu.

Etait-ce pour cela qu'on l'avait tué ?

— Oui, oui, certaine ! Il y avait des affiches de lui partout quand Nate et moi… quand nous sommes partis. Il faisait campagne pour être élu gouverneur. Il l'a été d'ailleurs.

Elle modifia sa recherche, y ajoutant le nom du politicien, et les résultats tombèrent, les uns après les autres.

Sur chaque photo où ils apparaissaient ensemble, Wesley et Gloria trouvaient le moyen de se toucher ou d'être l'un contre l'autre.

— Amants…, constata simplement Mac.

Il n'était en effet pas bien difficile de déchiffrer ce langage corporel.

— Tu crois… tu crois que le gouverneur est le père de Nate ? L'inconnu ? demanda Elizabeth.

— Ça m'en a tout l'air.

Et cela s'expliquait. Si on avait su qu'il avait un enfant avec sa maîtresse alors qu'il était marié, sa carrière politique était terminée.

— Les notes de Yeldon parlaient bien de tests ADN ? rappela Mac. Je ne sais pas comment il s'y est pris, mais il a dû remonter lui aussi jusqu'au gouverneur et obtenir ces preuves, que Sutherfield ne pouvait réfuter.

Elizabeth se remit à pianoter sur le clavier. Mais cette fois, en quête d'informations sur la mort de Gloria. Elle en trouva facilement.

— Décès dans un accident de voiture, lut-elle. Nate était enfant, il était sur le siège arrière. Percutée par un chauffard qui a fait un délit de fuite. Rien d'étonnant à ce qu'il ne m'ait jamais parlé de sa mère.

Mac se pencha sur les photos de l'épave de la voiture. Elle avait été percutée de plein fouet, droit dans la portière, côté chauffeur.

— On n'a jamais retrouvé celui qui avait fait ça ?

— Je ne pense pas, non.

Mac prit mentalement note de demander à Ben d'appeler ses collègues de Dallas. Il fallait se plonger dans les rapports de police de l'époque.

— Wesley Sutherfield a été élu gouverneur et il l'est toujours, indiqua Elizabeth.

Lorsqu'elle tapa son nom, des dizaines de résultats apparurent. Mac se souvint alors pourquoi il lui disait quelque chose ; on parlait de Wesley Sutherfield comme d'un possible candidat à la vice-présidence.

— Il est marié depuis trente-cinq ans avec la même femme, dit encore Elizabeth en ouvrant un nouvel article. Donc, s'il est bien le père de Nate, il la trompait.

Mac examina les photos du politicien. Sourire éclatant, dents blanches, coiffure impeccable et costume du bon faiseur, l'homme avait tout à fait l'air de ce qu'il était.

Etait-ce un tueur, aussi ?

— Je crois qu'il va falloir que nous allions faire un petit voyage dans le Dakota du Nord.

L'ambulance n'avait pas actionné sa sirène et ne se frayait pas un chemin dans la circulation. Les imbéciles qui l'entouraient se moquaient de savoir s'il souffrait.

Bientôt, ce sera votre tour…

— Je veux savoir combien de personnes vous avez tué.

C'était le procureur qui parlait. Cause toujours… Il n'arrêtait jamais, celui-là. Il y avait aussi un agent en tenue. Un seul ! La main sur l'étui de son pistolet, dans le fond du véhicule.

Et ils ne m'ont même pas bien attaché !

Il leur avait parfaitement joué la comédie de la souffrance. On ne se méfie pas d'un homme à l'agonie. Cela avait été leur première erreur.

Un infirmier se pencha au-dessus de lui.

— Votre pression artérielle est très élevée. Vous pouvez suivre des yeux cette lumière ?

Il lui alluma une diode rouge devant le visage, mais l'Arrangeur ne la suivit pas. Il se tourna vers le procureur.

— Vous allez me faire sortir de prison ?

Jamison hésita un instant.

— Ça dépend ce que vous allez me dire, répondit-il finalement.

— J'en ai perdu le compte. Depuis toutes ces années, leurs visages se confondent…

Il mentait. Il se souvenait de chacun d'eux, dans le moindre détail. Pour le premier, il avait vomi et, pendant des nuits, après, il en avait fait des cauchemars. Il se réveillait en sursaut, revoyait le métal tordu, le verre explosé. Et puis…

Il avait été détective privé, lui aussi, autrefois. On le payait pour observer. Ensuite, on lui avait dit qu'il gagnerait davantage s'il acceptait… de régler certains problèmes, d'arranger les choses, quoi.

Tout de même, cette première fois…

Il avait été nerveux, très nerveux… mais l'occasion s'était présentée et il avait foncé.

J'aurais pu jurer que j'avais entendu crier cette femme et appeler à l'aide.

Mais ce n'était pas elle qui avait crié, c'était le gamin.

L'argent avait été un baume sur ses remords et il avait compris, très vite, qu'il pouvait en gagner beaucoup plus s'il acceptait de se salir les mains. Alors il avait appris à tuer sans hésitation. C'était devenu facile. L'argent rendait les choses aisées. Tant pis, si les souvenirs… Cela ne peut pas vraiment vous faire du mal, les souvenirs.

Il avait mis de l'argent de côté durant toutes ces années. Beaucoup. En fait, il avait déjà décidé de se retirer lorsqu'il avait eu ce contrat sur Yeldon et sur Elizabeth Snow. C'était l'occasion de terminer un travail commencé plusieurs années auparavant et il appréciait particulièrement de pouvoir boucler la boucle.

Sauf que je n'y suis pas arrivé et que j'aurais bien dû aller tout de suite me ranger des voitures, en Floride, au soleil !

— Vous ne vous souvenez de rien ? demanda le procureur, manifestement déçu, en se penchant au-dessus de lui, à quelques centimètres de son visage. Ça ne m'aide pas beaucoup.

Vas-y, penche-toi encore un peu, juste un peu…

— Il me faut des noms, des lieux, et…

Ça y est, je te tiens ! Il aurait fallu m'attacher mieux que ça !

Il avait saisi le procureur par le col et il lui porta un formidable coup de tête en plein front. Le magistrat chancela et s'effondra immédiatement. Aussitôt, l'agent de police mit la main à son étui de pistolet.

Pas assez vite...

L'Arrangeur saisit alors l'infirmier, lui tordit le bras et s'en fit un bouclier humain en le tenant devant lui. Le temps que l'agent ait mis l'arme à la main, il projeta l'infirmier vers lui.

Un coup de feu éclata. L'infirmier était-il touché ? L'Arrangeur l'escomptait.

Il bondit à bas du brancard et saisit un défibrillateur. Le procureur se relevait en chancelant. L'Arrangeur souleva l'appareil et l'en assomma à la volée. Puis il fit volte-face et s'élança vers les portières arrière. Encore un bond et il serait dehors, libre.

— Arrête !

C'était le flic. L'imbécile, s'il croyait qu'il allait obéir...

Il leva son majeur en signe de défi et ouvrit les portières. L'ambulance roulait plus vite qu'il l'avait cru, mais ça irait...

— Stop, j'ai dit !

Il sauta.

L'agent fit feu.

Il heurta l'asphalte et se souvint que...

Les victimes crient. Et je crie, à présent.

10

— J'ai réservé l'avion, annonça Mac en revenant dans son bureau. On sera dans le Dakota du Nord en un clin d'œil.

Elizabeth leva les yeux vers lui. Elle était toujours devant l'ordinateur et pianotait frénétiquement sur le clavier. Concentrée et magnifique, songea Mac.

— J'ai trouvé un autre article du *Dallas Times*, dit-elle. Wesley Sutherfield était bien dans le coin au moment où la grossesse de la mère de Nate a commencé. Il y était venu pour une convention. Voici une photo de lui, prise à cette occasion.

Mac contourna le bureau pour venir voir.

— Là, dit Elizabeth en montrant l'écran, c'est Gloria Daniels. Il la connaissait déjà à cette époque, ça ne fait aucun doute.

Elle regarda Mac.

— Mais pourquoi aurait-il voulu supprimer son propre fils ?

— Pour que ses électeurs ne découvrent pas qu'il n'était pas l'homme rangé et l'époux fidèle qu'il prétendait être, je suppose. Ça s'est déjà vu, le pouvoir tourne la tête, c'est une drogue dure.

Elizabeth se concentra à nouveau sur l'écran.

— Nous irons tout de suite chez le gouverneur ?

— Ça oui, je ne lui laisserai aucune chance d'envoyer encore quelqu'un à tes trousses.

Ils allaient prendre cet avion et avoir enfin des réponses à leurs questions.

Elle se leva de sa chaise, l'effleurant au passage.

— Il ne va pas passer aux aveux directement, tu ne crois pas ?

— Nous avons des preuves contre lui.

Elizabeth écarquilla ses grands yeux.

— Depuis quand ?

— Tu te souviens des photos que gardait Steve Yeldon ? Et qu'ils lui avaient empruntées.

— Le cliché du cimetière, ce type resté tout seul, après le départ de tout le monde…

Elizabeth acquiesça.

— Eh bien, je pense que c'était le gouverneur.

— Ça ne fait pas une preuve.

Il lui sourit.

— Ça en fera une, lorsque nos techniciens maison l'auront analysée. J'ai appelé Sullivan. Il passe les prendre chez moi et les ramène ici. Si c'est bien Wesley Sutherfield qui est dessus, alors cela veut dire au moins qu'il savait que Nate était son fils.

— Tu es sûr que la police ne les a pas saisies quand ta maison est devenue une scène de crime ?

— Peu probable. Ils ne connaissent pas la valeur de ces photos.

Mais Elizabeth ne paraissait pas convaincue.

— Il nous faut davantage que ça pour le confondre. Pas juste un vieux cliché. Il nous faut des aveux complets. Il ne peut pas s'en tirer comme ça.

— Je crains que l'affaire soit plus importante que ce que tu crois.

— Q… que veux-tu dire ?

Il y avait pensé, encore et encore, et ses soupçons s'étaient précisés.

— La voiture de Gloria… L'habitacle a été enfoncé par un choc d'une très grande violence. C'est à se demander comment l'autre conducteur a pu prendre la fuite. J'ai contacté Ben et nous avons plongé dans les vieux dossiers. Il se trouve que l'accident a eu des témoins. Ils disent que le chauffard était un homme, grand et mince, avec un menton fuyant, des petits yeux et un physique très banal, passe-partout.

Elizabeth déglutit.

— Je connais quelqu'un qui correspond à ce signalement.

— Oui, un tueur professionnel... Il est possible que Wesley Sutherfield ait craint que Gloria le trahisse et qu'il l'ait fait supprimer.

— Mais Nate..., reprit Elizabeth, dont la lèvre inférieure tremblait. Il était dans la voiture et ce n'était qu'un enfant.

— Il n'était pas tellement plus vieux lorsque l'Arrangeur s'est mis à ses trousses. Dix-huit ans seulement. Et pourtant, il l'a abattu.

Elizabeth détourna les yeux.

— Tu n'avais pas besoin de me le rappeler. Jamais je ne l'oublierai.

Une larme coula sur ses joues.

— Je veux qu'on lui rende justice.

Mac le comprenait sûrement mieux que quiconque. Lui aussi voulait que justice soit rendue à ses parents.

Quant à Nate...

Oui, il le méritait bien, lui qui avait placé l'amour au-dessus de tout.

— Elizabeth, je voudrais que tu saches que...

Mais la sonnerie de son portable l'interrompit. Il s'en saisit en fronçant les sourcils. Le numéro de Ben s'affichait. Il prit immédiatement l'appel et demanda :

— Tu as appris quelque chose ? Il a parlé ?

— Il ne parlera plus à personne, à présent...

Il y avait plusieurs voix derrière celle de Ben.

— Il a essayé de s'évader en sautant de la fichue ambulance. L'agent Porter a dû tirer sur lui. Il est mort quelques secondes après sa chute sur la route.

Elizabeth regarda Mac en ouvrant de grands yeux.

— Et nous ne savons même pas comment s'appelait ce salopard ! grommela Ben. Maintenant qu'il est à la morgue, ça va être toute une histoire pour découvrir qui il était.

— J'ai peut-être une vague piste, dit Mac en avançant sa main pour caresser doucement la joue d'Elizabeth.

On ne la menacerait plus, il y veillerait.

— Laquelle, Mac ? Qu'est-ce que tu mijotes ?

Le capitaine paraissait plus inquiet qu'enthousiaste.

— Je te dirai… Je vais prendre un peu la machine à remonter le temps.

Et à explorer la mémoire… Mais il ne partirait pas seul, pour ce voyage. Et il en reviendrait avec la vérité.

Pas question qu'Elizabeth passe le reste de sa vie avec la peur au ventre. Il voulait qu'elle soit heureuse, qu'elle ait le foyer dont elle avait toujours rêvé.

Il allait lui donner cela, coûte que coûte.

Et malheur à qui essaierait de l'en empêcher.

Elizabeth ne s'était pas du tout attendue à voyager en jet privé. En partant vers l'aéroport, elle croyait embarquer dans un banal avion d'une ligne intérieure.

Ce n'avait pas été le cas.

Ils étaient à trente mille pieds, volant droit vers le nord. Sullivan était dans le cockpit avec le pilote et Elizabeth, assise dans la petite cabine auprès de Mac, se sentait singulièrement peu à sa place, dans son confortable siège de cuir. Elle avait aussi un peu perdu la notion du temps, tout entière absorbée par ses pensées et rongée par l'angoisse.

— Elizabeth ? Qu'y a-t-il ?

Elle fit un geste vague de la main, autour d'elle.

— Tu ne m'avais pas dit… pour ça…

Mais elle avait vu le ranch familial, toutes ces terres autour… La McGuire Sécurité… Comment ne s'était-elle pas aperçue plus tôt que Mac et sa famille étaient des gens riches ? Elle n'y avait tout simplement pas pensé. Elle n'avait pensé qu'à lui.

— Je t'ai dit que j'avais réservé l'avion.

— Mais pas que c'était un avion privé !

Il se pencha vers elle, l'effleurant de l'épaule.

— C'est ça qui t'ennuie ? Ecoute, nous avons eu… en fait, pas mal d'affaires qui nous ont conduits à faire cet investissement. Nous ne travaillons plus seulement sur la région d'Austin. Nous sommes toujours à courir d'un bout à l'autre du pays. Il y a quelque temps, Sully était sur la Côte Est et… nous avons eu besoin de le faire rentrer très vite. Ça nous a fait comprendre que nous avions besoin d'un jet privé.

Malgré son explication, Elizabeth se sentait toujours peu à sa place dans le luxueux petit appareil.

Nous ne sommes pas du même monde.

— Arrête, arrête, tout de suite…

Elle le dévisagea, surprise.

— Nos affaires marchent très bien et nous avons eu besoin d'un avion. Mais moi, je ne suis pas le chiffre d'affaires de la McGuire Sécurité. Je suis moi, Mac.

Il lui prit le menton, le releva doucement.

— Je veux que tu me voies tel que je suis, pas à travers tout ça. Cet avion n'est qu'un outil, tu comprends ? Il nous sert à faire notre métier, qui est de protéger les gens.

Savait-il, avait-il compris combien elle commençait à l'aimer ?

— Je ne suis pas… habituée à tout ça, confia-t-elle, cherchant les mots qui exprimeraient le mieux ce qu'elle ressentait.

Il se pencha encore, et murmura, tout contre sa bouche :

— Tu n'es pas non plus habituée à ce qu'on essaie de te tuer, n'est-ce pas ? Rien ne s'est déroulé de façon très normale ces derniers temps.

Non, en effet. Et que se passerait-il lorsque tout redeviendrait comme avant ? Mac resterait-il avec elle ou bien sortirait-il tout à fait de sa vie ?

Il allait s'écarter, mais elle le retint. Elle mit la main sur son cou.

— Embrasse-moi, murmura-t-elle. Embrasse-moi encore.

Il n'hésita pas un instant. Il prit sa bouche avec fièvre et elle s'enflamma tout de suite. Elle n'était pas préparée à la force du désir qu'il savait faire naître en elle. Elle en était littéralement consumée. Hors d'elle-même. Elle ne se reconnaissait plus et n'en avait ni regret, ni honte.

Elle voulait cet homme-là, point.

— On n'a jamais… vraiment parlé…, commença Mac, les mains sur la taille d'Elizabeth.

— De quoi ?

— De toi et moi… de la façon dont tu sais me rendre fou.

Il la souleva et la déposa sur ses genoux, les jambes ouvertes.

— Mac…

— J'aime lorsque tu dis mon prénom comme ça… c'est si sensuel…

Elle avait les mains sur les épaules.

— Mac, ton frère est à l'avant, on ne peut pas…

— Sully assiste le pilote. Il restera dans le cockpit jusqu'à l'atterrissage. Nous sommes tout seuls, chérie.

Elle plongea ses yeux dans les siens.

— Moi aussi, tu me rends folle, tu sais.

— Tu sais à quel point j'ai envie de toi, là, maintenant ?

Elle pouvait le remarquer en se pressant contre lui.

— Probablement autant que, moi, j'ai envie de toi.

Ce n'était pas vraiment l'endroit idéal, mais pourquoi ne pas profiter de l'instant ? Elle avait peur de ce qu'ils allaient découvrir dans le Dakota du Nord. Peur que le passé la rattrape et ne la lâche plus.

Elle avait demandé quelques jours de congé à sa directrice pour faire ce voyage. Cathy s'était montrée plus que compréhensive, elle n'avait pensé qu'à sa sécurité. C'était vraiment une amie.

Quant à Mac… Ah, Mac…

Il se pencha et l'embrassa dans le cou, bouche ouverte, là où battait son pouls. Elle ferma les yeux.

— Jamais je n'ai désiré quelqu'un comme ça, soupira-t-elle.

— Jamais je ne te laisserai partir. Je ne le pourrai plus.

Il referma ses mains en coupe sur les seins d'Elizabeth. Les paupières aux longs cils se relevèrent et elle le dévisagea.

— Que veux-tu de moi ?

Peut-être aurait-elle dû lui poser cette question depuis un moment, déjà…

— Tout, tout ce que tu voudras bien me donner.

Elle ne savait trop quoi répondre. Qu'avait-elle à offrir exactement ? Elle ne le savait pas plus. Il y avait si longtemps qu'elle exerçait un impitoyable contrôle sur elle-même. Si longtemps… Il le fallait bien, il fallait…

Il reprit sa bouche et il y avait comme une ardente prière, dans ce baiser-là.

C'était la première fois qu'ils parlaient d'un quelconque avenir entre eux. D'ordinaire, Elizabeth se concentrait sur le présent, en essayant d'oublier le passé.

Mais le désir brûlait ses feux en elle, tandis qu'elle goûtait les lèvres et la langue de Mac. Ses seins se dressaient, et elle était trempée.

Elle se colla davantage à lui, encore. Son jean faisait barrage, le sien aussi.

Ils ne pouvaient pas s'aimer tout de suite, pas là. Pas avec le pilote et Sullivan à deux pas d'eux, dans la cabine de pilotage. Non, ils ne le pouvaient pas…

Mais Elizabeth en mourait d'envie.

Et elle voulait le déshabiller, tout de suite, laisser se déchaîner leur désir. Le danger était autour d'eux. Du moins, il les attendait au Dakota du Nord. Savait-elle seulement s'il y aurait jamais un avenir en commun, pour eux deux ? Alors pourquoi ne pas profiter de l'instant ? Il était si tentant de se débarrasser enfin de ce maudit contrôle…

Elle se frotta contre la longue et dure flèche dressée de son désir, encore et encore. Elle avait besoin de ce plaisir qu'il savait si bien faire naître et fleurir en elle. Elle avait besoin de lui. Les mains sur ses hanches, il la regardait intensément. Peut-être plus encore que jamais auparavant. Ses yeux verts brillaient d'un éclat extraordinaire.

— Combien de temps crois-tu que je vais pouvoir me retenir ? murmura-t-il.

Elle aurait bien dû, elle aussi, contenir son désir, mais il n'avait plus de frein. Celle qu'elle avait été autrefois, qui se sentait tellement vivante quand elle prenait des risques, cette Elizabeth-là ne voulait pas mourir. Elle s'était tue, contrainte et forcée, durant de longues années, mais elle était toujours là. Elle voulait revenir à la vie et elle voulait Mac. Sans attendre.

Elle prit délicatement le lobe de son oreille entre ses dents et il en frissonna. Elle se sentit investie d'un pouvoir extraordinaire sur lui.

Il la souleva encore pour la déposer sur ses pieds, à côté de lui. Ses actions étaient toujours si rapides qu'elle en vacilla un instant. Il la retint d'une main ferme et entrelaça ses doigts aux siens.

— Viens, lui dit-il.

Et il l'entraîna vers l'arrière de l'appareil.

Il y avait là un petit espace que l'on pouvait isoler par un rideau. Il le tira et elle se trouva face à lui dans la pénombre, tout son corps vibrant déjà de l'attente…

— Pas de bruit, lui recommanda-t-il. Tout ce qui va arriver maintenant est à nous et à personne d'autre.

Elle acquiesça, éperdue. Son cœur battait à tout rompre, pulsant la vie dans ses veines. Il y avait trop longtemps qu'elle faisait semblant d'être une autre. Elle ne voulait plus de frein. Elle se débarrassa de ses chaussures et de son jean. Puis, sans quitter Mac des yeux un seul instant, elle baissa sa culotte sur ses pieds.

Mac la souleva sans le moindre effort. Sa force était vraiment impressionnante. Ses bras l'enserraient et ses yeux ne quittaient plus les siens. Il avait ouvert son jean et son sexe dressé était nu contre le sien.

— Je… je suis protégée, chuchota-t-elle.

« La prudente » Elizabeth qui ne prenait pas de risques ne voulait pas non plus d'une grossesse non désirée. Il n'en était pas question.

— Je n'ai… aucune maladie, répondit-il d'une voix très rauque. Ne t'inquiète pas.

Elle l'embrassa passionnément. Tout cela allait beaucoup

trop loin. Il était déjà en train d'ouvrir une sorte de porte en elle, une porte qui ne se refermerait peut-être jamais.

Mais pour le moment, cela ne comptait pas.

— Qu'est-ce que tu attends ? susurra-t-elle.

Alors il la souleva encore un petit peu et la ficha sur sa hampe dressée.

Il l'embrassait avec tant de passion qu'elle aurait bien été en peine de produire le moindre son, malgré les vagues de plaisir qui déferlaient en elle sous les coups de boutoir de Mac.

Elle s'agrippa à ses épaules en se pressant contre lui. Chaque poussée faisait éclater en elle des sensations indescriptibles. Il contrôlait leurs mouvements à tous les deux comme pour obtenir plus de plaisir encore. L'orgasme montait rapidement, puissant comme un train lancé à grande vitesse. Elizabeth en tremblait. Son souffle s'accélérait et, soudain, ce fut l'explosion, si forte que son corps entier fut secoué de spasmes. Mac atteignit le plaisir au même moment qu'elle, elle le sentit et s'agrippa à lui plus fort encore. Ce n'était pas seulement physique, c'était quelque chose de plus profond et de plus difficilement exprimable. Son souffle revenant peu à peu, elle considéra Mac avec une sorte d'étonnement. Aucun homme avant lui ne lui avait fait ressentir cela.

Il avait toujours les mains autour de sa taille et les yeux au fond des siens. Qu'y voyait-il ? Du plaisir, de la passion, du désir encore ?

De l'espoir ?

Ses jambes à elle étaient toujours nouées autour de ses hanches à lui. Sans doute était-ce le moment de retrouver un peu de ce fameux contrôle sur elle-même, mais…

Elle l'embrassa dans le cou.

— Je n'ai pas besoin de te cacher quoi que ce soit, n'est-ce pas ?

La main de Mac glissa le long de son dos.

— Tu fais ça souvent, l'amour avec des femmes dans les avions ?

Elle se détestait de poser cette question et haïssait plus encore la jalousie irrépressible qu'elle faisait naître en elle.

— Non.

La réponse était directe et sans équivoque. Elle se laissa enfin glisser au sol et il l'accompagna gentiment dans ce mouvement. Puis il se rajusta, tandis qu'elle essayait fébrilement d'en faire autant.

Est-ce que les autres se sont aperçus de quelque chose ? Et est-ce que cela me préoccupe vraiment ?

Elle décida que non. Lorsque vous vivez dans l'instant, vous n'avez pas à vous inquiéter de ce que pensent les gens.

— Il y a quelque chose qu'il faut que tu comprennes bien, lui déclara Mac en prenant sa main. Je pensais ce que j'ai dit tout à l'heure. Je ne te laisserai jamais me quitter.

Elizabeth frissonna. Elle aurait aimé pouvoir lire dans ses pensées et dans son cœur.

— Que faudrait-il faire, enchaîna-t-il, pour que tu restes avec moi ?

A cet instant précis, Elizabeth décida qu'il n'y aurait plus de mensonges, ni de secrets. Que plus jamais, elle n'aurait peur.

— Que tu m'aimes, répondit-elle simplement. C'est tout !

Elle ne pouvait pas accepter moins. Plus de peur. Du bonheur, de la vie, de l'espoir. Plus vraiment de séparation franche entre la jeune fille qu'elle avait été et la femme qu'elle était désormais. Mais pas de retour en arrière non plus.

— Comment sais-tu si je ne t'aime pas ? demanda Mac doucement.

Elle en eut un véritable choc.

— Tu…

— Mac ?

C'était la voix de Sullivan, qui paraissait un peu trop proche.

— On va atterrir. Elizabeth et toi, vous devez boucler vos ceintures.

Atterrir ? Ils étaient donc déjà arrivés ?

— Mac, tu m'entends ?

Boucler leur ceinture, d'accord, c'était ce qu'ils étaient supposés faire, et non pas batifoler au fond de l'appareil, à trente mille pieds d'altitude.

— Penses-y bien, conclut Mac en portant sa main à ses lèvres.

Puis il tira le rideau. Le dos de Sullivan apparut furtivement : il retournait vers la cabine de pilotage.

Elizabeth déglutit, fébrile. S'était-il aperçu de ce qu'ils venaient de faire ?

Elle rejoignit son fauteuil en hâte et boucla sa ceinture. Comment serait-ce, si Mac l'aimait vraiment ?

L'avion atterrit puis roula sur la piste. Dès que le pilote eut ouvert la portière, Elizabeth descendit par la petite passerelle amenée à cet effet. Mais Mac ne put en faire autant. Sullivan le retint par le bras et lui murmura à l'oreille :

— Ça ne te ressemble pas, tout ça. Depuis quand tu as la tête à l'envers pour une femme au point de la b…

— Stop ! Tu t'arrêtes ! Tu t'arrêtes maintenant et tu es très, très prudent quand tu parles d'Elizabeth.

La main de Sullivan retomba.

— Ça va trop loin, dit-il un ton plus bas. Tu devrais faire plus attention que ça. Parce qu'on ne peut pas faire confiance à une…

Mac regarda son frère droit dans les yeux.

— Elle n'est pas Celia, tu sais…, répliqua-t-il calmement.

Sullivan accusa le coup.

— Je ne veux pas parler d'elle et tu le sais.

— Eh bien, peut-être que tu devrais…

Cela faisait trop longtemps que Sullivan gardait le silence. Bien trop longtemps.

— Elle a aidé à sauver ta peau. Pourquoi donc es-tu si sûr qu'elle t'a trahi ?

Les dents serrées, Sullivan passa devant son frère et quitta l'appareil.

Mac le suivit, mit la main sur son épaule et le força à se retourner vers lui.

— Je l'ai contactée avant notre départ, lui annonça-t-il posément.

Sullivan le regarda, interloqué.

— Tu ferais mieux de t'y préparer, tu sais, Sully. Parce qu'elle est probablement déjà là, dans l'aérogare, à nous attendre.

Mac n'avait pas prévenu son frère, car il se méfiait de sa réaction. Or ils avaient besoin de Celia.

— Il se trouve qu'elle était dans la région, pour une enquête. Elle a donc pu accepter le rendez-vous que je lui ai proposé.

Sullivan devint instantanément pâle de colère.

— Tu n'avais pas le droit !

— Celia est dans mes contacts, à moi aussi, figure-toi. C'est elle qui nous a arrangé une entrevue avec le gouverneur. Elle était la seule à pouvoir le faire pour moi. Le type ne nous connaît pas et il croit que nous sommes des donateurs potentiels pour sa campagne électorale. Tu sais que Celia a des liens avec…

— NON !

Mac n'avait jamais été confronté à une telle fureur de la part de son frère.

— Est-ce que tout va bien ? demanda Elizabeth en s'approchant d'eux.

Mac se pencha à l'oreille de Sullivan.

— Je comprends tout, à présent. Je ne savais pas pourquoi tu avais tellement changé. Tu es devenu si amer… Je croyais que c'était parce que la mission avait mal tourné.

Les yeux de Sullivan brûlaient d'une colère de plus en plus mal contenue.

— Mais c'était parce que tu croyais l'avoir perdue, n'est-ce pas ? Tu pensais…

— Il y a des erreurs qu'on ne peut pas réparer, maugréa Sullivan entre ses dents.

— Et il y en a qu'on peut !

Mac refusait que son frère devienne une coquille vide, l'ombre de l'homme qu'il avait été. Tellement amer, aigri et furieux.

— Tu dis que cela va trop loin entre Elizabeth et moi, comme toi avec Celia jadis, n'est-ce pas ? Je ne vais pas faire comme toi. Moi, j'aurai confiance en elle. Et tu aurais bien dû en faire autant !

— Tu ne sais rien de ce qui s'est passé entre Celia et moi, rien du tout !

Elizabeth vint s'interposer entre eux.

— Vous êtes sûr que ça va, tous les deux ?

Mac se força à lui sourire.

— J'essaie simplement de faire entendre raison à mon frère avant qu'il ne soit trop tard.

Sullivan recula d'un pas.

— Il est déjà trop tard. Personne ne peut changer le passé. Personne.

Et il tourna précipitamment les talons, se dirigeant vers la petite aérogare.

— Non, personne, c'est vrai !

Elizabeth avait parlé d'une voix forte.

— Vous avez raison, Sullivan. Mais ça ne veut pas dire que vous devez vivre dans ce passé et recommencer les mêmes erreurs.

Le frère de Mac se retourna à demi et marqua un moment d'hésitation.

— Les gens changent, vous savez, continua Elizabeth. Nous changeons tous et il n'est jamais trop tard. Pour personne.

Sullivan l'écoutait, visiblement, mais son regard se perdait au loin, vers l'aérogare, et il y avait tant de douleur sur son visage que Mac en eut le cœur serré. Il comprenait bien mieux son frère, désormais. Sullivan avait aimé Celia et il l'avait perdue. Il en était inconsolable, car elle seule pouvait le rendre heureux.

Mac jeta un regard à Elizabeth.

Que ferais-je si je la perdais ?

Il avait été parfaitement sincère, dans l'avion, avec elle. Il savait ce qu'il ressentait. Il aimait Elizabeth et il allait le lui prouver, lorsque toute cette histoire serait finie. Il l'emmènerait enfin boire un verre et dîner, comme un couple normal. Il lui ferait la cour et essaierait de la convaincre qu'il était l'homme qu'il lui fallait. S'il avait vraiment beaucoup de chance, alors peut-être qu'elle l'aimerait, elle aussi. Il fallait y croire.

— Pourquoi est-ce qu'il a l'air de marcher au supplice ? lui chuchota Elizabeth en se penchant à son oreille, et tout en regardant, elle aussi, Sullivan.

— Parce que c'est à peu près ce qui est en train de lui arriver, répondit Mac de même, en prenant sa main. Laissons-lui un peu de champ, le pauvre.

Cela allait être une véritable épreuve, pour lui, de revoir Celia et de travailler avec elle, mais ils n'avaient pas le choix.

Celia James avait plus de connexions avec le gouvernement américain que quiconque parmi les relations de Mac. Arranger un rendez-vous avec le gouverneur ne lui avait pris que quelques minutes. Ils avaient besoin d'elle. Hélas, Sullivan, lui, n'avait jamais voulu admettre qu'il l'aimait.

11

Une rousse à cheveux courts les attendait, en effet, dans la petite aérogare. Sa peau était toute dorée et ses yeux très bleus ne quittaient pas Sullivan.

Elizabeth suivait celui-ci à quelque distance, Mac juste à côté d'elle.

Sullivan s'arrêta net devant la jeune femme. La tension entre eux était presque palpable, la température venait de monter de plusieurs degrés dans le bâtiment.

— Bonjour, Sullivan, dit doucement la jeune femme. Tu as l'air en forme !

Sullivan ouvrit la bouche pour parler, mais aucun son n'en sortit. Il la referma.

La rousse, surprise, haussa les sourcils.

— Sullivan ? répéta-t-elle.

Comme il ne disait toujours rien, elle se tourna vers Elizabeth et lui tendit sa main.

— Bonjour, je suis Celia James.

— C'est bien toi ? murmura enfin le frère de Mac. J'en doute…

Celia lui lança, par-dessus son épaule, un regard peu amène et se tourna à nouveau vers Elizabeth.

— Je vois que Sullivan est toujours aussi charmant, lança-t-elle, pince-sans-rire, mais avec une pointe de tristesse dans la voix. Je suis venue vous aider.

Sullivan s'approcha, mais Celia ne le regardait plus.

— Un véhicule nous attend dehors. Le gouverneur devrait avoir fini son intervention dans un gala…

Elle consulta sa montre.

— Dans quarante-cinq minutes environ. Il rentrera alors chez lui pour un rendez-vous avec des donateurs privés qui souhaitent faire sa connaissance. Ces donateurs, ce sera vous.

Le cœur d'Elizabeth se mit à battre un peu trop vite.

— Comment avez-vous réussi à obtenir cela ? demanda-t-elle, médusée.

— Son directeur de campagne a une dette envers moi.

Le sourire de Celia devint nettement plus froid.

— Mais lorsque Martin Pace découvrira que j'ai aidé à rouler son patron, je pense que la dette sera définitivement annulée.

— Je ne sais pas comment vous remercier, dit Elizabeth.

Le visage de Celia s'adoucit.

— Mac m'a tout raconté. Je suis désolée que vous ayez dû faire face seule, durant toutes ces années. Je sais ce que c'est que de ne plus pouvoir compter que sur soi-même, croyez-moi.

— Celia…, commença Sullivan d'une voix sourde.

— Mais vous pouvez compter sur Mac, continua celle-ci pour Elizabeth. Il n'est pas du genre, lui, à laisser tomber quiconque…

— Pas la peine d'user de ce genre de formules, grogna Sullivan. Tu n'as qu'à me donner directement un coup de cette petite dague que tu aimes trimbaler partout, attachée à ta cheville. Ce sera plus rapide.

Celia ne daigna pas même relever.

— La voiture est prête, leur dit-elle. On y va ?

Elizabeth se redressa fièrement. Il était temps d'affronter le monstre. Temps de faire justice.

Très vite, trop vite au goût d'Elizabeth, Celia coupa le moteur du SUV devant une grande et élégante résidence en dehors de la ville. Elizabeth avait été surprise par les changements survenus à Gibson. Beaucoup de vieux bâtiments lépreux y avaient été détruits. D'autres tout neufs avaient pris leur place : des bureaux, des commerces… La situation économique était-elle devenue si différente ou bien était-ce ses souvenirs qui avaient assombri le tableau et noirci l'atmosphère de la petite cité ?

— Sutherfield continue d'habiter cette maison, en théorie, expliqua Celia. Mais en fait, il passe le plus clair de son temps à la résidence du gouverneur, dans la capitale de l'Etat. Nous avons de la chance qu'il soit de passage à Gibson pour ce gala.

Celia sortit de la voiture, suivie d'Elizabeth et des deux hommes.

Tous quatre durent passer un grand portail muni de barreaux d'acier pour accéder à la propriété. Mais les vigiles en faction n'hésitèrent pas un instant quand Celia leur montra ses papiers d'identité. Apparemment, ils avaient été prévenus de leur arrivée.

Comme ils se trouvaient devant la porte de la maison, un homme brun, de haute taille et à la belle prestance, apparut. Il se tenait sur le seuil et regardait Celia avec une certaine nervosité.

— Bonjour, Martin ! Merci de nous avoir arrangé ce rendez-vous, lui dit-elle chaleureusement en lui donnant l'accolade.

L'homme considéra le groupe d'un air désagréablement surpris.

— Ce sont des donateurs pour la campagne du gouverneur ?

Il semblait visiblement en douter, probablement parce qu'ils étaient tous en jean et que les frères McGuire devaient paraître passablement dangereux à ses yeux.

— Mais, Celia, qu'est-ce que…

Celle-ci se recula un peu et lui sourit.

— Tu me fais confiance, n'est-ce pas, Martin ?

A côté d'Elizabeth, Sullivan serrait les poings.

Martin Pace acquiesça, l'air pas très convaincu.

— Alors crois-moi si je te dis que tu peux te préparer à prendre tes distances avec le gouverneur.

— Pourquoi ? Qu'est-ce qu'il a fait ?

Puisqu'il était son directeur de campagne, il était peut-être au courant de ses vilains petits secrets, songea Elizabeth.

— Est-ce que le nom de Nate Daniels te dit quelque chose ? reprit Celia.

Martin Pace secoua la tête.

— Non, pourquoi ? Il faudrait ? Celia, lorsque tu m'as appelé, j'ai tout de suite compris qu'il allait y avoir des problèmes…

— Je n'en cause jamais, répliqua-t-elle. Je les aplanis, tu te souviens ?

Il avala péniblement sa salive.

— Je ne connais personne de ce nom.

Celia hocha la tête.

— Nous avons des raisons de croire que le gouverneur l'a connu, lui.

Le directeur de campagne fit volte-face et rentra à l'intérieur de la maison. Ils le suivirent. Les semelles des chaussures d'Elizabeth crissaient sur les dalles de marbre. Tout était immaculé… et témoignait d'une grosse fortune.

Elizabeth ne pouvait s'empêcher de penser à Nate, dans sa vieille voiture bringuebalante et son blouson fatigué. Mais à son sourire, aussi, et à son désir d'une nouvelle existence.

Pendant que son père habitait dans cette belle maison…

La vie était vraiment injuste.

Martin Pace reprit :

— Comme vous le savez, le gouverneur est candidat au ticket pour la Maison-Blanche. Son nom a été prononcé pour la vice-présidence. Lui et sa femme, Evelyn, s'y préparent depuis des années. Vous n'avez pas idée de ce qu'ils ont dû sacrifier pour cela…

Elizabeth pensa à la tombe de Nate, et à tout son sang répandu dans le chalet.

— Je crois que j'en ai une idée assez juste, au contraire, répliqua-t-elle avec une colère mal contenue.

Martin Pace s'arrêta et la regarda d'un air surpris.

— C'est ta chance de quitter le navire, Martin, énonça calmement Celia. Tu devrais la saisir, si tu ne veux pas couler avec lui.

Il pâlit affreusement.

— C'est si grave que ça ?

Ce fut Mac qui répondit.

— Nous pensons que le gouverneur a eu partie liée avec un tueur à gages récemment arrêté à Austin, au Texas.

— Ah… A ce point-là ?

Il détailla Mac.

— Vous êtes policier ?

— Enquêteur privé.

— Moi aussi, ajouta Sullivan.

Une ride se creusa entre les sourcils du directeur de campagne.

— Mais… si le gouverneur a fait quelque chose d'aussi terrible, ce n'est pas la police qui devrait être là ?

— Nous voulons d'abord des aveux, expliqua Celia.

Elle paraissait parfaitement confiante, maîtrisant totalement la situation. Elle ajouta :

— La police viendra plus tard. Pour le moment, j'ai toute l'autorité nécessaire.

— Ah oui ? fit Martin Pace. Et d'où te vient-elle, du FBI, de la CIA ? Je n'arrive plus à te suivre… Bon sang, un tueur à gages ! Il faudrait qu'il soit cinglé ! Je veux dire… Bon, du point de vue éthique, il y a peut-être à redire… Il aime les femmes, ça lui a parfois joué des tours, mais enfin… Il n'y a jamais rien eu de sérieux. Rien de criminel, en tout cas. Il n'a même jamais sérieusement pensé à quitter son épouse. Enfin… à part une fois, mais c'était longtemps avant que je ne travaille avec lui. J'ai seulement… trouvé une photo. Evelyn l'a vue et m'a dit que, cette fois-là, le gouverneur avait bien failli faire une erreur fatale. Mais il a repris ses esprits.

Est-ce qu'il n'avait pas plutôt « arrangé » les choses à sa manière ? se demanda Elizabeth.

— Tu n'as pas beaucoup de temps, fit remarquer Celia. J'ai passé quelques coups de fil…

— A la presse, ou à la police ?

— Est-ce que c'est vraiment important ?

Il marcha vers la porte et leur lança, sans se retourner :

— Dites-moi quand ce sera terminé.

Puis il quitta la pièce comme s'il avait le diable aux trousses.

— Il va prévenir son patron, fit remarquer sèchement Sullivan. Il va lui dire que nous sommes là et le gars va nous faire fiche dehors.

Celia le regarda avec un petit air amusé.

— Aie donc un peu confiance. Martin travaille pour le gouverneur, mais il pense surtout à sa propre carrière. Il ne prendra pas de risque et ne parlera pas.

— Tu sembles bien sûre de lui, commenta Sullivan en faisant un pas vers elle. Tu le connais si bien que ça ? Vous êtes ensemble ?

Elizabeth se frotta nerveusement le front.

— Ecoutez, soupira-t-elle, quoi qu'il ait pu se passer entre vous, ce n'est pas du tout le moment. Le gouverneur va arriver et nous avons besoin de nous préparer un peu mentalement.

Celia acquiesça.

— Vous avez raison. Venez.

Elle montra une porte sur la droite.

— Le bureau du gouverneur est là. Il me connaît. Alors, je l'accueillerai dans l'antichambre, et ensuite je m'assurerai que personne ne vienne interrompre l'entretien.

Mac suivit Elizabeth dans le bureau, Sullivan sur leurs talons. Ce dernier avait emporté une petite serviette à documents, qu'il tenait sous son bras.

— Il faut le pousser à l'erreur, dit-il en allant se poster près de la fenêtre. Le prendre en défaut et le coincer.

— Il croit que nous venons pour un tout autre motif, renchérit Mac. Il ne se méfiera pas. Nous avons l'avantage.

Elizabeth le considéra un moment.

— J'ai l'impression que ce n'est pas la première fois que tu te livres à ce genre d'exercice.

— Non, en effet, répondit-il, impavide. Je sais reconnaître les mensonges et aussi la vérité. J'ai pratiqué des interrogatoires dans des endroits et des conditions que je préférerais oublier. Oui, j'ai bien retenu mes leçons.

Il jeta un coup d'œil en direction de son frère.

— Sullivan est pareil.

— Oui. Et moi aussi, il y a des endroits que j'aimerais mieux oublier, dit celui-ci d'une voix sourde.

— Certaines personnes, aussi ? demanda doucement Celia en se dirigeant vers la porte.

Sullivan ouvrit la bouche pour lui répondre, mais elle avait déjà quitté la pièce. Il murmura quand même :

— Pas toi, en tout cas.

Mac s'approcha d'Elizabeth et lui demanda :

— Tu te sens prête ?

Elle respira profondément.

— Oui, il faut en finir. Si c'est lui qui a envoyé un tueur à mes trousses, s'il est responsable de… tout, alors je suis prête à le clouer au mur.

— Le goût du sang ? intervint Sullivan.

Elizabeth ne put dissimuler sa colère.

— Il a détruit ma vie et il a fait tuer l'homme que j'aimais !

Mac se raidit nettement.

— Et puis… il s'est mis à mes trousses, juste quand je commençais à me sentir en sécurité, quand je croyais avoir trouvé un endroit où je pouvais enfin me reposer et me remettre à vivre. Il m'a fait traquer comme un animal. Il a failli faire tuer Grant et Mac, rien que pour m'avoir.

Elle leva fièrement le menton.

— Ça ne peut pas continuer comme ça. Il doit payer pour ses crimes et ne plus nuire à personne.

Depuis l'antichambre s'élevèrent alors des voix. Celle de Celia et d'un homme. Et puis d'une femme. Le gouverneur venait-il d'arriver ?

— Entrée des lions dans l'arène, murmura Mac.

Elizabeth serra ses bras contre sa poitrine. C'était tout à fait ça.

Mac était auprès d'elle et Sullivan en position près de la fenêtre. Les voix se rapprochaient, une femme riait, d'un rire cristallin qui vrilla les nerfs d'Elizabeth.

Enfin, Celia reparut sur le seuil.

— Voici vos visiteurs, gouverneur, annonça-t-elle. J'ai pris la liberté de les faire entrer.

Wesley Sutherfield apparut à son tour. Il était grand, avec de larges épaules, et il portait toujours le smoking qu'il avait dû endosser pour le gala auquel il venait de participer. Elizabeth se sentit soudain terriblement déplacée, dans son jean et ses bottes.

Ne te laisse pas impressionner. Ce n'est qu'un assassin.

Le gouverneur la remarqua tout de suite et lui sourit. Médusée, elle le détailla un peu plus. Il avait une fossette sur chaque joue qui se creusait quand il souriait, et des yeux dorés, très caractéristiques.

— Madame, messieurs…

Il les salua et s'avança dans la pièce, suivi de son épouse. Celle-ci portait une robe du soir bleu nuit, fendue sur le côté, certainement pour laisser entrevoir ses jambes parfaites. Belle et d'un impeccable maintien, elle leur adressa un sourire poli.

— Je vous remercie de soutenir ma campagne, dit aimablement leur hôte.

— Vous avez son sourire, déclara Elizabeth tout à trac. Enfin… il avait le vôtre. Les yeux, aussi. Je croyais qu'il n'y avait que Nate sur terre, qui en avait de pareils.

Le gouverneur devint tout à coup très pâle.

— Je ne sais pas du tout de quoi vous parlez, assura-t-il avec un entrain forcé.

— Mais si, vous le savez, gouverneur, répliqua sèchement Mac en avançant d'un pas. Vous le savez très bien…

Et il adressa un signe de tête à Sullivan. Celui-ci s'avança et déposa sa serviette sur le bureau.

— Wesley, que se passe-t-il ? demanda son épouse. Est-ce que ces gens sont vraiment des donateurs ?

— Non, Evelyn, non, je ne le pense pas.

Ses épaules s'affaissaient un peu et sa voix avait légèrement chevroté.

Evelyn Sutherfield se tourna vers eux et son regard vert flamboya de colère.

— Alors qui sont-ils ? Et où est Martin ? Est-ce qu'il n'est pas censé éviter ce genre de…

— C'est vous, sur ces photos, gouverneur ? demanda calmement Sullivan.

Il avait sorti quelques clichés de sa serviette et déposa le premier d'entre eux sur le bureau. Elizabeth reconnut la photo de l'homme seul devant la tombe de Nate, celle qu'ils avaient trouvée chez Steve Yeldon.

Une silhouette qui ressemblait décidément beaucoup à celle du politicien, dont la main tremblait un peu quand il avança pour saisir le cliché.

— Moi, je crois que c'est vous, dit Mac sans attendre la réponse. Et je crois également que vous savez très bien qui est Nate Daniels.

Elizabeth tremblait plus qu'elle n'aurait voulu. La photo que Sullivan était en train de déposer sur le bureau montrait le cadavre de Nate, sur la scène de crime, baignant dans son sang exactement à l'endroit où il était tombé.

Wesley Sutherfield se mit à frissonner nettement, lui aussi.

— Comment avez-vous pu faire ça ? lui demanda Elizabeth. Comment avez-vous pu commanditer le meurtre de votre propre fils ?

Il la regarda, l'air égaré.

— Moi ? Mais je n'ai jamais fait ça !

— Wesley ! lui cria son épouse en lui prenant le bras. Ne te laisse pas intimider. Ces gens doivent être des journalistes, ils veulent nous détruire. Ne dis plus un mot !

Puis elle leur désigna la porte, d'un geste théâtral.

— Sortez de chez moi, immédiatement ! intima-t-elle. Sinon, j'appelle la police !

— Bonne idée, ça, la police, approuva Celia, pince-sans-rire. En fait, elle est déjà en route... Bien sûr, j'ai dû m'adresser pour cela à ceux, parmi les inspecteurs, que votre mari n'impressionne pas et...

Elle se pencha, d'un air confidentiel.

— Et qui n'avaient pas l'intention de voter pour lui aux prochaines élections...

Les joues de la très hautaine Evelyn Sutherfield devinrent cramoisies.

— Vous étiez censée être notre alliée, accusa-t-elle. Vous avez bénéficié des plus hautes recommandations pour nous approcher. La CIA…

— Je vous ai approchés parce que vous faisiez déjà l'objet d'une enquête, la coupa Celia, toujours très calmement. Il y avait, dans les budgets de campagne du gouverneur, quelques… anomalies financières qui ont attiré l'attention de mes patrons. Lorsque les McGuire m'ont contactée, toutes ces histoires d'argent ont commencé à prendre sens. Quand vous engagez un tueur professionnel, vous avez besoin de sortir beaucoup d'argent, en cash. Généralement, ils n'acceptent pas les cartes de crédit…

— Mais de quoi parlez-vous ? bredouilla le gouverneur. Je n'ai jamais engagé aucun tueur et je n'aurais certainement pas fait tuer Nate !

Sa voix retomba.

— Mon fils… mon fils…

— Tais-toi ! lui cria sa femme. Ils vont utiliser ce que tu dis contre nous. Ce sera dans tous les journaux et nous n'irons jamais à la Maison-Blanche.

Wesley Sutherfield lui lança un bref regard puis acquiesça.

— Sortez, à présent ! ordonna de nouveau son épouse. Et si les policiers arrivent, ils feront bien d'avoir un mandat. Sinon, ils ne passeront pas cette porte.

Sullivan rassembla les photos. Celia hocha la tête.

— Très bien. Si c'est ce que vous voulez…

Allaient-ils obéir et quitter les lieux ? se demanda Elizabeth. Elle s'avança et prit le gouverneur par le bras.

— Nate était un homme bien, et il m'aimait !

Elle n'en avait jamais douté.

— Il avait un très joli sourire et de bien beaux rêves. Je sais qu'ils seraient devenus réalité. Je l'ai vu, alors que nous étions très pauvres, vider ses poches pour aider quelqu'un de plus défavorisé que nous. Jamais il ne se plaignait. Il ne parlait que des bonnes choses qui allaient venir.

Le cœur d'Elizabeth menaçait de se briser.

— Et il n'en a connu aucune…

Les larmes coulaient sur ses joues.

— Parce que vous l'avez fait tuer. Vous avez fait assassiner votre propre fils !

— Non, non, répondit le gouverneur d'une voix cassée, rauque. Je ne savais rien. Je n'ai appris son existence que lorsqu'il est mort, je vous le jure !

— J'appelle la sécurité, dit Evelyn Sutherfield en marchant vers le bureau pour se saisir du téléphone. Je ne sais pas comment vous avez pu tromper les vigiles, mais ils vont vous mettre dehors !

Mac intervint.

— Si vous ne l'avez pas tué, alors pourquoi ne pas répondre à nos questions ?

— Ici Mme Sutherfield, dit celle-ci dans le combiné. Venez dans le bureau du gouverneur, immédiatement. Il y a des intrus qu'il faut expulser de la propriété.

— Ce n'est pas vraiment la première fois, vous savez, que l'on essaie de nous chasser de quelque part, dit Sullivan avec un sourire suave.

Le gouverneur regardait Elizabeth, intensément.

— Je... je vous connais, je vous ai vue à l'enterrement de Nate.

Le cœur d'Elizabeth se mit à tambouriner dans sa poitrine. On y était !

— C'est exact, répondit-elle.

— Est-ce que... est-ce que vous aimiez vraiment mon fils ?

Elizabeth acquiesça. Mac regardait la scène en silence. En fait, la seule qui faisait du bruit, dans la pièce, c'était Evelyn Sutherfield. Elle continuait à crier ses ordres au téléphone.

— J'aurais bien voulu le connaître, confia le gouverneur. J'ai une lettre de lui, où il me disait qu'il allait venir me voir, mais il n'est jamais venu...

Et Elizabeth se souvint alors de ce qu'avait dit le tueur, lors de la confrontation :

Nate aurait pu passer dans cette foutue ville sans s'arrêter et rien ne lui serait arrivé. Plus personne ne lui aurait fait le moindre mal !

— Il s'était mis en route pour vous rencontrer, mais… il m'a rencontrée, voilà… et il m'a dit que, du jour où il m'avait vue, le passé ne comptait plus pour lui. Jamais il n'aurait nui à votre carrière. Il n'aurait créé aucun scandale.

Le chagrin lui tordait le cœur, mais elle n'en continua pas moins :

— Pourquoi lui en avoir tant voulu ?

C'était dur de devoir fixer le gouverneur dans les yeux, si pareils à ceux de Nate.

— Pourquoi l'avoir fait tuer ?

Wesley Sutherfield la saisit par les épaules et se mit à la secouer frénétiquement.

— Ce n'est pas moi, je vous dis ! Pas moi !

Mac le repoussa violemment en arrière.

— Ne la touchez pas, vous entendez ? Ou vous le regretterez, croyez-moi !

Même Evelyn gardait le silence, médusée.

— Je suis désolé, dit le gouverneur, en cachant son visage dans ses mains. Je ne voulais pas… C'est de… voir ces photos, comme ça…

Ses mains retombèrent et il chercha le regard d'Elizabeth, mais Mac lui faisait un rempart de son corps.

— Est-ce qu'il a souffert ? demanda Wesley Sutherfield. Il a crié ? Il a parlé ?

Elizabeth se mordait la lèvre si fort qu'elle était surprise de ne pas sentir le goût du sang.

— Il a crié, oui, répondit-elle en venant doucement se placer à côté de Mac. Et puis, il m'a dit de courir. Jusqu'au bout, il s'est préoccupé de moi.

Les rides du gouverneur parurent se creuser encore davantage.

— Je ne savais pas…, murmura-t-il. Je n'ai eu sa lettre qu'après sa mort. J'avais une assistante, à l'époque, qui l'avait ouverte et, pensant qu'il s'agissait de menaces, ne m'en avait même pas parlé. Elle ne l'a fait que lorsque nous avons appris sa mort.

Allaient-ils devoir continuer à écouter ses mensonges ?

— Je ne vous crois pas, lui dit calmement Elizabeth. Vous avez engagé cet homme pour tuer Nate, puis vous lui avez donné pour mission de me traquer à Austin et de m'éliminer, à mon tour.

Son cœur battait toujours très fort dans sa poitrine.

— Il est mort, d'ailleurs, votre Arrangeur. Il a été tué en essayant de s'évader d'une ambulance, où il était gardé par un policier.

Mac se tenait toujours à côté d'elle, clairement prêt à la protéger. Pensait-il que le gouverneur risquait de l'agresser ?

— Vous avez été élu et réélu souvent, ici, continua-t-elle. Les gens vous aiment…

Le dégoût lui tordait la bouche.

— Mais ils ne savent rien, n'est-ce pas ? Oui, votre tueur m'a traquée, comme un animal. Il était aussi sur les traces d'un reporter qui s'appelait Steve Yeldon. Moi, j'ai eu de la chance, je lui ai échappé, grâce à Mac et à ses frères.

Elle prit sa main dans la sienne.

— Mais Steve, lui… Cet Arrangeur l'a poignardé dans une ruelle crasseuse et l'a laissé mourir.

Le gouverneur se mit à trembler de plus belle.

Son épouse lâcha le téléphone et courut vers lui.

— Il a le cœur fragile, vous allez le tuer ! Sortez d'ici !

Elizabeth avait voulu des aveux. Une confession, pleine et entière. Elle avait regardé le monstre droit dans les yeux et elle avait vu…

Du chagrin, de la douleur. Rien d'autre. Il fallait croire que le gouverneur était un très bon acteur, car la peine et l'horreur paraissaient diablement réelles dans ses yeux.

Une porte s'ouvrit, quelque part dans la maison, et des pas précipités résonnèrent.

— Tiens, voilà les vigiles, remarqua Sullivan, impavide.

Un quart de seconde plus tard, ils faisaient irruption dans le bureau. L'un d'eux se saisit immédiatement de Celia. Sullivan s'élança pour s'interposer.

— Ce n'est pas comme ça que l'on traite une dame, dit-il d'une voix menaçante, redoutable.

Déjà, il fermait le poing, prêt à frapper.

— Ne leur faites pas de mal, ordonna le gouverneur mais d'une voix faible et lointaine. Ils s'en vont…

Elizabeth ne voulait pas de sa protection. Elle marcha vers la porte, mais finalement se retourna et lui lança :

— Vous avez fait assassiner sa mère, aussi ?

Le gouverneur la fixa en silence, d'un air de plus en plus égaré. Evelyn aussi la regardait bouche bée. Elle en avait même lâché son mari.

— La mère de Nate, vous vous souvenez ? Elle a été tuée en voiture, dans une collision, lorsqu'il était enfant.

Elizabeth continua, l'indignation vibrant dans sa voix :

— Encore un contrat pour l'Arrangeur certainement ? Il vous rendait service depuis longtemps.

L'épaule de Mac effleura la sienne et ce fut lui qui continua :

— Votre fidèle Arrangeur a raconté beaucoup de choses à la police, au capitaine Ben Howard en particulier. Croyez-moi, vous n'en avez pas fini, avec tout ce que vous avez fait.

Il lui adressa un salut moqueur.

— Au plaisir de vous revoir très bientôt, gouverneur !

Les vigiles, vêtus de combinaisons noires, les entouraient en silence. Ils lançaient des regards nerveux en direction de leur employeur et de son épouse, mais ils ne firent plus un geste, même quand les faux donateurs quittèrent la belle demeure.

Il n'y avait toujours pas de voitures de police en vue, remarqua Elizabeth. Celia s'était-elle livrée à un petit bluff pour impressionner Wesley Sutherfield ?

— Tout cela était très intéressant, murmura justement leur mystérieuse auxiliaire, comme ils approchaient de leur SUV.

Sullivan lui toucha presque timidement le bras.

— Il t'a fait mal ?

Celia rit.

— Il en faut plus que ça pour me faire mal, Sully. Tu devrais le savoir !

Elle avait prononcé ces derniers mots d'un ton plutôt dur.

Mac ouvrit la portière côté passager et Elizabeth allait

monter en voiture lorsqu'un appel, un cri plutôt, la fit se retourner et se figer sur place.

— Attendez !

C'était Evelyn Sutherfield qui courait vers elle, en se prenant les pieds dans sa robe longue. Son visage n'était plus qu'une sorte de masque tragique.

— Attendez, attendez, mademoiselle… je ne sais même pas votre nom !

— Elizabeth Snow.

L'épouse du gouverneur se campa devant elle et lança un regard nerveux vers les trois autres.

— Nous devons parler, vous et moi, mais seules !

— Pas question, lui répliqua immédiatement, et sèchement, Mac. Si vous avez quelque chose à dire, dites-le devant nous tous.

Evelyn Sutherfield tordit ses mains élégantes et fines.

— Mon mari a… un certain tempérament, commença-t-elle, embarrassée et le souffle court. Je vis avec lui depuis suffisamment d'années pour le savoir…

Elle ne paraissait plus du tout distante ou sûre d'elle. Des ombres pleines de chagrin passaient dans ses yeux.

— La mère de ce garçon, vous dites que mon mari l'a fait assassiner, elle aussi ?

Elizabeth se souvint de la façon dont l'épouse du gouverneur s'était soudainement écartée de lui, lorsqu'elle avait lancé cette dernière accusation.

— Nous pensons que c'est une possibilité. Une très forte possibilité, répondit Mac.

— Est-ce que son nom était…

Elle ferma brièvement les paupières.

— Gloria ?

Elizabeth crut défaillir.

— Oui ! Oui, c'est ça. Il vous en a parlé ?

— C'est… une de ses erreurs… une de ses nombreuses erreurs.

Sa lèvre se mit à trembler un peu.

— Je me souviens d'elle parce que, une nuit… il a fait un

cauchemar et il a crié son nom. Lorsque je lui ai demandé des explications, beaucoup plus tard, il m'a dit que Gloria était « un problème qu'il avait réglé ».

A ces mots, Elizabeth frissonna.

— Je vis avec lui depuis si longtemps…, confia Evelyn Sutherfield d'une voix sourde. Il a été… un homme bien, autrefois…

— Vous devez venir avec nous, lui intima Elizabeth. Parler à la police et leur dire tout ce que vous savez.

— Je ne peux pas accuser mon mari !

— Il ne vaut pas plus cher que l'assassin qu'il a payé, protesta Mac. Il ne s'est pas sali les mains lui-même, mais cela ne change rien. Et qui vous dit qu'il ne pourrait pas lancer un tel contrat sur vous, aussi ?

Evelyn secouait obstinément la tête.

— Non, non, vous vous trompez.

Sullivan entra dans la danse à son tour, en lui demandant brutalement :

— Et si vous ne lui êtes plus utile, combien de temps croyez-vous qu'il va vous garder auprès de lui ?

Les vigiles apparaissaient sur le seuil. L'un d'eux héla sa patronne :

— Madame ? Il y a un problème ?

— Non, ils s'en vont.

La femme du gouverneur recula d'un pas, le regard sombre et fixe.

— Je vous en prie, Evelyn ! insista Elizabeth. Aidez-nous !

Mais elle tourna les talons sans un mot de plus et se dirigea vers la maison.

12

— Au fait, on n'a pas vu arriver la cavalerie ! La police qui devait voler à la rescousse, on l'attend encore, ironisa Sullivan tandis que Celia garait le SUV devant un petit hôtel de Gibson.

Derrière la raillerie perçait clairement un fond d'amertume, songea Mac. Quand il s'agissait de Celia, son frère était visiblement à vif.

— Vous ne m'avez pas donné assez d'éléments pour que je puisse la faire intervenir, répliqua celle-ci en coupant le moteur. J'ai raconté des histoires pour essayer de faire réagir le gouverneur.

Ils descendirent de voiture, mais aucun d'eux ne s'avança vers le discret petit établissement.

— Il a réagi, fit remarquer Elizabeth. Il a admis qu'il se trouvait aux obsèques de Nate et que celui-ci lui avait envoyé une lettre, mais qu'il avait cru qu'il s'agissait d'un chantage.

Mac passa son bras autour de ses épaules et l'attira contre lui.

— Non, corrigea Celia en soupirant, il a été beaucoup plus malin que ça. Il a seulement dit que son assistante l'avait cru. Il a fait un joli numéro de père dans la douleur et dans l'ignorance, mais il ne nous a rien dit qui puisse être valablement utilisé contre lui.

Elizabeth se serra un peu contre Mac.

— C'est sa femme, la clé de tout, dit celui-ci. Il est évident qu'elle en sait beaucoup plus qu'elle ne veut bien le reconnaître. Il faut absolument la mettre de notre côté.

— Pas simple pour elle, car cela veut dire trahir son

mari, fit remarquer Sullivan. Elle sait très bien que, lorsqu'il s'effondrera, elle basculera elle aussi, et tout son univers avec.

— C'est vrai, et c'est pourtant bien ce que nous devons faire, murmura Mac. Amener Evelyn Sutherfield à nous livrer son mari.

— Qui connaît mieux un homme que la femme avec qui il dort ? lança Sullivan à Celia.

— Je… je vais m'occuper des chambres, annonça celle-ci en battant précipitamment en retraite vers la réception.

Sullivan la suivit du regard. Il faisait noir, les nuages cachant partiellement les étoiles, et Mac ne pouvait pas vraiment voir l'expression sur le visage de son frère.

— Et maintenant, quoi ? demanda Elizabeth. Nous avons fait tout ce chemin… je veux dire… on ne peut pas en rester là !

— Pour l'instant, on va dormir, lui répondit Mac. Et demain matin, nous reprendrons les choses où nous les avons laissées et nous travaillerons sur Evelyn Sutherfield, notre maillon faible.

Il fit pivoter Elizabeth dans ses bras pour lui faire face.

— Nous n'en avons pas terminé, tu peux me croire. Je n'abandonnerai pas.

— Je te crois, lui dit-elle.

Et de sa main, elle effleura son visage.

C'était si doux… songea Mac. Sa barbe dure, qui pointait déjà, n'était-elle pas d'un contact trop désagréable pour elle ?

— Merci…, ajouta-t-elle fort heureusement.

Il tourna la tête et embrassa fiévreusement la paume encore contre sa joue.

— Il n'y a vraiment pas de quoi, murmura-t-il.

Je ferais n'importe quoi pour toi.

Sullivan garda le silence, mais il bouillait, Mac pouvait pratiquement le sentir à côté de lui. Dès qu'ils se retrouveraient seuls, c'était certain, Sully allait avoir beaucoup de choses à lui dire.

Celia revint.

— Ils n'ont que trois chambres de libres, annonça-t-elle.

Ce n'était pas grave…

— Elizabeth et moi pouvons en partager une.

Parce qu'il avait besoin de la tenir entre ses bras, que son corps vibre sous le sien. Il aimait quand elle se laissait complètement aller avec lui, qu'elle perdait toute réserve et toute mesure. Il aimait tout d'elle.

Celia tendit une clé à Elizabeth, puis une autre à Sullivan.

— Nos chambres sont voisines, lui dit-elle. J'espère que ce n'est pas un problème.

— Ce n'en est pas un, non, soupira-t-il.

Mais à l'entendre, c'était bien le cas, comprit Mac.

— Nous allons prendre les bagages, dit-il. Celia, Elizabeth, si vous alliez voir les chambres ?

Il avait besoin d'être un peu seul avec son frère pour lui délivrer un avertissement sans frais. Il attendit que les deux femmes se soient éloignées, puis il se tourna vers lui.

— Fais un peu attention…, commença-t-il.

Mais Sullivan le coupa tout de suite, la voix vibrant de fureur :

— Tu te rends compte de ce que tu as fait ? Je ne voulais plus jamais la revoir et, toi, tu la mets sur cette affaire, tu me l'imposes sans même m'en parler !

— Tu as besoin d'elle, Sully !

— Ouais… oui, c'est vrai ! Et c'est bien le problème… Qu'est-ce que je dois faire maintenant, hein ? Comment je suis censé la laisser repartir ?

Le chagrin très réel de son frère tordait le cœur de Mac. Il lui répondit, la gorge serrée :

— Peut-être que tu ne devrais pas la laisser partir. Peut-être que tu devrais la serrer très fort, et ne plus jamais la laisser s'en aller.

Sullivan releva la tête.

— Comme toi avec Elizabeth ?

Comme j'essaie de faire avec Elizabeth, oui, c'est bien ça…

— Mais tu n'as donc pas entendu comment elle parle de son Nate ? lança Sullivan. Comment tu crois que tu vas combattre ça, hein ?

L'estomac de Mac se noua d'un coup.

— Ne pars pas là-dessus, s'il te plaît…

Parce que, oui, j'ai entendu…

Mais Sullivan enchaînait :

— Elle l'aimait. Elle l'aimait tellement que, des années après, elle risque encore sa vie pour qu'on lui rende justice.

L'adrénaline montait en Mac comme avant une bataille.

— Comment tu vas faire, hein ? insista Sullivan. Comment tu vas pouvoir vaincre un fantôme ? Toi, tu l'aimes, mais elle, elle aime un mort !

C'en était trop. Mac agrippa rudement son frère par le devant de sa chemise.

— Ce n'est pas parce que tu t'es descendu toi-même en flammes que tout le monde doit en faire autant !

— Tu t'accroches à une femme qui ne peut pas t'aimer ! répliqua Sullivan en se débattant.

Mais Mac ne le lâchait pas.

— C'est quoi ? éructa Sullivan. Une punition que tu t'infliges ? Une torture ? Pars pendant qu'il est encore temps. Laisse-la dans son deuil, tu n'y as pas ta place.

— Tu ne sais même pas de quoi tu parles !

— Si, je le sais. Parce que je suis passé par là avant toi, Mac !

Sullivan se libéra enfin.

— Tu l'aimes, mais elle ne t'aime pas. Ça va te détruire. Fuis-la ! File tant qu'il reste encore quelque chose de toi…

Tu l'aimes. Ces mots restèrent suspendus dans le silence. De même que le petit cri étouffé d'Elizabeth.

Les vigiles étaient retournés à leurs postes. Evelyn revint à pas lents vers le bureau de son mari. La maison était tranquille… Leur si vaste maison, qui aurait pu être remplie d'enfants.

Wesley et elle n'en avaient pas eu.

Sur le seuil du bureau, elle ramassa la traîne de sa robe

du soir. Il l'aimait beaucoup, ce bureau. Il s'y enfermait pendant des heures…

Là, il s'y trouvait, assis à sa table de travail.

Evelyn essuya la larme qui coulait sur sa joue.

Un pistolet était tombé sur le sol, sous le fauteuil de cuir que son mari appréciait tant. Et une balle lui avait arraché la moitié du crâne. Ses yeux étaient clos, son corps, effondré sur le sous-main, et le sang coulait abondamment de sa blessure béante.

Elle aurait dû appeler quelqu'un… faire quelque chose…

Mais elle restait là, les bras ballants, devant le cadavre de son mari.

ELLE SAIT… elle a tout entendu, songea Mac, le cœur serré.

— Je… je venais aider… pour les bagages, balbutia Elizabeth d'une toute petite voix.

Sullivan poussa un juron sourd, puis il regarda autour de lui.

— Celia n'est pas avec vous ? s'enquit-il.

— Elle est dans sa chambre. Pourriez-vous nous laisser seuls une minute, s'il vous plaît ?

Mac aurait eu besoin de plus d'une minute. Il lui fallait… aplanir les choses.

— Bien sûr !

Avant de s'éloigner, Sullivan eut un regard vers son frère.

— Désolé, vieux, lui murmura-t-il. Je m'y prends mal, je sais, mais… Ah, ne fais pas les mêmes bourdes que moi… Je ne veux pas que toi aussi tu connaisses cet enfer. Il suffit que moi, je le connaisse…

Mac prit les bagages et referma le coffre, puis se retourna. Elizabeth se tenait devant lui.

— Tu m'aimes, donc ? lui demanda-t-elle à brûle-pourpoint.

LA question, entre eux.

— Allons dans la chambre, proposa Mac.

Et laisse-moi réfléchir à une façon de gérer tout ça au mieux…

Il ne voulait pas, surtout pas, prendre le risque qu'elle s'enfuie loin de lui, ce qui risquait bien d'arriver s'il lui révélait combien il était fou d'elle.

Elle n'ajouta pas un mot, lui emboîtant le pas tandis qu'il déposait le sac de voyage de Celia devant sa porte, en frappant pour la prévenir, puis le sac à dos de Sullivan devant la sienne.

Mais dès qu'ils eurent refermé la leur, Elizabeth lui fit face à nouveau.

— C'est une très simple question, Mac. Tu peux y répondre par oui ou par non. Ton frère semblait penser que tu es amoureux de moi.

— Comme il le reconnaîtrait volontiers lui-même, s'il était tout à fait dans son état normal… Sullivan parle trop et ne sait pas toujours ce qu'il dit.

Elizabeth parut accuser le coup.

— Donc, tu ne m'aimes pas…

Elle se remit nerveusement une mèche de cheveux derrière l'oreille.

— Je le croyais…

Mac s'avança vers elle.

Elle le dévisageait, de ses beaux yeux limpides.

Délibérément, il posa ses mains en appui sur le mur, de chaque côté d'elle, et susurra, d'une voix basse et chaude :

— Tu veux vraiment savoir ce que je ressens ?

— Oui, puisque je te le demande.

— Attention, il n'y aura pas de retour en arrière. Tu ne pourras pas dire ensuite que tu ne savais pas. Et moi… je ne pourrai plus revenir en arrière non plus.

— Mais je ne veux pas que tu reviennes en arrière.

Bon sang, elle était splendide ! se dit Mac.

— Tu l'aimais ? lança-t-il.

Les mots de Sullivan lui faisaient mal, parce qu'au fond il connaissait la réponse. Elle avait aimé Nate et peut-être l'aimait-elle toujours.

— Pourras-tu… oublier ou dépasser cet amour ?

Une petite ride se creusa entre les sourcils d'Elizabeth.

— Nate a été le premier garçon qui m'a touchée au cœur. Il m'a rendue heureuse et c'est vrai, je l'aimais… Je ne peux pas dire le contraire.

C'était bien ça. Mac appuya plus fort sur le mur.

— Mais ça ne veut pas dire que je ne peux pas aimer quelqu'un d'autre…, enchaîna Elizabeth.

Et elle posa sa main sur le torse de Mac, juste là, sur son cœur battant.

— Ni que je n'aime pas déjà quelqu'un d'autre.

C'était lui qui était supposé faire des aveux et voilà que… Mac poussa un soupir.

— Non, je ne veux pas que tu reviennes en arrière. Je veux aller de l'avant avec toi, Mac.

Elle se haussa sur la pointe des pieds et effleura ses lèvres.

— Tu m'as ramenée à la vie, Mac. Tu m'as fait passer par tous les degrés de la peur et de l'excitation, mais… tu m'as fait confiance.

Elle avait toujours la main sur le cœur de Mac, qui battait fort, si fort…

— Je ne sais pas quand exactement j'ai commencé à t'aimer…

Elle avait ce lent, presque nonchalant sourire qui le rendait fou.

— Je sais seulement que je t'aime et que je ne peux plus imaginer ma vie sans toi. Je ne le peux pas et ne le veux pas…

Il écrasa sa bouche de la sienne. Une euphorie extraordinaire, indescriptible commençait à s'emparer de lui.

Sully, espèce de pauvre idiot !

Il n'était pas son frère et Elizabeth n'était pas Celia. Dieu merci, ils n'allaient pas commettre les mêmes erreurs.

Et puis, comment aurait-il pu ne pas aimer Elizabeth ? Il était fou d'elle.

Il la souleva dans ses bras, sans cesser de l'embrasser à pleine bouche, le désir éclatant en lui comme une fanfare.

Ils tombèrent ensemble sur le lit, les membres emmêlés. Il la voulait nue, tout de suite, et voulait être en elle. C'était la seule chose qui comptait. Non, pas la seule, il y avait le futur, aussi. Leur avenir ensemble.

Il lui retira son T-shirt, le faisant passer par-dessus sa tête. Il embrassa ses seins parfaits au-dessus de la dentelle du soutien-gorge. Elle se cambra vers lui et il défit l'attache, dans son dos. Il voulait…

— Mac !

C'était Sully qui tambourinait à la porte de communication entre leurs deux chambres.

— Il faut venir ! Tout de suite !

Tout de suite ?

Mac, un peu égaré, considéra Elizabeth, qui avait les yeux brillants, les joues rouges, la lèvre encore brûlante de leurs baisers. Il était sur le lit, avec elle, et il n'y avait d'endroit au monde où il aurait préféré être.

Sully continuait, de l'autre côté de la porte :

— La femme du gouverneur vient d'appeler Celia, il faut qu'on y aille, tout de suite ! Qu'est-ce que tu fous ? Allons-y !

— Tu crois qu'il a changé d'avis et qu'il veut parler ? murmura Elizabeth.

Mac se dégagea de ses bras. S'il ne le faisait pas tout de suite, il allait prendre Elizabeth, immédiatement, sans s'occuper du reste.

Il s'assit sur le bord du lit et essaya de reprendre tous ses esprits.

Le matelas se creusa à côté de lui ; Elizabeth se redressait à son tour. Elle referma ses bras autour de lui et l'embrassa dans le cou.

— Bon…, chuchota-t-elle. On dit qu'on fait une pause et qu'on va voir ce que veut la femme du gouverneur… Et ensuite, plus rien ni personne ne pourra nous interrompre…

Il prit sa main et plongea ses yeux au fond des siens.

Elizabeth lui souriait.

Sullivan tambourina à nouveau à la porte.

— Vous venez, oui ? La bonne femme est hystérique. Elle dit qu'il faut venir tout de suite. Alors ?

— Rappelle-moi de lui botter le train, tout à l'heure, murmura Mac. Rien qu'un peu, juste pour me détendre.

Elizabeth sourit de plus belle.

— Pour ça, je te rappellerai plutôt de me faire l'amour…

Elizabeth, Elizabeth…

Elle renfila son T-shirt à la diable, alla vite à la porte et l'ouvrit juste au moment où Sullivan, le poing levé, allait frapper encore à coups redoublés. Il regarda, un peu hébété, Elizabeth, puis Mac, toujours assis au bord du lit, calme et immobile.

— Mais qu'est-ce que tu fabriquais, bon Dieu ? marmonna-t-il. Il faut y aller !

Mac ne répondit que par un haussement de sourcil. Sullivan, l'air gêné, s'éclaircit la gorge.

— Ah… hum… Bon, ne perdons pas de temps.

Mac s'approcha d'Elizabeth. Elle lui avait bel et bien dit qu'elle l'aimait et il voulait le lui dire, lui aussi. Mais pas à la sauvette, entre deux portes.

— Plus jamais personne ne nous interrompra, lui chuchota-t-il au passage.

Parce que je ne laisserai plus jamais personne faire ça.

Toutes les lumières étaient allumées sur la façade de la maison du gouverneur, mais il n'y avait curieusement pas de vigiles au grand portail d'entrée, ni nulle part à l'intérieur de la résidence.

— Même la porte d'entrée est grande ouverte, constata Celia quand ils furent descendus de voiture. C'est bizarre !

Cela ne présageait rien de bon, en effet, songea Elizabeth. Ils avancèrent prudemment jusqu'au perron.

— Evelyn ? cria Celia. Vous êtes là ?

— Oui, ici, venez ! répondit l'épouse du gouverneur de l'intérieur.

Ils pénétrèrent dans le grand hall. Les deux frères étaient tendus, prêts à l'action, nota Elizabeth. A l'évidence, ils s'attendaient à des problèmes. Elle partageait leur impression. Il se passait quelque chose qui n'était pas normal.

— Reste près de moi, lui dit Mac. Ne t'éloigne pas d'un pouce.

Au-dessus d'eux, le grand lustre de cristal taillé étincelait de tous ses feux. Où donc était passé le gouverneur ? Et pourquoi diable ne croisait-on toujours aucun vigile dans la maison ?

— Mon Dieu !

Celia et Sullivan, qui marchaient en tête, se figèrent sur le seuil du bureau. Mac et Elizabeth les rejoignirent en deux bonds. Sullivan se poussa un peu et Elizabeth put alors découvrir le gouverneur, effondré sur sa table de travail.

— Je l'ai trouvé comme ça, dit doucement son épouse, la main posée sur l'épaule de son mari.

Il portait toujours son smoking, lequel était passablement taché de sang.

— J'ai renvoyé tout le monde, expliqua Evelyn Sutherfield. Parce qu'il fallait que nous discutions sans être entendus. Les gens parlent trop… C'est à ce moment-là que j'ai entendu la détonation…

Elle avait, elle aussi, du sang sur sa belle robe. Elle regarda Elizabeth.

— Voilà, lui dit-elle, c'est fini, à présent… Mon mari est mort.

De toute évidence…

— C'est ce que vous vouliez, n'est-ce pas ? Qu'il souffre, qu'il meure ?

— Pas du tout, je ne suis pas venue pour ça !

Elizabeth n'avait pas voulu sa mort, elle aurait voulu qu'il aille en prison, qu'il paie.

— Eh bien, c'est terminé, murmura Evelyn.

Et ses épaules, tout à coup, s'affaissèrent.

— Est-ce que quelqu'un se souviendra de tout le bien qu'il a fait ? Ou bien ne retiendra-t-on que le mal, comme d'habitude ?

Il a fait tuer son propre fils et envoyé un tueur à mes

trousses. C'est plutôt de l'ordre du mal que du bien, il me semble, songea Elizabeth.

— Est-ce qu'on ne pourrait pas en rester là ?

Les yeux d'Evelyn s'emplirent de larmes.

— Pourquoi remuer encore tout ça ? Cela pourrait ne pas sortir d'ici… Il a payé pour ses crimes, laissons les gens se souvenir de lui en bien.

L'épouse du gouverneur plaidait d'une voix hachée mais rapide, les mots se bousculant, implorants, dans sa bouche bien maquillée.

— Si la presse apprend ce qui s'est passé exactement, cela va être horrible… Je pourrais dire… que c'est un accident, qu'il nettoyait son revolver et que le coup est parti par mégarde.

Elizabeth fit un pas dans sa direction, comme pour l'apaiser.

— Je pourrais dire qu'il était déprimé, continua Evelyn en élevant la voix d'un ton. Vous savez, c'est la vérité… Il voyait un psychanalyste depuis des années. Depuis la mort de cette salope de Gloria…

Elizabeth se figea.

— Ah…

Evelyn battit des paupières pour en chasser les larmes.

— Je n'aurais pas dû dire ça, n'est-ce pas ?

Et elle leva son bras droit, que jusqu'alors elle tenait dissimulé derrière elle. Il y avait un pistolet automatique dans sa main.

Elle braqua l'arme vers Elizabeth et appuya sur la détente.

Elizabeth s'effondra en arrière. D'autres coups de feu éclatèrent immédiatement.

— Mac !

Elle essaya de se relever. Avait-il été touché, lui aussi ? Et Sullivan ? Et Celia ?

— Mac ?

Sa propre voix n'était plus qu'un râle.

Malgré tous ses efforts, elle ne pouvait pas se relever, ni même se redresser et s'asseoir, simplement. Cela faisait bien trop mal…

Du sang… du sang partout sur moi.

— Mac ?

C'est de lui que j'ai besoin, de lui…

— Ne vous en faites donc pas pour lui.

Elizabeth leva péniblement les yeux : l'épouse du gouverneur braquait son pistolet droit vers elle, en visant directement la tête.

— Inquiétez-vous plutôt pour vous !

13

— Baissez votre arme ! ordonna Mac en luttant pour conserver une voix calme, alors que tout n'était que tumulte et terreur en lui.

Evelyn avait tiré sur Elizabeth et il l'avait vue avec horreur s'effondrer sur le sol.

Avant même qu'il ait pu se précipiter au secours de celle qu'il aimait, l'épouse du gouverneur avait encore fait feu à plusieurs reprises, sur Celia, sur Sullivan, sur lui… Celia avait été touchée. Mac l'avait été aussi, au bras, mais c'était sans gravité, il en avait vu d'autres et cela ne l'arrêterait pas.

Rien ne m'arrêtera.

Celia était étendue, immobile, et Sullivan se redressait déjà. Il avait beaucoup de sang sur lui.

Aucun de nous ne va lui échapper…

Avec un rire dément, insupportable, Evelyn posa le canon de son arme sur le front d'Elizabeth, juste entre les deux yeux.

— Vous ne vous attendiez pas à ce que je tire aussi bien, n'est-ce pas ? leur lança-t-elle. Je chasse depuis mon enfance et j'ai l'habitude des armes à feu, figurez-vous.

Elle rit encore.

— De toute manière, on ne peut pas manquer à cette distance.

Mac leva lentement ses mains, malgré la douleur à son bras, et la pria d'une voix rauque :

— Ne faites pas ça !

Mais Evelyn regardait toujours Elizabeth, droit dans les yeux.

— Vous n'avez pas l'air si difficile que cela à tuer, lui

dit-elle. Je me demande pourquoi Nelson a eu tant de mal avec vous. Ce n'était pourtant pas bien difficile de vous mettre une balle entre les deux yeux.

— N… Nelson ? murmura Elizabeth.

— Oui… L'Arrangeur. Ce cher Nelson, il m'a rendu bien des services, durant toutes ces années.

Mac s'approcha un peu, sans en avoir l'air. Il fallait essayer d'écarter ce pistolet du front d'Elizabeth.

— Ainsi, c'était vous, la commanditaire ! lança-t-il. Vous, et non pas votre mari ?

— Le pauvre Wesley n'a jamais eu une seule idée ou initiative valable au cours de toutes nos années de mariage, répondit-elle d'un ton méprisant. Tout ce qu'il est devenu, il me le doit.

Le moteur d'une voiture résonna devant la maison. Une portière claqua.

— On vient, dit Mac. C'est la police, vous devriez…

— Ce n'est pas la police, c'est mon équipe de nettoyage.

Des pas précipités dans le couloir.

— Evelyn ! Que se passe-t-il ? appela une voix d'homme.

Mac la reconnut sans peine, avant même de découvrir qui s'avançait sur le seuil du bureau. C'était Martin Pace, le directeur de campagne. Ce qu'il découvrit le laissa visiblement sous le choc.

— Mais… qu'est-ce que…, murmura-t-il. Qu'est-ce que vous avez fait ?

Il s'accroupit auprès de Celia et avança une main tremblante. Mac lança un rapide regard à son frère, qui se redressait. Il paraissait prêt à sauter à la gorge du nouveau venu.

Pas maintenant, Sully, pas maintenant ! Je t'en supplie ! Tiens-toi tranquille, par pitié ! Il y a un pistolet braqué sur la tête d'Elizabeth !

Un seul faux mouvement et l'épouse du gouverneur allait presser la détente. Et alors…

— J'ai fait ce que j'avais à faire, dit sèchement celle-ci. Et ne fais pas comme si tu n'étais pas impliqué, toi aussi ! Tu as autant à perdre que moi !

Martin cherchait le pouls de Celia, deux doigts pressés sur son cou.

— J'ai bien cru que vous aviez tué le gouverneur, mais tout de même pas ELLE ! articula-t-il en relevant la tête. Ça n'a aucun sens !

— Elle nous a vendus ! Et toi qui m'affirmais qu'elle ne t'avait pas prévenu, qu'elle était simplement arrivée ici, accompagnée des Mc Guire ! Tu ne dois aucune loyauté à cette femme, c'est à moi que tu la dois. Parce que, moi, j'ai le pouvoir !

— Non, lui dit doucement Elizabeth. Vous, vous n'êtes rien d'autre qu'un assassin !

A ces mots, l'épouse du gouverneur serra encore plus convulsivement son arme.

— Et toi, cracha-t-elle, tu n'es qu'une petite ordure en travers de mon chemin…

Aveuglé par la rage, Mac s'avança.

— Vous croyez que vous allez pouvoir nous tuer tous et vous en tirer comme ça ?

Elle le regarda d'un air de défi.

— C'est simple. Je n'aurai qu'à dire que c'est mon mari qui vous a tous tués… que vous avez découvert qu'il avait engagé un tueur professionnel et que ça l'a rendu fou. Il a abattu tout le monde et a retourné l'arme contre lui, voilà ! Et moi, on dira que j'ai eu beaucoup de chance de pouvoir y échapper…

Sullivan était debout et Mac le savait : il n'attendait que son signal. Aussi, Mac réfléchissait à toute allure. A quel moment exact fallait-il lancer l'attaque ? Quel était l'instant propice ?

Il faut la forcer à écarter son arme.

— Vous aviez peur que nous fassions le lien avec vous, reprit Elizabeth, qui ne semblait pas vraiment effrayée, mais plutôt en colère. A moins que vous n'ayez craint que votre mari finisse par tout comprendre… C'est ce qui est arrivé ? Est-ce qu'il y a eu une confrontation entre lui et vous, après notre départ ? Une dispute ? Il a peut-être réalisé que vous aussi, vous aviez eu connaissance de la lettre de Nate…

— Je n'avais pas besoin de cette fichue lettre, cracha Evelyn avec mépris. Je faisais déjà suivre mon mari par Nelson. Il était détective privé à l'époque et il travaillait pour moi. Quand il m'a appris que cette Gloria avait eu un enfant de Wesley, je lui ai offert cinquante mille dollars en cash pour régler le problème. Ça a été le premier de ses « arrangements » pour moi. Ensuite, il a « arrangé » beaucoup d'autres clients que je lui envoyais pour le former. C'est moi qui ai fait de lui un tueur professionnel. Il me devait tout, lui aussi.

Mac avait croisé beaucoup de monstres dans sa carrière. Des deux sexes et de tous les genres. Mais seuls les plus diaboliques d'entre eux pouvaient dissimuler de cette manière.

Le canon du pistolet se leva — juste un peu — de devant le front d'Elizabeth. Celle-ci avait réussi à se redresser, mais elle chancelait à nouveau. Où la balle l'avait-elle touchée ?

Pas près du cœur, par pitié, pas près du cœur !

— Si on avait appris que Wesley avait eu un enfant illégitime, tout aurait été perdu, vous savez bien comment sont les gens…

— C'est plutôt si on avait su que son épouse avait tué sa maîtresse que cela aurait été grave. Vous ne cherchiez… à protéger… que vous.

La voix d'Elizabeth était de plus en plus faible et les mots lui venaient difficilement. Mac essaya de saisir la balle au bond et d'attirer l'attention d'Evelyn sur lui, plutôt que sur la blessée.

— Il allait vous faire mettre en prison, c'est ça, déclara-t-il d'un air de défi. Il allait tout dévoiler, révéler qui vous êtes vraiment…

— C'est entièrement sa faute, à ELLE ! s'écria Evelyn, hystérique. Et elle serait allée jusqu'au bout !

Le canon du maudit pistolet revint entre les deux yeux d'Elizabeth.

— Tu voulais trouver un lien entre Nelson et Wesley, espèce de petite rien du tout, eh bien ce lien, c'était moi ! Tu me menaçais. Mais je ne suis pas faite pour aller en prison, et pas non plus pour une pauvre petite vie normale, comme la tienne. Je suis faite pour ce qu'il y a de mieux ! Pour le luxe et la gloire !

— Vous êtes folle à lier, répliqua faiblement Elizabeth. C'est tout.

Evelyn sourit, d'un rictus glacé et cruel.

— Martin, dit-elle, si Celia n'est pas encore morte, tire ton pistolet et mets-lui une balle en plein cœur.

— Q… quoi ?

— Tu l'as bien sur toi, comme je te l'avais dit ? Tue Celia, puis tue les hommes. Ils ne pourront pas bouger.

Elle tourna doucement la tête vers Mac.

— Vous êtes une sacrée famille, lui lança-t-elle avec ironie. Des soldats, des Seals… tous plus combatifs et protecteurs les uns que les autres. Vous, vous feriez n'importe quoi pour essayer de la sauver, n'est-ce pas ? Seulement, vous ne pouvez pas bouger, parce que vous savez très bien que, si vous faites le moindre geste, j'appuierai sur la gâchette.

— Vous allez… appuyer… de toute façon, dit Elizabeth d'une voix de plus en plus lasse. Et vous le savez. Je ne me… fais pas… d'illusions.

— Il t'aime, cet imbécile ! répliqua Evelyn, le visage déformé par la fureur et la folie. On ne risque pas la vie de quelqu'un qu'on aime. Il ne bougera pas. C'est un bon petit soldat, il sait obéir.

Dans la vision périphérique de Mac, Martin se déplaça très légèrement : il avait un pistolet dans sa main droite.

Maintenant. C'est maintenant qu'il faut agir…

Mac fit un signe de tête à Sullivan, presque imperceptible, mais son frère guettait son signal. Evelyn ne savait pas ce qu'ils étaient réellement ; pas seulement de bons soldats bien entraînés, mais de véritables armes vivantes. Des machines à tuer vite et bien. Il était temps d'utiliser tout ce qu'on leur avait appris et de déchaîner la violence qu'ils savaient contenir en eux tant qu'il le fallait.

Rien ne nous arrêtera !

Mac fit un pas en avant.

— Mes frères ont toutes les preuves nécessaires contre vous.

C'était du bluff absolu, ils n'avaient rien du tout, mais Mac jouait le tout pour le tout.

— Nous avions déjà fait le lien entre vous et la mort de Gloria. Vous n'auriez jamais dû aller la voir, c'est une grande erreur que vous avez faite là. Mais vous vouliez vous rendre compte par vous-mêmes, n'est-ce pas ? Voir de vos yeux la femme qui était tout près de ruiner tous vos beaux rêves ?

Evelyn en resta un instant bouche bée.

— Comment savez-vous…

Elle y est donc allée…

— Vous mentez ! Vous n'avez aucune preuve !

— Mes frères vont contacter les collègues journalistes de Steve Yeldon. Ils vont tout révéler, toute l'histoire. Avant même d'aller en prison vous serez déjà morte. Politiquement et médiatiquement. Et vous irez bien en prison, vous y pourrirez, et il n'y aura plus jamais aucun avenir pour vous. Plus jamais, vous entendez ?

— Non ! se mit à hurler l'épouse du gouverneur.

Et la rage lui fit enfin faire ce geste que Mac espérait tant : elle retira le pistolet du front d'Elizabeth et le pointa directement sur lui.

Elle allait appuyer sur la détente, mais soudain Elizabeth bondit sur elle. Les deux femmes roulèrent sur le sol et Mac se projeta en avant. Il tira Elizabeth en arrière. Evelyn releva alors son arme. Mais Mac était plus rapide qu'elle. Il fit tomber le pistolet de son poing, avant qu'elle ait pu faire feu, et d'une détente brutale Elizabeth envoya son poing fermé dans le menton de la forcenée, avec toute l'énergie qui lui restait. Evelyn s'écroula en arrière et sa tête vint frapper le bord du bureau.

— Jette ton arme ! aboya Sullivan à Martin Pace. Et écarte-toi tout de suite de Celia, espèce d'ordure…

Mac se tourna vivement vers eux. Le directeur de campagne se tenait juste au-dessus du corps de Celia et il avait son arme à la main, mais il ne la menaçait pas. Il la pointait sur Sullivan.

Mac, quant à lui, prenait grand soin de faire un rempart de son corps à Elizabeth.

Pour l'atteindre, une balle devra d'abord me traverser.

— Ce... ce n'était pas prévu, balbutia précipitamment Martin Pace, les mots se bousculant dans sa bouche. Je ne savais pas ce qu'Evelyn se préparait à faire... J'avais vu qu'il y avait d'importantes sorties d'argent... Je lui en ai parlé et... oui, j'avoue... elle m'a payé pour que je me taise. Mais je pensais qu'elle se droguait et qu'elle se ruinait à cause de ça, je vous le jure ! Je ne savais pas que c'était pour faire tuer des gens !

— Eh bien maintenant, vous le savez, dit calmement Mac. Jetez votre arme et écartez-vous de Celia.

Martin Pace baissa les yeux vers la jeune femme étendue.

— Je... je crois qu'elle est morte..., dit-il d'une voix éteinte.

Sullivan poussa un cri de douleur et de rage mêlées.

Il se jeta sur Martin Pace et le projeta contre le mur. Le directeur de campagne dut lâcher son arme, qui tomba sur le sol. Puis Sullivan le frappa de son poing fermé, encore et encore.

— S... Sully ? parvint à articuler Celia d'une voix très faible.

Instantanément, il se figea. Puis il lâcha Martin Pace et attira la jeune femme contre lui, en la prenant dans ses bras.

— Une ambulance ! cria-t-il. Il nous faut une ambulance, vite ! Que quelqu'un l'appelle !

Elizabeth posa alors une main dans le dos de Mac. Il se retourna...

Et elle s'effondra dans ses bras.

Il la serrait toujours contre lui lorsque l'ambulance vint enfin, toutes sirènes hurlantes. Et quand les infirmiers l'installèrent sur le brancard, elle battit des paupières, tenta de sourire à Mac et lui murmura :

— Rien ne nous arrêtera, rien.

— Rien, mon amour, jamais.

— Je… je t'aime !

Et il était à elle, corps et âme.

Elle lui sourit.

Puis les portes de l'ambulance se refermèrent.

Elizabeth avait une cicatrice, pas trop grande, mais comme un souvenir, la médaille commémorative d'une rude bataille.

Martin Pace n'avait été que trop heureux de pouvoir montrer au juge d'instruction sa volonté de coopérer. Elizabeth le savait : il parlerait abondamment et livrerait tous les secrets qu'il détenait, avec tous les détails.

Le cauchemar était terminé, on avait fait justice à la mémoire de Nate.

Elizabeth pouvait enfin respirer : nul ne la pourchasserait plus d'un bout à l'autre du pays.

Plus rien ne pouvait l'arrêter, en effet, sauf, bien sûr…

Mac lui-même.

Elizabeth laissa errer son regard sur la surface argentée du lac. Son bel amant lui posait quelques problèmes…

Ils étaient rentrés depuis quelque temps déjà et il se montrait toujours extrêmement protecteur avec elle. C'était adorable, en un sens, mais pouvait se révéler parfois… extrêmement agaçant.

Le danger était derrière eux et il était temps, après tout, de penser à autre chose.

— Elizabeth !

Elle se retourna : Mac gravissait la petite butte herbeuse où elle s'était installée. Le soleil faisait briller ses cheveux bruns et ressortir les arêtes dures de son visage. Comme toujours, quand elle le voyait, son cœur se gonfla et battit tout d'un coup plus vite. Son sourire s'élargissait aussi.

— Tu es sûre que tu te sens suffisamment en forme pour venir jusqu'au lac, comme ça ? demanda-t-il avec une moue un peu inquiète. Le docteur a dit…

— Arrête, je t'en prie !

Il fallait bien que cela cesse.

— Je vais très bien et il faut que tu cesses de faire comme si j'allais m'effondrer à chaque instant. Cela ne va pas arriver, je suis en pleine santé.

Elle voulait surtout qu'il cesse de la traiter comme si elle était en porcelaine. La fougue de Mac, sa passion, lui manquait.

Il était temps de reprendre les choses où ils les avaient laissées, d'aller de l'avant sur le chemin de leur vie.

— Tu m'as fait tellement peur, tu comprends, expliqua Mac d'une voix sourde. Il y avait… tellement de sang et j'ai vu la balle entrer dans ta poitrine…

Bien sûr. Elle savait tout cela et elle le comprenait.

— Mais tu as entendu les médecins, j'ai eu beaucoup de chance, rétorqua-t-elle. Ni le cœur, ni aucun autre organe n'ont été touchés. Je n'ai rien et je suis en parfaite santé.

Il avança doucement sa main et écarta avec délicatesse une mèche de cheveux qui tombait sur la joue d'Elizabeth.

— Non, répondit-il, presque dans un murmure, je crois que c'est moi qui ai eu le plus de chance. Car si… s'il t'était arrivé quelque chose, je crois bien que je serais devenu fou.

Visiblement ému, il s'interrompit.

— Est-ce que tu sais seulement à quel point je t'aime ?

Elle ne répondit pas, se contentant de le contempler.

Non, en fait, et j'aimerais le savoir.

— Je ne peux pas imaginer un monde où tu ne serais pas et, surtout, je ne veux pas l'imaginer.

— Mais je ne vais nulle part, le rassura-t-elle en souriant.

Tu vois, tu n'as même pas besoin d'imaginer un tel monde, je suis là.

— Je sais que j'ai tendance à être trop protecteur avec toi…

Elle leva les sourcils d'un air un tout petit peu ironique et attendit la suite.

— Je sais aussi que je peux me montrer… trop intense et peut-être que j'aime un peu trop ressentir les effets de l'adrénaline…

Elizabeth attendait toujours.

— Mais je donnerais avec joie tout ce que j'ai, et aussi

tout ce que je suis, pour te protéger et te garder en sécurité. Tu comptes plus que tout pour moi.

Il respira profondément et soudain, sans crier gare, il s'agenouilla devant elle, puis il mit la main à sa poche.

— Mac, mais qu'est-ce que tu fais ? balbutia-t-elle.

Il lui tendait un écrin ouvert. Une bague, un diamant magnifique qui brillait au soleil.

— Ma vie… est pleine de joie quand tu es près de moi, dit-il très simplement.

Elizabeth en avait le souffle coupé.

Mac continua :

— S'il te plaît, mon amour, me ferais-tu l'honneur d'accepter de m'épouser ?

Elizabeth remarqua alors quelque chose d'extraordinairement émouvant, de bouleversant même. Il y avait, oui, de l'angoisse dans les yeux de Mac. Il était nerveux, les lèvres pincées. Mon Dieu, son beau guerrier qui attendait, qui espérait sa réponse sans trop vouloir y croire !

Pensait-il vraiment qu'elle allait dire non ?

Elle le fit se relever.

— Moi aussi, ma vie est pleine de joie quand tu es près de moi.

Elle l'embrassa.

Elle l'aimait…

— Et oui, homme merveilleux que tu es, oui, je veux t'épouser !

Il rit en la prenant dans ses bras. C'était un rire éclatant, joyeux et libre. Elle pouvait l'être aussi, avec lui, s'abandonner et se sentir protégée en permanence. Mac serait toujours là pour elle.

Il n'y aurait plus jamais de fantômes du passé pour venir hanter ses jours et ses nuits.

Il n'y aurait plus que l'avenir… L'avenir avec Mac.

Epilogue

— Bonjour, Sullivan !

Cette voix, qu'il avait bien souvent entendue dans ses rêves, fit lever la tête du frère de Mac.

Il cligna des yeux, comme s'il n'était pas bien sûr que la jolie silhouette qui se campait sur le seuil de son bureau n'était pas le produit de ses rêves ou de son imagination. Il alla même jusqu'à secouer la tête.

Celia éclata de rire.

— Ah, désolée, lui dit-elle joyeusement, mais tu ne me chasseras pas comme ça, ni en te cachant les yeux…

Elle entra et referma la porte derrière elle. Sullivan bondit sur ses pieds.

— Je ne veux pas du tout te chasser, balbutia-t-il.

Bien au contraire…

Sa propre voix lui parut soudain particulièrement éraillée et peu naturelle. Il s'éclaircit la gorge.

— Mais… je… enfin… Est-il normal que tu sois là ? Je veux dire… tu étais gravement blessée, j'aurais pensé qu'ils te garderaient plus longtemps à l'hôpital.

Celia balaya cette objection d'un geste.

— Aucun organe vital atteint, seulement les chairs… j'en ai vu bien d'autres.

Une lueur d'émotion passa dans ses beaux yeux.

— En fait, c'est Elizabeth qui a pris le tir le plus direct. J'ai eu très peur pour elle, mais il paraît qu'elle va beaucoup mieux.

Sullivan acquiesça et en profita pour s'approcher un peu.

— Oui, confirma-t-il, elle est en convalescence au ranch

et je crois que Mac est en train de la rendre à peu près folle. Son instinct protecteur a tendance à enfler hors de toute proportion.

Et le mien aussi, je crois, par la même occasion. Lorsque je t'ai vue étendue sur le sol, alors j'ai bien cru… oui j'ai cru…

Il ne prononça pas ces mots mais ce fut comme si Celia les avait clairement entendus.

Elle expliqua :

— En fait, ce n'est pas tant la blessure par balle qui m'a mise K-O, mais ma tête avait heurté le mur. J'étais tout simplement assommée.

Sullivan ne s'en était pas vraiment aperçu. Il savait juste qu'elle avait été sans connaissance dans ses bras.

Beaucoup de choses, lors de ces instants désespérés, s'étaient mises en ordre dans sa tête, ouvrant une perspective beaucoup plus juste qu'auparavant.

— Je suis venue te faire une offre, continua Celia.

Il la dévisagea, très intrigué.

— Une offre ?

— J'ai l'information que tu cherches.

Elle tira une enveloppe blanche de son sac.

— Je vais te la donner mais il faut que tu me promettes quelque chose en échange.

Soudain soupçonneux, il fronça les sourcils et grogna :

— Qu'est-ce que je dois promettre ?

Celia sourit largement, ce qui ramena sur son joli visage ses adorables fossettes. Une vision joyeuse, a priori, et émouvante. Elle était si belle ! Mais pour cette raison même, Sullivan en concevait quelque amertume.

— Et il faut que tu me le promettes avant que je t'aie dit ce que je voulais. Pardon, mais voilà, c'est un peu à l'aveuglette… Promets-moi d'honorer cette dette, de m'accorder tout ce que je demanderai et cette information sera à toi.

Sullivan brûlait de l'embrasser, de la toucher. Et au lieu de cela, il restait là, raide comme un piquet, et se forçait à se tenir tranquille.

— Quel genre d'informations penses-tu détenir ? demanda-t-il.

— J'ai le véritable nom de ta mère.

Sullivan et les siens le connaissaient déjà. Ils avaient pu l'obtenir.

— Je sais aussi pour quelle raison elle a bénéficié d'une protection policière en tant que témoin.

Celia tendit l'enveloppe à Sullivan.

— Alors, c'est d'accord, une faveur accordée, pas de question et le passé de ta mère est à toi…

Sullivan considéra l'enveloppe, puis plongea profondément ses yeux dans ceux de Celia et répondit :

— D'accord !

Retrouvez en février,
dans votre collection

BLACK ROSE

Cette nuit avec toi, de Lisa Childs - N°418

SÉRIE CÉLIBATAIRES ET GARDES DU CORPS - TOME 1/4

Bad boy un jour, *bad boy* toujours... En apprenant que Garek, avec qui elle a mené plusieurs missions par le passé, va désormais protéger la fille d'un dangereux criminel, Candace n'est pas vraiment surprise. En effet, avant de rejoindre l'agence de sécurité pour laquelle tous deux travaillaient, Garek n'a-t-il pas déjà été mêlé à des affaires louches ? Repoussant la pointe de jalousie qui vient subrepticement de s'insinuer en elle, Candace sent pourtant son cœur se serrer tandis qu'un souvenir lui revient en mémoire : celui d'une nuit d'amour, partagée avec Garek peu de temps auparavant, et à laquelle elle n'a jamais voulu donner suite...

A l'épreuve du risque, d'HelenKay Dimon

Alors qu'elle jardine dans sa maison des Philippines, Julia est agressée par un homme qui plaque une main sur sa bouche et jure qu'il ne lui fera aucun mal. Il s'appelle Cameron Roth, lui explique-t-il, il est agent secret et a traversé l'océan pour démanteler un réseau de trafiquants de drogue. Malheureusement, ceux qu'ils traquaient ont découvert sa couverture et se sont lancés à sa poursuite... Rassurée par le regard calme de Cameron, mais aussi troublée par la franchise qu'elle lit dans son regard, Julia le comprend aussitôt : elle ne peut refuser son aide à cet homme séduisant, et menacé de mort...

Pour protéger son enfant, de Carla Cassidy - N°419

Fuir, pour mettre le plus de distance possible entre elle et le père de son fils... Depuis des mois, Trisha et Cooper, son petit garçon de trois ans, vont de ville en ville pour échapper à Franck, l'ex-mari de Trisha, un homme possessif et violent qu'elle a quitté et qui s'est lancé à leur poursuite. A Bitterroot, petite ville de l'Oklahoma où elle a posé ses bagages, Trisha fait la connaissance de Dusty, un séduisant rancher qui fait battre son cœur plus vite et lui redonne le goût de vivre. Mais un jour, devant sa porte, elle découvre un message aussi bref que menaçant : *tu m'appartiens*. La mort dans l'âme, Trisha décide de quitter la ville sans revoir Dusty qui, elle le sait, fera tout pour la retenir...

Menace sous la neige, de Carol Ericson

Sans quitter des yeux Ava, endormie dans la suite de l'hôtel luxueux où tous deux se cachent, Max avale la pilule censée l'empêcher de sombrer dans la folie... Inquiet, il regarde par la fenêtre et scrute le rideau de neige qui voile le paysage. Les hommes qui le recherchent réussiront-ils à le tuer, comme ils ont éliminé tous les agents spéciaux qui tentaient de contrecarrer leurs plans criminels ? Et que se passera-t-il si l'antidote conçu par Ana et destiné à le délivrer des drogues qu'on lui a administrées de force est sans effet sur lui ? Brusquement, sa décision est prise : il va partir, quitter Ana, et éloigner d'elle la double menace qui pèse sur lui...

Retrouvez en février,
dans votre collection

BLACK ROSE

Retour à Swain County, de Cassie Miles - N°420

Tandis qu'elle tente de porter secours à des soi-disant randonneurs perdus dans la montagne en feu, Samantha, shérif de Swain County, se retrouve prise au milieu d'une fusillade. Cachée derrière un rocher, elle attend la fin des tirs et constate alors que, dans l'affrontement, un trafiquant de drogue notoire a été abattu. Un peu plus haut sur la colline, elle aperçoit soudain un autre homme. D'un pas hésitant il s'avance vers elle, et elle manque s'effondrer sous le choc : car, sous son chapeau poussiéreux, elle vient de reconnaître Wade. Wade, son mari, son seul amour. Wade porté disparu un an plus tôt et qu'elle pleure chaque jour.

La spirale de l'espoir, de Cynthia Eden

Je sais qui a tué ta mère... Abasourdi, Sullivan dévisage Celia et sent l'espoir grandir en lui. Enfin, il va connaître la clé du mystère qui plane depuis si longtemps sur son histoire familiale ! Mais bientôt il se raisonne et, luttant contre la bouffée de désir que la présence de son ex-femme a fait naître en lui, il s'interroge : peut-il vraiment faire confiance à Celia, qui l'a déjà trahi lorsqu'ils travaillaient tous deux pour la CIA ?

Composé et édité par HarperCollins France.

Achevé d'imprimer en décembre 2016.

BLACK PRINT

Barcelone

Dépôt légal : janvier 2017.

Pour limiter l'empreinte environnementale de ses livres, HarperCollins France s'engage à n'utiliser que du papier fabriqué à partir de bois provenant de forêts gérées durablement et de manière responsable.

Imprimé en Espagne.